韻海鏡源

—— 音韻文字論集

黃耀堃著

《韻海鏡源 —— 音韻文字論集》
黃耀堃 著

© 黃耀堃 2023

國際統一書號 (ISBN)：978-988-237-311-2

出版及發行：香港中文大學出版社
　　　　　　香港 新界 沙田 · 香港中文大學
　　　　　　傳真：+852 2603 7355
　　　　　　電郵：cup@cuhk.edu.hk
　　　　　　網址：cup.cuhk.edu.hk

Printed in Hong Kong

《韻海鏡源——音韻文字論集》讀後

喬全生

　　黃耀堃先生的論集取名為「韻海鏡源」，實乃意蘊雋永，耐人尋味。因為《韻海鏡源》是唐顏真卿成書於唐代的一部集音韻、文字之大成的皇皇巨著。黃先生的論文集所收的 14 篇論文也是集多年音韻、文字研究之大成的鴻篇巨帙，尤其在對某一學說、術語或思想源流的考察方面尤見功底。我想這應是黃先生借取顏真卿書名的一大共性；此外，黃先生與顏真卿還有一個共性的地方就是：顏真卿是唐代著名的書法家，黃先生也是音韻學界藏而不露的書法大家，其隸書古樸淳厚、雄渾蒼勁。借《韻海鏡源》

以命名也足可窺見黃先生的良苦用意，實可謂「絕配」。

論文集共收入黃先生論文 14 篇，根據內容大致分為三類，一是對具體音韻學相關問題的討論（第 1、2、3、4、5 篇），二是對古今音韻學家理論思想的探究（第 6、7、8、9、10、11、12、13 篇），三是文獻考證（第 14 篇）。

我拜讀三類論文後的總體感受是：第一類，立足文獻，探討源流。考察《廣韻》、《盧宗邁切韻法》、《四聲等子》、《解釋歌義》等經典文獻音韻問題，在已有研究成果的基礎上，深入探討了唐宋分辨音節結構的方法、漢字三拼制注音的歷史、《解釋歌義》中「頌」和「義」的來源、見母列位等問題，考察細緻、論證嚴謹，很多觀點頗具創新性；第二類，立足韻學，探求思想。對戴震、段玉裁、王力、潘重規等學者音韻學理論的來源及變化進行分析和總結，使讀者既能深入了解先賢韻學思想，又能用歷史發展的觀點來對待；第三類，立足文本，探索用意。就劉毓崧〈唐元和寫本說文木部箋異跋〉對抄本的年代及摹刻問題進行討論，立足文本、揣摩作者言辭用意，提出自己新的認識。

綜觀 14 篇論文，無論材料、觀點都具有原創性。又可概括為以下兩點：

(1)廣徵博引，證而有據。文集參考引證了大量文獻資料，古今中外相關研究成果也悉數論及，觀其注釋及參考文獻可見一斑。除經典文獻外，還運用了大陸學者難以見到的材料（如日本國立

公文書館藏《重編改正四聲全形等子》）及日本學者平田昌司、尾崎雄二郎、上田正、大矢透、木下鉄矢等人的學術觀點，使讀者能夠比較全面地了解該問題的研究現狀。此外，文集還特別注重文獻的版本比勘，如〈讀戴震《聲韻考》箚記──論段玉裁與韻圖之三〉，考證《聲韻考》版本多達 7 種，通過對稿本和幾種版本異同的比較，發現了戴震對聲韻學說認識的發展變化，條分縷析，令人信服。

(2)視域廣闊，多有創見。文集雖以討論音韻論題為主，但從多種研究視角切入，得出了許多有獨創性的結論。如：根據宋刻本《歷代地理指掌圖》、元人吳恕《校刻上海圖歌活人指掌》中並無掌圖的情況，[1] 認為「『指掌』一語，並非專謂掌圖」；通過歸納宋元助紐字的特徵、分析袁子讓《五先堂字學元元》中的「切腳」，[2] 以探究漢字注音「三拼法」的來源；分析段玉裁《說文解字注》對《廣韻》的態度，認為段注要「建立起一個貫通古音和今音的體系」；考察見母字列韻首的起源，認為這種做法反映出南宋音韻學風氣的轉變等等。這些觀點的提出，為後輩學者的研究提供了全新的視角。

文集在解決學界疑惑問題的同時，也提出一些新的問題，以供學界研究思考。如《四聲等子》、《切韻指掌圖》的成書時間，《四聲等子》與《五音集韻》的關係，「考古」、「審音」兩派的

---

[1]　《四庫未收書目輯刊》第 4 輯第 25 冊。
[2]　明萬曆三十一年（1603）。

劃分是否有意義，《聲韻考》的修訂與兩個「皖派」集團的關係等等。這些議題的考證難度很大，但對音韻學、漢語史乃至語言學及相關學科研究有重要意義，值得有志之士潛心鑽研。

通讀論文集，可以發現黃先生「信」、「博」、「細」的治學特點。「信」體現在嚴謹的邏輯和詳實的論證；「博」體現在豐贍的文獻引證和跨學科的視角觀察；「細」體現在逐字逐句的比勘與客觀深入的分析。

魯國堯先生指出：「對學術而言，『多元』、『爭鳴』、『創新』是生命之源，繁榮之本，恆久之根。」[1] 黃先生十分注重音韻學與資訊技術的結合，早在 2000 年，黃先生就發表文章〈中古韻圖電腦化研究〉，介紹韻圖電腦化的經驗。這部論文集所收文章，從文獻材料、觀察視角到觀點探討，處處均體現出「多元」、「爭鳴」、「創新」的治學理念，是語言學研究的典範之作。

黃先生不僅在音韻學研究方面建樹頗高，在詞義、詩律、文字和方言研究方面都有涉獵，特別是在粵方言史研究方面也頗有見地。論文〈四十年代的粵方言高入聲〉提出了上世紀 40 年代粵方言高入聲變讀為短促高平調的證據。〈《唐字調音英語》與二十世紀初香港粵語的聲調〉利用域外文獻探討百餘年來香港粵語

---

[1] 魯國堯：〈「多元」「爭鳴」「創新」的音韻學——中國音韻學研究會第十一屆學術討論會暨漢語音韻學第六屆國際學術研討會開幕辭〉，《古漢語研究》，2000 年第 4 期，頁 2–4。

陰平調以及高平變調的問題，反映了百年前香港粵方言語音面貌，對構建粵方言史具有重要的價值。此外，黃先生也是「楚辭」研究的專家，〈從《史記》論〈懷沙〉的文本與韻讀〉、〈〈漁父〉的韻文注——《楚辭章句》韻文注研究之一〉、〈論《楚辭》與《萬葉集》的反歌——兼論〈抽絲〉的「亂辭」與〈反離騷〉的性質〉等多篇論文都值得認真拜讀。

　　無論是音韻學的研究，還是楚辭、漢語方言、文字等方面的研究，黃先生始終堅持從文獻出發，依據事實堅實可信，所得結論令人信服。這種重文獻考證、無虛妄之言，棄浮蔓之辭的文風，這種實證主義的治學方法一直是我們音韻學界的研究傳統，也是我們始終倡導和堅持的重要研究方法。前賢給我們留下的巨量的古籍文獻正是我們漢語音韻學、方言學、文字學、訓詁學等相關學科研究的寶貴財富。學術研究必須以充分的、可靠的、窮盡式的文獻為基石。近百年來，我們的語言學研究，尤其是漢語語言學研究主要是在「亦步亦趨」的模式中，跟著「西方語言學理論」走。認為漢語的歷史僅僅依靠歷史文獻是無法構建的，錯誤地認為歷史文獻記錄的只是歷史上的某個片段，這些歷史記錄未必就符合「語言學」的標準，必須放棄「漢語歷史文獻」。這種學說或指導思想對我們的漢語研究是十分危險的，甚至是極其錯誤的。漢語有浩如煙海的文獻典籍，這是任何西方語言學都無法媲及的，放棄基於歷史文獻的語言實證，一味追隨西方語言學的理論假設，無異於邯鄲學步、鸚鵡學舌，很難有學術創見和突破。只有充分

利用歷史文獻，從中國的語言實際出發，才能擺脫對西方語言學研究理論的盲目崇拜，構建屬於我們自己的學科體系、學術體系和話語體系。在這方面，黃先生給我們語言學人樹立了一個正確的典範。

魯國堯先生曾在《黃耀堃語言學論文集》序言中讚譽黃先生的研究具有「實實在在」、「高深」、「治學面比較寬」、「促進中日學術交流」的特點，並引用《晉書・孫綽傳》孫興公的話，稱讚黃先生的研究是「卿試擲地，要作金石聲」。《韻海鏡源》依然體現了黃先生強調確鑿語言事實，注重文獻推究考訂，提倡原典充分解讀的治學風範，這是我們所有語言學人都值得學習的樸實文風，更是年輕學者應該繼承和發揚的治學之道。

不敢為序，權作讀後感。

2021 年歲末於陝西師範大學語言科學研究所

第 1 篇

《廣韻》切語用字
與音節結構

提　要：《廣韻》裏面有很多由「層纍」而來的材料，
　　　　本篇擬從中探求唐宋時代分辨音節結構的方法，
　　　　並以此說明「等韻學」本稱「切韻學」的原因。

關鍵字：《廣韻》、魯國堯、反切、韻圖、四等韻

原文刊於《漢語史新視閾——葉寶奎先生七秩壽慶論文
集》，廈門：廈門大學出版社，2019年。頁82－92。

　　《大宋重修廣韻》（本篇下稱《廣韻》）是承傳前代韻書修改而成，內部結構大都是由「層纍」而來。[1] 如果是「層纍」的話，此書的形成就並非由單線發展，如果以陸法言（562- ？）的《切韻》作為起點，發展到現在所見的《廣韻》，中間可能是呈菱形的狀態，甚至是箭垛型的狀態──陸法言的《切韻》只是其中一支「箭」。換言之，《廣韻》之於《切韻》，除了是直線的關係外，也可能繼承了多本所謂「《切韻》系」韻書，甚至跟《切韻》沒有關係的東西。因此《廣韻》的切語用字非常複雜，然而這樣複雜情況的背後到底有甚麼意義，實在值得深思。本篇擬從《廣韻》的切語用字探討古人如何分析音節結構。

1. 切語改動與反切改良

　　一般認為《廣韻》對前代韻書的切語並沒有很大的改動，也沒有在反切方法上有所改變，其中不同的地方只在於語音的演變，如林序達（1925–1993）《反切概說》認為：「從比較中可以明顯地看出，《廣韻》的反切確實與《切韻》有所不同，而這不同處主要是反映了語音的演變」，[2] 他舉出唇音和舌音的例子，指出《廣韻》的改動「也是為了切合實際的語音。《廣韻》的這些改

---

[1]　　魯國堯（1937 - ）〈盧宗邁切韻法述論〉論述韻圖和等韻學（切韻學）時，提出「層纍」的說法：「切韻圖是層纍地造出來的」〔魯國堯（2003：350）〕，同樣《廣韻》本身，同樣也存在「層纍」的性質。

[2]　　林序達（1982：52）。

變，對反切方法沒有絲毫改動」，[1] 簡而言之，《廣韻》和《切韻》切語的差異只在於語音的改變，而沒有改動反切方法。周祖謨（1914–1995）在《唐五代韻書集存》指出：

> ……至於改變切語而涉及到讀音問題的，主要是聲母中脣音、舌音和匣母用字的改變。……這些都表明韻書的編者或寫者為切合語音的實際情況對反切不免有所改動。不過，把反切完全徹底地一一加以修訂的書並沒有發現。[2]

除了林序達所說的脣音和舌音之外，周祖謨還加上匣母。不過這裏所說的改動反切只為切合語音的轉變，言下之意，唐五代韻書改動切語並沒有改變《切韻》的語音系統，因此此《廣韻》的「重修」其實是語音改變的結果。所謂「把反切完全徹底地一一加以修訂的書並沒有發現」，當然不能說不對，也不無可商。的確找不到把《切韻》的切語完全改變的唐五代韻書，更由於反切的包容性（如不同的方言，大都可以用相同的切語切出相應的音節），《切韻》的切語在後世仍可以拼切出相應的語音，「完全徹底」四字到了現代仍然適用。

　　值得注意的是，周祖謨舉出的例子「卑（畀）、邳」，[3] 見於

---

[1] 林序達（1982：52）。

[2] 周祖謨（1983：16）。

[3] 《唐五代韻書集存》：「例如支韻……；同韻『卑』字，箋注本一音符移反，而裴本《切韻》作必移反。又脂韻『邳』字《切韻》音符悲反，而箋注本二作蒲悲反；同韻『胝』字，箋注本一作丁私反，箋注本二則改作陟夷反」〔周祖謨（1983：16）〕。按：「卑」，《廣韻》

3

《廣韻》的「新添類隔今更音和切」裏面（頁 130），至於「雲
（頁 109–110）、越（頁 477–478）、斲（頁 465）、怖（頁 479）」
的反切，[1] 在《廣韻》的確都已經「重修」了。不過，周祖謨所
舉的例子也不盡合適，其中「斲」的上字「丁」《廣韻》有兩讀，
一作知母（頁 188），一作端母（頁 194），《廣韻》改作「竹」，「竹」
只有知母一讀（頁 457），因此不致誤讀反切。把「斲」的上字
由「丁」改作「竹」不盡是語音的轉變，也可以說是改良的辦法。

切語其實也有一些屬於系統性的改變，如去聲夬韻有「䚄」
小韻，《切韻》殘卷P3696–2 和「王三」的切語為「丑芥」，而《唐
韻》作「丑介」，「王二」作「丑界」，《廣韻》作「丑犗」，[2] 而
「介、界」都屬於怪韻，不屬於夬韻，《廣韻》則改作「犗」，與
P3696–2、「王三」同；又如夬韻「夬」小韻，P3696–2、「王二」、
「王三」、《唐韻》的切語為「古邁」，《廣韻》作「古賣」，而《廣
韻》卷首韻目的切語為「古邁」（頁 339），[3]「賣」屬卦韻（頁

作「畢」〔陳彭年（2008：130）〕。又按：為省篇幅，本篇逐列《（新
校互註宋本）廣韻》的頁碼〔陳彭年（2008）〕，不再施注。

[1] 《唐五代韻書集存》：「文韻『雲』字，箋注本一作戶分反，王韻則
作王分反；同樣，月韻『越』字，箋注本一作戶伐反，王韻則作王
伐反。覺韻『斲』字，箋注本一和王韻音丁角反，《唐韻》則改作
竹角反。又月韻『怖』字，箋注本一音匹伐反，《唐韻》則作拂伐
反。」〔周祖謨（1983：16）〕。

[2] 上田正（1975：143）。按：《唐五代韻書集存》把 P3996 歸入「箋
注本切韻」〔周祖謨（1983：7–8）〕。

[3] 上田正（1975：142–143）。按：《廣韻導讀》認為：「《廣韻》諸本
作『古賣切』誤。『賣』在十五卦，此應作『古邁切』，徐鍇不誤」
〔嚴學宭（2008：181）〕。

383）。又如去聲祭韻「毳」小韻，「王一」、「王二」、「王三」、《廣韻》的切語均為「此芮」（清母四等），而《唐韻》作「昌芮」（昌母四等）。[1] 當然這些改動並不大，不足以改變整個語音系統。

　　不少學者都把《廣韻》跟《集韻》加以比較，認為《集韻》在反切方法上有所改進，潘重規（1908–2003）先生與業師陳紹棠（1935–）先生的《中國聲韻學》認為《集韻》「改造切語，將不合之反切，加以改定」，該書指出這種情況有兩點，首先「是將類隔之字改為音和也」，這一點在《廣韻》裏面也有不少，並且在各卷之後舉例列出，如上面提到的「新添類隔今更音和切」，因此這一點可以不論；另一點似乎真的是《集韻》的特色，所謂：「切語上字字之聲調及等呼，與被切字相同」。[2] 《集韻》卷首所載的〈韻例〉並非沒有清楚論到相關的問題，〈韻例〉只是籠

---

[1]　　上田正（1975：139）。邵榮芬（1922–2015）《切韻研究》認為：「有些小韻的反切越出了本聲或本韻，大概是受後來音變的影響。這些小韻都按應在聲或應在韻列表，而反切則不加動」〔邵榮芬（2008：27）〕。按：看來不是單純音變的影響，而是可能承傳前代不同系統的韻書而出現的現象，並且是屬於系統的調整。

[2]　　以上見《中國音韻學》〔潘重規、陳紹棠（1978：274）〕。《中國聲韻學》又說：「……凡《廣韻》切語上字屬仄聲者，皆易以平聲字，可知《集韻》於此，有顯著之改易，以求切語上字與被切字聲調之統一。此其所易之字，已及於反切上字及被切字之等呼，亦使之相同。如東，為合口字，而切語上字德為開口字，是以開切合也。《集韻》改為都，屬合口字，則與東同為合口字矣。又如鍾亦合口字，切語上字職為開口字，改為諸則同為合口矣。凡此，皆以《廣韻》未密而改之者。蓋聲韻之事，愈細密則其價值愈顯，然此值於韻例中，並未有說明。而其間曾經改易，則屬無可置疑也」〔潘重規、陳紹棠（1978：275）〕。

統地說：

> 凡字之翻切，舊以武代某，以亡代茫，謂之類隔，今
> 皆用本字。述夫宮羽清重，篆籀後先，總括包并，種別彙
> 聯。[1]

「武」和「亡」是輕唇，而「某」和「茫」是重唇，這就是上面
所說《中國音韻學》的第一點，跟《廣韻》一樣，也只是舉例說
明。至於「宮羽清重」，大約就是《中國音韻學》所說的第二點，
然而這跟《廣韻》卷首所載「論曰」的部份也非常相似，「論曰」
所謂「必以五音為定，則參宮參羽，半徵半商，引字調音，各自
有清濁」（頁 19），這又跟《廣韻》所錄的孫愐〈唐韻序〉「又紐
其唇齒喉舌牙，部件而次之」（頁 18）相應，因此《集韻・韻例》
並非新說，也就是說用切語表現出上字的聲調、等呼之說，並非
自《集韻》開始。雖然《廣韻》似乎沒有按聲母五音排列，但事
實上已涉及等韻學（切韻學），因此唐作藩（1927–）認為有等韻
學的影響。[2] 不過《廣韻》和《唐韻》都未見有完整的編排凡例，
此外如果按「紐其唇齒喉舌牙」的話，在編排和使用上可能有其
難度，因而放棄了這樣的做法，也就是「論曰」所謂「若細分條
目，則令韻部繁碎，徒拘桎於文辭耳」（頁 19）。另一方面，這

---

[1] 丁度（1989：1）。

[2] 唐作藩〈校訂五音集韻序〉〔甯忌浮（1992：序1）〕。按：唐作藩也
認為：「……據《廣韻》卷首所載孫愐《廣韻・序》已云『又紐其
唇齒喉舌牙部件而次之』，可見等韻之學影響韻書的編排體例，已
發軔於唐代」（同上）。

些資料說明唐人對韻書的編排已有很多細微的劃分，到了《集韻》才刻意提出來並加以完成。

2. 音節結構與「切韻學」

周祖謨提到一些唐五代韻書切語的改動，頗值得注意，這些改動不涉及語音，也不是訛誤的問題，《唐五代韻書集存》指出：

> 在反切方面，這些書裏互有異同。其中有些只是用字上的差異，與音類不相涉，但也有些牽涉到讀音的問題。屬於用字上的改變，各書的情況不同。在用字上為甚麼要改變，還不完全清楚。稍能理解的有兩種情形：一種是為避諱而改字。……另一種是反切上字不用正紐字，而改用旁紐字。在《切韻》裏有不少用同一韻系的同紐四聲字作切語的，這就是古人所謂的正紐字。例如脂韻「葵」音渠住反；上聲「揆」則音葵癸反；又平聲「逵」音渠追反，去聲「匱」則音逵位反；這些都是正紐字互切的例子。可是從《唐韻》以後就略有改變。例如虞韻去聲遇韻的「樹」字，王韻作殊遇反，「殊」即「樹」之平聲，蔣本《唐韻》則作常句反；又同韻「芋」字王韻音羽遇反，羽為「芋」之上聲，《唐韻》則作王遇反；「常」與「殊」、「王」與「羽」聲同而不屬於同一韻系，這就是旁紐雙聲。[1]

---

[1] 周祖謨（1983：15–16）。按：「常」和「王」都是平聲的陽聲韻，這跟「歸納助紐字」多作平聲的陽聲韻，是否有關？請參閱本書第

現在澤存堂本「樹」（頁 364）和「芊」（頁 366）的切語正與周祖謨所舉的《唐韻》相同。姑且不論因避諱而改動這一點，而把正紐字改為旁紐字，的確是改良反切的做法。不過，為甚麼早期的切語會用正紐字來充當上字，而不使用更方便的紐四聲？古人用這樣笨拙的切語有甚麼意思呢？看來改良的背後，似乎泯滅了一些隱含的意義。

設立反切的目的是在於分解被切字的聲和韻，再經過拼切的過程，復原被切字的音節；而正紐字上字的切語如果是正常的話，其目的又是甚麼？因此不是要問「在用字上為甚麼要改變」，而是應該問「用這些切語到底隱含了甚麼意義」。這裏試以古人分析音節結構的方法這個角度來討論一下。

先來看看嚴學宭（1910–1992）《廣韻導讀》的說法，該書討論到《廣韻》的「內涵」，一開始就比較古今對音節結構的描述，嚴學宭用了三個圖表來描述《廣韻》的音節結構，現在把第一和第二個圖表拼合在一起，請參閱下圖，右邊拉丁字母的部份是現代語言學的分析，所謂「這T代表聲調，C代表輔音，S代表半母音，V代表母音」：[1]

---

3 篇的第 4 節。

[1]　嚴學宭（2008：39）。

聲		調		T
聲	韻	母		
	介	韻	腳	$(C)\,(S)\,V\left(\begin{Bmatrix}C\\S\end{Bmatrix}\right)$
母	音	主要元音	韻尾	

《廣韻導讀》又按「漢語音韻學舊稱」列出第三個圖表，更為精細。[1] 然而，《廣韻導讀》以漢字列出的圖表既不見於《廣韻》，也不見於與《廣韻》同時代的文獻，以至整個宋元時代也未見有這樣的圖表，因此這種分析方法能不能說是古而有之，還是有些困難。當然很多人會說，這種分析方法早已出現，就是所謂「切韻學（等韻學）」，即用圖表中的位置把每個音節的結構表現出來，這種形式的圖表或者可以追溯到《切韻》時代，如藤原佐世（FUJIWARA no Sukeyo，847–898）《日本國見在書目錄》裏面有《切韻圖》一卷，[2] 就是可能屬於這一類的圖表。唐代甚至出現與《韻鏡》名稱相類似的著作，見《封氏聞見記》卷二：

> 天寶末，平原太守顏真卿撰《韻海鏡源》二百卷未畢，屬蕃寇憑陵，拔身濟河，遺失五十餘卷。廣德中為湖州刺史，重加補葺，更於正經之外，加入子史釋道諸書，撰成

---

[1]　嚴學宭（2008：40）。
[2]　《叢書集成新編》第 1 冊（頁 374）。

三百六十卷。其書於陸法言《切韻》外增出一萬四千七百

六十一字，……[1]

《韻海鏡源》達二百卷，[2] 可能是一韻一卷，「鏡源」當然有「鑑源」的意思，但也可能是指圖表一類的東西。另一方面，「等韻學」在早期稱為「切韻學」，正如〈《盧宗邁切韻法》述論〉指出：「唐宋西夏金元都叫『切韻學』，明清以來方名『等韻學』，此須辨明，……」，[3] 又說：「宋代的切韻學實際上是當時的音系學，多採用圖表形式，尤為重要的是音節表，……」[4]「切韻」一詞，固可以視為韻書的名稱，又可以視為反切的意思，沈括（1031–1095）《夢溪筆談》說：「……所謂『切韻』者，上字為『切』，下字為『韻』」，[5] 因此「切韻」之學，就是反切之學。「切韻學」既有「等韻學」之意，也說明反切之學就是後世的音系學的意思。當然，《廣韻》本身確實也有明顯「切韻學」的部份，全書最後「雜叢」的部份，其中有〈雙聲疊韻法〉、〈辯字五音法〉、〈辯十四聲例法〉、〈辯四聲輕清重濁法〉等（頁547–552），都是與反切字音之學有關，特別是最後的〈辯四聲輕清重濁法〉，可以說直接跟等韻學有關，不過這個圖表一直難以說明清楚，幾十年來

---

[1]　《叢書集成》初編本（頁16）。

[2]　按：《日本國見在書目錄》也著錄了「《韻海鏡原》五卷」〔《叢書集成新編》第1冊（頁374）〕，未知是否同一本書。

[3]　魯國堯（2003：327）。

[4]　魯國堯（2003：344）。

[5]　《夢溪筆談》卷十五〔沈括（1987：505）〕。

有好幾個學者對此加以討論，[1] 蕭振豪（1986–）〈「輕清重濁」重議：以詩律為中心〉把這些論文整理成表，並條分縷析，詳細說明。無論如何，〈辯四聲輕清重濁法〉確實涉及等韻學。[2]

3.《廣韻》的組織與音節結構

〈辯四聲輕清重濁法〉難以理解，因此一般人忽略了它跟「等韻學」的關係。《廣韻》除附了〈辯四聲輕清重濁法〉之類用來說明音節的結構之外，其實也通過本身的組織表現出對音節結構的分析。《廣韻》依從《切韻》以來的方式，按聲調分卷，不同的卷目表現出不同的聲調。又調整了入聲的次序，雖然這些調整不見得是合乎《切韻》的系統，但應該是參照當時的語音以及唐五代韻書的體系。《廣韻》把三類的入聲韻尾（/–k/、/–t/、/–p/）大致分別出來，並與其他三個聲調互相呼應。

另一方面，業師尾崎雄二郎（OZAKI Yūjirō，1926–2006）先生在〈切韻系韻書における韻の排列について〉一文指出《切

---

[1]　〈「輕清重濁」重議：以詩律為中心〉選取其中最重要的五篇加以分析，包括唐蘭（1901–1979）〈論唐末以前韻學家所謂「輕清」和「重濁」〉、平山久雄（HIRAYAMA Hisao，1932–）〈故唐蘭教授「論唐末以前韻學家所謂"輕清"和"重濁"」に寄せて〉、潘悟雲（1943–）〈「清輕」、「重濁」釋——羅常培《釋輕重》、《釋清濁》補注〉、黃典誠（1914–1993）〈輕清重濁的劃分是等韻之學的濫觴〉、劉人鵬（1958？–）〈唐末以前「清濁」、「輕重」之意義重探〉〔蕭振豪（2010：56–58）〕。

[2]　按：蕭振豪認為詩律中的「輕清重濁」的原意，跟〈辯四聲輕清重濁法〉所列並不一致，不過〈辯四聲輕清重濁法〉跟等韻學有關，則殆無可疑。

韻》的韻目排列基本上是按「動口於喉，緘口於唇」這個原則。[1]
許明德（1987–）發現清代牟應震（1744–1825）的《毛詩古韻雜
論・論五音》列出好幾種「五音」的定義，[2] 其中有兩種說法跟
「動口於喉，緘口於唇」的原則相類：

> 　　五音分配之說，紛紛聚訟，未有畫一。……「切韻」
> 以字音定五音，東冬為宮，江陽為商，蕭肴豪為角，支微
> 齊為徵，魚虞為羽。……鄭庠則東冬江為宮，陽庚青為變
> 宮，真文元寒刪先為商，蕭肴豪尤為角，支徵齊佳灰為徵，
> 魚虞歌麻為變徵，侵覃鹽咸為羽。……雖鄭庠之說，近多
> 信之，然依沈約所分之部，以定五音之準，其為影響之談，
> 不問可知矣。……[3]

這裏所謂「切韻」應該也是指反切之學，而不是指韻書。《毛詩
古韻雜論》先是在〈論沈韻〉，更有進一步的說法：

> 　　沈韻分部之序極無理，亦無議及者。嘗以意求之，首
> 東冬鍾江者，開口中聲也，故標以為首。萬音生於喉，支
> 脂之微，喉音也。魚虞模，由喉而腭也。齊佳皆灰咍，由
> 腭而舌也。真醇臻文欣元魂痕，舌前齒後也。寒桓刪山先
> 僊，正齒也。蕭肴豪，齒前唇後也。歌戈麻，唇中也。陽

---

[1]　尾崎雄二郎（1980：101）。
[2]　許明德（2011：120）。
[3]　《續修四庫全書》第 247 冊（頁 45）。

唐，脣外也。由唐而庚，而耕，而清，而青，而蒸，而登，
以次反於內也。尤侯幽歸於腭也。侵覃談鹽添嚴咸銜，歸
於喉也。……[1]

無論是牟應震也好，尾崎先生也好，他們都發現《切韻》系韻書
有一定的韻序。如果讀者通讀《廣韻》全書，釐分前後，大致可
以見到其中的序列，即大致始於以舌根音為韻尾發音，而終以脣
的閉鎖；其間按韻尾發音，從舌根至脣的閉鎖，從內而向前，相
次順列。由此可見《廣韻》在韻序上已為不同的韻尾，以至韻腹，
為讀者提供了一些指引。

　　拙稿〈《切韻》韻目取字問題研究〉指出韻目是用等別較高
的開口字為主，[2] 因此可以把主元音（韻腹）呈現出來。[3] 簡而
言之，《廣韻》以及它的前代韻書通過本身的組織把韻母的結構
反映出來，其中包括主元音和韻尾，而且以韻序、韻目，以及各
韻之間的組合（即後來所謂「韻攝」這個概念），把主元音和韻

---

[1]　《續修四庫全書》第 247 冊（頁 43）。

[2]　黃耀堃（2004：103）。按：牟應震又說：「沈韻一書，橫割等韻而
　　成之，故其序韻亦仿行三十六母之音以序之，至其標韻目之字，不
　　用公而用東，不用光岡而用陽唐，皆所以掩等韻之迹，不令人覺耳」
　　〔《續修四庫全書》第 247 冊（頁 43）〕，與拙稿有互相發明之處，
　　又請參閱拙稿〈試論歸三十字母例在韻學史的地位〉〔黃耀堃（2004：
　　72 - 74）〕。又按：牟應震之說與《四聲等子》見母列位關係密切，
　　尤足研究，請參閱本書第 5 篇的第 1.2 節及第 3 節。

[3]　按：上面提到《廣韻》夬卦的韻目，卷首韻目和正文「夬」小韻的
　　切語不同，正反映卷首韻目標注韻腹的作用，而正文則承傳以前的
　　切韻而來，於是出現了這樣明顯的不統一的情況。

尾的音素呈現開來。同時，分開卷目這一點，也把聲調這個超音段音位也劃分出來。雖然這樣的劃分不像現代語言學那樣可以細分出每一個音素，甚至不如韻圖那麼清晰，但讀者只要閱讀全書也大致可以從前後連類，分辨出其中的同異。

4. 切語與介音

　　《廣韻》在結構上提供了分辨主元音和韻尾的指引，以至超音段的聲調的劃分，但如何把介音（韻頭）的區分也表現出來的呢？下篇試從切語用字加以探討。上世紀 30 年代，白滌州(1900–1934)在《女師大學術季刊》第 2 卷第 1 期發表了〈廣韻聲紐韻類之統計〉,該文通過統計反切上字的方法，推定陳澧（1810–1882）系聯出來聲母的類別，還可再加細分，由同一個聲母細分出來不同的類別，有些專用在一、二、四等，有些專用在三等，結果白滌州重新把「三十六字母」劃分出 47 類聲母。[1] 在白滌州之前，高本漢（Klas Bernhard Johannes Karlgren，1889–1978）也提出過有些聲母出現所謂「j化」的現象，同樣是傾向把一些聲母分為一、二、四等一類和三等一類。[2] 然而，到了 20 世紀 50 年代，李榮（1920–2002）批評高本漢的研究，稱他所使用的切語是「粗枝大葉」。[3] 至於白滌州使用精密的統計方法，也有些學者不以為然，如耿振生（1952–）所說「統計數字的精確不等於分類的

---

[1]　　白滌州（1931：24）。
[2]　　高本漢（1940：31）。
[3]　　李榮（1956：109）。

精確」。[1] 李榮批評高本漢，認為：「高本漢分單純和[j]化的那些個聲母，反切上字固然有分組的趨勢，就是他不分單純和[j]化的精、清、從、心四母，反切上字也有分組的趨勢」。[2]

然而，高本漢和白滌州的分析並不是沒有意義的。耿振生批評白滌州有三點，第一點是「兩類反切上字的使用分工並不十分嚴格，有的切上字不僅用在本類之內，也用在本類以外，甚至本類外的例子還不少」，第二點是「有的切上字使用頻率不高，並且本身的等跟所切字的等是不一樣的」，[3] 如果考慮到本篇一開始提到「層纍」的說法，《廣韻》的切語如果也是由「層纍」而成，存在不嚴格的表現和例外並不奇怪。「層纍」而成的文獻一定夾雜很多例外，最重要的還是要看主流和傾向，因此這兩個耿振生所說的「誤差」是在文獻整理中容許的範圍之內。至於耿振生提出的第三點，所謂白滌州因自己主觀致誤，認為他不應把《廣韻》的等和韻圖的等混淆起來，[4] 不過，後來辻本春彥（TSUJIMOTO Haruhiko, 1918–2003）在《〈付諸表索引〉廣韻切韻譜》重做了〈廣韻切韻譜切上字的統計〉的圖表，把四等和「四三等」（重紐A類）分別開來，[5] 修正了白滌州的統計，結果兩人相去不遠，說明白滌洲這樣的統計仍然站得住腳，並不存在主觀致誤的問題。

---

[1]　以上見《20 世紀漢語音韻學方法論》〔耿振生（2004：142）〕。
[2]　李榮（1956：109）。按：原文「那些個聲母」的「個」疑衍。
[3]　耿振生（2004：142）。
[4]　耿振生（2004：142）。
[5]　辻本春彥（2008：191–202）。

　　白滌州的誤區是在於要通過統計方法把聲母加以分類，而
沒有留意不同等的上字有不同的分工，而非在聲母上有真正的區
分。李榮引用趙元任（1892–1982）的說法批評高本漢三等[j]化，
也就是所謂「介音和諧說」，接着他又提出另一個說法：「拿反切
上下字是否跟被切字同屬三等或非三等做標準，有些反切三等介
音兩屬，有些反切三等介音屬下字（韻母字），有些反切三等介
音屬上字（聲母字）」，[1] 雖然這個說法是有相當多的例子來證明，
不過據白滌州和辻本春彥的統計所得，遠多於李榮《切韻音系》
的〈反切下字跟被切字等不同總表〉之類所列出的例子。[2] 因此
與其說是介音可以分屬上下字，不如說是古人有意用三等韻的上
字來拼切三等韻的被切字，也就是古人刻意要表現出三等介音。

　　本書的第 3 篇〈歸納助紐字與漢字注音的「三拼制」〉提到
「宋元以來的助紐字，正起着拼切/–i–/介音的功能」，[3] 如果連
同白滌州和辻本春彥的統計，可以說明古人很早就可以分辨出/–
i–/介音來，雖然三等的上字和一、二、四等的上字不能劃分出兩
個不同的組別，但它們各自承擔着不同的功能。上文提到周祖謨
所謂上字用正紐字的情況，雖然現在不明白其目的如何，但都是
以上下字同為三等，似乎有其深層的意義。[4]

---

[1]　李榮（1956：110）。按：1956 年版《切韻音系》並沒有提到趙元任
　　的名字，而在 1952 年中國科學院出版的《切韻音系》則有提到趙
　　元任〔李榮（1952：103）〕。
[2]　李榮（1956：101–102）。
[3]　本書第 3 篇的第 6 節。
[4]　按：有關「歸納助紐字」的出現，到現仍是一個謎，「歸納助紐字」

　　〈歸納助紐字與漢字注音的「三拼制」〉又提到「袁子讓設
立『切腳』，加在反切裏面，幫助分辨/–i–/和/–u–/介音」，[1] 這是
明代的情況，那麼《廣韻》時代是怎樣分辨/–u–/合口介音的呢？
這個問題，其實《廣韻》在結構上已經解決了。只有開合口對立
的韻才有分辨合口介音的必要，既然韻目是以等別較高的開口字
為主，因此開合口對立的韻中，與韻目不同的韻類，不就是表明
是有合口介音嗎？[2] 正因如此，宋代的「歸納助紐字」並沒有設
立合口一類，很可能是當時認為沒有這個需要。

5. 贅語

　　最後，就古人分辨音節結構的情況而言，有兩點值得補充
一下。首先，從上面的說明可知古人很早就懂得分辨/–i–/介音，
正如在《廣韻》切語之中，仍然可以分出一、二、四等的上字和
三等上字的不同，同樣在《廣韻》所傳承的韻書裏面，也可能存
在這樣的分別，因此四等和三等有異，而與一、二等相合的趨勢，
這樣就可以從另一角度說明四等理應不存在與三等相同的介音。
然而，很多學者使用不同時空的例證來說明《切韻》的四等有/–

　　的來源似乎很早，孔仲溫（1956–2001）認為已出現在《歸三十字
　　母例》〔孔仲溫（1994：330）〕，雖然此說未必準確，但《歸三十字
　　母例》中牙音全作三等，也是個很奇怪的現象。
[1]　本書第 3 篇的第 6 節。
[2]　按：正如耿振生批評白滌州不應把《廣韻》的等和韻圖的等混淆起
　　來，同樣研究這些切語時也不應把《廣韻》的合口字跟《韻鏡》之
　　類的「合口」混淆起來。

i–/介音，[1] 卻忽略了《廣韻》的切語所反映的問題，也就是說忽略了《廣韻》承傳的韻書本來就已具備了這種分辨功能。

其次，上面曾經提到「等韻學」早期叫「切韻學」，而「切韻」有一個音思是指反切上下字，如果用數學形式來處理，把「切韻」之學用「切語」之學來替代，於是「等韻」之學，等於「切語」之學；經過「消項」，「等韻」就等於「切語」。這裏只是純以低層次的形式邏輯來推理，但如果以《廣韻》本身的結構，包括分卷、韻序，以至韻目的選定，以及切語的構成來看，「切語」（切韻）的確呈現出等韻學的特徵。因此雖然唐宋分析音節的具

---

[1]　丁邦新（2008：89–96）。按：丁邦新（1936–2023）〈論《切韻》四等韻介音有無的問題〉從四個方面論證，認為《切韻》四等韻有介音，包括：四等韻合口音的演變、漢越語中重紐四等字的讀音、梵文對音裏的四等字、魏晉南北朝四等字押韻的趨勢，可以說證據很多，不過都不是直接討論《切韻》，因此如果只就《切韻》切語而言，似乎四等字沒有介音是比較可信。
又〈論《切韻》四等韻介音有無的問題〉引用了李榮的說法，接着就引董同龢（1911–1963）的分析，認為重紐三、四等的字可以跟三等以外的字系聯，而得出「可見用反切上字的分類判別介音的是非恐怕不能成立」〔丁邦新（2008：96）〕。按：白滌州沒有把四等字的「卑界必并邊」分出來，於是出現混雜不分的情況〔白滌州（1931：11）〕。如果根據辻本春彥的統計來看仍然可以成立，據他分析幫母字上字的統計，一等字 51 次，只充當一、二、四等上字，沒有例外；二等字 3 次，只充當二等上字，沒有例外；三等字 71 次，充當一等上字 3 次，充當二等上字 4 次，充當三等 56 次，充當「四三等」上字 6 次，充當四等上字 2 次；四等字 16 次，充當一等上字 1 次，二等 1 次，「四三等」上字 13 次，四等 1 次〔辻本春彥（2008：200）〕，三等字來充當三等字的上字接近 79%，不應以少數相涉的例子來否定上字可以判別介音的說法，因此〈論《切韻》四等韻介音有無的問題〉的論證也不能成立。

體細則未見，但分析切語，也隱然見到音節裏面的架構。

2011 年中秋翌日初稿

第 2 篇

讀《盧宗邁切韻法》小記

提　要： 本篇以魯國堯〈盧宗邁切韻法述論〉為基礎，
探討《盧宗邁切韻法》與宋元「切韻學」的關
係，並對《盧宗邁切韻法》的「三十六字母切
韻法」聲母的次序，以及《盧宗邁切韻法》的
流傳，作一點補充分析。

關鍵字：《盧宗邁切韻法》、魯國堯、《歸三十字母例》、
《解釋歌義》、《韻鏡開奩》

本篇得到魯國堯教授、嚴至誠博士、蕭振豪教授、許明
德教授的指導和幫助，謹此致謝！
原文刊於《中國音韻學暨黃典誠學術思想國際學術研討
會論文集》，廈門：廈門大學出版社，2014年。頁251–
260。

1. 引言

 1990年魯國堯教授把《盧宗邁切韻法》(本篇下稱《切韻法》)的影印本從日本帶回中土,[1] 兩年後發表了題為〈盧宗邁切韻法述評〉的論文,後來大幅增訂改名為〈盧宗邁切韻法述論〉(本篇下稱〈述論〉);[2] 這篇論文解開了很多歷來不明的音韻學疑難。刊在《魯國堯語言學論文集》時,更用索引的形式把〈述論〉的要點開列出來,高達十多項。其中不少足以搖動明清以來固有的音韻學觀念,例如「等韻學」在宋代稱之為「切韻學」;編寫《韻鏡》所依據的韻書,以及楊倓(1120–1185)所編「四十四圖」韻圖的特點;王宗道《切韻指玄論》的內容等等。[3] 魯國堯更在《切韻法》的研究中,提出「層纍」理論,[4] 為韻書、韻圖,以至音韻學理論的研究,開拓了一個新天地。

 魯國堯不單使《切韻法》重現中土,更為多個研究項目打下堅實的其礎,還帶來了不少學術研究的契機,如對考辨《切韻指掌圖》(本篇下稱《指掌圖》)的真偽,以及《指掌圖》跟《七音略》、《四聲等子》含糊不清的關係,都得到進一步的釐清,讓《指掌圖》的研究得到深化了;[5] 又如《切韻法》的「三十六字母切

---

[1]　魯國堯(2003:374)。
[2]　魯國堯(2003:326–379)。
[3]　魯國堯(2003:716)。
[4]　〈述論〉明確指出:「特別提出了『切韻圖是層纍地造出來的』觀點,而這與流行的韻圖音系說相對立」〔魯國堯(2003:326)〕。
[5]　參閱拙稿〈宋本切韻指掌圖的檢例與四聲等子比較研究〉〔黃耀堃(2004:139–180)〕。

韻法」跟《韻鏡》之類的「歸納助紐字」相類，因此對分辨「歸納助紐字」的性質，以至對漢語記音歷史的研究帶來重大的啟示；[1] 此外，黑水城出土的《解釋歌義》中有以「審穿禪牀照」為序的正齒音，與「三十六字母切韻法」相同，因此《切韻法》對《解釋歌義》的研究也有重大的意義。[2]

本篇擬以〈述論〉為基礎，記下閱讀《切韻法》的心得，主要包括以下幾點：探討《切韻法》跟宋元「切韻學」的關係，討論「三十六字母切韻法」聲母的次序，以及對《切韻法》的流傳和影響再作一些考辨。

2. 從兩個附圖談起

《切韻法》的「序」提到全書的重點：「人謂其難學者，乃『切韻法』百八字」，[3] 在「三十六字母切韻訣」又說「欲盡識世間字者，當熟誦『切韻法』」，夾注：「一百八字」。[4] 在「三十六字母切韻法」和「切三十六字母法」那裏均列三十六字母，每個字母有兩個助紐字，合共 108 字，[5] 由此可見這兩個部份無疑是全書的中心。不過，這裏卻擬從《切韻法》的附圖開始討論。

---

[1]　參閱本書第 3 篇。
[2]　參閱本書第 5 篇的第 2.1 節。按：下文不影響文意之下，齒聲皆作「牀」。
[3]　《切韻法》（頁 4）。按：《切韻法》的頁碼是據日本國立國會圖書館的掃描本。
[4]　《切韻法》（頁 5）。
[5]　《切韻法》（頁 6–8）。

　　在《切韻法》跋語之後有兩個圖（參閱本篇的圖一），[1] 魯國堯擬題為「三十六字母指掌圖及調四聲例字圖」，[2] 並指出：「這恐係後人或抄手所附益」。[3] 他指出與這個「調四聲例字圖」相近的圖見於《新編纂圖增類群書類要事林廣記》（本篇下稱《事林廣記》）「字有四聲」條之下，例字作「仁禮義樂」。[4] 把這圖抄附在《切韻法》之後，大約是為了說明《切韻法》跋語中的一段：「每字左右上下各有一字，聲聲皆別，如中央之視四方，各有定位」，[5] 也就是例字居中，四角各置一字有如四聲圈發，並按四聲排列起來（其中一個就是重複居中的字）。然而，《切韻法》「調四聲例字圖」的例字很奇怪，所列四個字為「智樂禮仁」，是四聲各一，次序卻是「去入上平」。比較一下《事林廣記》，才知道《切韻法》的抄者是誤抄，至於致誤的原因很可能是誤讀《事林廣記》那樣的四聲例字圖，《事林廣記》本依四聲圈發的次序，即「義」在右上，「樂」在右下，「禮」在左上，「仁」在左下，[6] 這就是一般圈發的次序。《切韻法》以「智」代「義」，未必是抄自《事林廣記》，但可以推想《切韻法》的底本也理應大致如此，恐怕是抄者不審，按直行的次序抄錄變成「智樂禮仁」，由此可證這個圖不應是《切韻法》原有的部份，甚至可能是抄者見到跋

---

[1]　《切韻法》（頁 12）。
[2]　魯國堯（2003：334）。
[3]　魯國堯（2003：335）。
[4]　魯國堯（2003：361）。
[5]　《切韻法》（頁 11）。
[6]　《續修四庫全書》第 1218 冊（頁 366）。

語之後，從別的地方抄來附在全書之後。

至於「三十六字母指掌圖」，還可以再討論一下。〈述論〉指出：「宋本《切韻指掌圖》在諸例之末即十一葉後半葉有一掌圖，聞名遐邇。也是左手，……」[1] 然而稱為「指掌圖」或者「指掌」的書並不一定有掌圖，同是宋刻本的《歷代地理指掌圖》，[2] 並沒有掌圖。「指掌」一語，並非專謂掌圖，雖然可以把「三十六字母指掌圖」來比較《指掌圖》，但意義不大。[3] 至於左手，只是為了方便，一般人以右手寫字，左手起着輔助的功能，因此用來幫助記憶或者計算的掌圖多用左手，這不但宋代如是，後代也如是，如明刊本《經史正音切韻指南》有「平仄指掌圖」，[4] 甚至在歐洲也一樣，如西班牙人Vicente Lusitano（？–1561 後）的 *Introduttione facilissima, et novissima, di canto fermo, figurato,*

---

[1]　魯國堯（2003：364）。

[2]　按：譚其驤（1911–1992）和曹婉如（1922–1996）指出《歷代地理指掌圖》初刻於北宋，南宋增補（《宋本歷代地理指掌圖》的序言頁 3–4、前言頁 4–5），與《指掌圖》相似。又按：《四庫全書存目叢書》的《歷代地理指掌圖》，題為「蘇軾」（1037–1101）所撰，也沒有掌圖〔史部第 166 冊（頁 99）〕；《四庫未收書目輯刊》所收元人吳恕《校刻傷寒圖歌活人指掌》（第四輯第 25 冊）也沒有掌圖。

[3]　李紅（1972 – ）《最古老的韻圖》認為「指掌圖」「是宋代三教合一大潮下的產物」〔李紅（2009：72–73）〕。按：「指掌」不能和「指玄」混為一談，王宗道有《切韻指玄論》，但這本書已佚，跟《指掌圖》有沒有直接關係還不清楚。另一方面《韻鏡》跟名為《指微韻鏡》的書有關〔《等韻五種》本（頁 1）〕，〈讀韻鏡校證二記〉指出《指微韻鏡》本或作《指玄韻鏡》〔黃耀堃（2004：183）〕，因此倒過來說「指玄」可能只是「指微」的意思。

[4]　如京都大學藏「近衞文庫」的明版《經史正音切韻指南》有「平仄指掌圖」，並注明：「凡調平仄，用左手拇指點食指，……」（頁 5A）。

25

*contraponto semplice, et in concerto*也有掌圖,同是左手(圖二)。[1]
有人認為掌圖跟宗教有關,其實兩者關係不大,正如〈最古老的
韻圖〉一文指出在佛教的手印裏「左手手形單獨出現的幾乎不
見」,[2] 因此與韻圖相關的掌圖與宗教的關係,似乎需要進一步
求證。[3]

　　魯國堯指出《切韻法》的掌圖作「曉匣影喻」,與《切韻法》
其他地方不合;此外同是掌圖,《切韻法》跟《指掌圖》的五音
次序也不同。[4] 「曉匣影喻」這個次序跟《切韻法》全書大部份
不協調,但也不能說完全沒有關係,「三十六字母切韻法」的字

---

[1]　　Vicente Lusitano(1558:2)。
[2]　　李紅(2009:71)。
[3]　　于建松(1968–)《現見切韻詩及相關問題》認為《切韻法》的「切
　　　韻詩中的這些語句應是當時佛門中的熟語」,因而認為「也許語錄
　　　的作者跟切韻詩的作者就是一類人」,並舉出一些切韻詩的語句見
　　　於多種宋代禪師語錄〔于建松(2011B:65–66)〕。不過,魯國堯指
　　　出有些切韻詩也跟一些世俗的文獻相關〔魯國堯(2003:335–336)〕。
　　　按:有些是世間恆常的話,並不一定是當時的佛偈,如「世間難會
　　　法」,陳師道(1053–1102)《後山集》卷十三〈仁宗御書後序〉所
　　　謂:「……臣竊窺觀皇帝,會法而忘世,會理而忘法,故工拙偏正
　　　不足論也,所謂有其道而進於技者,王者之於藝蓋如此」〔陳師道
　　　(1968:618)〕,而「會法而忘世」似為「世間難會法」相對而言。
　　　又按:于建松另一篇同題的論文,則略有不同的說法:「是語錄的
　　　作者把切韻詩中的這些語句引入語錄當中,還是切韻詩的作者從語
　　　錄中摘取句子寫入切韻詩中?筆者認為語錄的作者跟切韻詩的作
　　　者是一類人。現見切韻詩跟禪宗機緣語錄當是同時代的產物」〔于
　　　建松(2011A:190)〕,同一類人則可能指與宗教人士有關,但如果
　　　是同時代的產物,就不一定跟禪宗有直接的關係。
[4]　　魯國堯(2003:353)。

母次序中，排在喉音最前的不是影母，而是曉母（圖三），[1] 後
人可能因而抄錄了一個以曉母為首的掌圖（「三十六字母切韻法」
的字母次序留在後面第 5 節討論）。《切韻法》的掌圖五音次序表
面上跟全書相合，不過《切韻法》的掌圖是從小拇指算起，從右
到左的五音次序則是「牙舌唇齒喉」；而《指掌圖》卻是大拇指
算起，從左到右的次序是「唇舌牙齒喉」，[2] 屬於兩個不同的系
統，難以比較。此外，魯國堯指出《指掌圖》「其後二十圖皆為
牙音置前。而且大拇指上所寫的唇音八字居然幫組四母殿後，更
屬瞀亂」，[3] 不過，「三十六字母切韻法」之中同樣出現輕唇音置
於重唇音之前的現象，如「非」在「幫」前，「敷」在「滂」前，[4]
所以不能說《指掌圖》的掌圖排列沒有意義，這一點留在後面第
4 節討論。

3. 今本《切韻法》是否曾被改動

早在賢賀（KENGA，1684–1769）於日本延享三年（1746）
把《切韻法》「加繕裝了」之前，[5] 應該已有人引用過《切韻法》，
不過內容有出入。許明德《從《韻鏡開奩》看中日明清等韻學研
究》指出《韻鏡開奩》曾經引用《切韻法》，並跟《切韻法》互

1　《切韻法》（頁 6）。
2　司馬光（1986：22）。
3　魯國堯（2003：364）。
4　《切韻法》（頁 6）。
5　《切韻法》（頁 13）。

有發明，這裏不敢掠美，請參閱許明德的論文。[1] 《韻鏡開奩》是法橋宥朔（HOUHASHI Yūsaku）在日本寬永四年（1627）撰寫而成，[2] 這裏所據的是日本萬治二年（1658）本，無論如何也早於賢賀「加繕裝了」的時間。《韻鏡開奩》卷四對《韻鏡》張麟之的「識語」加以注釋，「識語」說：

> 遂知每飜一字用切母及助紐歸納，凡三拆総皈一律，
> 即是以推千聲万音，不離乎是。

《韻鏡開奩》的注：

> 切母。一義：三十六字母也。宗邁、指�啚序見。一義：切韻二字也。指云：凡切字以上者為切、下者為韻。切匀二字、上字為父、下字為母、皈納字為子、故切母云、切字二字也。一義：切与切母、其名同仍切母、上一字云也。三義中當流第二義用也。助紐、卅六字母下各有實邊、丁俱二字是也。元靚《切字門》、是為字祖。皈納不皈得之一字云也。[3]

---

[1]　參閱其中「二、《韻鏡開奩》對歸納助紐字的研究」〔許明德（2011：100–105）〕。

[2]　見《韻鏡開奩》的跋（卷六。頁 47A）。

[3]　以上見《韻鏡開奩》卷四（頁 6A–6B）。按：這裏把日語的假名刪去，把一些不影響文義的異體字改為通行的字體，又採用日語的標點方式。又按：張麟之「識語」按《韻鏡開奩》所引，其中的「拆」字，當為「折」。

「宗邁」應該是指《切韻法》，其中提到的助紐字，次序是「賓邊（幫母）、丁偈（端母）」。

　　《切韻法》的「切三十六字母法」，跟《新編正誤足註玉篇廣韻指南》（本篇下稱《指南》）的〈三十六字母切韻法〉，[1] 無論是從用字，或次序來看，兩者都非常相似，嚴至誠（1983–）《宋元語文雜叢所見等韻資料研究》指出「更可見兩者或據同一資料轉載，至少兩者所據底本應有同一來源」。[2] 嚴至誠收集的助紐字資料中，只有《指南》的〈三十六字母切韻法〉和《切韻法》作「丁偈」，[3] 而且《切韻法》的「三十六字母切韻訣」特別以「丁偈」為例，[4] 由此可見「丁偈」是《切韻法》中具特徵性的文字。[5] 今本《切韻法》無論是「三十六字母切韻法」還是「切三十六字母法」，都是「丁偈」在前而「賓邊」在後，[6]《韻鏡開奩》作「賓邊」、「丁偈」，是否說明今本《切韻法》有改動的嫌疑？當然可以這樣解釋，就是《韻鏡開奩》為《韻鏡》作注，於是按《韻鏡》的次序挪動了一下。不過，如果對比一下《指南》

---

[1]　《大廣益會玉篇》卷首〔《四部叢刊》本（頁 2A–2B）〕。〈述論〉指出：「只有一點差異：照母的助紐字『征氈』，盧書原作『真氈』」〔魯國堯（2003：360）〕。

[2]　嚴至誠（2006：111）。

[3]　嚴至誠（2006：118）。按：嚴至誠共收八種相關的宋元「語文雜叢」材料，並加上《歸三十字母例》。

[4]　《切韻法》（頁 5）。

[5]　按：《韻鏡開奩》卷五轉錄的「歸納助紐字」也是作「丁顛」，不作「丁偈」（頁 6B）。

[6]　按：「賓」為「賓」的異體字。

的〈三十六字母切韻法〉後面所附的「切韻內字釋音」，就會發現兩者的次序並不相合，[1]「切韻內字釋音」的次序是「橫袄孎榛俱礙倀延」，即「明曉孃牀端匣徹」，跟《指南》的〈三十六字母切韻法〉次序不合，跟《切韻法》「音釋『切韻法』難識字」的次序也不一樣。《切韻法》的「音釋『切韻法』難識字」是按「三十六字母切韻法」的次序，《指南》的「切韻內字釋音」的次序則很奇怪，比《切韻法》的「三十六字母切韻法」更難解釋。如果《指南》的〈三十六字母切韻法〉跟《切韻法》的「切三十六字母法」關係密切的話，那麼從《指南》「切韻內字釋音」的次序來看，是否說明《切韻法》曾被人加以改動？

4. 非敷在前，幫滂在後

上面提到《切韻法》的「三十六字母切韻法」是幫母、滂母在後，非母、敷母在前，而《指掌圖》的掌圖也是輕唇音在前、重唇音在後。魯國堯做了詳細的分析，指出《韻鏡》不可能主要依據所謂「景德《韻略》」列字時說：

> 如現存《附釋文互注禮部韻略》、《增修校正押韻釋疑》都不收「幫」字，缺此小韻。……王韻無「幫」，《廣韻》於唐韻末列「幫」字，注曰：「衣冶鞋履」，增加了一個小

韻。《集韻》才把它安排到「滂」小韻前，但是諸本韻略仍
然拒收。[1]

其實不單是各種「王韻」所無，根據《切韻諸本反切總覽》所收
各本之中，也只是《廣韻》有「幫」小韻，[2] 「幫組」名稱的成
立應該在韻書收了「幫」這個小韻之後，因此非母在幫母前可能
是反映了較舊的體系。《指南》的〈切字要法〉、[3] 《群書考索》
的《六十字祖》、[4] 元至順本《事林廣記》的〈切字要法〉等助
紐字資料中，[5] 都有「四字無文」一句，或用符號代替。〈切字
要法〉在反白的「四字無文」之下，列出兩個切語：「如上平一
東風字，方中切，方一一風」，「如上平八微韻微字，無非切，無
一一微」，[6] 從這兩個切語來看，[7] 「無文」兩字的聲母是非母
和微母，同是唇聲。這樣看來，幫組名稱的出現似乎較晚，因此
可以說先有「非」這個小韻，而「幫」小韻後出，「非」排在「幫」
前是很自然的了，《指掌圖》於是全組排在前面，在《切韻法》
就成了「非敷」在前而「幫滂」在後。不妨再看看敦煌卷子《歸
三十字母例》（圖四），唇音作「不芳並明」，到了宋人三十六字

---

[1]　魯國堯（2003：350）。
[2]　上田正（1975：55）。
[3]　《大廣益會玉篇》卷首〔《四部叢刊》本（頁 1A–1B）〕。
[4]　《群書考索》卷十一〔影印文淵閣《四庫全書》本（頁 22B）〕。
[5]　《續修四庫全書》第 1218 冊（頁 365）。
[6]　《大廣益會玉篇》卷首〔《四部叢刊》本（頁 1A）〕。
[7]　按：〈切字要法〉似乎是根據《禮部韻略》，《（附釋文互註）禮部韻
　　略》作「方中切」（《四部叢刊》本卷一，頁 3A）。

母系統，並沒有採用「不芳」這兩字，而用「幫（非）」和「滂（敷）」。「三十六字母切韻法」剛好這兩母輕唇在前重唇在後，與一般排列有異，這都反映出跟較舊的系統有關。

5.「三十六字母切韻法」的聲母次序

除唇音外，「三十六字母切韻法」其他的字母次序又傳遞了甚麼特別的訊息？魯國堯指出：

> ……《盧宗邁切韻法》中的(五)〈三十六字母切韻法〉所列三十六字母的次序是：「心曉端知見審精非幫清溪穿透徹敷滂並奉群邪匣定澄從禪牀明微來喻日疑照影泥娘」，最多只能勉強說，似乎以「全清、次清、全濁、不清不濁」四類為序，然而「照影」夾於「疑泥」之間，四類各母毫無相應之處，相當紊亂，連相傳為唐末人的守溫的《韻學殘卷》也不至如是。[1]

「三十六字母切韻法」的字母的確「次序凌亂不堪」，[2] 不過比起《指南》的〈切字要法〉之類，表面上還算是以清濁為序。〈切字要法〉除了前面十組是按自然數字序列的聲母之外，[3] 其餘十八組的次序更難考索。[4] 然而〈切字要法〉、《六十字祖》之類的

---

[1]　魯國堯（2003：369）。
[2]　魯國堯（2003：360）。
[3]　《大廣益會玉篇》卷首〔《四部叢刊》本（頁 1A）〕。
[4]　〈切字要法〉的聲母次序是：「影日心邪疑來清幫見禪從泥喻照滂定澄並群溪穿端曉透精明審匣」。按：上面的第 3 節已提到這個次序跟《指南》的「切韻內字釋音」也不相合。

聲母次序大體相同，相信源頭相近。因此，從「三十六字母切韻法」和〈切字要法〉來看，這些助紐字可能有其特殊的系統。「三十六字母切韻法」的「混亂」也許帶來重新思索的契機。

　　「三十六字母切韻法」除了以清濁為序之外，還有一個很明顯的次序，就是舌音和唇音類隔的聲母都並列在一起。舌頭音排在舌上音的前面，奉母和微母這兩個輕唇音也在重唇音之後，只是非母和敷母比較特別。舌頭音和舌上音次序分明，而唇音輕重相混，是否說明舌音的分化較唇音為早，因此「三十六字母切韻法」出現時間的上限可能是在舌頭音、舌上音分開之後，下限可能是在輕重唇確立之時。

5.1 「三十六字母切韻法」的齒音

　　「三十六字母切韻法」的字母次序，還有兩個可以討論的地方，一個是齒音的次序，另一個是魯國堯提到的「照影」夾於「疑泥」之間。

　　「三十六字母切韻法」正齒音的次序作「審穿禪牀照」，而齒頭音作「心精清邪從」，跟宋元韻圖不一樣。「審穿禪牀照」的次序，最早可能是由于建松〈早期韻圖與三十六字母關係探析〉提出來討論的，他提到《解釋歌義》有「審穿禪牀照」這樣的次序，於是根據聶鴻音（1954–）和孫伯君（1966–）的統計和分析，推論出一個「正齒音字母的完善及其順序的變化」的過程，[1] 後

---

[1]　　于建松（2007：86）。

來他在〈現見切韻詩及相關問題〉重提這個說法。[1] 這是個驚人的發現，可惜于建松所據的材料不太準確。

首先聶、孫的統計並不全面，本書的〈《解釋歌義》所據的音韻材料及其相關問題〉重新計算，發現《解釋歌義》正齒音以「照」為首的有 24 次，高於以「審」為首的 15 次，[2] 當然單就統計而言，還不足全面動搖于建松的推論，他的證據之一是《歸三十字母例》（本篇下稱《字母例》），可惜于建松排列字母的次序並不準確。姜亮夫（1902–1995）和周祖謨早已不同意把「審穿禪日心邪照」連在一起，[3] 只要看看原件就會同意姜、周的說法，于建松雖然在「審穿禪日」和「心邪照」之間隔了一個空格，可惜他仍當作是同一行。

更可惜的是于建松大約沒有讀到〈述論〉，[4] 不知道「三十六字母切韻法」同樣是「審穿禪牀照」，如果他見到《切韻法》同有這樣的次序之後，也許就不會提出那樣的推論。換言之，齒音的排列次序並不是一個直線發展的結果，而是在「層纍」的狀態下經過重重淘汰而來。[5] 齒音的排列曾經長期有兩種以上的順序，最後淘汰剩下一種，從《切韻法》到《解釋歌義》之間，都

---

[1]　于建松（2011B：66）。

[2]　參閱本書第 5 篇的第 2.1 節。

[3]　參閱〈試論《歸三十字母例》在韻學史的地位〉〔黃耀堃（2004：38–39）〕。

[4]　兩篇〈現見切韻詩及相關問題〉的「主要參考文獻」都是只有〈《盧宗邁切韻法》評述〉〔于建松（2011A：192）及于建松（2011B：67）〕。

[5]　有關「層纍」的說法，請參閱本書第 1 篇的第 4 節。

是兩種排列次序並存的狀態，最後只剩下一種，反映出整個淘汰的過程相當漫長。

5.2 「心曉」和「泥孃」

　　于建松特別提到《字母例》這個抄本，的確為解決「三十六字母切韻法」的字母次序問題，走出了重要的一步，這裏也是依從于建松的思路作出推論。另一方面，拙稿〈試論《歸三十字母例》在韻學史的地位〉曾經提出把《字母例》的「心邪照」和「曉匣影」兩組，與其他 24 個字母區分開來，[1] 這樣問題就清晰得多。「三十六字母切韻法」一開始是「心曉」，正是《字母例》「心邪照」和「曉匣影」兩組直行最前面的兩個字，相連的「邪匣」、「照影」也是這兩組直行的順序，從「三十六字母切韻法」的順序來看，「心曉」、「邪匣」、「照影」的次序跟《字母例》這兩組直行完全一致。

　　《守溫韻學殘卷》稱「心邪曉」為「喉中音清」，稱「匣喻影」為「喉中音濁」，[2] 跟《字母例》不盡相同，但同樣是把「心邪」混在喉音之中。[3] 上面提到「三十六字母切韻法」把宋人唇舌類隔並列，而「心曉、邪匣、照影」各自按次相連，似乎反映某個時代對各個聲母之間關係的看法。「心曉、邪匣、照影」各於前中後的位置，似乎是以《守溫韻學殘卷》所謂「喉音」來貫

---

[1]　黃耀堃（2004：38–48）。
[2]　周祖謨（1983：803）。
[3]　周祖謨（1983：956）。

穿全圖。[1] 不過「照影」之後還有「泥孃」，也就是出現「照影」夾於「疑泥」之間這個問題，因此需要分析一下「泥孃」的位置。

《字母例》和「三十六字母切韻法」都是早期字母的材料，兩者的牙音和歸併後的唇音的清濁組合差異不大。至於舌音，兩者則有所不同，《字母例》的舌上音是「知徹澄來」，「三十六字母切韻法」既把「知徹澄孃」歸併到「端透定泥」，以致來母無所歸屬。另一方面，王力（1900–1986）和李方桂（1902–1987）等學者都認為中古舌上音和正齒音同源自舌尖塞音，[2] 即照三系跟舌頭音古來相關，而舌上音是後來分化出來的。《字母例》把「審穿禪日」置於舌頭音之後，可以說是隱約反映出這種關係，也就是說舌頭音跟「審穿禪日」的歷史上的關係早於舌上音。周祖謨也從發音方面來討論《字母例》的「審穿禪日」和「知徹澄來」這兩個組合，他指出：

> ……日母和來母的列法一定與當時的讀音是相符合的。日母可能是 ń，與審穿禪發音部位相同，所以歸為一組；來母為舌音，而知徹澄可能是舌部塞音 t 一類（還不曾變為後日的塞擦音），所以知徹澄來列為一組。

1　按：業師尾崎雄二郎先生認為《切韻》的韻目排列是基本上按「動口於喉，緘口於唇」這個原則〔尾崎雄二郎（1980：101）〕，「三十六字母切韻法」始於「心曉」，也就是說始於「喉中清」，「三十六字母切韻法」也不就是「動口於喉」嗎？
2　王力（1980A：74）、李方桂（1980：14–16）。按：王力《漢語史稿》認為此說來自錢大昕（1728–1804）〔王力（1980A：74）〕。

又指出：「這三十字母中沒有牀母。從禪母的地位和所舉的例字來看，禪母當為塞擦音，所以有禪無牀」。[1] 這樣，「三十六字母切韻法」把「孃」放在「泥」後，可能只是為了遷就宋人三十六字母系統，更可能因「泥孃」並非原來的系統，所以放到最後，而出現「照影」夾於「疑泥」之間。

雖然如此，「知徹澄來」在「三十六字母切韻法」的次序仍與後來清濁的次序沒有矛盾。《切韻法》的「三十六字母五音傍通圖」把來母稱為「半火」、「半徵（音）」，可見來母跟屬「火」和「徵」的舌音關係密切。[2] 另一方面，「三十六字母切韻法」把牀母次於禪母後，可能也是為了表示有類相關的因素。[3] 不過，「知徹澄來」在「三十六字母切韻法」把知徹澄三母歸到端透定三母，而沒有把來母跟泥母或者孃母放在一起，似乎要跟舌上音有所分別。由此可見，當討論「三十六字母切韻法」的次序時，可能要把來母獨立起來。

5.3 順序和逆序

「三十六字母切韻法」由明母到孃母，除了照母和影母之外，

---

[1]　周祖謨（1983：956）。

[2]　《切韻法》（頁 6）。按：《韻鏡》把來母、日母併合為「半徵半商」〔《等韻五種》本（頁 9）〕，其他各個字母並無五音所屬，「半徵半商」似乎刪節自某個材料。

[3]　《上古音研究》指出：「……我們前面已經定他是舌尖前塞音受顎化作用而變成中古時期的塞擦音，其中只有牀禪兩母不易分辨。我以為牀禪兩母有同一的來源」〔李方桂（1980：16）〕。

都是所謂「不清不濁」的字母:「明微來喻日疑〔照影〕泥孃」,[1]
如果把唇音、舌音都歸併,並撤除照母和影母,即變成了「〔明
微〕來喻日疑〔泥孃〕」,接着試把這些「不清不濁」的字母跟《字
母例》各組全清聲母加以對應,由於「三十六字母切韻法」的「知
徹澄」已歸拼入「端透定」,於是來母無所屬,結果得出「〔非幫〕
來精審見〔端知〕」這個次序。把這個次序倒過來看,即變成「〔端
知〕見審精來〔非幫〕」,撤除了來母,就是「三十六字母切韻法」
第三到第九個字母的次序。如果把「心曉、邪匣、照影」以及把
歸拼的舌音和唇音都抽離出來,只保留見諸《字母例》的字母(即
連牀母也撤除出去),得出的次序是:見審精清溪穿群從禪來喻
日疑。前半是《字母例》的「見審精」三組順時針的次序,而後
半則這三組逆時針的排列,只是來母在「見審精」三組之外,只
要不移動《字母例》來母的位置,仍是逆時針的次序。

　　這樣把大部份字母撤除出去似乎有點取巧,不過至少「見審
精」三組可以跟《字母例》的次序對應(甚至包括部份舌音和唇
音:「端知、非幫、明微、泥孃」),「心曉、邪匣、照影」又可以
跟《字母例》對應起來,加上以清濁為序,可見「三十六字母切
韻法」的字母次序跟《字母例》之類有深厚的淵源。[2]

　　如果單就功能和現代人容易理解的角度而言,《切韻法》的
「切三十六字母法」遠勝過「三十六字母切韻法」,「切三十六字

---

[1]　按:《切韻法》之中稱「次濁」為「不清不濁」(頁5)。
[2]　按:《歸三十字母例》這個名稱中的「歸」字可能跟「歸納助紐字」
　　的「歸(納)」有關。

母法」完全可以取代「切三十六字母切韻法」。正如《指南》裏面的〈三十六字母切韻法〉，大致跟《切韻法》的「切三十六字母法」相類，以牙舌唇齒喉來日七音為序，〈述論〉也認為《指南》的〈三十六字母切韻法〉「製圖井然，緊湊美觀遠勝盧書」，[1] 然而《切韻法》既有「切三十六字母法」，何必還要把「次序凌亂不堪」的「三十六字母切韻法」列在前呢？是說明《切韻法》刻意要保留一些古來相傳的「切韻法」文獻，表明其來源淵遠，還是這個「凌亂不堪」的次序有特別的意思呢？這都值得再加探究。

6.《切韻法》的流傳和重現

現在再看看正齒音「審穿禪牀照」和齒頭音「心精清邪從」的次序問題，也許這是個假命題，因為「三十六字母切韻法」既不是按宋人「三十六字母」來排列，就不能以宋人「三十六字母」來劃分。「審穿禪牀照」的次序出現在《解釋歌義》，這一點很重要，說明在《韻鏡開奩》之前，《解釋歌義》已參考過與此相關的材料。[2] 〈述論〉用移山的氣力論證盧宗邁真有其人，從而證

1　魯國堯（2003：360）。

2　按：熊澤民〈經史正音切韻指南序〉：「……又且溺於『經堅、仁然』之法」〔劉鑑（1981：1）〕，〈宋本《切韻指掌圖》的檢例與《四聲等子》比較研究〉據此推論，熊澤民所見的《四聲等子》並不是現在所見的《四聲等子》〔黃耀堃（2004：176）〕，熊澤民的序並不見於近衛文庫的《經史正音切韻指南》。又按：《宋元語文雜叢所見等韻資料研究》搜集八種宋元的助紐字資料中，只有《切韻法》和《指南》的〈三十六字母切韻法〉有「仁然」〔嚴至誠（2006：110、119）〕，熊澤民是否看過與《切韻法》相關的材料，值得深思。

明《切韻法》並非偽作，本篇則從中外資料證明其流傳雖尟而可見。以上都說明了《切韻法》的重現和魯國堯的研究是音韻學史上不可或缺的部份。

王辰（2012 年）閏四月十五日亥初一稿

附圖

圖一

圖二

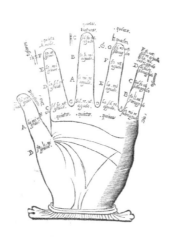

圖三

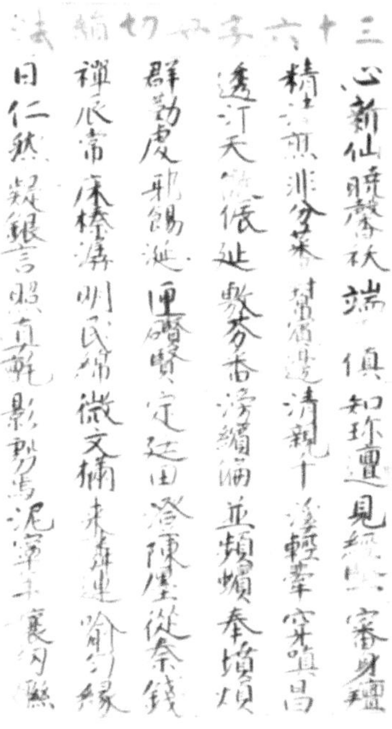

心新仙曉馨秋端，俱知環邅 (見經)：審身躔
精注須非分春 當須邊 清親十 溪輕童 究真昌
透汀天然低延 數芬香滂縉泗 並頻頓奉增煩
群勤慶飛錫池 匣醫賢 定廷田 澄陳崖從奈錢
禪氏帝 廉槿溽 川民齋 微文楠 未舞進 階巧緣
日仁然 疑銀言 昭真乾 影勢馬 泥濘本 襄勺然

圖四

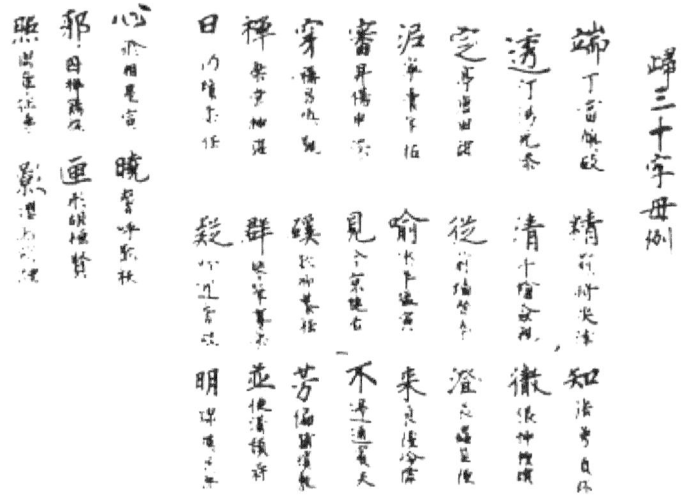

第 3 篇

歸納助紐字
與漢字注音的「三拼制」

提　要：「反切」一般以兩個漢字為一個漢字注音，跟
　　　　20世紀初前後出現的「三拼制」注音並不相同。
　　　　本篇從歸納助紐字，探討「三拼制」的歷史，
　　　　並指出這種分析音素的拼切方法，早在《西字
　　　　奇跡》刊行之前已經出現。

關鍵字：反切、歸納助紐字、袁子讓、三拼制、三拼法

本篇得到魯國堯教授、李行杰教授、張雙慶教授、張洪
年教授、黃坤堯教授及嚴至誠博士的幫助，謹此致謝！
原文刊於華中理工大學語言研究所主編《語言研究》第
28卷第2期（2008年。頁17–30），及《唐字音英語和二
十世紀初香港粵方言的語音》（香港中文大學中國文化
研究所吳多泰中國語文研究中心，2009年。頁39–62）。

1.「雙拼法」和「三拼制」

　　「反切」一般以兩個漢字拼切出一個音節，按照曹述敬（1916－2001）主編的《音韻學辭典》所給「反切」的定義，是「用兩個字輾轉相拼為另一個字注音」，[1]《音韻學辭典》特別強調反切是「雙拼法」，只用兩個字來注音，[2] 簡而言之，反切的方法就是一種「雙拼法」。然而「讀音統一會」在 1913 年製定1918 年正式公布的「注音字母」，[3] 好像一反傳統，除分離聲母和韻母之外，還進一步把韻母分離，把一個漢語的音節分成三個部份，稱之為「三拼制」。[4] 在 19 世紀至 20 世紀初漢字注音的歷史，採用「三拼制」的，「注音字母」不是唯一一種。一般認為中國人設計的拼音字母方案，最早的是盧戇章（1854－1928）的《一目了然初階》，[5] 周有光（1906－2017）指出「從《一目了然初階》的出版到辛亥革命的二十年當中，提出的個人方案一

---

[1]　曹述敬（1991：37）。

[2]　《音韻學辭典》認為：「拼音除了有雙拼法之外，還有三拼法、四拼法，從書寫形式上看可以用兩個、三個、四個字母表示；而反切只能用雙拼法，總是用兩個字為一個字注音，即使是零聲母，也必須有反切上字，即使既有韻頭又有韻尾的韻母，也只能用一個字表示。對『反切』兩字的理解，經歷一個曲折的過程」〔曹述敬（1991：38）〕。按：《音韻學辭典》說拼音字母可以不只雙拼，但反切只能雙拼。本篇指出不單是漢字注音可以用三個以上的字母來表示，「反切」同樣可以用三個以上的漢字來拼切出來。

[3]　周有光（1992：206）。

[4]　周有光（1964：34）。按：《漢字改革概論》有時稱之為「三拼法」〔周有光（1964：91）〕，即「三拼制」和「三拼法」相同。

[5]　周有光（1964：26）。

共有二十八種」，[1] 其中有兩種涉及「三拼制」，[2] 周有光認為「三拼法是雙拼法和音素制之間的過渡形式」，[3] 言下之意，就是先有雙拼的符號注音方法，其後才有三拼的方式。

　　19 世紀末至 20 世紀又另有一種三拼注音，不過，這種三拼注音是以漢字為英語注音，莫文暢（1865－1917）《唐字音英語》（*English Made Easy*）除了用直音的方式來標注英語讀音外，還用拼切的方式。[4] 除了雙拼的切語外，還用三個漢字拼切一個音節，但三個漢字的分工並不穩定，有時是用兩個漢字表示整個音節裏元音以後的部份；有時是用兩個漢字拼切輔音的部份。前者如「well」的粵語讀音是「烏A勞」，上面加了一個「⌒」，「勞」用小字寫出來，表示三字拼切，而「勞」字要輕讀；[5] 後者如「room」的音譯是「胡嚨唔」，[6]「胡嚨」上面有「⌒」的符號，表示「胡」

---

[1]　周有光（1964：27）。

[2]　《漢字改革概論》稱「田廷俊方案（二）」為「不完備的三拼制，部份雙拼」〔周有光（1964：56）〕，而「劉世恩方案」為「雙拼式的三拼制」〔周有光（1964：57）〕。

[3]　周有光（1964：91）。

[4]　該書的「凡例」之中說：「凡有兩字相連有此⌒之形式者、要急口將該二字讀成一個音、如蘇屋二字急口讀之則成宿字音、如租屋兩字急口讀之則成竹字、又如鼻英兩字合埋急口讀之、則讀兵字是也」〔黃耀堃、丁國偉（2009：117）〕，如「wind」：「呍」，附注：「呍字用烏烟二字急口讀成一音便合」〔黃耀堃、丁國偉（2009：128）〕。按：在音譯的歷史裏用過相近的方式來注音，如「磧砂藏」的《無能勝大明心陀羅經》的隨函音義：「捺哩，上奴達反。凡遇二之合聲，即輕聲疾呼」〔臺灣版《中華大藏經》第 1 輯第 8 集（頁 28253）〕。

[5]　黃耀堃、丁國偉（2009：129）。

[6]　黃耀堃、丁國偉（2009：551）。

和「嚨」都共同承擔着這個音節，而「胡」是為了表現[r-]與「嚨」的[l-]不同而附加上去。[1] 前者跟「注音字母」有點相像，用兩個漢字代表韻母；至於後者，是以兩個漢字重疊出一個單音素的聲母（[r-]）。[2] 無論如何，後者跟反切拼讀也好，跟現代的音譯方式也好，都很不相像，可以說是一種特殊的「三拼制」。

周有光論到「三拼法」，認為：「這是對反切法作了改革，從『一分為二』的『雙拼』再一次『一分為二』成為『三拼』，它源出於反切法，而擺脫了反切法的束縛」，[3] 也就是說「三拼法」有反切法以外的東西。上述那些「三拼法」，都幾乎在同一個時期出現，是否反映出漢字注音方法在 19、20 世紀之交，出現了很大的變化？而這些記音方法，是否成為新時代語音學胎動的標記呢？然而，翻查一下歷史文獻之後，發現這竟是明清以來一直存在的東西。

為了區分注音字母的「三拼法」，本篇把使用三個以上的漢字拼切一個音節的方式，統稱為漢字注音的「三拼制」。

1.1 「三拼制」與助紐字

歷史上，出現過一些與「三拼制」相類的名稱，如六朝「反

---

[1]　按：粵語沒有[r-]這個音素，在「嚨」前添加「胡[wu]」來模擬[r-]。另一方面，用「嚨[luŋ]」跟「唔[m]」拼切出[-m]的音節。

[2]　按：當然也可以說「嚨唔」拼切出韻母，那裏的「room」是由「胡嚨唔」三個漢字拼切而成。

[3]　周有光（1997：80）。

語」之中，有所謂「三字反」，見顧炎武（1613－1682）《音論》，[1]
然而顧炎武所說的「三字反」，實質上仍然是兩字拼切，只是切
語的上下字之外，加上了一個跟被切字沒有關係的字，而非三字
拼切。

　　與「三拼制」較為接近的是明末沈寵綏（？－1645）的《度
曲須知》，[2] 其中有所謂「三音合切」。[3] 耿振生《明清等韻學通

---

[1] 〈南北朝反語〉條：「……又有三字反者，吳孫亮初童謠曰『於何
　　相求常子閣』，常子閣者反語石子堈，『常閣』為石；『閣常』為堈
　　也。齊武帝永明初百姓歌曰『陶郎來』，言唐來勞也，『陶郎』為唐；
　　『郎陶』為勞也，梁武帝中大通中民間謠曰『鹿子開城門』，『鹿子
　　開』者反語為『來子哭』，『鹿開』為來，『開鹿』為哭也」〔顧炎武
　　（1982：53）〕。按：「常子閣」的「子」、「陶郎來」的「來」、「鹿
　　子開」的「子」都跟切語沒有直接的關係，不知是否早期「兒化」
　　現象的孑遺？

[2] 沈寵綏的生卒不詳，此據董忠司（1947－）〈明代沈寵綏語音分析
　　觀的幾項考察〉之說〔董忠司（1991：184）〕，又參閱蔡孟珍（1959–）
　　《沈寵綏曲學探微》〔蔡孟珍（1999：12）〕。

[3] 見《度曲須知》卷上〈字母堪刪〉條：「……予嘗考字於頭、腹、
　　尾音，乃恍然知與切字之理相通也。蓋切法即唱法也。曷言之？切
　　者以兩字貼切一字之音，而此兩字中，上邊一字，即可以字頭為之；
　　下邊一字，即可以字腹字尾為之。如東字之頭為『多』音，腹為『翁』
　　音，而多翁二字，非即東字之切乎？蕭字之頭為『西』音，腹為『鏖』
　　音，而西鏖兩字，非即蕭字之切乎？翁本收鼻，鏖本收嗚，則舉一
　　腹音，尾音自寓。然恐淺人猶有未察，不若以頭、腹、尾三音共切
　　一字，更為圓穩找捷。試以『西鏖嗚』三字連誦口中，則聽者但聞
　　徐吟一蕭字；又以『幾哀噫』三字連誦口中，則聽者但聞徐吟一皆
　　字，初不覺其有三音之連誦也」〔《四庫全書存日叢書》集部第 426
　　冊（頁 671）〕。按：沈寵綏的說法跟呂坤（1536–1618）有點相近，
　　如主張「首尾無異音」的韻，上字用入聲（參閱本篇的第 4 節），
　　而比較特別的是主張「以頭、腹、尾三音共切一字」。耿振生認為
　　沈寵綏的「三合切法」是創見，但「對字音的分析還有不足之處」，

論》改稱為「三合切法」，還提到「後來響應三合切法的人還有勞乃宣」。[1] 耿振生這個發現非常重要，說明「三合切法」與「三拼制」關係密切。不過，問題好像又回到本篇的開始，勞乃宣（1843－1921）是 19 世紀末跟注音字母關係密切的人物，他的《簡字全譜》直接影響到注音字母。[2] 然而，影響勞乃宣的是「國書」（也就是「滿文」，耿振生稱之為「清文」），[3] 「以音素分析為基礎的」，因此耿振生認為這跟反切拼讀的方式不一樣。[4]

「三音合切」也許跟「三拼制」沒有很大的關係，但值得注意的是沈寵綏提到當時一些拼切方法，他又說：「……夫儒家『翻切』、釋家『等韻』，皆於本切之外，更用轉音二字（即『因烟、人然』之類），總是以四切一，今之三音合切，奚不可哉？」[5] 所謂「轉音二字」的「因烟、人然」，也出現在《度曲須知》上卷

「三音合拼」的說法其實還不可以說是「三拼制」，耿振生批評沈寵綏為架床疊屋〔耿振生（1992：84）〕。

[1] 耿振生（1992：83–84）。

[2] 周有光（1964：32–33）。

[3] 耿振生（1992：84）。按：所謂「國書」的「三合切音」，如影印文淵閣本《四庫全書》（本篇下稱《四庫全書》本）鄂爾泰（1680–1745）《八旗通志》卷首第六〈增訂清文鑑序〉：「……朕志切紹聞，指授館臣詳加權覈，每門首著國語，旁附漢字對音，或一字，或二合，或三合切音。俾等量者不爽苗髮，而字之淆於不得其音者尟矣」（頁22b）。又按：這種「三合切音」不但為滿文注音，亦為其他文字注音，如傅恆（？–1770）《西域同文志》卷一：「巴阿呼」、「枯烏勒」之類〔《四庫全書》本（頁 1B）〕，「巴阿」、「枯烏」在上，「呼」、「勒」分別列在下面。

[4] 耿振生（1992：84）。

[5] 《四庫全書存目叢書》集部第 426 冊（頁 671）。

〈三十六字母切韻法〉。[1] 而這個〈三十六字母切韻法〉大致同
於《四部叢刊》元刊本《玉篇》卷首《新編正誤足註玉篇廣韻指
南》同名的部份。[2]《新編正誤足註玉篇廣韻指南》之中，相類
的還有〈切字要法〉，「因烟、人然」正是〈切字要法〉開始的四
個正文，所謂：「一因煙、二人然」。[3] 除了《玉篇》卷首《新編
正誤足註玉篇廣韻指南》的〈切字要法〉和〈三十六字母切韻法〉
（本篇下稱「切韻法」）之外，早期的等韻圖如《切韻指掌圖》
（本篇下稱《指掌圖》）、《韻鏡》、《四聲等子》都附有這樣的東
西，[4]《指掌圖》稱之為「引類（清濁）」，《韻鏡》稱之為「歸
納助紐字」，現在一般採用《韻鏡》的叫法，或者簡稱為「助紐
字」，明清時代很多論著都收了這類「助紐字」。[5] 沈寵綏也許認
為自己的方式不是傳統的拼切形式，[6] 但「儒家」、「釋家」用「因

---

[1]　見《度曲須知》下卷：「於景，於因烟影」及「入隻，入人然日」
〔《四庫全書存目叢書》集部第 426 冊（頁 686－687）〕。

[2]　《玉篇》卷首〔《四部叢刊》本（頁 2A–2B）〕。

[3]　《玉篇》卷首〔《四部叢刊》本（頁 1A）〕。

[4]　司馬光（1986：17–18）；張麟之（1981：8–9）；《等韻五種》本《四
聲等子》（頁 3）。

[5]　按：其中多無助紐字之名，或改為其他名稱，如濮陽淶（1537 年舉
人）《韻學大成》稱之為「字母」〔《四庫全書存目叢書》經部第
208 冊（頁 658–659）〕，又如王應電（16 世紀人）《聲韻會通》稱之
「過接聲」，見該書〈述義〉的〈今定切韻法〉：「凡聲母及過接聲，
只止於此。學者但須熟此叶於各韻，而天下無餘字矣」〔《四庫全
書存目叢書》經部第 189 冊（頁 838）〕。又，袁子讓（1601 年進士）
《五先堂字學元元》稱之為「切腳」〔《四庫全書存目叢書》經部
第 210 冊（頁 191）〕。

[6]　浦山あゆみ（URAYAMA Ayumi）認為沈寵綏三字切法，有三種情

烟、人然」之類的「助紐字」，可以「以四切一」，那麼他的「三音合切，奚不可哉」，[1] 他認為拼切時用「因烟、人然」之類是「以四切一」，如果從這一點來看「三拼制」的注音方式，似乎跟助紐字可能有點關係。

2.助紐字的功用

助紐字的來源並不清楚，孔仲溫認為助紐字「早在唐朝仍在使用三十字母的時代，就已經有了。今所見敦煌S.512 號卷子的《歸三十字母例》相同，僅僅在名稱上有別而已」。[2] 甚至有人認為「最早的『助紐字』是唐代沙門神珙所作的《四聲五音九弄反紐圖》」，[3] 《歸三十字母例》和《四聲五音九弄反紐圖》也許是助紐字的來源，但並無清楚說明，不知道當時有甚麼功能。

況〔浦山あゆみ（2004：346–347）〕。不過無論如何，三字切法中的第二字（字腹）與介音沒有關係，跟本篇所說到以第二字表示介音的「三拼制」並不一樣。

[1]　《四庫全書存目叢書》集部第 426 冊（頁 671）。

[2]　孔仲溫接着說：「它在每個字母下，各列舉了四個例字，在卷子背面有『三十字母敲韻』一行文字，文中的『敲韻』，就是轉讀、唸誦的意思，要讀者反覆地拼讀，以從中了悟各字母的聲值」〔孔仲溫（1994：340）〕。按：「三十字母敲韻」六字，似為蔣孝琬（蔣師爺，？–1922）所加，並非敦煌抄本原有的，然而，這是蔣孝琬杜撰的說法，還是當時把《歸三十字母例》所列的字稱之為「敲韻」的呢？

[3]　見張九林（1947？–）〈試論古人對字音認識的四次飛躍〉〔張九林（1996：117）〕。按：張九林所謂《四聲五音九弄反紐圖》，其實是指見於《玉篇》的〈五音聲論〉〔《四部叢刊》本（頁 4）〕，〈五音聲論〉可能不是《四聲五音九弄反紐圖》原有的東西，參閱拙稿〈試釋神珙九弄圖的「五音」〉〔黃耀堃（2004：1）〕。

「切韻法」本身也沒有清楚說明，[1] 〈切字要法〉僅略略提及助紐字的功用：

> 右七十字，廼切字之要訣也。上字喉聲，下二字即以喉聲應之（如歌字居何切：居經堅歌）；上字脣音，下二字即以脣音接之（如邦字悲江切：悲賓邊邦）。「因煙」與「一」字同元，「人然」與「二」字同出，學者苟能口誦心惟，顛倒熟記，雖無文四字，亦皆隨口而成，所謂五聲八音之別輕清重濁之分，與夫羅紋反紐，皆不待停思而自明矣。[2]

這個說明似乎跟《四聲五音九弄反紐圖》有點相關，其中所謂「羅紋反紐」，似乎是針對《四聲五音九弄反紐圖》的反紐圖以及〈羅文反樣〉。[3] 古抄本《盧宗邁切韻法》是專門解釋拼切之學，多處與助紐字相關，[4] 該書的序中提到所謂「百八字」，[5] 接着的「三十六字母切韻訣」又說：「欲盡識世間字者，當熟誦切韻法」，下注：「一百八字」，所謂 108 個字應是指「三十六字母」加上每

1　《玉篇》卷首的「切韻法」說：「切韻之法以音和為正，若《廣韻》、《玉篇》中切腳容易反切便得其字分明者，謂之音和切。又有互用切，如明字，《韻略》中作眉兵切，則是音和，《廣韻》中作武兵切，則是互用，蓋武字合歸微字母下也。其他類隔往還等切，各以此推之〔《四部叢刊》本（頁 2B–3A）〕。

2　《玉篇》卷首〔《四部叢刊》本（頁 1B）〕。

3　《玉篇》卷首〔《四部叢刊》本（頁 5A–6B）〕。

4　《盧宗邁切韻法》之中有〈三十六字母切韻法〉（頁 6）、〈切三十六字母法〉（頁 7 - 8）。

5　《盧宗邁切韻法》（頁 4）。

個字母有兩個助紐字，不妨看看「三十六字母切韻訣」的原文：

> 欲盡識世間字者，當熟誦切韻法（一百八字）。必呼吸
> 端的無一字差訛，則反切若有神助。如磁石吸針，似子之
> 見母。且以東德二字歸母，東字則云：東丁俱端；德字則
> 云：德丁俱端，是東德二字皆歸端母也。且如德紅切，則
> 云「德丁俱東」，紅字與東字同韻，故切歸東字也。字字用
> 此為例，則無所不通，無所不識。德紅名「音和切」，而尚
> 有互用、往來等切，音和既已通曉，則諸切皆可意會也。[1]

「三十六字母切韻訣」跟〈切字要法〉的說明，似乎都在解釋助
紐字是一種練習反切的工具，而不是輔助反切的工具，所以〈切
字要法〉要求「口誦心惟，顛倒熟記」進行練習，盧宗邁的序也
說得很清楚：[2]

> ……人謂其難學者，乃〈切韻法〉百八字中有難識者。
> 而又有音聲偏旁遠，罕人傳授，是以難學也。今以難識者，
> 字或直音，或反切，或調聲，並集於前，使人人可識。可
> 識則易於口誦，口誦通熟則歸母甚易。既能歸母，則可反
> 切。既能反切，則字無不識。是使難學之事，而終歸於易

---

[1]　《盧宗邁切韻法》（頁 5）。
[2]　有關盧宗邁的活動時期，參閱〈盧宗邁切韻法述論〉〔魯國堯（2003：
　　331）〕。

學也。[1]

根據〈切字要法〉所記聲母類別，一般都認為它的來源比較早。而「三十六字母切韻訣」也應該在《盧宗邁切韻法》之前，因此助紐字在早期可能並不是作拼切之用。[2]

　　不過，根據《韻鏡》裏張麟之的識語，助紐字已經跟拼切反切發生關係，張麟之說：「……遂知每飜一字，用切母及助紐歸納，凡三折，總歸一律，……」[3] 李新魁（1935－1997）《韻鏡校證》的解釋是：

> 　　此言用反切拼切字音之方法。這裏所述與中古時期流行的「切字要法」基本相同。……所謂助紐字，乃是古人由於對字母（反切）的作用和拼音的方法認識不足，在拼音時應用來幫助拼切字音的一組組雙聲字。古人拼音的方法，如《玉篇》「切字要法」所述，「（切語）上字喉聲，下二字即以喉聲應之（如歌字居何切，居經堅歌）」……居—

---

[1]　《盧宗邁切韻法》（頁 4）。

[2]　林序達《反切概說》認為助紐字用作練習雙聲：「……這是練習雙聲用的。初學者為了掌握雙聲，就要『幫賓邊……』背上一大篇，從熟念中學會識別雙聲，領會雙聲的道理〔林序達(1982：48–49)〕。按：宋濂（1310–1381）《篇海類編》附錄〈切字要訣〉：「……右要訓上二字是韻母，下一字是韻子，俱遵《洪武正韻》調協而來，其與舊本『因煙，人然』不同，凡欲切字者，須讀數百遍，則凵腦輕便，宮商在其舌端，而天無難切之字矣」〔《四庫全書存目叢書》經部第 188 冊（頁 348）〕。可見明代的《篇海類編》仍以助紐字為練習拼切工具。

[3]　《等韻五種》本（頁 1–2）。

經堅—歌，就是這裏所說的「凡三折」。這種拼音法實際上
是很累贅的。[1]

李新魁以〈切字要法〉來解釋張麟之的識語，似乎不盡合適，然
而在《盧宗邁切韻法》重現中土之前，缺乏比對材料，幾乎可以
說是別無他途，可惜這仍然不能解釋沈寵綏所說的「以四切一」。
法橋宥朔《韻鏡開奩》的解釋，似乎和沈寵綏所記有點相似，《韻
鏡開奩》卷四：

> 三折云者，先呼切字，知屬何字母下，次看其母下助
> 紐字，乃切與助紐連呼弄之，與韻字相和得皈納字音也。
> 且以德紅切解之，以德字為切，以紅字為韻，德字屬端字
> 母，端以丁俱為助紐，合切（德）與助紐（丁俱）反韻（紅）
> 字，得「德丁俱紅」四音。紅字是喉音也，變喉音作舌音，
> 弄之乃成。德丁俱東，而呼得皈納字也仍三折云，意者德
> 丁反丁（一折），丁俱反俱（二折），俱紅反東（三折），是
> 也。……凡切字，例以德紅直得皈東字，是捷法也。若連
> 呼助紐，則却是似迂遠……[2]

「德丁俱紅」而切出「東」，跟「以四切一」的說法相合，可見
沈寵綏提到的「儒家」、「釋家」並非誤解。由於與《韻鏡》相關
的資料直到清末才回流中土，因此很多說到拼切的論著，一直無

---

[1]　李新魁（1982：118）。
[2]　《韻鏡開奩》卷四，頁 6b－7a。按：「三折云者」的「拆」當作「折」。
　　又，此段引文用括號標示的字原為小字旁記。

法弄清楚沈寵綏的說法，可見反切並非一直是「雙拼制」，上下字之外，又加上助紐字。

宋元的助紐字，到了明代，仍大致沿習不改，遷就宋元舊本，如張位（1568 年進士）《問奇集》中，〈三十六字母切韻法〉和〈切韻六十八字訣〉所列的助紐字與宋元相近，不過書中又有〈早梅詩切字例〉和〈好雨詩切字例〉的「助紐字」。[1]「三十六字母」和「早梅詩」的聲母系統並不相同，〈好雨詩切字例〉的說明還是說：「……摠之，不出前『六十八字』」，[2]「六十八字」指的就是助紐字。[3]

當然，宋元舊本所見的助紐字也不是一成不變，拙稿〈宋本《切韻指掌圖》的檢例與《四聲等子》比較研究〉（本篇下稱〈比較研究〉）一文分析了這些助紐字，認為〈切字要法〉是《指掌圖》和《四聲等子》助紐字的共同來源，[4] 甚至可能是《韻鏡》、《盧宗邁切韻法》以及《玉篇》的〈三十六字母切韻法〉等助紐字的主要依據，最早的助紐字可能就是〈切字要法〉裏的 28 個組別。[5] 下面討論到各個宋元助紐字的特徵，28 組完全沒有例

---

[1]　《續修四庫全書》第 238 冊（頁 171–174）。
[2]　《續修四庫全書》第 238 冊（頁 174）。
[3]　《續修四庫全書》第 238 冊（頁 172）。
[4]　〈比較研究〉：「……這說明了大約只有二十八組的『歸納助紐字』的〈切字要法〉之類，可能是兩書的『檢例』共同的來源。至於二十八組以外，則兩書各有源頭，而各有增訂，……〔黃耀堃（2004：176）〕。
[5]　張世祿（1902–1991）根據〈切字要法〉之中所謂「四字無文」，而認定出於「藏文三十字母」〔張世祿（1963：下冊 12）〕。按：這個

外，說明〈切字要法〉的特殊地位。

《韻鏡校証》列出了《韻鏡》、《玉篇》(〈切字要法〉和「切韻法」)、《四聲等子》、《指掌圖》之中五種助紐字，並作了對校。[1]本篇再加改訂成為附錄的「附表」，其中列出《指掌圖》、《四聲等子》、《韻鏡》以及《玉篇》的〈切字要法〉的助紐字，方便分析，凡見於「附表」的助紐字資料，不再加注，以省篇幅。「附表」之中，《盧宗邁切韻法》的助紐字與《韻鏡》相同的，則不加附注，如有不相同的，則附注於《韻鏡》助紐字之下；「切韻法」也是這樣，只注出與〈切字要法〉不相同的部份。圖中的語音資料，則據潘悟雲（1943－）所編的《廣韻查詢系統》(試用

說法可能有點問題，一般來說「字母」會加上一些開口度較大的元音作為「名稱音」，但助紐字不單沒有一個一等字，〈切字要法〉甚至連一個二等字也沒有。而所謂三十六字母，雖然一等字並不多，但仍然有五個（端：桓韻；透：侯韻；幫：唐韻；滂：唐韻；來：哈韻），因此就算是出於藏文三十字母，但為甚麼大部份都是三四等字（包括重紐）？〈切韻韻目取字問題研究〉曾分析韻目的開合和等，得出三個傾向：「甲.異等合韻韻，取較「洪大」的字為韻目；乙.重紐諸韻以 A 類〔包括性質近乎重紐 A 類的照三系（章組）〕作韻目；丙.開合口合韻韻，傾向取開口字為韻目」〔黃耀堃（2004：103）〕，韻目與「名稱音」的作用相似，為的是清楚呈現韻母的讀音。然而以此對比助紐字，特別是〈切字要法〉的 28 組助紐字，就發現助紐字與清楚呈現聲母的讀音沒有很直接的關係。退一步來說，助紐字的功用在於輔助反切練習，對象是漢語的反切，為何要本於藏文字母呢？因此沒有明確的證據之前，很難令人相信。至於徐復（1912–2006）〈守溫字母與藏文字母之淵源〉用所謂的「三十字母」與藏文字母比較〔徐復（1990：35–41）〕，但沒有說「守溫字母」是源於藏文字母。無論如何，宋元的助紐字只是練習或輔助拼切的工具，至於是否有找出最早來源的必要？

[1]　李新魁（1982：126–128）。

軟件），注明所屬的韻（以平聲該上去）、等位，不屬該字母的又音則放在附注之中，如果左邊已列出則不再重複。由於全部助紐字都有平聲的讀音，不列聲調的全屬平聲；如有平聲以外聲調的，則列平聲及其他聲調。有必要時列出所屬聲母，如屬合口字則列出（開口不列出）。

3. 開口

上面對「附表」的說明，其實已介紹了助紐字的兩個特徵，第一個是開口字佔絕大多數，遠多於合口字。〈切字要法〉的助紐字完全沒有合口字；《指掌圖》和《韻鏡》、《盧宗邁切韻法》、「切韻法」的助紐字中，除了輕唇音必須是合口字外，只有《指掌圖》禪母的「唇」（船母），以及《韻鏡》、《盧宗邁切韻法》、「切韻法」的「勻緣」（喻母）是合口；至於《四聲等子》，照穿牀禪四母的助紐字都有合口字，[1] 因此合口字幾乎集中在照系和喻母那裏。

撇開合口不論，照系聲母也可以說是助紐字中最為不整齊的部份。《指掌圖》、《韻鏡》，以及「切韻法」，在牀母都作二等崇母（其他除異讀外，並沒有二等字），而〈切字要法〉也剛好沒有牀母的助紐字。除此之外，有不少混亂的地方，《指掌圖》出

---

[1]　《四聲等子》滂母的助紐字「砏」也有一個合口的讀音（文韻三等）。按：「砏」另有開口的異讀（真韻重紐三等），與其他唇音的助紐字都作真韻，因此宜取真韻的讀音。

現「昌禪」（穿三）相亂的情況；[1]《四聲等子》出現「船禪」（牀三、禪三）相亂的情況；《指掌圖》禪母那裏又出現了一個陰聲韻的助紐字「蛇」，而且「蛇」的反切有問題，《廣韻》歌韻「蛇（託何切）」的又切注作「市遮切」，[2] 但在麻韻那裏，則注作「食遮切」，[3]「市」屬牀三，「食」屬禪三。助紐字最混亂的地方都集中在照系那裏，是不是反映北宋以後照二和照三合併而引發出來的呢？那麼照系助紐字的出現是否可能在「三十六字母系統」成立之後？此外，照系的混亂反映這些助紐字的來源有異，是否因北宋的合併而出現這樣的情況呢？這都是值得深思的問題。

《韻鏡》和《盧宗邁切韻法》、「切韻法」的喻母助紐字屬合口，這跟「三十六字母系統」的分化合併可能也有關係。黃笑山（1953－）認為「『礥』字似乎是個重紐四等的匣母字」，[4] 然而按照聲母分化合併來看，這個助紐字到了「三十六字母系統」時代，與喻母沒有分別。可能要加以改動才可以區分匣母和喻母，因此要麼把「礥」改作其他字，要麼把喻母的助紐字改變。《指掌圖》、《四聲等子》、〈切字要法〉採用了前者，《韻鏡》、《盧宗邁切韻法》和「切韻法」採用了後者。撤除了照系和《韻鏡》的

---

[1]　按：如果把禪三的「唇」合口一讀撤除，而取章母真韻三等的讀音的話，則出現「章船」相亂。

[2]　陳彭年（2008：160）。

[3]　陳彭年（2008：165）。

[4]　黃笑山（1997：13）。

喻母，基本上沒有屬於合口的助紐字（輕唇音當然除外）。[1] 助紐字取開口，目的可能在於避免「唇化」。合口字往往因合口介音，令聲母產生唇化，影響拼切。不過，《韻鏡》之類改「寅延」為「勻緣」，似乎也沒有違反避免聲母唇化的做法，一般擬測喻（以）母的音值是[j-]，如果產生唇化的話，[j-]音值會改變，因此就算是合口字，喻母仍保持[j-]的特徵。

趙蔭棠（1893－1970）《等韻源流》提到一個宋元之間的材料，就是吳澄（1249－1333）為陳晉翁《切韻指掌圖節要》所寫的序，[2]《切韻指掌圖節要》已佚，而序尚見於《吳文正集》卷十七：

> 聲音用三十六字母尚矣。俗本傳訛，而莫或正也，「群」當易以「芹」，「非」當易以「威」，「知徹琳娘」四字宜廢，「圭缺群危」四字宜增。樂安陳晉翁以《指掌圖》為之節要，卷首有〈切韻須知〉，於「照穿琳娘」下，註曰已見某字母下，於「經堅」、「輕牽」、「擎虔」外，別出「扃涓」、「傾圈」、「瓊拳」，則宜廢宜增，蓋已瞭然。晉翁純篤力學，至老不倦，豈徇俗踵訛者所敢望哉！故其著述有見如此，而余之為是言，亦可與言而與之言也。[3]

---

[1]　按：這叫以推想為《四聲等子》和《韻鏡》出現合口的助紐字，跟輕唇音的助紐字出現的時候相近，也就是說《指掌圖》和〈切字要法〉的助紐字保存一個較古舊的狀態。

[2]　趙蔭棠（2011：124–125）。

[3]　《四庫全書》本（頁 3a–3b）。按：胡廣（1370－1418）《性理大全

在序中提到〈切韻須知〉有「經堅、輕牽、擎虔」，推想這裏的「切韻」跟〈切要字法〉大致是相近的東西，除了「經堅、輕牽、擎虔」之類助紐字外，特別值得注意的是「別出『扃涓』『傾圈』『瓊拳』」一句，「扃涓、傾圈、瓊拳」是相對「經堅、輕牽、擎虔」而言，「扃涓、傾圈、瓊拳」分別是見溪群三母的合口字。陳晉翁既把見系的助紐字分成開合口兩套，就沒有必要按照吳澄那樣，把《指掌圖》的〈三十六字母圖〉加以改動，分出開合口兩套助紐字，[1] 這個資料從另一個角度反映出早期的助紐字開口

書》卷五十五節錄了這篇文章〔《四庫全書》本（頁 27a–27b）〕，對明清影響頗大〔參閱《音韻原流・篇韻三十六母切韻法》，《四庫全書存目叢書》經部第 220 冊（頁 268）〕。又按：吳澄跟陳晉翁的看法並不一致，從上引的資料來看，陳晉翁只是增加合口的助紐字，並沒有像吳澄要改變「三十六字母系統」。

[1] 趙蔭棠認為：「陳氏於『經堅』『輕牽』『擎虔』外，別出『扃涓』『傾圈』『瓊拳』，與吳氏之將『見』系分為『見』『溪』『芹』『疑』及『圭』『缺』『群』『危』，恐怕是當時的這一系的ㄐㄑ音已經萌芽」〔趙蔭棠（2011：125）〕。按：「ㄐㄑ音」指見系的顎化音，如果「經堅」會顎化的話，「扃涓」也會顎化，因此吳澄、陳晉翁只是把開口、合口分別開來，方便拼切，與顎化沒有特別的關係。又按：吳澄《易纂言外翼》卷八列有「聲律闢翕音呂清濁之數」，與《皇極經世書》相近，其中聲母部份列有助紐字，如「古（見斤堅）甲九癸」〔《四庫全書》本（頁 34a）〕，其中的確有顎化的表現，如出現聲母「君」及助紐字「君涓」（頁 37b），聲母「缺」及助紐字「困圈」（頁 37b），不過「君」與照母、穿母相混，「缺」與澄母相混，因此陳晉翁分出兩套見系的助紐字，可能並非針對顎化。又潘咸（清人）《音韻原流・篇韻三十六母切韻法》謂：「……宋陳晉翁作〈切韻須知〉，雖識『經堅、輕牽』有闢無翕之疏，創增『局（當作扃 ──引按）涓、傾圈』等調，而端知以後，三十六母仍襲舊文，皆不知有翕闢二呼……」〔《四庫全書存目叢書》經部第 220 冊（頁 268）〕。按：雖未知潘咸所據，然而也證明清初視陳晉翁所增為「闢翕」之

的特徵，也說明助紐字最初的目的在於練習反切。明代以後，像陳晉翁那樣特別設立合口助紐字的，如真空《新編篇韻貫珠集》之中，有〈刱纂啟蒙免疑金口訣〉分出「合口呼之」和「開口呼之」兩部份，[1]「開口呼之」的部份大致就是原來的助紐字，增加了合口，更說明最初是以開口為中心。

4. 平聲的陽聲韻

助紐字的第二個特徵是全部有平聲的讀音，「切韻法」裏有「切韻內字釋音」，所謂「切韻」是指「切韻法」，列出八個助紐字，其中六個注反切，一個注直音，有四個加注為某字的平聲；[2]《盧宗邁切韻法》卷首有〈音釋切韻法難識字〉，收字 14 個，標明平聲共 11 個，[3] 都說明助紐字平聲的特徵。全取平聲的目的，一方面大約跟方便練習調音有關，另一方面可能跟拼切有關，下面將作討論。

上面曾提到《指掌圖》禪母的「蛇」是陰聲韻，另外還有兩個陰聲韻的助紐字：娘母的「尼」和徹母「癡」；「切韻法」也有一個：明母的「眉」。除此之外再沒有其他陰聲韻，這是個很奇怪的現象。「切韻法」的「眉」不好解釋，唯一可以推想的是受到邵雍（1011－1077）的影響，如《皇極經世書》所列的明母（上

分，也就是開合的區別。

[1] 《四庫全書存目叢書》經部第 213 冊（頁 533–535）。又見於唐順之（1507–1560）《稗編》卷三十六〔《四庫全書》本（頁 21a–23b）〕。

[2] 《玉篇》卷首〔《四部叢刊》本（頁 2B）〕。

[3] 《盧宗邁切韻法》（頁 4）。

字）作「眉民」，[1] 而跟《皇極經世書》相關的書籍，如祝泌（1274年進士）《觀物篇解》等都作「眉民」。[2]

《四聲等子》、《盧宗邁切韻法》和「切韻法」的娘母助紐字作「紉嬾」，《韻鏡》訛作「紉 繃」，[3] 《盧宗邁切韻法》和「切韻法」都注明「嬾」字是「女」和「聯」相切，這大約是當時的習慣，如《無能勝大明心陀羅經》的隨函音義：「氊，寧也反。凡遇此字皆就身切，餘皆准此」。[4] 而《指掌圖》似乎為減省生造字，就以「尼」字替代。同樣，「獬」也不是一個常用字，而形體又跟「嬾」相近，於是又用一個陰聲韻字來替代。「尼、癡」兩字都是三等，沒有改變三四等的特徵（這個特徵將在本篇的第5節討論）。

現在再來看看「蛇」這個麻韻三等字。撇除上面異常反切的問題，本來麻韻作為反切上字是非常合適的，陳澧《切韻考》所謂：「切語之法，非連讀二字而成一音也。連讀二字成一音，誠

---

[1]　《皇極經世書》卷七上〔《四庫全書》本（頁 2b）〕。

[2]　《觀物篇解》卷四〔《四庫全書》本（頁 5b）〕。

[3]　按：《韻鏡開奩》卷五不訛，作「嬾」（頁 6b）。又按：《盧宗邁切韻法》中「吶字平聲，為嬾字」的「嬾」本寫作糸旁或彳旁，後重寫作女旁（頁 4）。

[4]　《中華大藏經》第 1 輯第 8 集，頁 28253。按：一個漢字由兩個部份組成，而這兩個部份相當於反切上下字，這種情況未必是因音譯而出現，顧炎武《音論·南北朝反語》引趙宧光（1559–1625）之說：「釋典譯法真言中，此方無字可當梵音者，即用二字聚作一體，謂之切身，乃古人自反之字，則已先有之矣」，接着顧炎武就引了「嬾」為例〔顧炎武（1982：53）〕，「自反之字」也稱作「自切字」，參閱黃典誠《切韻綜合研究》〔黃典誠（1994：30–31）〕。

為直捷，然上字必用支魚歌麻諸韻字，下字必用喉音字」，[1] 因此，「蛇」也好，「尼、癡」也好，似乎都比其他陽聲韻的助紐字來得好，雖然屬陽聲韻的佔了絕大部份。從《指掌圖》這四個陰聲韻的字（蛇尼癡眉），更凸顯其他助紐字是陽聲韻的特徵。

回過頭看看《盧宗邁切韻法》和「切韻法」對「嬲」的附注，兩處都有一個很奇怪的說明，《盧宗邁切韻法》的「音釋切韻法難識字」說：「嬲，此不是字，係有聲無形，借用女聯為形，又借女聯為切，呐字平聲，為嬲字。呐，女劣切」，[2] 「切韻法」大致相同。[3] 既然是以「女聯」為切，為甚麼還要注上「呐」字的反切並調為平聲的呢？況且「女劣切」的平聲與「女聯切」並不相同，[4] 有點莫名其妙。面對這個情況卻令人想起明代呂坤的說法：

> 切字之體，二字切一聲。凡平聲字，二切皆以平聲；上聲字，二切皆以上聲；去聲字，二切皆以去聲；入聲字，二切皆以入聲。此精切妥當，毫髮不爽之正聲也。而勢不能，緣字不全備，故體遂紛雜。……平聲先急促而後悠長，故平聲以入子切；入聲先悠長而後急促，故入聲以平子切。蓋余明互平入二字。以成交泰一體。至於第二字必用兩上，

---

[1] 陳澧（2004：164）。

[2] 《盧宗邁切韻法》（頁 4）。

[3] 《玉篇》卷首〔《四部叢刊》本（頁 2B）〕。

[4] 按：「呐」為薛韻合口三等；「聯（聯）」為仙韻開口三等。

第三字必用兩去，則確乎其不可易也。[1]

「女聯」二字切出平聲的陽聲韻，而標「女劣切」的平聲讀音，平入互換，這跟呂坤的說法有點相像。倒過來說，助紐字絕大部份是陽聲韻的平聲字（甚至可以說「附表」中的助紐字，除《指掌圖》和「切韻法」外，並無陰聲韻，更沒有入聲韻），又是否可以看作在呂坤之前的一種改良反切的方法的呢？

「附表」助紐字的韻尾主要有兩種組合，一種是「[-n]：[-n]」，另一種是「[-ŋ]：[-n]」，除了上面提到四個陰聲韻的字外，《指掌圖》、《盧宗邁切韻法》和「切韻法」還合共有三個例外，這些例外都有一個共同點，就是與陽韻有關。《指掌圖》微母作「文亡」，《盧宗邁切韻法》和「切韻法」穿母的助紐字作「嗔昌」，禪母作「辰常」。「亡」、「昌」和「常」都屬陽韻，組合都是（[-n]：[-ŋ]），而且正如上文第 3 節提到問題最多的是唇音和照系，例外雖然不多，但有其一致性，也值得注意。

無論如何，「附表」裏面所列的早期助紐字屬平聲和陽聲韻這兩個特徵，是反映當時有過一些改良反切的做法。至於開口這個特徵，大約跟助紐字與練習拼切有關，可以避免合口介音，以致聲母出現唇化，跟《切韻》韻目取字的做法相近。[2]

---

[1]　《交泰韻》凡例〈辨子聲〉〔《續修四庫全書》第 251 冊（頁 463）〕。
[2]　參閱拙稿〈切韻韻目取字問題研究〉〔黃耀堃（2004：103）〕。

5. 三四等

黃笑山對《韻鏡》裏面助紐字的性質有如下的分析：

> ……在其它唇牙喉聲母下的助紐字有三種情況；要麼都是純四等韻字（見紐的「經堅」、曉紐的「馨祆」）；要麼一個是一般三等韻字，另一個是重紐三等字（群母的「勤虔」、疑母的「銀元」、影母的「殷焉」）；其它則都是一個重紐四等字跟一個純四等韻字相配（唇音的「賓邊、繽篇、頻蠙、民眠」、溪母的「輕牽」）。[1]

這個分析大致可以適用於其他助紐字，簡單來說，就是助紐字大部份都是三四等字（包括重紐AB類），只有影母和牀母那裏出現二等字。影母助紐字「殷」有兩讀，二等只是其中一讀，可以不論。至於牀母的助紐字也不是全是二等，只有「崝」和「蓁」列作二等。《盧宗邁切韻法》卷首〈音釋切韻法難識字〉和「切韻法」都不作「蓁」，改作「榛」，兩處都注明「鋤臻切，木叢生」。[2]《廣韻》「蓁」作「木叢生。士臻切」，[3]「鋤臻切」跟「士臻切」沒有分別。臻韻只有照二字，邵榮芬認為臻韻和真韻不分，[4] 並

1　黃笑山（1997：13）。按：「銀元」疑當作「銀言」，「元」為元韻合口三等，與黃笑山分析不合，《韻鏡》亦作「銀言」〔《等韻五種》本（頁8）〕。

2　《盧宗邁切韻法》（頁4）；《玉篇》卷首〔《四部叢刊》本（頁3）〕。

3　陳彭年（2008：109）。

4　邵榮芬（2008：88）。

把臻韻歸入真韻重紐三等，[1] 因此只有《指掌圖》牀母助紐字「崝」
才算是二等韻。上面第 3 節提到吳澄為陳晉翁《切韻指掌圖節要》
寫的序裏，提到陳晉翁增加了三組助紐字，這三組助紐字也是三
四等（扃：青四；涓：先四；傾：清三；圈：元三；瓊：清三；
拳：仙重三）。

助紐字以三四等佔絕大多數，這個特徵到底有甚麼意義，現
在還未能清楚明白，不如先看看袁子讓《五先堂字學元元》卷六
〈子母全編〉的「題首」說：

　　……此編直頂本母，直從首子；豎求知切，橫查知韻。
而一母數切者，又分母中之小母，於母下子上，各冠一字
以別之。索古切腳者，清濁在母，或誤索之韻；闢翕在韻，
或誤索之母；上下在等，或又誤索之切。此分母之一字，
固根母而辨其清濁也。并代韻而分辨其闢翕上下也，其於
切腳二字，不尤捷徑哉！[2]

〈子母全編〉是按韻列字，各韻之下按聲母列出。袁子讓自己增
編了所謂「切腳」，[3] 用來分辨被切字的「闢翕上下」，他的「闢

1　　邵榮芬（2008：156）。
2　　《四庫全書存目叢書》經部第 210 冊（頁 191），所缺的部份依《續
　　修四庫全書》第 255 冊（頁 248）。
3　　按：袁子讓所謂「切腳」，一般是指反切上字，《五先堂字學元元》
　　卷一有〈三十六字母中古人常用切腳字〉，全按三十字母排列，卷
　　六的「切腳」則是他自己編訂的。又按：傅定森（1950–）〈「切腳、
　　反腳」名義〉認為「從宋代直到現代，『切腳』一直被用作注音反
　　切的別稱」，並舉《字學元元·自序》，該文引《五先堂字學元元·

「翕上下」就是指開合口和等位的區別。《五先堂字學元元》卷一〈讀開合聲法辯〉論到「闢翕」：

> ……如「根干」開也，以「根干」合口讀之，則為「昆官」；「登單」開也，合讀之則為「敦端」；「增箋」開也，合之則「尊鑽」；「亨預」開也，合之則「昏歡」；「恩安」開也，合之則為「溫彎」；「棱闌」開也，合之則「論鑾」。摠只是同一音，特張口讀之，便是闢；合口讀之，便是翕。試以此例讀之，便可得其開合之由。[1]

「張口」也好，「闢」也好，應該就是韻圖所說的「開口」。至於「上下」，《五先堂字學元元》卷一〈讀上下等法辨〉則有此一說：

> 《等子》雖列為四，細玩之，上二等，開發相近；下二等，收閉相近，須分上下等讀之。讀上等之字，無論牙舌唇齒喉，皆居口舌之中，蓋開發之等，其聲似宏，故居

自序》作：「繼得《四聲等子》……乃得解門法鑰匙，盡錯綜之理，游變化之神，是時於切腳始十試而十中」〔傅定森（2004：30）〕，竊意〈切腳、反腳〉名義似乎有誤解，而所據的《五先堂字學元元》或與《續修四庫全書》本不同（《四庫全書存目叢書》本沒有〈自序〉），「繼得《四聲等子》」之下，該文省去原文的「盡概其切，始知上有分母，依法試之，十中其七，及遊曾植翁老師之門，竊其謦咳」，接着的文字也不同：「乃得解門灋鑰匙，盡錯綜變化之神，是時於切腳始十試而十中」〔《續修四庫全書》第 255 冊（頁 172）〕，「切腳」明指「分母」而言。

[1] 《四庫全書存目叢書》經部第 210 冊（頁 131）。按：「合口讀之」、「合讀之」、「合之」，三者疑無分別。

> 口中。下等之字，無論牙舌脣齒喉，皆居口之杪，蓋收閉之等，其聲似歛，故居口杪，便是下等。如「根干」上也，以「根干」讀向口杪，則為「巾兼」。試以「根干」例「巾兼」，又推而以「登單」例「丁顛」，「奔班」例「賔邊」，「增籛」例「津尖」，「亨頇」例「欣軒」，「恩安」例「因烟」，「棱蘭」例「粦連」，皆口中為上，口杪為下，一讀可決。……[1]

袁子讓主張分上下兩等，反映出當時三四等已混而不分（甚至部份二等字已是/-i-/介音化）。〈讀上下等法辨〉所舉的「丁顛、賔邊、因烟」，正是宋元的助紐字，他的「切腳」正是把助紐字加以改動和擴充。

袁子讓的「切腳」分四類：上開、上合、下開、下合。[2] 四類「切腳」之中只有在「下開」和「下合」出現了宋元的助紐字，而「下合」之中只出現輕唇的助紐字。既有字母分辨聲母的發音，還要編製「切腳」，其目的在於「代韻而辨闢翕上下」，開合暫且不論，就「上下」而言，「切腳」的功用就是以不同的「切腳」拼切出「上二等」和「下二等」的分別，也就是說在上下字之間，添加了「切腳」。「汀天、廷田」等宋元助紐字出現在「下開」一類之中，是用「代韻」標明「下二等」的介音。如果以明代袁子讓的做法來推斷宋元助紐字的話，就是宋元雖然有字母，還要設立一套幾乎全是「三四等」的助紐字，其目的會不會就是為了幫

---

1 《四庫全書存目叢書》經部第 210 冊（頁 131）。按：袁子讓所謂「《等子》」，似乎是指劉鑑（約 14 世紀人）《經史正音切韻指南》。

2 《四庫全書存目叢書》經部第 210 冊（頁 191－192）。

助切出有/-i-/介音的被切字呢？

現在再看看袁子讓所謂「闢翕」。「闢翕」的不同就是開合口不同（也就是/-u-/介音的有無），他編定一些帶有合口介音的「切腳」來代表韻母的介音。宋元的助紐字幾乎沒有合口字這一點，可以說是從另一個角度反映出其功用在於練習拼切帶/-i-/的被切字。唐代以來，四等字/-i-/介音化，與重紐字合流，助紐字的出現也許反映出有練習拼切加上/-i-/介音的需要。以上所說是一個推測，至於袁子讓的「上開、上合」的「切腳」，甚至「下開、下合」仍然有很多未能辨明的地方。

6.「三拼制」與音素分析

本篇的第 1.1 節提到耿振生認為勞乃宣的「三合切法」是一種音素分析的方法，而袁子讓的「切腳」和所謂「代韻而辨闢翕上下」，何嘗不是一種音素分析呢？袁子讓設立的「切腳」與上字同一聲母，對上字來說好像成了羨餘的成份；同樣，「切腳」與下字的韻頭相同，對下字來說也好像是羨餘的成份。不過，正因與上下字重疊，抵消了下字的聲母的干擾，「切腳」存在的目的就是為了反映「闢翕上下」，比起沈寵綏的說法更清楚和直接，[1]

---

[1] 董忠司〈明代沈寵綏語音分析觀的幾項考察〉論到沈寵綏的「三音合切」（三字切法），指出：「……因此我們可以說沈氏能把一個字的音節分析成三部分，這是更進一步的語音分析法；也許還能大膽的說沈氏能分析出聲母、介音、元音，和韻尾，卻不能說沈氏此處說的『字頭』是『聲母』，『字腹』是主要元音（但可以說沈氏的『字尾』就是『韻尾』）」〔董忠司（1991：191）〕。按：此處只是推論，

因此可以說清末與「三拼法」相類的注音方式早就在明代出現
了。

　　袁子讓的時代後於利瑪竇（Matteo Ricci，1552‒1610），並
略後於金尼閣（Nicolas Trigault，1577‒1628），但很難說他是受
到利瑪竇等傳教士的影響。他在自序中提到的老師，包括「曾植
翁」（曾朝節，1534‒1604）、「馮琢翁」（馮琦，1558‒1603）等，[1]
他們與利瑪竇同期，也比金尼閣早，而《五先堂字學元元》刊於
萬曆三十一年（1603），不單早於利金尼閣來華（1610 年），也
早於利瑪竇刊印《西字奇迹》。[2] 用「切腳」（助紐字）來分承韻
母的介音無論是不是袁子讓首創，也是漢字反切注音的一個里程

　　況且沈寵綏所說「三音合切」的「尾」只是韻母的延伸，可有可無，
　　因此拼切的部份仍在前面兩字，並不是「三拼制」。

[1]　《續修四庫全書》第 255 冊（頁 171）。按：《五先堂字學元元》自
　　序提到的「老師」有四個：「曾植翁」、「馮琢翁」、「趙體翁」、「張
　　恒翁」〔《續修四庫全書》第 255 冊（頁 171）〕，「曾植翁」即「曾
　　植齋」，即曾朝節（湖南臨武人）。曾朝節有《（新刻）易測》一書，
　　書末附〈謝馮琢菴宗伯書〉〔《續修四庫全書》第 11 冊（頁 522）〕，
　　竊意「馮琢翁」即「馮琢菴」，即馮琦，《易測》卷首有馮琦所寫的
　　序（頁 381）。其餘二人，待考。

[2]　羅常培（1899‒1958）〈耶穌會士在音韻學上的貢獻〉指《西字奇
　　迹》是在 1605 年印行的〔羅常培（2004：253）〕。按：程大約（1541？
　　‒1616）《程氏墨苑》有利瑪竇的文章四篇，其中三篇均題萬曆三十
　　三年臘月朔〔利瑪竇（1957：12、18、30）〕，即已入 1606 年，後
　　有識語：「乙巳歲不佞於京師會西域歐邏巴國西泰利瑪竇，手書訂
　　譜題詞見贈，因附於此」〔利瑪竇（1957：33）〕，因此其餘一篇雖
　　無年份，但應非出於《程氏墨苑》初印本。又按：利瑪竇曾在韶州
　　活動，參閱魯國堯〈明代官話及其基礎方言問題〉〔魯國堯（2003：
　　510‒511）〕，而袁子讓的本鄉是湖南郴州〔見該書的《四庫總目提
　　要》。《四庫全書存目叢書》經部第 210 冊（頁 269）〕，與韶州相近。

碑。[1] 音韻學加入韻圖分析的方法之後，把每個音節都放到圖表上，宋人實際上已是掌握相當完整的音系知識。而反切改良方面，也隨着韻圖之學逐步發展。很多論著論及與袁子讓同時期的桑紹良（？–1581？）、呂坤、李光地（1642–1718）等人，[2] 可惜的是對袁子讓等人並沒有加以適當的論述。

　　本篇一開始提到清末起碼有兩類「三拼制」，一是注音字母一類的「三拼法」，《五先堂字學元元》加上「切腳」的反切，可以說是注音字母的先導；至於另一類，像《唐字音英語》「通行本」那樣，用兩個漢字代表一個聲母的，是不是古而有之的呢？現在再回頭看看沈寵綏的《度曲須知》，《度曲須知》卷上〈收音問答〉提到當時唱曲的習慣：

　　　　……今人每唱「離」字、「樓」字、「陵」字等類，恒有一「兒」音冒於其前。又如唱一「那」字，則先預贅一舐腭之音。俗云裝柄，又云摘鈎頭，極欠乾淨，此又可名曰字疣，不可誤認為字頭也。[3]

---

[1] 　清代李鄴《切韻攷》卷一〈經堅轉法〉條：「反切者，亦不宜專用『經堅』作轉。齊齒用『經法』，開合撮別有轉法，……」〔《續修四庫全書》第 258 冊（頁 576）〕，卷四又有〈經堅轉法〉、〈轉法必讀〉、〈轉法〉等詳論助紐字（同上，頁 593–597），李鄴按四呼分別列出助紐字，與袁子讓相近。按：耿振生認為李鄴《切韻攷》「成書時間大約在康熙年間」〔耿振生（1992：251）〕，李鄴引述金尼閣之說（同上，頁 599），似乎不是受袁子讓的影響。

[2] 　林序達（1982：53–57）、李新魁（1986：95–99）。

[3] 　《四庫全書存目叢書》集部第 426 冊（頁 670）。

沈寵綏對上述做法頗不以為然，但說明當時為了把舌尖的濁聲母唱得清楚，在前面添加上一些音素（或發音動作）。這樣跟《唐字音英語》「通行本」在音譯英語[r-]這個聲母時，在前面加上「胡」這個音節，何其相似。

　　上面說了很大堆，簡單來說，就是漢字注音的「三拼法」的來源很早，宋元以來的助紐字，正起着拼切/-i-/介音的功能；袁子讓設立「切腳」，加在反切裏面，幫助分辨/-i-/和/-u-/介音。這些用三個以上漢字的「三拼制」就是注音字母「三拼法」的源頭。這裏長篇纍牘的探討，摻雜很多以「明」考「宋」，以今律古的論述，目的只是為「三拼制」討回一個漢語語音學史的地位而已。

　　　　　　　　　　　　　　　　　　2007 年大暑五稿

附表 [1]

	切韻指掌圖		四聲等子		韻鏡[2]		玉篇[3]	
見	經	青四平去	經		經		經	
	堅	先四	堅		堅		堅	
溪	輕	清三平去	輕		輕		輕	
	牽	先四平去	牽		牽		牽	
群	勤	欣三	勤		勤		擎[4]	庚三
	乾	仙重三[5]	乾		虔	仙重三	虔	
疑	銀	真重三	銀		銀		迎[6]	庚三平去
	研	先四平去	研		言	元三	妍[7]	先四
端	丁	青四[8]	丁		丁		丁	
	顛	先四	顛		顛[9]		顛[10]	

---

[1] 這裏所列的音韻資料，均據潘悟雲主編的《廣韻查詢系統》（試用軟件），如果該軟件沒有列出，則按《廣韻》推斷。為減省篇幅，只記韻目、等位的簡稱。如有平聲以外讀音，則加注平聲及其他聲調簡稱。合口亦加注。不合於該聲母的異讀則附於注中。

[2] 按：為省篇幅，將《盧宗邁切韻法》附記於《韻鏡》之下，凡相同則不注出。

[3] 按：此處只列〈切字要法〉，與「切韻法」相同則不注出。

[4] 「切韻法」作「勤」。

[5] 又音：（見）寒一。

[6] 「切韻法」作「銀」。

[7] 「切韻法」作「言」。

[8] 又音：（知）耕二。

[9] 《盧宗邁切韻法》作「傎」：先四。

[10] 「切韻法」作「傎」。

透	汀	青四平去	汀		汀		汀	
	天	先四	天		天		天	
定	廷	青四平去	廷		廷		亭[1]	青四
	田	先四	田		田		田	
泥	寧	青四平去	寧		寧		寧	
	年	先四	年		年		年	
知	珍	真三	珍		珍		[2]	
	邅	仙三[3]	邅		邅		[4]	
徹	癡	之三	獅	真三[5]	獅[6]		[7]	
	瞠[8]		脭	仙三[9]	辿[10]		[11]	
澄	陳	真三平去	陳		陳		陳	
	纏	仙三平去	纏		廛	仙三	纏[12]	

---

[1] 「切韻法」作「廷」。

[2] 「切韻法」作「珍」。

[3] 又音:(澄)先三上去。

[4] 「切韻法」作「邅」。

[5] 又音:(澄)山二;(來)仙三。

[6] 《盧宗邁切韻法》作「㒈」:(徹)陽三平去;又音:(知)庚二去。

[7] 「切韻法」作「㒈」。

[8] 「瞠」的讀音為:(以)仙三平;線三去(掾)(合)(以上見《廣韻查詢系統》);(清)線三(合)(此據《廣韻》),均與徹母不合。按:「瞠」疑當作「脭」:仙三。

[9] 又音:(書)仙三。

[10] 按:「辿」字《廣韻》不列,疑當作「延」:仙三平上。《盧宗邁切韻法》作「延」。

[11] 「切韻法」作「延」。

[12] 「切韻法」作「廛」。

娘[1]	紉	真三	紉		紉		2	
	尼	脂三	嬾[3]	仙三	繿[4]		5	
幫	賓	真重四	賓		賓		賓	
	邊	先四	邊		邊		邊	
滂	繽	真重四	砏	真重三；文三(合)[6]	繽		娉[7]	清三
	篇	仙重四	篇		篇		偏	仙重四平去
並	貧	真重三	貧		頻	真重四	平[8]	仙重四；庚三
	便	仙重四平去	便		蹁	真重四；先四	便[9]	
明	民	真重四	民		民		民[10]	
	綿	仙重四	綿		眠[11]	先四	眠	
非	分	文三(合)[1]	分		分		2	

---

[1]　《四聲等子》及「切韻法」「娘」母作「孃」母。
[2]　「切韻法」作「紉」。
[3]　按：「嬾」字《廣韻》不列，「切韻法」後面有〈切韻內字釋音〉，所謂：「嬾，此不是字，有聲無形，借用女聯為形，又借女聯為切」〔《玉篇》卷首。《四部叢刊》本（頁3）〕，按此則為仙三。
[4]　按：「繿」字《廣韻》不列，疑當作「嬾」（仙三）。
[5]　「切韻法」作「嬾」。
[6]　又音：（幫）真重三。
[7]　「切韻法」作「繽」。
[8]　「切韻法」作「頻」。
[9]　「切韻法」作「蹁」。
[10]　「切韻法」作「眉民」，「眉」：脂重三。。
[11]　《盧宗邁切韻法》作「綿」。

	番[3]		蕃	元三(合)[4]	蕃		[5]
敷	芬	文三(合)	芬		芬		[6]
	蕃[7]		翻	元三(合)	翻[8]		[9]
奉	墳	文三平上(合)	墳		汾[10]	文三(合)	[11]
	煩	元三(合)	煩		煩		[12]
微	文	文三(合)	文		文		[13]
	亡	陽三(合)	橆	元三(合)[14]	橆		[15]

---

[1] 又音:(並)文三(合)。

[2] 〈切字要法〉作「四字無文」(反白)下注:「ーー:如上平一東韻風字,方中切,方ーー風」。又「切韻法」作「分」。

[3] 按:「番」為(滂)桓一(合);(奉)元三(合);(敷)元三(合);(幫)戈一平去(合),都與非母不合,參閱拙稿〈比較研究〉〔黃耀堃(2004:174)〕。

[4] 又音:(並)元三。

[5] 「切韻法」作「蕃」。

[6] 「切韻法」作「芬」。

[7] 按:「蕃」為(幫)元三;(並)元三,與敷母不合,參閱拙稿〈比較研究〉〔黃耀堃(2004:174)〕。

[8] 《盧宗邁切韻法》作「番」:元三(合)。

[9] 「切韻法」作「番」:元三(合)〔又音:(滂)桓一(合);(並)元三(合);(幫)戈一平去(合)〕。

[10] 《盧宗邁切韻法》作「墳」。

[11] 「切韻法」作「墳」。

[12] 「切韻法」作「煩」。

[13] 〈切字要法〉作「四字無文」(反白)下注:「ーー:如上平八微韻微字,無非切,無ーー微」。又「切韻法」作「文」。

[14] 又音:(明)桓一(合);(明)魂一(合)。

[15] 「切韻法」作「橆」。

精	津	真三	津		精[1]	清三平去	精[2]	
	煎	仙三平去	煎		煎		箋[3]	先四
清	親	真三平去	親		親		清[4]	清三
	千	仙三；先四	千		千		千	
從	秦	真三	秦		秦		秦	
	前	先四	前		前[5]		前[6]	
心	新	真三	新		新		新	
	先	先四平去	先		仙	仙三	鮮[7]	仙三平上去
斜[8]	餳	(餳)[9]清三	餳		餳[10]		餳	
	涎	仙三[11]	涎		涎		涎	
照	真	(章)真三	諄	(章)諄三平去(合)	真		真[12]	
	甎	(章)仙三	專	(章)仙三(合)	甎		甎	
穿	嗔	(昌)真三[1]	春	(昌)諄三(合)	瞋[2]	(昌)真三	稱[3]	(昌)蒸三平

1　《盧宗邁切韻法》作「津」。
2　「切韻法」作「津」。
3　「切韻法」作「煎」。
4　「切韻法」作「親」。
5　《盧宗邁切韻法》作「錢」：仙四〔又音：(精)仙三上〕。
6　「切韻法」作「錢」。
7　「切韻法」作「仙」。
8　《韻鏡》「斜」母作「邪」母。
9　按：「餳」當作「餳」。
10　《盧宗邁切韻法》作「餳」。
11　又音：(以)仙三去。
12　「切韻法」作「征」：(章)清三〔又音：(知)蒸三(知)之三上〕。

						去	
	蟬(禪)仙三	川	(昌)仙三(合)	燀[4]	(昌)仙三平上[5]	燀[6]	
牀	崢(崇)庚二;耕二	神	(船)真三	蓁[7]	(崇)臻二[8]	[9]	
	潺(崇)仙三;山二	遄	(禪)仙三(合)	潺		[10]	
審	身(書)真三	申	(書)真三	身		聲[11]	(書)清三
	羶(書)仙三	羶		羶		羶	
禪	脣(船)諄三(合)[12]	純	(禪)諄三平(合)[13]	辰	(禪)真三	神[14]	(船)真三
	蛇(船)麻三[1]	船	(船)仙三(合)	禪[2]	(禪)仙三平去	禪[3]	

---

1 又音：(定)先四。
2 《盧宗邁切韻法》作「嗔」。
3 「切韻法」作「嗔」。
4 《盧宗邁切韻法》作「昌」：(昌)陽三。
5 又音：(章)仙三上。
6 「切韻法」作「昌」。
7 《盧宗邁切韻法》作「榛」：(莊)真三。按：疑「榛」當作「蓁」。
8 按：「蓁」作「士臻切」為崇母（牀二），《廣韻查詢系統》改為「之臻切」，則為章母（照三）。
9 「切韻法」（「牀」母作「床」母）作「榛」。按：疑「榛」當作「蓁」。
10 「切韻法」作「潺」。
11 「切韻法」作「身」。
12 又音：(章)真三
13 又音：(章)諄三上(合)。
14 「切韻法」作「辰」。

影	因	真重四	因			殷	欣三；山二	因[4]	
	煙	先四	烟	真重四；先四		焉	元三；仙重三[5]	煙[6]	
曉	馨	青四	馨			馨		興[7]	蒸三平去
	軒	元三	軒			祆	先四	掀[8]	元三
匣	刑	青四	刑			礥	(云)真三；(匣)先四	刑[9]	
	賢	先四	賢			賢		賢	
喻	寅	(以)真三；脂三	寅			匀	(以)諄三(合)	寅[10]	
	延	(以)仙三平去	延			緣	(以)仙三平去(合)	延[11]	
來	鄰	真三	鄰			鄰		零[12]	先四；青四平去

1　又音：(以) 支三；(透) 歌一。

2　《盧宗邁切韻法》作「常」：(禪) 陽三。

3　「切韻法」作「常」。

4　「切韻法」作「殷」。

5　又音：(云) 仙三。

6　「切韻法」作「焉」。

7　「切韻法」作「馨」。

8　「切韻法」作「祆」。

9　「切韻法」作「礥」。

10　「切韻法」作「匀」。

11　「切韻法」作「緣」。

12　「切韻法」作「隣」。

	連	仙三	連		連		連	
日	人	真三	人		人[1]		人	
	然	仙三	然		然		然	

第 4 篇

讀〈四聲等子序〉小記

提　要：《重編改正四聲全形等子》的序跟《咫進齋叢書》的《四聲等子》大同小異。比較兩篇序言，發現《咫進齋叢書》本序中所引的《切韻指玄論》，可能出於偽托，從而令人懷疑這篇序的真實性。本篇也討論了《四聲等子》與《切韻指掌圖》、《解釋歌義》之間的關係。

關鍵字：韻圖、《四聲等子》、《切韻指玄論》、《切韻指掌圖》、「門法」

本篇的撰寫得到金文京教授、蕭振豪教授的幫助，謹此致謝！

原文刊於《高田時雄教授退休紀念·東方學研究論集》，北京：中華書局，2014年。頁69‑81。

81

1.引言

  《經史正音切韻指南》（本篇下稱《切韻指南》）的熊澤民序：「古有《四聲等子》，為傳流之正宗」，[1] 而《四庫全書》也收了《四聲等子》，可見此書的地位重要。今天在中土流傳的《四聲等子》大致源出於《四庫全書》，[2] 在日本卻流傳一種題為《重編改正四聲全形等子》由楊從時作序的本子，[3] 大矢透（ŌYA Tooru，1850－1928）曾在《韻鏡考》裏加以介紹，並討論了其中有關門法的材料；[4] 近年小出敦（KOIDE Atsushi）和蕭振豪分別撰文，《重編改正四聲全形等子》的源流背景、結構、音系等方面才較為清晰。[5] 過去，竺家寧（1946–）、唐作藩、王曦等學者對《四聲等子》的音系、文本都作了詳盡的分析，[6] 由於他們

---

[1] 《等韻五種》本（頁1）。

[2] 黃耀堃（2005：143–144）；蕭振豪（2021：166‑167）。

[3] 按：影印文淵閣《四庫全書》本題作《四聲全形等子》，提要也是這個名稱（頁1A），但到了《咫進齋叢書》本（頁1）、《粵雅堂叢書》本（頁1），都題作《四聲等子》，而且這兩個本子抄錄的《四庫全書提要》也沒有「全形」二字。又按：為方便說明，本篇引用《四聲等子》時，如不列A或B，則指全頁。又按：本篇所用的《咫進齋叢書》本是香港中文大學圖書館藏光緒九年（1883）初刻本，如有需要時方標注其他版本。

[4] 大矢透（1978：96、169、179）。

[5] 小出敦（2003：65–84）；蕭振豪在2012年7月香港中文大學「2012明清領域研究生論文發表會」發表了〈《重編改正四聲全形等子》研究：兼論《四聲等子》的形成與譜系(一)〉，後來再改寫為〈《重編改正四聲全形等子》初探──兼論《四聲等子》與《指玄論》的關係〉〔蕭振豪（2021：166‑183）〕。

[6] 竺家寧〈四聲等子音系蠡測〉〔竺家寧（1973：153–178）〕、唐作藩

都沒有留意到《重編改正四聲全形等子》這個本子，還有很大的空間可供研究，蕭振豪首先就《重編改正四聲全形等子》（本篇下稱「楊本」）和《咫進齋叢書》本的《四聲等子》（本篇下稱「咫本」）的序和全書結構進行比較。[1]「咫本」的序沒有撰者的名稱，而「楊本」則稱「忝習聲韻弘農楊從時編並序」，[2] 兩篇序竟然有很多相似的地方，值得拿出來再仔細比較一下。[3]

2.「切韻」和「等子」

「咫本」的序（圖一）一開始就比「楊本」的序（圖二）多了一個「切」字，[4]「切詳夫」不成句，然而「詳夫」也不可以獨立成句。依據下面有「由是切韻之作」幾個字，似乎是延續上文的討論，從「咫本」脫誤頗多來推斷，竊意「切」字之下可能脫了「韻」字，句逗可以是這樣：「切韻：詳夫方殊南北⋯⋯」，然而這兩個「切韻」是甚麼意思呢？

魯國堯指出「唐宋西夏金元都叫『切韻學』，明清以來方名

〈《四聲等子》研究〉〔唐作藩（2001：190–216）〕、王曦〈咫進齋叢書《四聲等子》版本研究〉〔王曦（2008：207–209）〕。
[1] 蕭振豪（2021：173）。
[2] 「咫本」（頁1），「楊本」（頁1）。
[3] 按：〈《重編改正四聲全形等子》初探──兼論《四聲等子》與《指玄論》的關係〉也比較了兩篇序〔蕭振豪（2021：178－183）〕，本篇是從蕭振豪的論文得到啟發，但觀點略有不同。
[4] 按：影印文淵閣《四庫全書》本（頁1。本篇下稱「文淵閣本」）、《粵雅堂叢書》本（頁7。本篇下稱「粵雅堂本」）也如「咫本」有「切」字。又按：為省篇幅，凡見於本篇文後圖一及圖二的部份，不再注出頁碼。

『等韻學』」，[1] 因此那兩個「切韻」可能就是指後來的「等韻」。「切韻」這個詞有不同的意義，可以指韻書，也可以指反切，甚至指由反切衍生出來的等韻學。蕭振豪根據「關鍵之設」與「切韻之作」對文，而認為「關鍵」可能是書名或篇名。[2] 當然「關鍵」可以是書名，然而也可以是指後來的等韻門法之類。以「切韻」來作「關鍵」的對文，「關鍵」的雙重身份，更可以凸顯出「切韻」的多重意思。

如果以「等韻」和「切韻」這對包孕詞來看看「楊本」和「毗本」，更顯出其間的異同。「等韻」的「等」字很早就出現，如《切韻指掌圖》（本篇下稱《指掌圖》）有「辨分韻等第歌」，[3] 不過《韻鏡》的「歸字例」仍然不用「等」而用「位」。[4] 仔細比對《四聲等子》各個本子，又發現「等」可能不是原有的東西。現在先來看看《四聲等子》的「檢例」，當然《四聲等子》裏面並沒有所謂「檢例」，這是我杜撰的名稱，請參閱拙稿〈宋本《切韻指掌圖》的檢例與《四聲等子》比較研究〉（本篇下稱〈比較研究〉），指的是跟《指掌圖》「檢例」相近的內容。[5] 「檢例」中只有「五音字母等位圖」是本篇所參考各個本子的《四聲等子》

---

[1] 魯國堯（2003：327）。

[2] 蕭振豪（2021：181–182）。

[3] 司馬光（1986：11）。按：除《指掌圖》卷首外，多處出現指「等韻」的「等」，如「辨內外轉例」和「辨廣通侷狹例」這些部份〔司馬光（1986：11－12）〕。

[4] 《等韻五種》本（頁 10－11）。按：也許這是出於張麟之的個人喜好。

[5] 黃耀堃（2004：141）。

同有的部份，[1] 而「怭本」和「楊本」的差異主要也在於「等」字，大致上「怭本」作「四一、四二、四三、四四」的部份，「楊本」都作「四等一、四等二、四等三、四等四」，只有脣音之下，兩本都作「四一、四二、四三、四四」；相反齒音之下，兩本都作「四等一、四等二、四等三、四等四」。從這一點來看，兩本的祖本（不一定是共同的源頭）可能都作「四一、四二、四三、四四」，而其間先後被人補上「等」字，但補入時又補得不全，於是出現參錯的情況。[2]

「楊本」的「檢例」有「續添切韻門法玉鑰匙」，其中所列的門法並沒有指「等韻」的「等」字。比較一下「怭本」相應的「檢例」，就會發現兩者文句較為接近的部份都沒有指「等韻」的「等」字，如：「精等五母下為切，韻逢諸母第三，並切第四，……」；[3] 至於「楊本」的「正音憑切寄韻門法」和「怭本」的「辨正音憑切寄韻門法例」，內容大致相同，也沒有指「等韻」的「等」字，[4] 只是其中一處：「……知母第三為切，韻逢精等、

---

[1]　「楊本」（頁 2）、文淵閣《四庫全書》本（頁 4）、《粵雅堂叢書》本（頁 7）、「怭本」（頁 5）。按：「五音字母等位圖」也是我杜撰的名稱，請參閱〈比較研究〉〔黃耀堃（2004：143）〕。

[2]　按：大致上「文淵閣」、「粵雅堂」、「怭本」比較一致。不過在脣音的部份，「楊本」和「文淵閣」均作「七輕韻只居此第三等」，「粵雅堂」和「怭本」均作「七輕韻只居此第一等」，光緒十年（1884）的「怭本」也是這樣〔《等韻五種》本（頁 9）〕。

[3]　「楊本」（頁 3A）、「怭本」（頁 3B）。按：其中「韻逢精等」之類的「等」是指「精清從心邪」等五個聲母。

[4]　「楊本」（頁 3）、「怭本」（頁 3B–4A）。按：兩本有兩處不同，「怭本」在其中「正音憑切門」下有例子：「如鄒靴切鬙字」（頁 4A）；

影喻第四，並切第三，……」，「咫本」在「並切第三」後加上「等」
字。[1]

　　當然「檢例」跟韻圖本身沒有必然的關係，正如「楊本」把
序以至「檢例」的部份，在書口（版心）都標為「等子序」，而
韻圖的部份在書口則標為「等子」，[2] 分得非常清楚。不過，從
「五音字母等位圖」和「續添切韻門法玉鑰匙」來看，早期的《四
聲等子》的「檢例」可能並沒有指「等韻」的「等」字，跟《韻
鏡》相近。

　　韻圖部份反而出現指「等韻」的「等」字，不單是「咫本」，
「楊本」也是如此，好像其中不少圖都標注了「內外混等」，如
頁8、頁9、頁20、頁21、頁22、頁23。[3] 不過值得注意的是
「楊本」頁20，在標注韻目那裏，「歌哿箇鐸」和「麻馬禡鎋」

　　以及「楊本」的「切逢第二，韻逢第一」（頁3A），「咫本」作「切
　　逢第一，韻逢第二」（頁4A）。「文淵閣本」（頁3A），和「粵雅堂
　　本」則均作「切逢第一，韻逢第一」（頁6B）。

[1]　「楊本」（頁3A）、「咫本」（頁3B）。按：「精等」指「精清從心邪」
　　等五個聲母。這個部份在「楊本」屬「今立切韻門法」的部份，後
　　有「名窠切門」四字，而「咫本」則獨立名為「辨窠切門」。又按：
　　「咫本」的「檢例」除了此一處和「五音字母等位圖」有「等」字
　　之外，「辨音和切字例」（頁2）、「辨廣通侷狹例」（頁3）、「辨內外
　　轉例」（頁3B）等三項都有使用指「等韻」的「等」字，而這三項
　　與「楊本」相應的部份差異很大。

[2]　按：「楊本」韻圖之後有「平入合韻圖」（頁26、27），書口也標作
　　「等子」。

[3]　「咫本」和「楊本」韻圖的頁碼大致相同。按：「楊本」（頁23）作
　　「四外混等」，「四」當為「內」。又按：有關「內外混等」的問題，
　　本篇的第3.1節還要加以討論。

之間加上一條曲線，並在曲線旁加注了一個「混」字，既然已注上了「內外混等」，就不應再注上「混」字，可以推想最早只是注「混」字（以及可能與此配合再加上去的曲線），後來才注上「內外混等」，也就是說這六處的「內外混等」，有可能是後人添加的。還有一處值得注意，就是「咫本」頁 24 標有「四等全併一十六韻」，「楊本」沒有這一句，況且這個圖也不止併合「十六韻」，「咫本」列出：「覃感勘合、咸賺陷洽、凡范梵乏、鹽琰艷葉」，的確只列了 16 個韻目，但「楊本」列出 22 個韻目：「覃感勘合、咸賺陷洽、凡范梵乏、添忝标帖、嚴儼釅業、盐琰艷葉」，因此「咫本」證明標注「四等全併一十六韻」不是韻圖編者原意，這句話可以肯定是後人胡亂加上去的。[1] 總而言之，《四聲等子》的韻圖只有「內外混等」的「等」字是指「等韻」的「等」，然而也可能是出於後人的標注。

如果說「切韻」是個多義詞，其實早期的「等」所指的東西可能比現代的定義來得闊，《盧宗邁切韻法》說：「每音有四等，謂全清、次清、全濁、不清不濁，如『顛天田年』是也。……字有四等輕重，如『高交驕驍』是也」，[2] 可見宋人把「清濁」和「輕重」都可以叫做「等」。《四聲等子》沒有出現指「等韻」的

---

[1] 按：「四等全併」的意思不大明確，「四等」是第四等的韻，還是指四個等的韻？相混的韻只是三等的「凡范梵乏」和「嚴儼釅業」，以及四等的「添忝标帖」和「盐琰艷葉」，如果單指三等韻和四等韻，「全併一十六韻」還說得過去，無論如何「四等全併一十六韻」不應是原有的部份。

[2] 《盧宗邁切韻法》（頁 10）。

「等」字，而《四聲等子》這個名稱裏的「等」字，最初可能不是指「等韻」，而只是帶釐分音韻的象徵性意義，[1] 既然如此，仍要沿用「切韻」這個叫法，表示當時大約未把「切韻」叫做「等韻」。至於《四聲等子》的序無論一開頭是不是寫作「切韻：詳夫方殊南北，……」，後面「切韻之作」的「切韻」依然應帶有「等韻」的意思。

3. 「指玄論」？

兩本的序有不少地方相同，可能是從同一個材料剪裁而來，不見於「楊本」的主要有兩段，從「其〈指玄〉之論」至「而況有音有字者乎」，本篇稱之為「甲段」。大矢透認為這一段跟《切韻指玄論》有關，[2] 而又跟《指掌圖》的董南一跋部份內容極為相似（圖三）。為甚麼「楊本」沒有了這一段？這跟董南一跋有甚麼關係？這似乎值得討論一下。

第一個問題，或者可以說是一個假論題，「楊本」的序不一定要剪裁自《指玄論》，因此似乎沒有討論的必要。況且「別為二十圖」這一句，可以說是「楊本」「刪掉」「甲段」的直接原因之一，「楊本」有 21 個圖，無論如何「別為二十圖」也不應出現。

---

[1]　蕭振豪〈《重編改正四聲全形等子》研究：兼論《四聲等子》的形成與譜系(一)〉〔蕭振豪（2012）〕，和王松木〈韻圖的修辭 —— 從命名隱喻看韻圖的設計理念及其歷時變異〉〔王松木（2013）〕都談過這一點。

[2]　《韻鏡考》認為「甲段」之中涉及「門法」的部份，即為《切韻指玄論》的「八目」〔大矢透（1978：170）〕。

然而，對比兩本的「檢例」共同部份，還是有值得討論的地方。

　　「楊本」之中的「續添切韻門法玉鑰匙」與他本之中某些「門法」幾乎一致，好像「咒本」的「辨振救門」（頁 3B）比「楊本」的「振救門法」（頁 3A），只是多了個例子：「例：如蒼憂切秋字」；至於「楊本」「今立切韻門法」的「並切第三，名窠切門」（頁 3A），「咒本」「辨窠切門」改作：「並切第三是也」，後面再加上例子：「如中遙切朝字」（頁 3B）。

　　大矢透《韻鏡考》認為「咒本」的序（指「甲段」）「門法」有八個，而「咒本」的「檢例」有 11 個「門法」，「楊本」有 12 個「門法」。[1] 如果這個分析正確的話，「甲段」與「檢例」出現不配合的情況。不過，正如魯國堯指出那些「檢例」有雜湊的現象。[2] 如果「楊本」的「檢例」是由作序的人修訂過的，應該不會跟「甲段」不同。倒過來說「咒本」的序和「檢例」，很可能不是由同一人編成的。

　　現在再看看「甲段」，有：音和、類隔、雙聲、疊韻、憑切、憑韻、寄聲、寄韻。這些名稱並未稱為「門法」，大矢透稱之為「八目」，[3] 其中所舉的例子和說明，只有「雙聲」和「疊韻」跟「咒本」的「檢例」相同，此外跟董南一跋也有相異相同之處，現在將例子列表如下：

---

[1]　大矢透（1978：177–179）。
[2]　黃耀堃（2004：150）。
[3]　大矢透（1978：177）。

門法	「甲段」	「咒本」的「檢例」	董南一跋 [1]
音和	徒紅切同字	丁增切登字、德洪切東字 [2]	徒紅切同
類隔	補微切非字	丁呂切柱字 [3]	補微切非
雙聲	和會切會字	和會、章灼切灼字、良略切略字 [4]	和會切會
疊韻	商量切商字	商量、灼略切灼字、章良切章字 [5]	商量切商
憑切	□人切神字，丞真切脣字	鄒靴切鬆字 [6]	乘人切神，丞真切辰
憑韻	巨宜切其字，巨祁切祈字	（沒有）	巨宜切其，巨沂切祈
寄聲	（沒有例子）	（沒有）	（沒有例子）
寄韻	（沒有例子）	（沒有）	（沒有例子）

光緒九年《咒進齋叢書》把「□人切神字」上面的壞字，寫作「求」缺右上角；至於光緒十年《咒進齋叢書》本作「求」（頁 1A），應該是爛字。至於「丞真切脣字」的「脣」應該是錯字，當依董

---

[1] 司馬光（1986：108-109）。按：董南一跋相關部份列為本篇的圖三，凡見於圖三，不再列出。

[2] 「咒本」（頁 2）。按：這個例子出自「協聲歸母・四聲一音」的部份，這個部份緊接在「辨音和切字例」後面。

[3] 「咒本」（頁 3A）。「咒本」還有一個例子：「如憂篇皮字作符羈切之類是也」（頁 3A）。按：「憂」字，光緒十年「咒本」作「玉」（頁 3A），「文淵閣本」（頁 2A）、「粵雅堂本」亦作「玉」（頁 4B），疑作「玉」為是。

[4] 「咒本」（頁 4A）。

[5] 「咒本」（頁 4A）。

[6] 此例見於「咒本」辨正音憑切寄韻門法例」（正音憑切門）（頁 4A）。

南一跋作「辰」，刊刻《四聲等子》的人大約不明白甚麼是「憑切」，因此在傳刻時出錯。[1]

　　「甲段」中的「憑切」不但跟「咫本」的「檢例」裏的「辨正音憑切寄韻門法例」（包括：正音憑切門、寄韻憑切門、喻下憑切門）並不相同，[2] 跟後來的「門法」中「日寄憑切」之類也不相同。[3]「甲段」的「憑切」是指當時同音的字，分列不同的小韻，在韻圖歸字也不同。[4]「求」是牙音群母，[5] 而「乘」、「神」、「丞」、「辰」分別是齒音船母（乘、神）和禪母（丞、辰）。牙音見母「求」和齒音歸字當然不同，分辨時不需要有甚麼特別方法（門法）。至於「唇（脣）」有兩讀，一為章母，一為船母，章母的「唇」與「真」同一小韻，「丞真切脣字」變成跟所謂「同出一類」的「疊韻」一樣，不太合理；船母的「唇」是諄韻合口字，而「真」是真韻開口字，也不合理，因此「唇」當為「辰」。「神」和「辰」在當時可能變成同音字，歸字時需要從上字來區分兩者的差異。[6]

---

[1]　按：「文淵閣本」亦作「求人切神字，丞真切脣字」（頁 1B）。
[2]　「咫本」（頁 3B–4A）。
[3]　《切韻指南》〔《等韻五種》本（頁 57）〕。
[4]　《韻鏡考》認為是指不拘下字的等位而依上字歸字〔大矢透（1978：186）〕，按：大矢透的說法不合，「人」和「真」兩字同一韻，無論在《指掌圖》還是《四聲等子》都是列同圖三等，因此不存在等位的差異。
[5]　按：本篇提到的語音等位，都按潘悟雲《廣韻查詢系統》（電子軟件）。
[6]　有關船母和禪母相混的情況，請參考趙振鐸（1928–）《集韻研究》〔趙振鐸（2006：63–65）〕。

3.1 雜湊的證據

「甲段」所謂「同音而分兩韻者，謂之憑韻」，例子中的「巨
祁切祈字」，董南一跋則作「巨沂切祈」，略有不同。「甲段」的
「巨宜（宐）」和「巨祁」這兩個反切的分別，是支韻和脂韻重
紐三等（B類）的不同，「其」和「祈」分別是之韻和微韻，都是
開口字。之支脂微四韻，到了中晚唐以後基本上已混而不分，[1]
「巨宜」和「巨祁」兩個反切切出來的就變成「同音」，《四聲等
子》歸字也沒有分別，序裏所謂「同音而分兩韻者，謂之憑韻」，
現在只滿足了「憑韻」的「同音」這個條件，但未能達到「分兩
韻」。

董南一跋的例子之中「沂」是微韻開口三等，「巨沂」跟「巨
祁」可說沒有分別，歸字也一樣，同樣不能符合「分兩韻」的條
件。不過，《指掌圖》十八圖列之支脂齊四韻（以平賅上去入，
下同）；[2]「楊本」頁14於二等列之韻，三等列支韻，並注有「支
脂借用」，即跟《指掌圖》幾乎一致；而「咫本」頁14「開口呼」
只列脂韻。「祈」和「沂」是微韻字，而《指掌圖》和《四聲等
子》都是只把微韻注在合口圖內。如果按《指掌圖》和「楊本」
分圖來看，微韻注在合口，之韻注在開口，還有點「分兩韻」的
痕跡。「咫本」沒有列出之韻，也就是說沒有「分兩韻」的標識，

---

[1] 王力《漢語語音史》：「隋—中唐的脂微兩部，到晚唐合併為一部」
〔王力（1985A：257）〕，又王力指出隋唐時代「之支脂三部[iə，ie，
ei]合併為脂部[i]」〔王力（1985A：215）〕。
[2] 司馬光（1986：98）。

因此「咒本」的序與內文有矛盾。

進一步來說，就算作「巨沂」也好，跟「巨宜」仍然是同音，《指掌圖》和《四聲等子》在開口圖中即使歸字相同，也不能算作「分兩韻」。「其」是之韻，而之韻只有開口；「祈」是微韻，而微韻則有開口和合口。之韻在宋代與微韻相混的是開口，不包括微韻的合口，如果要合符「同音而分兩韻」，就要之韻和微韻（開口）各自獨立為一圖，也不可能像《指掌圖》和《四聲等子》那樣。[1]

如果「甲段」出於《指玄論》，「憑韻」的例子就跟「別為二十圖」矛盾，因為「巨宜切其」、「巨沂切祈」要是「同音而分兩韻」的話，之韻和微韻的開口字就要分圖，《指掌圖》和《四聲等子》不可能是二十圖，除非另有兩個圖併作一圖。《指掌圖》和「咒本」都不能滿足「同音而分兩韻」這個條件，「咒本」的序，特別是「甲段」和董南一跋，可見似乎是雜湊而成，甚至是出於偽作。

「咒本」的序比董南一跋多了「畫為四類」一句，下一句作「審四聲開闔」，跟後者也不同。「四類」這個詞的語意不明，不知道是指四等還是指四聲，既然下有「審四聲開闔」幾個字，「四

---

1 按：《指掌圖》十八圖列「之支脂齊」〔司馬光（1986：98）〕，十九圖列「灰支微脂支齊」〔司馬光（1986：102）〕。「楊本」列之「止志職支紙真昔」為開口呼（頁 14），「脂旨至質微尾未勿脂旨至質」為合口呼（頁 15）；「咒本」止攝內二（開口呼）列「脂旨至質」（頁14），止攝內二（合口呼）列「脂旨至質微尾未物脂旨至質」（頁 15）。又按：「咒本」止攝內二「合口呼」誤作「合日呼」。

「類」的意思應該不是「四聲」,《四聲等子》把四聲合在同一等之中,「四類」指四等恐怕較為合理。「楊本」的序也出現「四類」這個語詞:「時習者多依《指玄》之論,蓋為四類重輕,分宮羽而無爽……」,不過較難指實為四等。

另一方面,「甲段」和董南一跋都提到「八轉之異」,《指掌圖》和「咫本」的「檢例」裏確實都有「辨內外轉例」提到「八轉」,[1] 不過〈比較研究〉已指出《指掌圖》是一個十二攝的系統,[2] 因此也不能套用內外八轉(十六攝)。如果《指掌圖》是司馬光(1019－1086)所編的,董南一跋自稱那段話也出自司馬光,則肯定是有矛盾。

不過,「甲段」跟「咫本」的韻圖其實沒有直接關係,上面提到的「八目」已跟「檢例」不盡相合,跟韻圖也有不合。至於「八轉」也同樣跟韻圖不合,「咫本」雖然注出各攝的名稱,但其中明顯有混亂的地方,如頁 20 右上角注了「果攝內四」,左下角注「假攝外六」;頁 21 上面注了「果攝內四」,下面卻注「麻外六」;頁 22 上面注了「曾攝內八」,下面卻注「梗攝外八」;頁 23 上面注了「曾攝內八」,下面卻注「梗攝外二」。一個圖注上兩個攝,又把假攝稱為「麻(攝)」,反映出《四聲等子》所標的內外八攝的韻攝系統有矛盾。此外,多個韻圖注上「內外混等」,如頁 8(唐韻與江韻合圖,所謂「江陽借形」)、頁 9(唐韻與江韻合圖)、頁 20(歌韻與麻韻合圖)、頁 21(麻韻與戈韻合圖)、

---

[1]　司馬光(1986:11－12)、「咫本」(頁 3B)。
[2]　黃耀堃(2004:159－168)。

頁 22（登韻與庚韻合圖）、頁 23（登韻與庚韻合圖），既然是「內外混等」，還能分得出內外轉嗎？[1] 因此竊意懷疑《四聲等子》與十六攝沒有關係。「楊本」正好說明這個問題，「楊本」的「檢例」雖然有「二百六韻分一十六攝各分（內八轉外八轉）」一項（頁 4A），但韻圖那裏完全沒有韻攝的名稱。這也許是「楊本」的序不會抄錄「甲段」的另一個原因，就是「楊本」的祖本並不是分作「八轉」。「楊本」的序說到自己「聲稟《指玄》」，如果「甲段」有那麼多的疑團，甚至不是真的《切韻指玄論》，「楊本」又怎會出現這一段的呢？董同龢對《指掌圖》的看法略欠準確，不過他說到董南一跋「跟《四聲等子》序文雷同的，本身就有問題」，確是個卓見。[2]

4.「舊圖」

李榮曾討論《四聲等子》所標內外轉的次序，認為《指掌圖》的「辨內外轉例」中的「舊圖」，與《四聲等子》以至《韻鏡》、《七音略》有關，[3] 不過〈比較研究〉已否定了李榮這個說法。[4] 如果比較「楊本」韻圖的次序，更發現這幾種韻圖其中微妙的關係，「咫本」第一圖（頁 6）和第二圖（頁 7），在「楊本」的次

---

[1]　按：上文指出「內外混等」的標注可能不是原有的（即可能不是祖本所有的），但無論原來有沒有，「內外混等」卻是個客觀事實。

[2]　董同龢（1974：86）。按：參閱本書第 12 篇的第 4 節，指出《宋本切韻指掌圖》第二十圖後半開始，刻工刀法有異，認為很明顯由兩個或以上「宋本」配成，是以董南一跋有偽托的條件。

[3]　李榮（1956：177）。

[4]　黃耀堃（2004：165-168）。

序剛相反，即「楊本」始於「豪蕭」（頁6），其次為「東鍾」（頁7），與《指掌圖》次序相同。[1]「㞓本」始於「東鍾」終於侵韻，其中宕攝移前與江攝合圖（頁8、頁9），當然在《切韻》系韻書中也有相似的例子，[2]「㞓本」大致與《切韻》系韻書次序相近，甚至可以說更接近《廣韻》以後的系統，跟《七音略》和《韻鏡》把蒸登兩韻放在最後的做法，[3] 明顯不同。雖然不能由此證明「㞓本」各圖次序曾有改動，但「楊本」把「豪蕭」置「東鍾」之前，跟《指掌圖》相同，不能不令人懷疑《指掌圖》和「楊本」似有「舊圖」的依據。「楊本」的序說「但僕形依《廣》、《集》，聲稟《指玄》，改正前文，以貽後進」，提到他「重編改正」的三個依據：《廣韻》、《集韻》和《指玄論》，特別指「聲」這個方面是偏重《指玄論》。這個「豪蕭」在前「東鍾」在後的做法，是否出於「舊圖」？既不盡量依據《廣韻》、《集韻》，[4] 是否本於《指玄論》的做法？這些情況都給人很大的聯想空間。

　　說到韻圖的次序，「楊本」所增的一圖值得注意。「楊本」第五圖，是所謂「依《集韻》增加」，「楊本」的版心頁碼作「又九」，

---

[1]　司馬光（1986：27-34）。

[2]　見「裴務齊正字本刊謬補缺切韻」，如平聲最前七韻的韻序為：一東、二冬、三鍾、四江、五陽、六唐、七支〔周祖謨（1983：537）〕。

[3]　《韻鏡》〔《等韻五種》本（頁100-103）〕；《七音略》〔《等韻五種》本（頁95-98）〕。

[4]　「楊本」在跋語之前，又有一個「檢例」，名為「平入合韻圖」（並附了一篇「頌」），除了以收相同的入聲和數量多寡為序之外，同一數量的韻又另有一個次序，如陽蕭宵三韻歸入藥韻，排在山佳麻三韻歸入鐸韻之前，其中的次序到底有甚麼意義值得再加探討。

所加的是魚韻三等和假四等的「重少輕多韻」。「楊本」第六圖（頁
10）與「毗本」「遇攝內三」（頁 10）相異極少，甚至可以說是
相異最少的一個韻圖，不同的地方主要是在錯別字和異體字。依
照一般常理，增加的圖應放在後面，即「楊本」的第五圖應在第
六圖後，「楊本」卻加在前面。表面的原因是魚韻屬開口，《七音
略》和《韻鏡》魚韻也放在模韻之前，[1] 因此沒有可討論之處。
不過，第六圖魚模虞三韻相混，所謂「魚虞相助」，魚韻的假二
等把虞韻的假二覆蓋，同樣標為「重少輕多韻」（頁 10）。如果
按照《七音略》推論，「重」傾向開口，「輕」傾向合口，照此「楊
本」增加的並不一定是開口，[2] 無論如何「又九」和頁 10 的圖
應該大致開合口相同，況且魚韻也出現在第六圖，因此不能說把
新增的第五圖放在前面是很自然的做法。

4.1 東鍾分圖

　　本書第 5 篇〈《解釋歌義》所據的音韻材料及其相關問題〉
曾經討論《解釋歌義》跟《四聲等子》的關係，提到《解釋歌義》
的「義」中「平聲五十九韻」、「三十三輕韻」和入聲「克實有形
者三十五韻」和「入韻八行」，都可以在《四聲等子》找到相應
的位置。[3] 不過，本書第 5 篇提出一個條件，就是要把東鍾兩韻

---

[1]　《韻鏡》〔《等韻五種》本（頁 38－41）〕；《七音略》〔《等韻五種》
　　本（頁 33－36）〕。

[2]　《韻鏡》內轉第十二標作「開合」〔《等韻五種》本（頁 40）〕，似
　　乎也反映「楊本」兩圖均作「重少輕多韻」這個情況。

[3]　參閱本書第 5 篇的第 1.2 節。

分列，即把鍾韻從「呕本」第一圖（頁6）分出來。分了鍾韻出來，就成了「二十一圖」，然而「二十一圖」好像並無依據，不過「楊本」把魚韻分出來，正是可以分圖的一個例證。

「呕本」的第一圖（頁6）相應即為「楊本」的第二圖（頁7），二本的最大差異在於「呕本」完全沒有假四等。鄧曉玲《七音略和四聲等子的比較研究》認為是《四聲等子》的「丟失」：「《等子》中，送三去的假四等和屋三入的部分假四等丟失」，並認為「說明精組聲母不能同這兩個韻相拼；東三平、鍾三平、腫三上、用三去這幾個韻的喻四和假四等丟失，說明喻母和精組聲母不能同這些韻相拼」。[1]「呕本」的確是「丟失」，但鄧曉玲解釋有問題。「楊本」有假四等，跟《切韻指南》有點相像，但又不盡相同，如送韻清母有「趬」；屋韻從母為「摵」。[2] 不論是「楊本」還是《切韻指南》，除了這兩個小韻之外，假四等都是鍾韻的小韻。《解釋歌義》的「義」所依據的「韻圖」是東鍾分圖，可能反映某個韻圖早期的形式，後來歸併為一圖時，假四等以東韻歸入鍾韻，於是《切韻指南》和「楊本」略有差異，而「呕本」則可能在歸併時「丟失」了。

鄧曉玲《七音略和四聲等子的比較研究》指出「呕本」第一圖是「東三平併入鍾三平，送三去併入用三去，屋三入併入燭三

---

[1]　鄧曉玲（2008：8）。
[2]　《等韻五種》本（頁7）。按：《切韻指南》送韻清母沒有歸字，從母入聲作「歗」，也屬屋韻。

入」，[1] 特別值得注意是《切韻指南》三等去聲有「趙」，可能就是「楊本」和《切韻指南》歸併的痕跡。用韻清母無字，「楊本」把送韻清母的「趙」併入用韻清母的位置，而《切韻指南》可能因聲旁「酋」誤把送韻「趙」放在喻母三等。[2] 從「楊本」有假四等，以及《切韻指南》「趙」小韻的列位來看，《解釋歌義》並非東鍾兩韻曾經分圖的孤例。當然「楊本」和「咫本」的差異不少，中間的分合有待進一步分析。

4.2 《龍龕手鑒》

「咫本」的序由「近以《龍龕手鑒》重校類編於大藏經函帙之末」至「遂以此附《龍龕》之後」，不見於「楊本」，這裏稱之為「乙段」。《龍龕手鑒》本名為《龍龕手鏡》，因避宋諱而改名，張暢耕（1935－）〈《龍龕手鏡》與遼朝官版大藏經〉認為《龍龕手鏡》可能刊印在「遼藏」之中，[3] 此外，根據童瑋（1917-1993）《二十二種大藏經通檢》，宋元的大藏經並沒有收《龍龕手鑑》，[4] 因此「編於大藏經函帙之末」可能不是事實。所謂「大藏經函帙之末」可能泛指佛經，但張衛東（1947－）〈論《龍龕手鏡》音系及其性質〉指出《龍龕手鑒》的音系和「咫本」《四聲等子》的音系相差太遠了，[5] 「咫本」的序提到《龍龕手鑑》，並不能

---

[1]　鄧曉玲（2008：6）。
[2]　《等韻五種》本（頁 7）。
[3]　張暢耕（1991：108）。
[4]　童瑋（1997）。
[5]　張衛東（2001：177）。

證明「毘本」是個很古老的本子。〈比較研究〉曾分析「乙段」裏的「歸母協聲」，指出：「現在所見的並不是重校而附於《龍龕手鑑》之後的《四聲等子》」，[1] 又指出「毘本」的「協聲歸母・四聲一音」後於宋本《指掌圖》，甚至參考過宋本系統的《指掌圖》。[2] 連同「甲段」來看，這些材料跟「檢例」和韻圖充滿矛盾，不能不對「毘本」的序有所懷疑。

5. 小結

比較「楊本」和「毘本」的序，引發出不少問題，特別是所謂《切韻指玄論》的引文可能出於雜湊或者是偽托，這正是「楊本」可貴的地方，就是把「毘本」的問題凸顯出來。「楊本」的改編和「檢例」當然仍有不少問題，但可疑的成份相對較少。無論如何，再以《切韻指南》的熊澤民序所謂「古有《四聲等子》，為傳流之正宗」來說明「毘本」的地位，恐怕絕對不合適。

2013 年 8 月 5 日三稿

---

[1]　黃耀堃（2004：150）。
[2]　黃耀堃（2004：154）。

附圖

圖一　日本國立公文書館藏《重編改正四聲全形等子》（頁 1）

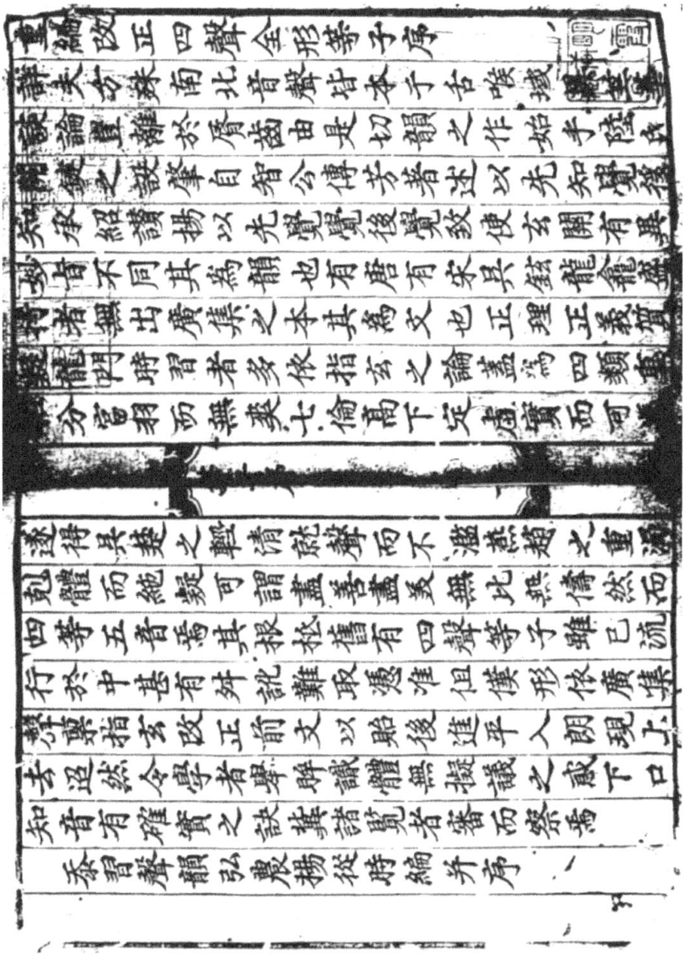

圖二　香港中文大學圖書館藏光緒九年（1883）《咫進齋叢書》初刻本（頁1）

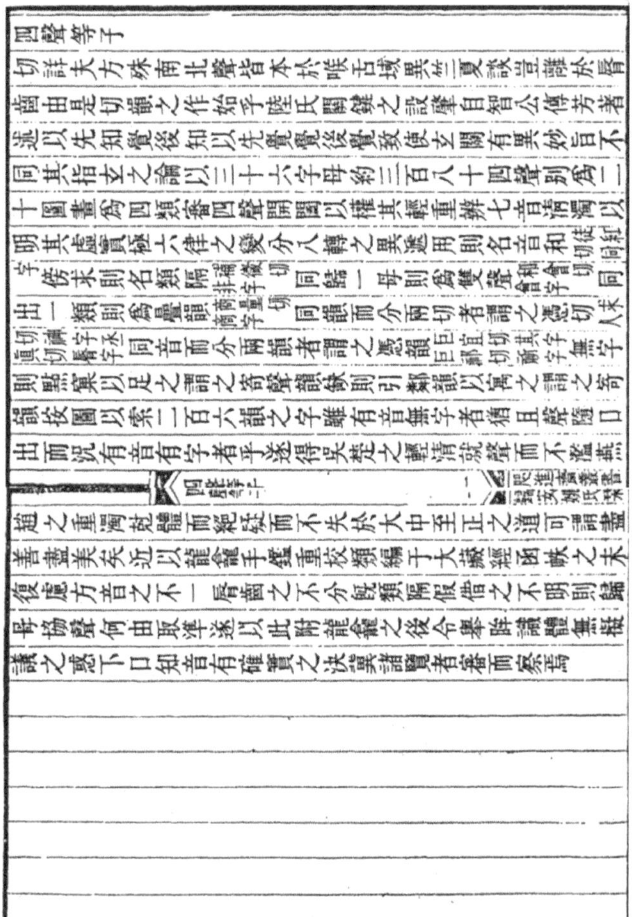

四聲等子

切詳夫方殊南北聲皆本於喉舌域異竺夏談豈離於唇
齒由是切韻之作始乎陸氏關鍵之設肇自智公傳芳著
述以先知覺後知以先覺覺後覺致使玄關有異妙旨不
同其指玄之論以三十六字母約三百八十四聲別爲二
十圖畫爲四類審四聲開闔以權其輕重辨七音清濁以
明其虛實極六律之變分八轉之異遞用則名音和徒紅切同
字傍求則名類隔補微切悲字同歸一母則爲雙聲和會切會字
出一類則爲疊韻商量切商字同韻而分兩切者謂之憑切求人
切神字同音而分兩韻者謂之憑韻巨宜切其字無字
則點窠以足之謂之寄聲韻缺則引鄰韻以寓之謂之寄
韻按圖以索二百六韻之字雖有音無字者猶且聲隨口
出而況有音有字者乎遂得吳楚之輕清就聲而不濫燕

四聲等子　一　咫進齋叢書　歸安姚氏栞

趙之重濁該體而絕疑而不失於大中至正之道可謂盡
善盡美矣近以龍龕手鑑重校類編于大藏經函帙之末
復慮方音之不一脣齒之不分既類隔假借之不明則歸
母協聲何由取準遂以此附龍龕之後令舉眸識體無擬
議之惑下口知音有確實之決冀諸覽者審而察焉

圖三 《宋本切韻指掌圖》董南一跋（部份）

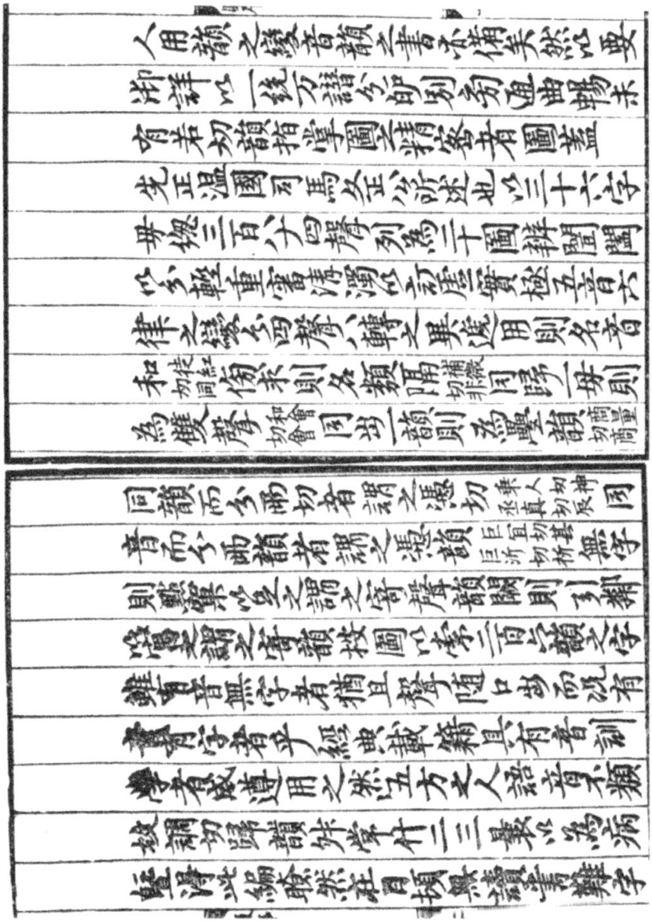

第 5 篇

《解釋歌義》所據的音韻材料及其相關問題

提　要：本篇指出黑水城出土《解釋歌義》裏的「平聲五十九韻」、入聲「三十五韻」、「三十三輕韻」，以及入聲韻「八行」，都可以在《四聲等子》找到合理的解釋。本篇又從《古今韻會舉要》、《五音集韻》韻首列見母字，提出南宋以來有「見母列位」的做法。經過分析《解釋歌義》的材料，本篇又提出要重新考訂《四聲等子》、《切韻指掌圖》的成書年代。

關鍵字：《解釋歌義》、《四聲等子》、《古今韻會舉要》、《五音集韻》、甯忌浮

本篇得到甯忌浮、魯國堯、李行杰、蕭振豪、許明德各位教授的幫助和指正，謹此致謝！

原文刊於《南大語言學》第四編，北京：商務印書館，2012年。頁48–73。

　　黑水城抄本《解釋歌義》自 1909 年出土以來，一直沒有很多人留意，中土最先經潘重規、[1] 陳紹棠兩位老師介紹，[2] 及至《俄藏黑水城文獻》第 5 卷刊布前後，才有較多學者開始對《解釋歌義》加以研究。十多年來，先後有聶鴻音（1954－ ）的論文〈黑水城抄本《解釋歌義》和早期等韻門法〉、[3] 孫伯君(1966－)的專著《黑水城出土等韻抄本《解釋歌義》研究》，聶、孫兩位合著的《黑水城出土音韻學文獻研究》內有詳細討論《解釋歌義》的部份，以及嚴至誠的論文〈黑水城等韻抄本《解釋歌義》新探〉等多種論著，[4] 均反覆辨證研究，校注原文，於是此書內容大體可明，以上各位學者功不可沒。《解釋歌義》由「頌」和「義」組成，而「頌」和「義」產生的時代並不一致，兩者之間不但存在矛盾，有些地方更含糊不清，再加上抄寫者的水平不高，原件也殘缺不完，所以雖經過多人整理，仍有可以補充的地方；至於《解釋歌義》與其他音韻學著作之間的關係，尤其需要重新加以分析。

1.「二百零七韻」及其他

　　潘重規最早關注到的是《解釋歌義》中有好幾條都提到所據之書有多少「韻」，[5] 現在為方便討論，先按照《黑水城出土音

---

[1]　潘重規（1977：38－41）。

[2]　潘重規、陳紹棠（1978：186）。

[3]　聶鴻音（1997：14－17）。

[4]　嚴至誠（2008：302－318）。

[5]　潘重規（1977：40）。按：潘重規抄錄時非常倉猝，有些地方因沒

韻學文獻研究》，把相關的內容加上編號列在下面：

A.**前三韻上分幫體**　　義曰：……所收於平聲五十九韻，
並上去入聲共有二百七韻，在於二百七韻之中分一百
七十四韻，故名前三韻。……

B.**後一音中立奉形**　　義曰：後一音者，是輕中輕
韻。……所收於平聲五十九韻，並上去入聲共有二百
七韻，在於二百七韻內分三十三輕韻，故名後一音
也。……[1]

C.**入韻八行王氏括**　　義曰：王氏者，其人姓王名氏，
字忍公，將入聲六十四字以攝入聲。此言六十四字者，
但是入聲括頭，尠實有形者三十五韻，四等重輕攝之
為八行，共是六十四聲。不必一一有字。……

D.**平聲十六智家收**　　義曰：智公所撰《指玄論》之圖
簡，頓然開豁往日迷滯之情。而又智家將平聲五十九
韻皆以重輕四等列之一十六韻，以包括平聲，攝之上
去二聲，真真者尠實，並準此理也。[2]

有時間而沒有抄下來，如下列 C.條的部份，只抄至「將入聲六十四
字以攝入聲」為止（同上，頁 39），抄錄之後約四年才發表在〈韻
學碎金〉〔潘重規（1977：38）〕，因此他只談到「平聲五十九韻，
并上去入聲共二百七韻」，以及「入韻八行，以入聲六十四字以攝
入聲」這幾個數字〔潘重規（1977：39）〕。參閱本書第 13 篇的 2.。

[1]　聶鴻音、孫伯君（2006：163）。
[2]　聶鴻音、孫伯君（2006：172）。

上列四條之中，「頌」的部份用黑體字表示。這裏有幾個數字，一是「義」依據的書（或者稱之為「韻本」），[1] 是有「二百零七韻」，其中平聲有「五十九韻」，入聲有「三十五韻」；二是這個「韻本」中，分「三十三輕韻」叫「後一音」，其他「一百七十四韻」叫「前三韻」。

潘重規根據法藏敦煌韻書P.2014 的資料發現那裏平聲多出一個「宣韻」，而夏竦（984－1050）的《古文四聲韻》則多出「栘韻」，於是推論《解釋歌義》提到的《指玄論》作圖，是本乎經唐人修訂過的陸法言《切韻》，所謂：「智公《指玄論》有圖。圖韻本於唐人增修之陸法言《切韻》」。[2] 不過，這個說法可能有點問題，P.2014 的平聲多出了「宣韻」，相承的三個聲調情況到底如何，現在還不能掌握；此外在P.2014 殘卷的入聲那裏，可以很清楚看到「卅六乏」這三個字，[3] 即入聲最少有 36 韻，這樣又不合乎《解釋歌義》所說入聲「三十五」這個數字。按「二百七」這個數字來算，那個「韻本」如果平入二聲像P.2014 以及《古文四聲韻》多了三韻的話，上去二聲加起來就要比《廣韻》少了兩韻；另一方面，既然平聲多分出「宣韻」，按四聲相承的原則，上去二聲也可能分出兩個韻，正如《古文四聲韻》上聲增加跟「宣

---

[1]　按：「韻本」一詞是《解釋歌義》的用語，見「為侷諸師兩重輕」的「義」：「已上等八人，即是創集韻本之人」〔聶鴻音、孫伯君（2006：163）〕。

[2]　潘重規（1977：39－40）

[3]　周祖謨（1983：773）。

韻」相應的「選韻」，[1] 但一增一減之間實際是怎樣，又難以推斷。正如像五卷本《說文解字篆韻譜》那樣，平聲多出「宣部」，[2] 卻少了痕韻和凡韻，[3] 於是全書反而只有 205 韻（部）。歷來的韻書有紛繁的差異，很難找出一種「韻本」能夠完全符合平聲 59 韻、入聲 35 韻，以及「三十三輕韻」這幾個數字。

聶鴻音認為：「《解釋歌義》沒有提供各韻的名目，所以人們還無法確定《指玄論》比《廣韻》多出的韻和減少的韻究竟是甚麼」，不過他立即推論：「我們畢竟可以相信智邦和王忍公在編撰《指玄論》的時候一定是參照了《廣韻》之前的另一部韻書，而並沒有見到《大宋重修廣韻》，否則他們是不會置政府頒布的標準韻書於不顧而另搞一套的」。[4] 孫伯君對「二百七韻」的看法是：「說明《指玄論》是參照《廣韻》之前的某部韻編定的，這部書的分韻比《廣韻》還要細。現存《切韻》、《唐韻》早於《廣韻》，但《切韻》分 193 韻，《唐韻》分 206 韻，顯然《指玄論》的分韻標準也不同於這兩部書」。[5]

《解釋歌義》的確沒有列出相關的韻目，但是否真的完全不可考呢？「207」比「206」多，能否由此推論所據的「韻本」真

---

[1]　夏竦（1983：35）。

[2]　徐鍇（1981：87）。

[3]　徐鍇（1981：75、155）。按：《說文解字篆韻譜》把痕韻併入魂韻（部），把凡韻併入嚴韻（部）。

[4]　孫伯君（2004：序 2）。

[5]　孫伯君（2004：13）。按：「《唐韻》分 206 韻」疑當作「《廣韻》分 206 韻」。

的比《廣韻》分韻還要細嗎？這本分 207 韻的「韻本」是否真的
在《廣韻》之前嗎？編寫此書時是否真的沒有見過《廣韻》呢？
這些都是有興趣研究《解釋歌義》的人想知的問題。

1.1 入聲「有形者三十五韻」

過去考慮《解釋歌義》所據的「韻本」時，大都注視在《切
韻》、《廣韻》一類的韻書那裏，但依照《解釋歌義》的內容來看，
所據的「韻本」可能不是以聲調韻目分篇歸字的「韻書」，而是
韻圖。[1] 現在不妨從入聲開始分析一下，在討論之前，先把上列
D.條的「義」重新標點：

> 智公所撰《指玄論》之圖簡，頓然開豁往日迷滯之情。
> 而又智家將平聲五十九韻皆以重輕四等列之，一十六韻以
> 包括平聲，攝之上去二聲。真真者尬實，並準此理也。

標點有兩處不按照《黑水城出土音韻學文獻研究》而加以改動的
地方，即「一十六韻以包括平聲」為一句，此外「攝之上去二聲」
之下作句號。從D.條來看，《解釋歌義》所據的「韻本」是有圖
的，而且並不單是《切韻》、《廣韻》之類，而是用重輕四等來排
列，是「一十六韻以包括平聲，攝之上去二聲」。按孫伯君的說
法，「一十六韻」就是一般所說的「十六攝」，[2] 如果這個說法沒

---

[1] 按：劉曉南（1957 - ）《漢語音韻研究教程》認為廣義的「韻書」
也包括韻圖在內〔劉曉南（2007：15 - 16）〕。

[2] 孫伯君（2004：29）。按：孫伯君沒有直接說「一十六韻」等於「十

有問題的話，「一十六韻」並不是 16 個韻，而是用 16 個字作名稱來概括平聲，也統攝了上去兩聲。

另一方面，根據C.條所說，「入韻八行」即指入聲排成八行。C.和D.兩條相連在一起，即去掉「義」的部份，「入韻八行王氏括，平聲十六智家收」兩句連續，因此所指的對象也應相同，D.條如果跟十六攝相關，那麼C.條也跟韻攝有關。《切韻指掌圖》（本篇下稱《指掌圖》）的「檢例」所列的十六攝為：「（內轉）通止遇果宕流深曾」；「（外轉）江蟹臻山効假咸梗」。[1] 十六攝之中有九攝是陽聲韻，按《切韻》系韻書的習慣，陽聲韻配入聲韻，十六攝的入聲按理有九行，因此「入韻八行」跟十六攝的系統似乎又有矛盾。

要解決「入韻八行」這個問題，不妨考慮《四聲等子》和《經史正音切韻指南》（本篇下稱《切韻指南》）的列圖方式。《四聲等子》和《切韻指南》的韻圖雖然標示十六攝，但實際上是把一些攝加以併合，如《四聲等子》分別把「宕攝」和「江攝」，[2] 「曾

　　六攝」，只在注釋「一十六韻」時，直接使用「十六攝」這個術語。又按：「平聲十六智家收」似乎有強調平聲的意味，這樣，是否說明《解釋歌義》所據的「韻本」，跟現在所習用的十六攝的名稱混用平上去三聲的字不同，《解釋歌義》的「一十六韻」的名稱都是用平聲？

[1]　司馬光（1986：11 - 12）。

[2]　《等韻五種》本《四聲等子》（頁 15）。按：《四聲等了》的〈辨內外轉例〉有江攝（頁 6），但在韻圖之中並無江攝的名稱，只在「宕攝內五」之下標注：「江全重」（頁 15），把江攝列入宕攝開口呼之中。
又按：《重編改正四聲全形等子》的「檢例」中有「二百六韻分一

攝」和「梗攝」分別合在一起；[1]《切韻指南》則把「果攝」、「假攝」合在一起。[2] 由此可以推想《解釋歌義》所據的「韻本」，可能列出了十六攝，但在入聲裏有兩攝合成「一行」，也許這就是「頌」特別要強調「入韻八行」的原因。

把果攝、假攝合在一起，對入聲多少行沒有影響，因為那裏的入聲並非真正屬於該攝的，正如《切韻指南》「果攝內四‧假攝外六」注明：「果挕入聲字在宕挕；假挕入聲字在山挕」。[3] 把江攝加到宕攝那裏也不影響入聲的多寡，江攝屬外轉（只有二等），而宕攝屬內轉，見母入聲各不相干。這樣，可以推想《解釋歌義》所據的「韻本」可能像《四聲等子》那樣，把曾攝和梗攝合在一起。

C.條的「義」說「四等重輕攝之為八行，共是六十四聲」，可能就是把九攝合併成的「八行」，按四等和開合（即所謂「重

十六攝各分內八轉外八轉」一項（頁四 A），不過韻圖的部份並沒有標注各轉的名稱，因此韻攝之名似為後來所加。有關《重編改正四聲全形等子》，請參閱本書第 4 篇的第 1 節。由此可見標記內外轉的名稱的《四聲等子》，可能屬於另一個系統，或者說是改動了原有的系統。

[1]　《等韻五種》本《四聲等子》（頁 43－46）。

[2]　《等韻五種》本（頁 30－33）。按：《四聲等子》也是把假攝併入果攝，只不過也沒有清楚寫出來，一是在果攝開口呼的最後附注：「假攝外六」〔《等韻五種》本（頁 40）〕，另一在果攝合口呼之下，標出「麻外六」（頁 41）。又按：《切韻指南》多次提到某一韻宜併入某一韻，如「微韻宜併入脂韻」〔《等韻五種》本（頁 11）〕，不過，並沒有完全合併。

[3]　《等韻五種》本（頁 30）。按：「挕」當為「攝」之省，下文逕改為「攝」，不復加注。

輕」)排起來共有64個位置。另一方面，平聲也沒有64個字(「韻」)之多，只有 59 韻，如何排列，智公已解決了這一點，就是在入聲 8 行 64 個位置中，只安置了 35 字 (「韻」)，也就是所謂「尅實有形者三十五韻」。

「尅實有形者三十五韻」這句話不好解釋，然而正是「尅實有形者」提供了一個線索，C.和D.兩條的「義」之中，兩次提到「尅實」，「尅實」就是所謂「真正、真確」的意思，[1] 看來「義」所重視的是真的有字與否。為甚麼「義」特別要強調入聲 35 韻「尅實有形」呢？這一點跟韻圖有密切的關係。

現在先來看看宋元韻圖，按入聲排列韻圖可以分出兩個系統，第一類是入聲只跟陽聲相配，如《韻鏡》；第二類是重複與陽聲、陰聲相配，這一類包括了《指掌圖》、《四聲等子》和《切韻指南》，而《七音略》大致上屬前者，但在「外轉二十五」以入聲配陰聲。[2]第二類的韻圖對重複出現的入聲，有不同的處理方法，《四聲等子》最清楚，在陰聲韻的圖末注明「本無入聲」四字，如「遇攝內三」；[3]《指掌圖》在韻圖之前列出〈二十圖總目〉，把每個韻圖的第一行（見母）列了出來，大致可以看到重複出現的入聲；[4]

---

[1]　《黑水城出土音韻學文獻研究》認為「入韻八行王氏括」的「義」中，「自『言其韻珍寶者』以下五十三字疑從他處舛入」〔聶鴻音、孫伯君（2006：172）〕，即「不必一一有字」之後為衍文。按：這五十三字可能是由他處舛入，但內容涉及真與假，似乎指真的有入韻字與否。

[2]　《等韻五種》本（頁 61 - 62）。

[3]　《等韻五種》本《四聲等子》（頁 20）。

[4]　司馬光（1986：23 - 26）。

《切韻指南》則在每個配陰聲韻的圖的右下角，標出重見的攝，如「止攝內二」下標「入声字見於臻攝」。[1]

值得注意的是《指掌圖》的〈二十圖總目〉，這個圖列出牙音見母，既表示「音和」的性質，更標出開合口的關係。編寫〈二十圖總目〉的目的似乎不在列舉韻目，好像有些等位那裏並沒有見母字，只得用圓圈來表示，然而實際上是有那一等的韻母，如十五圖入聲曉母三等列有「洫」，[2] 由於見母三等沒有字，於是就用圓圈來表示。[3] 把〈二十圖總目〉的入聲去其重複，可以得出 33 個列位，已非常接近「義」所說 35 韻。現在按照〈二十圖總目〉的方式，編出《四聲等子》入聲的「二十圖總目」：

表一

攝名	一等	二等	三等	四等	備注
通攝內一	1.穀	○	2.菊	○	
效攝外五	各	角	腳	○	
宕攝內五	3.各	4.覺	5.腳	○	併入江攝
宕攝內五	6.郭	○	7.钁	○	
遇攝內三	梏	○	輂	○	
流攝內六	谷	○	菊	○	
蟹攝外二	割	戞	揭	結	

---

[1] 《等韻五種》本（頁 10）。
[2] 司馬光（1986：86）。
[3] 司馬光（1986：25）。

	括	刮	蹶	決	
蟹攝外二					
止攝內二	○	○	暨	墍[1]	
止攝內二	○	○	亥	橘	
臻攝外三	8.扢	○	9.訖	10.吉	
臻攝外三	11.骨	○	12.亥	13.橘	
山攝外四	14.割	15.戞	16.訐	17.結	
山攝外四	18.括	19.刮	20.厥	21.決	
果攝內四	各	戞	○	○	併入假攝
果攝內四	郭	刮	○	○	
曾攝內八·梗攝外八	22.衇	23.隔	24.殛	25.激	
曾攝內八·梗攝外二	26.國	27.蟈	28.欆	29.郹	
咸攝外八	30.閤	31.夾	32.刦	33.頰	
深攝內七	○	○	34.急	○	

上表所有與陰聲韻相配的入聲列位都不加編號；而與陽聲韻相配的入聲列位只有 34 個，「尅實有形者三十五韻」這個問題仍沒有解決。不過「義」裏面提到另一個數字，所謂「三十三輕韻」，如果連同這個數字一起來考慮的話，似乎又露出解決問題的一線光芒。

---

[1]　按：「墍」，《廣韻》作「墼」，與「激」（古歷切）同一小韻〔陳彭年（2008：520）〕。

1.2 「三十三輕韻」和「平聲五十九韻」

　　「三十三輕韻」見於 B.條的「義」，所謂「輕韻」應指有輕唇音的韻，如果按照〈總括玉鑰匙玄關歌訣〉所說的「輕唇十韻」，包括：「東鍾微元凡虞文廢陽尤」。[1] 陽聲韻有平上去入四韻，陰聲韻有平上去三韻，廢韻只去聲，而東韻上聲董韻沒有三等字，因此按四聲相承來計算，表面上是合共有 33 韻，跟「三十三輕韻」相合。

　　上面第 1.1 節提到有些韻圖會重複出現入聲，如《指掌圖》之類，這類韻圖把部份輕唇韻合併，所以列出的輕唇韻都是少於 30 個，如《指掌圖》、《四聲等子》、《切韻指南》都把東韻和鍾韻合併，[2] 《指掌圖》更把微（未）韻與廢韻合併。[3] 因此《解釋歌義》說的是「三十三輕韻」，可知所據的「韻本」應該沒有把輕唇韻合併的韻圖。如果是這樣的話，表一那裏應該在通攝多出一個鍾韻三等見母入聲（燭韻）列位，據《切韻指南》相應的列位，這應是「輂」。[4] 加了「輂」之後，表一裏「尅實有形」的剛好就是 35 個列位。[5] 這樣做法是不是有點湊巧呢？現在再

---

[1]　《切韻指南》〔《等韻五種》本（頁 69）〕。按：〈總括玉鑰匙玄關歌訣〉把有輕唇音的韻直稱作「輕韻」，所謂：「輕韻東鍾微與元」（同上）。

[2]　司馬光（1986：31－34）；《等韻五種》本《四聲等子》（頁 11－12）；《切韻指南》〔《等韻五種》本（頁 6－7）〕。

[3]　司馬光（1986：99－102）。

[4]　《等韻五種》本（頁 6）。

[5]　按：「形」跟「韻」可能真的有關係，如真空《新編篇韻貫珠集》的〈改併廣韻成海韻韻頭數目〉歌訣中有「上聲除卻十二形」〔《四

用平聲來驗證一下。下面又編出一個《四聲等子》平聲的「二十圖總目」：

表二

通攝內一	1. 公		○	2. 恭		○	
效攝外五	3. 高	4. 交		5. 嬌	6. 澆		
宕攝內五	7. 剛	8. 江		9. 姜		○	
宕攝內五	10. 光		○	11. 狂		○	
遇攝內三	12. 孤		○	13. 拘		○	
流攝內六	14. 鉤		○	15. 鳩	16. 樛		
蟹攝外二	17. 該	18. 佳		○	19. 雞		
蟹攝外二	20. 傀	21. 乖		○	22. 圭		
止攝內二	23. 祐		○	24. 畸	25. ○		
止攝內二	○		○	26. 歸	27. 規		
臻攝外三	28. 根		○	29. 斤		○	
臻攝外三	30. 昆		○	31. 君	32. 均		
山攝外四	33. 干	34. 間	35. 犍	36. 堅			
山攝外四	37. 官	38. 關	39. 勬	40. 涓			
果攝內四	41. 哥	42. 加	43. 迦		○		
果攝內四	44. 戈	45. 瓜		○		○	
曾攝內八・梗攝外八	46. 絚	47. 耕	48. 兢	49. 經			
曾攝內八・梗攝外八	50. 肱	51. 觥		○	52. 扃		

庫全書存目叢書》第 213 冊（頁 521）〕，指上聲歸併了十二韻。

咸攝外八	53. 甘	54. 監	55. 黔	56. 兼
深攝內七	57. 站	○	58. 金	○

依照上面的方式，東韻和鍾韻不合併，那麼東三和鍾韻分出兩韻，「恭」屬鍾韻，如果補上東三的「弓」，表二恰好是 59 個見母列位。

如果說《四聲等子》見母列位的「二十圖總目」裏，「尅實有形」的 35 個入聲列位是個湊巧，那麼平聲 59 個列位又是另一個湊巧。特別值得注意的是，《四聲等子》止攝一等的「祐」和深攝一等的「站」，這兩個列位很特殊，前人已指出這兩個列位不合，《咫進齋叢書》本《四聲等子》廖廷相（1842－1897）的後跋有討論到這個問題。廖廷相認為「《五音集韻》五脂見母下有『祺、禔、祈』三字」，懷疑列在止攝見母一等的「祐」是「或『祺、禔、祈』之誤歟」，至於「站」，廖廷相又認為：

> 又深攝見母一等平聲「站」字，亦不知為何字之誤，考《切韻指掌圖》、《切韻指南》，此處亦不應有字，《續通志‧七音略》則作「根」字，然「根」非深攝字，惟《廣韻》二十七銜有「鑑」字（古銜切），是「鑑」字可讀平聲，然「鑑」與「站」字形絕異，似不至訛為「站」，以上二字明知其誤，然無可據而改定之宜，姑仍其舊也。[1]

「鑑」屬咸攝，不應列在深攝，而且「鑑」是二等韻，這個列位

---

[1]　《咫進齋叢書》光緒十年本（頁 27A）。

似乎不是「鑑」之誤，此外「站」已見於咸攝三等知母。另一方面，文淵閣本《四聲全形等子》作「祜」不作「祐」，[1] 然而「祜」是遇攝匣母，亦與止攝不合。「祜（祐）」和「站」雖然不合理，但《四聲等子》的見母就是多了這兩個列位。[2]

回頭再用《四聲等子》中輕唇韻的見母列位來驗證一下。本來「三十三輕韻」無可再論，因為《廣韻》、《韻鏡》和《七音略》等按理都是 33 個輕唇韻。然而，〈總括玉鑰匙玄關歌訣·唇音〉所謂：「唯有東尤非等下，相違不與眾同情」，[3] 即東韻和尤韻有些字不讀輕唇，這種情況其實同樣出現在燭韻（鍾韻入聲）和藥韻（陽韻入聲）。《廣韻》之類的韻書帶有輕唇音的韻雖然超過30 個，但標明「三十三輕韻」卻是一個相當不尋常的做法，[4] 因此「三十三輕韻」似乎還有討論的餘地。下表列出《四聲等子》的見母和輕唇四母的列位：

表三

	見	非	敷	奉	微
通攝內一	恭拱供輂	封豐䒨福	封捧○蝮	逢奉鳳伏	○○○○
宕攝內五	姜繦殭腳	方昉放轉	芳髣訪䕬	房○防縛	亡罔妄○

---

[1]　景印文淵閣《四庫全書》本《四聲全形等子》（頁 846）。

[2]　**補注**：「祐」和「站」當為「祜」和「站」之誤，請參閱本書第 12 篇的第 2 節。

[3]　《切韻指南》〔《等韻五種》本（頁 61）〕。

[4]　按：現在尚未見有專著列出《廣韻》全部帶輕唇韻的韻目，可以推想《解釋歌義》在編撰的時候，可能還沒有 33 個輕唇韻的概念。

遇攝內三	拘矩句軬	夫甫付福	敷撫赴覆	扶父附幞	無武務嫵
流攝內六	鳩九救菊	不缶富福	飍杯副蝮	浮婦復伏	謀○謬繆
蟹攝外二	○○劌蹶	○○廢髮	○○肺怖	○○吠伐	○○○轙
止攝內二	歸鬼貴亥	非匪沸弗	霏斐費拂	肥膹狒佛	微尾未物
臻攝外三	君攟攈亥	分粉糞弗	芬忿湓柫	汾憤分佛	文吻問物
山攝外四	勸卷眷厥	番反販髮	翻疲嬎怖	煩飯飯伐	樠晚万轙
咸攝外八	黔檢劍刦	砭𦝔汎法	芝𩭞𠀋𢁉	凡范梵乏	琰錟㚓○

「恭拱供輂」四個列位都是鍾腫用燭四韻的字，東韻和鍾韻分開的話要補字，不過上聲董韻沒有三等，去聲送韻沒有三等的見母字，因此只能補入平聲和入聲（屋韻）各一個，參考《韻鏡》、《七音略》、《指掌圖》，東韻三等列「弓」，而屋韻三等列「菊」。上表再加上「弓」和「菊」，見母列位一共 36 個，但其中有些重複，如「菊」與流攝入聲重複。如果再從音韻地位，去其重複，實質上只有 32 個，即除了「菊」之外，「輂」和「亥」出現了兩次，而「蹶」和「厥」應屬所謂「同音、同韻、同母、同等」。[1] 但如果就字形而言（即把「蹶」和「厥」分開），表三列位中「尅實有形」的見母正是 33 個。

討論到這裏，又要回頭看看「入韻八行」的問題，如果按《四

[1] 此處借用《四聲等子》的〈辨音和切字例〉的說法〔《等韻五種》本（頁3）〕，有關「同音、同韻、同母、同等」的解釋，請參考拙編《音韻學引論》單元四第 4.5 節的第 a 小節〔黃耀堃（1994：130）〕。按：上面提到「墼」與「激」同一小韻，但不影響入聲列位，「墼」列在陰聲韻止攝。

聲等子》的話，宕攝併入了江攝，曾攝和梗攝合圖，於是「尅實有形」的入聲只有七行。如果要劃分「三十三輕韻」，就要把東鍾兩韻分列，多分出一行的結果正是「入韻八行」。

入聲 35 個、平聲 59 個、輕唇 33 個，甚至「入韻八行」，這四個數字互相緊扣，而且在《四聲等子》裏都可以找到相應的位置。如果真的都是湊巧的話，我也無話可說了。

2.《解釋歌義》與字母

從多少「韻」的角度來看，《解釋歌義》所據的「韻本」跟《四聲等子》一類的韻圖關係密切，分別只在於「東鍾」兩韻的分合不同，然而從字母來看，卻是非常複雜。

嚴至誠曾把「頌」的部份比較《切韻指南》中的〈（總括玉鑰匙）玄關歌訣〉，發現兩者有很多相同的地方。[1] 同樣，如果翻檢真空的《新編篇韻貫珠集》，也會發現其中有驚人相似的部份，先看看《解釋歌義》：

> 幫非互用稍難明，為偈諸師兩重輕。……前三韻上分幫體，後一音中立奉形。[2]

而《新編篇韻貫珠集‧校輕重例》則有：「幫非互用稍難明，為辯諸音兩重輕，前三韻上分輕體，後一音中立重形」。[3]〈校輕

---

[1]　嚴至誠（2008：308 - 309）。
[2]　聶鴻音、孫伯君（2006：163）。
[3]　《四庫全書存目叢書》第 213 冊（頁 531）。

重例〉只有四句，屬於《新編篇韻貫珠集》之中〈類聚雜法歌決〉第八的部份，因此真空可能見過跟《解釋歌義》的「頌」相類似的東西。[1] 可是，從異文和「義」的解釋來看，〈校輕重例〉和《解釋歌義》有很大的不同，單就字母而言也存在很多不同的地方，下面就此與《解釋歌義》引據資料的複雜性質討論一下。

　　《解釋歌義》只殘存一部份，「頌」所列的字母五音次序應為：(脣) 舌牙齒喉，而在「義」中更明確說是「脣舌牙齒喉」，[2] 沒有所謂「半舌半齒」的部份。本篇的第 1.1 節提到宋元韻圖有兩大類 (系統)，從五音排列來看第一類跟《解釋歌義》相近，不過無論第一類還是第二類，都有所謂「舌齒音」(即「半舌半齒」音的來母和日母)。[3] 雖然《解釋歌義》並沒有提到半舌半齒這一類，「義」仍有提到來日二母，所謂：「見溪群疑、曉匣影喻、來日，自無盈縮之義也」，[4] 這條「義」的上文是：「又問曰：

---

[1] 　按：《黑水城出土音韻學文獻研究》有提及真空〔聶鴻音、孫伯君 (2006：116)〕，但沒有注意到〈校輕重例〉。

[2] 　「切韻名雖自古流」的「義」〔聶鴻音、孫伯君 (2006：171)〕。按：《黑水城出土音韻學文獻研究》的《解釋歌義》校點本，次序為：〈舌音切字第八門・舌頭〉、〈舌上音切字〉、〈牙音切字第九門〉、〈齒音切字第十門〉、〈正齒音切字例〉、〈喉音切字第十一門〉〔聶鴻音、孫伯君 (2006：164 - 171)〕，喉音的部份在〈舌音切字第八門・舌頭〉，缺標題〔聶鴻音、孫伯君 (2006：163 - 164)〕。又按：黑水城有「韻格簿」出土，殘存半面，殘存的部份按次為脣舌牙三類聲母〔聶鴻音、孫伯君 (2006：106)〕，與《解釋歌義》相合。

[3] 　《切韻指南》〔《等韻五種》本 (頁 58 - 64)〕。按：《切韻指南》的〈玉鑰匙門法〉第十三門「內外」的次序則作「脣牙喉舌來日」(頁 58)。「內外」一門不影響齒音的列位，因此不列齒音。

[4] 　〈七言四韻歌奧〉「答詞何異海濤傾」的「義」〔聶鴻音、孫伯君

音和自無盈縮。何者名盈？何者名縮？何者名陰？何者名陽？何者名律？何者名呂？何者名父？何者名母？」[1] 其中陰、陽、律、呂、父、母等在〈七言四韻〉「切韻名雖自古流」的「義」裏已有提及，不過都用「又云」，[2] 似乎在引述前人的話，因此「盈縮」可能也是前人說過的，可惜《解釋歌義》是個殘卷，難以考查。不過，無論如何現存的《解釋歌義》沒有為「半舌半齒」立出一個專項。「頌」沒有專討論半舌半齒的地方，可能跟半舌半齒的名稱和地位確立有關，《韻鏡・調韻指微》說了一堆東西，甚至引了鄭樵（1104－1162）的話，[3] 也是說得不清不楚，《解釋歌義》所反映的就是這種情況的一個側面。另一方面，在《指掌圖》和《四聲等子》的〈協聲歸母・四聲一音〉部份都提到「來日」的問題，[4] 《指掌圖》更清楚列出〈辨來日二字母切字例〉，[5]

（2006：173）〕。

[1]　〈七言四韻歌奧〉「音和返教門方立」的「義」〔聶鴻音、孫伯君（2006：173）〕。

[2]　聶鴻音、孫伯君（2006：172）。按：《黑水城出土音韻學文獻研究》的標題作：「七言四韻頌曰」〔聶鴻音、孫伯君（2006：171）〕，「頌曰」二字不當作標題。

[3]　《等韻五種》本（頁5－7）。

[4]　司馬光（1986：6）；《叢書集成》本《四聲等子》（頁8）。

[5]　司馬光（1986：13－14）。按：〈辨來日二字母切字例〉是反映了比當時更古的字母系統，〈宋本《切韻指掌圖》的檢例與《四聲等了》比較研究〉指出這個例跟「娘日歸泥」之說有關〔黃耀堃（2004：146）〕，其實〈辨來日二字母切字例〉也跟來母在較古字母的排列位置有密切關係，如《歸三十字母例》中「審穿禪日」、「知徹澄來」各成一組〔周祖謨（1983：956），日母與「審穿禪」聯成一組問題不大，但「知徹澄」只有二三等，與四等俱全的來母有矛盾，因此

「義」的部份把「見溪群疑、曉匣影喻、來日」十母並連,並且跟「音和」有關,然而似乎又難以跟〈辨來日二字母切字例〉拉上關係。從這十母排列來看,來日二母已獨立成一個組別,而且處於最後。總的來說,從字母分類而言,《解釋歌義》在來日二母方面,跟兩類宋元韻圖都對應不上。

進一步分析的話,《解釋歌義》裏的齒音、喉音和唇音又有些特別之處。

2.1 正齒音

于建松〈早期韻圖與三十六字母關係探析〉曾討論到《解釋歌義》的「正齒音」有時寫作「審穿禪牀照」的次序,懷疑是「在中古漢語的發展過程中牀、禪兩母經歷了一個『分(《切韻》)——合(三十字母)——分(三十六字母)』的過程」,[1] 他非常敏銳地留意到這個差異,現就他的發現再補充一下。

首先,需要把《解釋歌義》的「頌」和「義」分開來分析,現存的「頌」裏面並沒有以「審」來代表正齒音,而是以「照」來代表正齒音,一共四次,[2] 另有一句作「喻影穿牀與照邪」,[1]

〈辨來日二字母切字例〉先說:「來日二切,則是憑韻與內外轉法也」,主要是針對來母,接着後面才說到日母與泥娘二母的關係。
[1] 于建松(2007:86)。
[2] 包括:「更將照等二為韻」〔聶鴻音、孫伯君(2006:165)〕、「照類兩中一作韻」〔聶鴻音、孫伯君(2006:166)〕、「已上照穿牀等切」〔聶鴻音、孫伯君(2006:169)〕、「照中二韻切還憑」〔聶鴻音、孫伯君(2006:170)〕。按:也可以視為十個齒音(照穿牀審禪精清從心邪)的合稱,因最前的是「照」,最後的是「邪」。

難以分辨，大約因歌訣的關係而挪動了次序。至於在「義」裏，
如果把單用一個「照」母來代表正齒音的次數也計算在內則約有
24 次（至於像「照者，照穿牀審禪」那樣，不算兩次，只算一
次），而以「審穿禪牀照」這樣的次序，出現的次數只有 15 次，[2]
而且這 15 次都是「審穿禪牀照」五母一定同時出現，不會單獨
以審母代表正齒音。從這一點說明「照穿牀審禪」的次序已是深
入人心，而「審穿禪牀照」反而不是那麼標準。另一方面，以「照」
一母來代表正齒音的 24 次之中，除了 5 次是「照穿牀審禪」五
字並列（其中三次是說明「頌」之中「照」的意思），其他多以
「照等」來表示，從此處來看，顯然是以「照」來代表的正齒音
五個字母已廣為熟知。從正齒音的兩種次序來看，說明「義」的
作者所據的「韻本」可能不止一種。「審穿禪牀照」的次序也並
非僅見於《解釋歌義》，正如于建松指出也見於《盧宗邁切韻法》
的「三十六字母切韻法」中列出「三十六字母」和歸納助紐字，
其中的次序頗難索解，然而按照在直行出現的先後排列，正齒音
的次序就是「審穿禪牀照」，因此並不能說《解釋歌義》所列的
「審穿禪牀照」並無依據，而且也不可以輕言這個次序是由「三
十字母」發展至「三十六字母」過程中的產物。[3]

---

[1]　聶鴻音、孫伯君（2006：170）。
[2]　按：為省篇幅，不一一列出，請讀者原諒！
[3]　按：有關于建松的說法，請參閱本書第 2 篇的第 5.1 節。

2.2 喉音

　　《解釋歌義》中喉音的問題，也跟正齒音相似，但更為突出。先看看「義」的部份，在〈喉音切字第十一門〉的「義」裏清楚列出「曉匣影喻」四母，[1] 不過有時只說「影喻」、[2]「喻等」、[3]「喻字」；[4] 至於「頌」的部份，由於是韻語歌訣的關係，難以把全部字母列出，只舉出一兩個字母作為代表，有時只說「喻」、「影喻」、「喻影」[5]。「曉匣影喻」跟上面第 1.1 節提到第二類韻圖相同，這個次序甚至是元明韻圖的主流，沒有特異的地方。不過《解釋歌義》中喉音的簡稱、代稱，無論是「頌」還是「義」，連一次以曉母為代表都沒有，這倒令人生疑。簡稱、代稱之中以喻母出現最多，固然因喻母的問題較多，但《解釋歌義》之中稱喉音為「影喻」的次數也不少，令人懷疑「頌」和「義」所據的材料之中，有以影母列在四個喉音最前面的。

---

[1]　聶鴻音、孫伯君（2006：169）。
[2]　如〈舌上音切字〉：「前文言四等中第四字為韻之時，成於類隔，今將四等中影喻母下第四字為韻，即成於能切，故列後音」〔聶鴻音、孫伯君（2006：166）〕。
[3]　如〈喉音切字第十一門〉：「如用喻等中字為切，將照等第二字為韻，即切為憑切」〔聶鴻音、孫伯君（2006：170）〕。
[4]　如〈喉音切字第十一門〉：「已上明喉音中歸喻字為切也」〔聶鴻音、孫伯君（2006：170）〕。
[5]　如〈喉音切字第十一門〉：「喻切四中一得一〔聶鴻音、孫伯君（2006：169）〕、「喻影穿牀與照邪」〔聶鴻音、孫伯君（2006：170）〕、〈舌上音切字〉：「影喻逢第四母中」〔聶鴻音、孫伯君（2006：166）〕。

2.3 唇音

從齒音和喉音字母比較來看，《解釋歌義》所據的「韻本」以及參考資料，甚為複雜，並不單一，唇音同樣反映了這個情況。唇音的部份雖然缺了小標題，但從「頌」的第一句入韻來看，可以推知唇音的「頌」，大約全部保存下來。「頌」說「為侷諸師兩重輕」，[1]「義」解釋說「致得兩重輕，開口成重，合口成輕，故曰是兩重輕也」，又提到「重中重韻」和「輕中輕韻」。[2] 這個資料在音韻史上極為重要，羅常培〈釋重輕〉以《七音略》、《韻鏡》、《四聲等子》推斷「以『重』『輕』為『開』『合』，尤為確鑿有據」，[3] 如果羅常培當年可以見到《解釋歌義》的話，他的論斷更為有力。羅常培發覺他這個說法對鄭樵的《七音略》也不盡可解，[4] 其實《解釋歌義》的編者也面對同樣的問題，所謂「幫非互用稍難明」，「頌」說是因「兩重輕」，「義」只解釋為開合口的不同；「頌」接着提到「前三韻」和「後一音」的問題，「義」卻把「前三韻」解釋為「重中重韻」，把「後一音」解釋為「輕

---

[1]　按：這一句的「義」：「為者，有深奧之理，即是人多暗昧難明。侷者，是侷短，長其侷韻，有其隘側」〔聶鴻音、孫伯君（2006：163）〕，「義」的解釋似乎求之過深。這一句的「頌」似乎只是說令到「諸師」感到為難的是「兩重輕」。如果按真空所記〈校輕重例〉「為辯諸音兩重輕」〔《四庫全書存目叢書》第213冊（頁531）〕，則似乎是說因為分辨（辯）「兩重輕」而稍難以明白。《解釋歌義》跟〈校輕重例〉雖有不同，但重點仍在「兩重輕」。

[2]　聶鴻音、孫伯君（2006：163）。

[3]　羅常培（2004：107）。

[4]　羅常培（2004：107）。

中輕韻」，這大致跟《七音略》的區分相同。然而，根據《七音略》，出現輕唇韻的並不全屬「輕中輕韻」，至於《四聲等子》裏面各圖標注的「重輕」，跟輕唇韻也並不完全對應，甚至跟《七音略》難以對應。[1] 於是「義」要清楚提出「在於二百七韻內分三十三輕韻」，而不是簡單按照開合來決定「重輕」。「頌」所說「兩重輕」並不是單指開合的「重輕」，可能還包括另一種「重輕」。如果「重輕」的含意只有開合口一種，「頌」也不必說「兩重輕」。《四聲等子》雖無「重中重韻」和「輕中輕韻」這樣的說法，但標注「重輕」，而上面已證明《解釋歌義》跟《四聲等子》之類的韻圖關係密切，現存的宋元韻圖之中只有《七音略》使用「重中重」和「輕中輕」之類的術語，所以「頌」和「義」的作者也可能參考過《七音略》一類韻圖。簡而言之，就是《解釋歌義》參考了兩種類型的韻圖，並非單是《四聲等子》一類。

　　總的來說，《解釋歌義》平聲、入聲以及輕唇韻，雖然跟《四聲等子》「見母列位」關係密切，但所據的著作應該不只是現存的《四聲等子》，很可能不止參考一種韻圖。此外「頌」和「義」所參考的材料並不完全相同。

3.再說「見母列位」

　　上面模仿《指掌圖・二十圖總目》的形式，[2] 以「見母列位」

---

[1]　參閱〈釋重輕〉的〈《七音略》《韻鏡》《四聲等子》重輕開合對照表〉〔羅常培（2004：111－114）〕。

[2]　**補注**：《四聲等子》跟《指掌圖》一樣，各圖的次序跟一般韻書（如

來考辨《解釋歌義》所據「韻本」的韻數，雖然在數字上跟《四聲等子》幾乎吻合無間，但似乎跟「常識」裏中的韻目不同，現在再探索一下「見母列位」這個問題。

用見母字來做韻目，並非憑空想像，在明代確實有這種情況，如李新魁《漢語等韻學》指出：「《韻法直圖》（以及《韻法橫圖》）……它所使用的韻目（都用見[k]紐字），與傳統的韻書並不相同，也為後代韻圖所繼承」，[1] 後來邵榮芬指出《韻法直圖》後於《韻法橫圖》，[2] 李軍（1971－）又發現了一本與《韻法直圖》「有着驚人相似」的《切字捷要》，把這類作品的時間上限提前到隆慶至萬曆年間（1567－1620），[3] 最早不出明代中葉。不過，從韻書的歷史來看，就發現用見母字標韻目的方式可以追溯到南宋，甚至南宋以前。

《廣韻》之類）的次序不同，因此更有編出〈二十圖總目〉的必要，現存《四聲等子》沒有這樣的圖，恐怕是在傳抄過程中脫落了。

[1] 李新魁（1983：250）。

補注：近讀金文京（KIN Bunkyou，1952－）先生主編《漢字を使った文化はどう広がっていたのか：東アジアの漢字漢文文化圈》一書，其中有鄭光（Chŏng Kwang）所寫的〈ハングルとパスパ文字〉，指出《蒙古字韻》及韓國諺文受《毘伽羅論》（píjiāluólùn）的影響，均首列牙音見母〔金文京（2022：83－88）〕，則可以見母列位並非無據。

[2] 邵榮芬〈釋《韻法直圖》〉：「我們在〈韻法橫圖與明代南京方音〉一文已經考明《直圖》成書在《橫圖》之後，並考明《橫圖》成書於 1586 年至 1612 年之間。據此《直圖》的成書也大致在這段時間之內，只不過比起《橫圖》來上限至少要晚一年半而已」〔邵榮芬（2009：326）〕。

[3] 李軍（2010：26）。

　　元代的《古今韻會舉要》(本篇下稱《韻會》)就出現這種以
見母為中心的標示韻類的方式。先來看看《韻會》正文的部份,
那裏並不用《禮部韻略》之類的韻目,而只用數字,如卷一平聲
上「一」的韻,先有案語:

> 「舊韻」一東、二冬之目,各以本韻首字為題。茲韻
> 所編既依「七音」排序,難用舊文,今依《集韻》、《增韻》
> 之例,每韻但以一二為次,而附注「舊韻」之目於下,後
> 做此。[1]

全書各韻先用數字列出,下注「舊韻」的韻目以及獨用、同用的
情況,如卷一「一」之下注:「東獨用」,[2] 「二」之下注:「舊
冬與鍾通」等等。[3] 用數字表示韻序,這是歷來的習慣,而《韻
會》按「七音」的次序以牙音(見溪群疑)為首,[4] 因此間接變
成了大部份韻首是見母字,這些韻首的見母字也按理變成新的
「韻目」,[5] 可見《韻法直圖》以見母列韻的形式最少可以追溯
到《韻會》。然而《韻會》認為這種形式並非自己首創,所謂:

---

[1]　　熊忠(1979:27)。
[2]　　熊忠(1979:27)。
[3]　　熊忠(1979:36)。
[4]　　《韻會‧凡例‧韻例》:「舊韻所載本無次序,今每韻並分七音、四
　　　等,始於見,終於日,三十六母為一韻」〔熊忠(1979:11)〕。
[5]　　按:上文所引C.條「入韻八行王氏括」的「義」:「但是入聲括頭,
　　　尅實有形者三十五韻」,所謂「括頭」,恐即指列於韻首而非韻目的
　　　字。

> ……近司馬文正作「切韻」，始依《七音韻》，以牙舌
> 唇齒喉半舌半齒定七音之聲；……[1]

所謂「司馬文正」作的「切韻」，應是指題為司馬光所編的《切韻指掌圖》。至於《七音韻》已佚，甯忌浮（1938－）認為《七音韻》是個韻圖，[2] 而王碩荃（1944－）力證是本韻書。[3] 無論如何，如果《韻會》所說無誤，《七音韻》更在《指掌圖》之前，因此以見母字列韻首最遲出現在北宋。然而《韻會》所謂司馬光依據《七音韻》的說法，的確難以證實，況且劉明（1981－）指出現存的宋本《切指圖》：「……此本翻刻嘉泰間婺州刻本，而婺州本又是翻刻南宋初紹興間刻本，屬於二次翻雕之本」，[4] 換言之劉明認為現存《指掌圖》的底本為南宋初刊本，則南宋以前的證據似有不足。然而，《古今韻會舉要》「公」字下有這樣的案語：「舊韻之字本無次第，而諸音前後互出，錯糅尤甚。近吳氏作《叶韻補音》，依《七音韻》，用三十六字母排列韻字，始有倫緒，每韻必起於見字母清音，……」，[5]「吳氏」即吳棫（約1100－1154），《叶韻補音》已佚，而尚存《韻補》，而《韻補》所列的雖如《廣韻》的韻目，但每韻列字以見母開始，如一東首列「江」，五支

---

[1]　熊忠（1979：28）。
[2]　甯忌浮（1997：11）。
[3]　王碩荃（2002：25－29）。
[4]　劉明（2010：151）。
[5]　熊忠（1979：27）。

首列「皆」，[1] 亦足證北宋末已有見母為首的韻書。

另一方面，《韻會》之中有所謂「字母韻」，如卷一「一」韻中間有「已上案『七音』屬公字母韻」，下注：「……今但於逐韻類聚，注云『已上屬某字母韻』……」。[2] 根據甯忌浮統計，《韻會》有 217 個字母韻，[3] 而王碩荃列表則有 214 個，[4] 數字雖有參差，但其中絕大部份是見母字。這些「字母韻」並不是真正的韻母，甯忌浮指出「同一字母韻的字韻母相同，不同字母韻的字韻母未必不同」，[5] 他分析的結果是「字母韻」可以大量減少。單從數量來看，《韻會》的字母韻是冠絕歷來韻目之數，比現在所知的《切韻》系韻書的韻目還要多；從合併減少的角度來看，又與《解釋歌義》所謂「尅實有形」的說法很相似。如果這個推斷是合理的話，過去分析《解釋歌義》的 207 韻時，往往把目光集中在《切韻》及其衍生的韻書上，而沒有考慮《韻會》列韻的方式，特別是其中的所謂「字母韻」。

甯忌浮《漢語韻書史》（明代卷）列出了「明代韻書譜系」，[6] 粗檢各個譜系後不難發現雖然不一定像《韻會》以數字列韻，也不一定像《韻法直圖》那樣改為見母字的韻目，有些甚至保留舊有的韻目，但每韻以見母開始的韻書仍然為數不少。除了「《古

---

[1]　吳棫（1987：1，3）。
[2]　熊忠（1979：34）。
[3]　甯忌浮（1997：23）。
[4]　王碩荃（2002：112）。
[5]　甯忌浮（1997：23）。
[6]　甯忌浮（2009：449－452）。

今韻會舉要》分支」之外，如「《增韻》《正韻》分支」的有章黼（1378–1469）《併音連聲韻學集成》（1460），[1] 「《五音集韻》系」有徐孝《合併字學集韻》（1606），[2] 「《平水韻》分支」有桑紹良（1555 年舉人）《文韻考衷》（1581）。[3] 至於「《中原音韻》系分支」的本悟（1510？–1599）《韻略易通》，據甯忌浮說該書排列也是以見母字為韻首，[4] 可見明代以見母列於韻首甚為普遍，而不限於韻圖或者同一類別的韻書。由此看來以見母為韻首，甚至以見母為韻目，並不是單源自《韻會》，而是可能有更早的源頭，或者有更廣泛的背景因素。

3.1 「見母列位」與《五音集韻》

現在回頭再看看《四聲等子》。甯忌浮認為「《四聲等子》的基本結構與《五音集韻》一致」，[5] 這樣，是否可以在《五音集韻》之中也尋找到一些跟《解釋歌義》有關的線索呢？《五音集韻》韓道昭的序說：「嘗謂以文學為事者，必以聲韻為心；以聲

---

[1]　《四庫全書存目叢書》第 208 冊（頁 10）。按：書名後括號內的數字是《漢語韻書史》（明代卷）所列的年份，本篇下同。又按：《併音連聲韻學集成》先列韻圖，再列各韻，如卷一收東送屋四韻，先列出韻圖（頁 9–10），然後按聲母列出各小韻。

[2]　《四庫全書存目叢書》第 193 冊（頁 322）。

[3]　《四庫全書存目叢書》第 216 冊（頁 499）。按：原書作《青郊襍著》一卷，《文韻攷衷六聲會編》十二卷，後者作圖表形式，可以說是韻圖的一種。

[4]　甯忌浮（2009：190）。

[5]　甯忌浮〈韓道昭與《五音集韻》——《校訂五音集韻》前言〉〔韓道昭（1992：前言 10）〕。

韻為心者，必以五音為本，則字母次第其可忽乎？」於是全書各韻「以見母牙音為首，終於來日字」，[1]《五音集韻》的字母次第跟《四聲等子》全同，《五音集韻》的韻目雖然大致沿用《廣韻》，但每韻大都始於見母，雖然沒有見母字韻目之名，但已有以見母字為韻目之實。

　　根據《五音集韻》卷四寒韻的「韓」字的注，韓道昭的父親韓孝彥曾經注過《切韻指玄論》，[2] 而《指玄》及《指玄論》三見於《解釋歌義》的「義」之中，《指玄論》可能即為《切韻指玄論》。[3]《解釋歌義》抄本護封題作《玄髓解釋歌義》，[4] 大約本於《切韻指玄論》之「玄」。上面提過《解釋歌義》字母次序以唇音開始而非見母，甯忌浮根據以上所引韓道昭的序推論：「從韓氏話可推知，以見母為首的排列法，大概始於韓氏父子。《切韻指掌圖》的成書時間可能不會早於韓孝彥的《五音篇》」，[5] 即認為韓孝彥首先把字母的次序改成以見母為首。[6] 現存宋本的

---

[1]　韓道昭（1992：2）。
[2]　韓道昭（1992：44）。
[3]　「符今教處事無傾」的「義」：「今者，智公建立《指玄論》，謂之是今〔聶鴻音、孫伯君（2006：163）〕；「自古難明今義出」的「義」：「《指玄》曰：今評論曰義……」〔聶鴻音、孫伯君（2006：170）〕；「平聲十六智家收」的「義」：「智公所撰《指玄論》之圖簡，……」〔聶鴻音、孫伯君（2006：172）〕。
[4]　聶鴻音、孫伯君（2007：74）。按：聶鴻音和孫伯君以為「玄髓」是作者的名字。
[5]　甯忌浮〈韓道昭與《五音集韻》——《校訂五音集韻》前言〉〔韓道昭（1992：前言8）〕。
[6]　按：韓道昇〈重編改併五音篇序〉：「大朝甲辰歲，先有後陽王公與

《指掌圖》的底本是北宋還是南宋，現在不擬討論，只是南宋以來無論是金還是元，都出現以見母為首的編排韻字的方式，不是值得留意嗎？韓孝彥注過《切韻指玄論》，而《解釋歌義》如果是按《（切韻）指玄論》的次序，而他不依《切韻指玄論》的次序改以見母為首，正是說明當時風氣有所改變。[1] 另一方面，根據甯忌浮推考韓道昭「主要學術活動時間在金泰和、大安、崇慶間，即十二世紀末十三世紀初」，如果上推四十年，當作韓孝彥的活動時間，大致是南宋紹興（1131－1162）的末年，[2] 上面提

秘詳等以人推而廣之，以為『篇海』分其畫段，使學人取而有准，其間疎駁亦以頗多。復至明昌丙辰，有定真校將元注《指玄》。韓公先生孝彥字允中，著其古法未盡其理，特將己見刱立門庭，改《玉篇》歸於五音，逐三十六母之中，取字最為絕妙〔《四庫全書存目叢書》第 187 冊（頁 560）〕，這段話是說「篇海」是按「畫段」來分，後來有人注《指玄（論）》，韓孝彥認為「篇海」用古法來編不好，於是用五音三十六母來改編。從這段話來看，《（大明成化丁亥重刊）改併五音類聚四聲篇海》的五音的次序（牙舌唇齒喉來日）（參閱《四庫全書存目叢書》第 187 冊），似乎就是《指玄論》的次序，「古法」是指用「畫段」的編排方法，而不關乎五音。如果真是這樣的話，《解釋歌義》並不是按《指玄論》來排列五音。

[1]　按：《盧宗邁切韻法》之中所列的三十六字母，除上述「三十六字母切韻法」外（頁 5），「三十六字母分清濁」（頁 5）、「三十六字母五音傍通圖」（頁 6）、「切三十六字母法」（頁 7－8），都是以見母為首，至於「全濁字母下上聲去聲同呼字圖」（頁 9），則沒有見母，但以牙音群母列在最前。而《盧宗邁切韻法》序於淳熙己亥（1179），跋於淳熙丙午（1186），年代也相當接近《五音集韻》。又按：魯國堯〈盧宗邁切韻法述論〉指出字母配五音的順序，《盧宗邁切韻法》與《切韻指南》相同，而與《四聲等子》不相同〔魯國堯（2003：363）〕，不過單就字母的次序而言，三者並沒有分別。

[2]　甯忌浮指出：「我們所要研究的《五音集韻》其實並不是《五音集韻》，而是《改併五音集韻》。真正的《五音集韻》成書於金代皇統

過劉明指出現存宋本的《指掌圖》可以溯源自紹興年間刻本，因此《指掌圖》以見母為首這一點理應不能視為因襲韓孝彥之說。潘重規、陳紹棠《中國聲韻學》指出：

> 《集韻》則類聚同聲類之字，大致以喉牙舌齒唇之次序，將切語依類排列。或有人以金韓道昭之《五音集韻》，依三十六字母之次序排列切語為首創其例，不知韓氏之法，實承自《集韻》者也。[1]

唐作藩對《集韻》和《五音集韻》依字母次序排列有進一步的闡述，說明等韻之學影響韻書編排。[2] 同樣韓孝彥父子可能受當時音韻學理論的影響，不依從《切韻指玄論》的次序，而不是他們獨自的主張。問題是影響韓孝彥父子的是哪一些著作呢？無論如何，以見母字列韻首的做法，可以說反映南宋音韻學風氣的一個

年間，即 12 世紀 40 年代」〔甯忌浮（2010：57）〕。按：如果以荊璞的《五音集韻》的成書年代來算，也不出南宋紹興初年。

[1]　潘重規、陳紹棠（1978：276）。

[2]　唐作藩〈校訂五音集韻序〉：「據《廣韻》卷首所載孫愐《唐韻‧序》已云『又紐其唇齒喉舌牙部件而次之』，可見等韻之學影響韻書的編排體例，已發軔於唐。宋代《集韻》仍依《廣韻》分二百零六韻，但各韻下諸小韻的排列次序做了一些調整，把發音部位相同的同紐字類聚在一起，大體上依唇齒舌牙喉五音分類排比，以哪類起頭隨韻目讀音而定，如一東、二冬以舌音開頭，三鍾以正齒音起首，四江則以牙喉音起頭。到了《五音集韻》裏，則明確標出三十六字母，每韻下諸小韻（同紐字）一律『以見母為首，終於來日字』。不僅『陳其字母』，而且『序其等第』（見韓道昭自序），即標明一、二、三、四等。將韻書與等韻圖完全結合起來，更便於學習和使用」〔韓道昭（1992：序 1）〕。

轉變。

　　《五音集韻》以見母為首可能也跟上面討論過的「入韻八行」有關，《五音集韻》大量採錄《廣韻》原文，[1] 上平第一鍾第三的韻首是「恭」，《五音集韻》把《廣韻》對「恭」字的注釋幾乎是原文照錄，其中有「陸以恭蚣縱等入冬韻，非也」一語，[2] 如果按《廣韻》次序，「恭」是第 20 個小韻，接近全韻的結尾，[3] 不一定有人會留意這一句的注釋，但在《五音集韻》卻列在韻首，不得不把鍾韻分列出來似乎是基於這個原因。

4. 贅語

　　過去因韻數的問題，有人懷疑《解釋歌義》所據的「韻本」來源很早，但從上面的推斷來看，它所依據的東西跟《四聲等子》很相像，甚至可以說「義」的部份是在現今流傳的《四聲等子》出現之後才編成。不過，由於《解釋歌義》編撰時可能參考了不同的著作，甚至「頌」和「義」所據的東西可能不一樣，因此令人不容易了解其中的含意。

　　在探討《解釋歌義》所據「韻本」的同時，又令人重新關注《四聲等子》編成的年代這個問題，拙稿〈宋本《切韻指掌圖》

---

[1]　參閱唐作藩〈校訂五音集韻序〉〔韓道昭（1992：序 1）〕。

[2]　韓道昭（1992：5）。

[3]　陳彭年（2008：37–38）。按：據上田正（UEDA Tadashi，？–1988）《切韻諸本反切總覽》，「恭」小韻見於「《切韻》系韻書」抄本「王二」、「王三」、P2014–1、P2015–1，P3798 的冬韻〔上田正（1975：10）〕。

的檢例與《四聲等子》比較研究〉認為《四聲等子》「檢例」的部份晚於《指掌圖》，[1] 不過如果就韻圖的部份來看，特別是以《四聲等子》跟《解釋歌義》比較之後，現存的《四聲等子》和《指掌圖》反映的年代可能大大提前，是否如熊澤民〈經史正音切韻指南序〉所謂「古有《四聲等子》為傳流之正宗」呢？[2] 現存的《四聲等子》到底是甚麼時候的東西，似乎有重新考訂的必要。[3]

2010 年 7 月 4 日初稿

---

[1]　按：《四聲等子》仍然存在很多問題，請參閱本書第 4 篇〈讀〈四聲等子序〉小記〉。

[2]　《等韻五種》本（頁 1）。

[3]　按：甯忌浮認認為：「《四聲等子》大概成書於金代末年，即 13 世紀 20 年代前後」〔甯忌浮（2010：69）〕。而《黑水城出土音韻學文獻研究》認為《解釋歌義》「初撰於 12 世紀和 13 世紀之交」，又指出：「孟列夫通過紙上的紅墨痕迹推測書的抄寫年代在 12 世紀下半期」〔聶鴻音、孫伯君（2006：108）〕。如果《解釋歌義》曾參閱《四聲等子》（或《四聲等子》相類的韻圖）的話，那麼《四聲等子》出現的時間可能要提早一點。這樣一來又出現一個新問題，就是到底是《四聲等子》影響《五音集韻》，還是《五音集韻》影響《四聲等子》，都是有重新考辨的需要。

第 6 篇

《說文解字注》與《廣韻》
——「段注」的今音學初探

提　要：本篇分析段玉裁《說文解字注》與《古今韻會舉要》的關係，段玉裁對《廣韻》的態度，以及探究《廣韻》和《古今韻會舉要》對《說文解字注》音注的影響。本篇又指出段玉裁對今音學有深入的研究，並企圖以《說文解字注》建立起一個貫通古音和今音的語音體系。

關鍵字：段玉裁、今音學、《廣韻》、《說文解字注》、《古今韻會舉要》

本篇得到郭必之教授和文映霞博士幫助，謹此致謝！

原文刊於《中國音韻學——中國音韻學研究會南昌國際研討會論文集2008》，南昌：江西人民出版社，2010年。頁74–82。

1.引言

　　清代音韻學研究相當興盛，眾多的學者為古音學作了盤基式的研究，前赴後繼，並立即應用到文字訓詁的研究方面；等韻學（切韻學）的研究從來沒有停頓過，更跟古音學結合起來，成為所謂「審音派」重要的理論根據。[1] 清末黎庶昌（1837–1897）刊刻《韻鏡》，[2] 更重新引起中土學者對中古等韻學的興趣。一般人認為今音學起步較遲，然而陳澧的《切韻考》無論如何也是個劃時代的研究，更是傳統研究中一個非常突出的方法學的典型。[3] 音韻學的三個分支在清代各有所成，然而《廣韻》這本一般人視之為音韻學的代表著作，相比《說文解字》（下簡稱《說文》）和《爾雅》，《廣韻》研究專著在數量上似乎是少了一點，[4]

---

[1]　參閱平田昌司（HIRATA Shyuuji，1955－）〈審音と象數・戴震の等韻学受容〉〔平田昌司（1979：48–55）〕。按：有關所謂「審音派」和「考古派」與韻圖的關係，請參閱本書第 7 篇，此外本書由第 7 至第 11 篇都是圍繞相關的問題，請參考。

[2]　題名為《覆永祿本韻鏡》，收於《古逸叢書》第十八種〔光緒十年甲申（1884）刊〕。

[3]　參閱馮蒸（1948－）〈漢語音韻研究方法論〉提到清人研究今音學的方法，只有陳澧的「反切系聯法」一種〔馮蒸（1997：128–130）〕。

[4]　按：《說文解字》的研究是清代的顯學，單是丁福保（1874–1952）〈說文解字詁林引用書目表跋〉提到引用的專著就達到 182 種〔丁福保（1988：157）〕，〈說文解字詁林引用書目表跋〉又說「為許書旁證者」也達到 254 人〔丁福保（1988：157）〕，其中絕大多數是清人，後來丁福保再編了《說文解字詁林補遺》，篇幅達原書的二份之一，雖然其中不少學者重複出現，但也說明《說文》在清代之盛，幾乎一時無兩。《爾雅》研究也是盛極一時，竇秀艷（1968–）《中國雅學史》所列清人研究《爾雅》的論著也不下於《說文》〔竇

也比不上古音學和等韻學的著作。[1] 這也許是清代學術研究中一個失衡的現象。

元明以來，《說文》多以「韻譜」的形式流傳，[2] 本來就跟《廣韻》以及《廣韻》的「家族」(《切韻》系韻書) 關係密切，但現在論到清人的「說文學」，很少有人提到《廣韻》和《說文》的關係。正如段玉裁《說文解字注》(本篇下稱「段注」) 作為清代文字學的代表，一般只提到「段注」的音切，多注意所引徐鉉（916–991）、徐鍇（920–974）的《說文》音，[3] 很少注意到「段

秀艷（2001：347–370）〕。又按：《說文解字詁林》與《中國雅學史》所列的著作，有小部份重複。

[1] 按：現在還看不到像〈說文解字詁林引用書目表〉那樣，專門著錄研究《廣韻》的目錄，而根據陽海清（1938–）等的《文字音韻訓詁知見書目》來看，專門考辨《廣韻》或者清人的今音學著作，的確是少了點。《文字音韻訓詁知見書目》之中，「文字」類由頁 13 至頁 236；「音韻」類由頁 237 至頁 372；「訓詁」類由頁 373 至頁 500。至於小類之中，「說文解字」類由頁 19 至頁 106；「廣韻」類由頁 245 至頁 249；「爾雅」類由頁 377 至 402。此外，「廣韻」類的作品多是《廣韻》的版本和校本，不如「說文解字」和「爾雅」兩類多是注釋發揮之作。無論如何，清代研究《廣韻》的著作相對不多。

[2] 《經韻樓文集補編》卷上《汲古閣說文訂‧序》：「……自鉉書出，而鍇書微；自李氏『五音韻譜』出，而鉉書又微。前明一代多有刊刻『五音韻譜』者，而刊刻鉉書者絕無。……當明之末年，常熟毛晉子晉及其子毛扆斧季得宋始一終亥小字本，以大字開雕，……」〔段玉裁（2008：372）〕。

[3] 按：粗檢所得，蔡夢麒（1963–）《說文解字字音注釋研究》（2006年華東師範大學博士學位論文，後來 2007 年齊魯書社刊印成書）是唯一一篇涉及「段注」與「今音」的論文，但只偏重於徐鉉、徐鍇的音切，《廣韻》只是參照的對象（參閱該文的〈文摘〉）。

注」如何採用《廣韻》的資料。此外，自從顧炎武以來，古音學者大都離析《廣韻》，分出古音韻部，但「段注」卻經常以今音論斷古音。[1]「段注」對《廣韻》的態度，似乎有重新探討的必要。

本篇擬考辨「段注」的今音學，探明「段注」是要建立起一個貫通古音和今音的體系；本篇又試從新的角度考辨「段注」與《古今韻會舉要》的關係，探明《廣韻》和《古今韻會舉要》對「段注」的影響。

2.「段注」中的「今音」、「今韻」

段玉裁以古音學稱著，然而似乎也熟悉等韻學，如他為戴震（1724–1777）《聲類表》所寫的序：「……每類中各詳其開口、合口、內轉、外轉、重聲、輕聲，呼等之繁瑣……」，[2] 詳列出等韻學各個名目。「段注」中雖然沒有直接提到等韻的地方，[3] 但古音學跟等韻學有關，因此「段注」裏面仍是有等韻學的「影子」，如三篇下爾部「爾」的「段注」：「尺沼切，《廣韻》初爪切，古音在四部」，[4]「段注」標出的兩個反切「尺沼切」和「初爪切」

---

[1] 　按：也許這是戴震的主張，請參閱李開（1943–）《戴震語文學研究》第三編〔李開（1998：124–127）〕。又按：這一點涉及「審音」的問題，請參閱本書第 7 篇的第 2 節。

[2] 　《經韻樓集》卷六〔段玉裁（2008：122）〕。

[3] 　按：業師尾崎雄二郎先生〈漢字の音韻〉指出等韻學上的「重紐」情況，跟段玉裁古音分部相應〔尾崎雄二郎（1981：125）〕，不過不能以此推斷「段注」分部運用了等韻學的方法。

[4] 　段玉裁（1988：113）。按：為省篇幅，下文逕列「段注」頁數。

（這種一個字標出兩個反切的注音方式，本篇的第 6 節將會討論），分別屬小韻和巧韻，小韻和巧韻的歸部沒有分別，在《六書音均表‧今韻古分十七部表》之中同歸第二部，[1] 為甚麼「段注」特別注出《廣韻》的反切呢？其原因可能是「鱟」的「古音在四部」。按「段注」的文例，如果說「古音在某部」，是表示「今音」與「古音」的分部不同。但既然「今音」和「古音」不同，標出「尺沼切」還是「初爪切」也沒有分別，況且段玉裁已把「鱟」的「芻」聲歸入第四部，[2] 也不用再標出《廣韻》的音切。不過如果從等韻學的角度來看，卻有標出《廣韻》音切的道理，〈今韻古分十七部表〉中第四部只收侯韻（舉平賅上去，下同），[3] 而第三部收尤幽兩韻，中古音裏侯（俟）韻與尤幽兩韻不同，前者為一等韻，而後二者為三等韻，「鱟」的「古音在四部」，而不是與第二部最接近的第三部，於是標出《廣韻》之中讀「初爪切（二等韻）」，而不是三等韻的「尺沼切」。[4] 另一方面，陳復華（1929－）、何九盈（1932–）的《古韻通曉》指出：「上古並無開合四等這類概念，但古音與《切韻》音系對照，各部等呼的分別還是很有系統的。甚至有些部的劃分，開合就是一個重要根據。如脂、微對

---

[1]　段玉裁（1983：8）。

[2]　《六書音均表‧古十七部諧聲表》〔段玉裁（1983：21）〕。

[3]　段玉裁（1983：8）。

[4]　按：王力《清代古音學》指出段玉裁的古音學成果之一是「尤侯分為兩部」〔王力（1992：67–68）〕，段玉裁是否因與侯尤幽三韻不同等而加以劃分，則有待細考。

立，真、文對立，質、物對立，就是以開合相對立作為基礎的」。[1]
真部和文部的分立是段玉裁的古音學成果之一，[2] 然而，「段注」
雖有注意到開合對立的地方，[3] 但在分辨「真文對立」時不見得
使用了開合對立的方法。

　　至於今音學，段玉裁的確說過「今音」這個名稱。他為王念
孫（1744–1832）《廣雅疏證》所寫的〈王懷祖廣雅注序〉說：「小
學有形，有音，有義，三者互相求，舉一可得其二。有古形，有
今形；有古音，有今音；有古義，有今義。六者互相求，舉一可
得其五」，[4] 然而段玉裁的「今音」不是專指《廣韻》（《切韻》
系韻書）為代表的所謂「中古音」，以及所謂隋唐的讀書音，他
的「今音」可能是指唐宋時期以後的語音。

　　「段注」之中的「今音」所指時有不同，有時是指《廣韻》
的音切，如四篇上鳥部「鶒」的「段注」：「〈釋鳥〉：鶒，負雀。
郭曰：鶒，鶒也，江東呼之為鶒。按鶒古音淫，見《釋文》。今
音燿，見《廣韻》，語之轉也。《說文》鶒卽鶒，……」（頁 154），
這個「今音」確是指《廣韻》。但有些「今音」，可能是「大徐本」
所引的《唐韻》，甚至有出於江永（1681–1762）《古韻標準》，如
五篇上竹部「箏」，「从竹孚聲，讀若《春秋》魯公子彄」的「段

---

[1]　陳復華、何九盈（1987：330）。
[2]　王力（1992：67–68）。
[3]　參閱一篇下艸部「苣」的「段注」：「按《廣韻》苣矩雖分語麌，然
　　雙聲同呼」，又說：「《廣韻》：矩，俱雨切。非《唐韻》之舊矣」（頁
　　24）。
[4]　《經韻樓集》卷八〔段玉裁（2008：187）〕。

注」：「……孚聲在三部，區聲在四部，合音冣近。今音芳無切」（頁 191），《廣韻》「桴」和「孚」均為「芳無切」，[1] 無異讀，既然說合音最近，與「蓲」相近，是古今音異，不必注明「今音」。不過如果翻查段玉裁以前的古音學著作，如陳第（1541–1617）《毛詩古音考》、[2] 顧炎武《唐韻正》，[3] 特別是江永的《古韻標準》，就知道他們討論過「孚」的兩個讀音，最後江永認為：「案：孚字，今音芳無切者，後世音轉也。若正以古音，則虞韻中字當入憂韻者多，不止孚字」，[4] 所以段玉裁這個音注似乎是針對前人，特別是為了證明江永的說法。又如「段注」為五篇上竹部「籣」注音：「所宜切，十六部，今音山佳切」（頁 192），所宜切和山佳切兩個讀音都見於《廣韻》，[5] 因此「段注」裏的「今音」並非特指《廣韻》的音讀。

至於「段注」裏面所謂「今韻」，[6] 也不見得是指《廣韻》，如三篇上舋部「釁」，「段注」：「今韻虛振切」（頁 106），這個「今

---

[1]　陳彭年（2008：78）。

[2]　《毛詩古音考》卷四〔陳第（1988：165）〕。

[3]　《唐韻正》卷二〔顧炎武（1982：254）〕。

[4]　《古韻標準・平聲第十一部》〔江永（1982：42）〕。按：江永先引陳氏（陳第）及顧氏（顧炎武）之說。

[5]　陳彭年（2008：49－50、94）。按：這個「今音」可能是針對《說文》的意義而言。

[6]　按：《六書音均表》之中屢言「今韻」，如表一是〈今韻古分十七部表〉〔段玉裁（1983：7）〕，下面的〈弟一部弟十五部弟十六部分用說〉一開始就說「《廣韻》上平七之、十六咍，……」〔段玉裁（1983：10）〕，因此《六書音均表》之中的「今韻」大體是指《廣韻》。

韻」是指大徐本所引的《唐韻》,[1] 而不是《廣韻》,《廣韻》作
「許覲切」。[2] 又如八篇下几部「兀」:「讀若夐」,「段注」:「夐,
今韻在四十四諍」(頁 405),而《廣韻》「夐」屬四十五勁韻,[3]
「段注」的「今韻」可能據當時的詩韻,自「平水韻」以來詩韻
按「合用」把映諍勁三韻合起來。[4]

　　「今音」和「今韻」這兩個詞很早就出現,都是指當時行用
的讀音(當然有時渾指《廣韻》),甚至到了陳第《毛詩古音考》
所說的「今音」也是如此,[5] 到了顧炎武《唐韻正》,所謂:「凡
韻中之字,今音與古音同者,即不復註;其不同者,乃韻譜相傳
之誤,則註云古音某,並引經傳之文以正之」,[6] 明確以「唐韻」

---

[1]　　許慎(1963:60)。

[2]　　陳彭年(2008:393)。按:「虛振切」與「許覲切」不同音,參閱
　　　　下文第 5 節。

[3]　　陳彭年(2008:431)。

[4]　　參閱《廣韻》卷四〔陳彭年(2008:341)〕。又,所謂吳省欽(1729–
　　　　1803)所寫的《六書音均表‧序》引述段玉裁自己的話:「必依二
　　　　百六部之舊,而後可由今韻以推古韻也」〔段玉裁(1983:4)〕。按:
　　　　「二百六部」雖然可以視為《廣韻》的代語,然而再用「而後」一
　　　　詞,那麼這裡的「今韻」也不是等於《廣韻》。又按:《六書音均表‧
　　　　古十七部諧聲表》中,附注和附記各用「陸韻」和「今韻」,如第
　　　　一部的附注:「陸韻平聲之咍,……」〔段玉裁(1983:18)〕,第一
　　　　部的附記:「右諧聲偏旁見於今韻他部內者,皆從第一部轉入」〔段
　　　　玉裁(1983:19)〕,可見「今韻」與《切韻》系韻書似乎有分別。
　　　　又按:《六書音均表》的序,段玉裁假吳省欽之名而作,參閱業師
　　　　陳紹棠先生〈段玉裁先生著述繫年〉〔陳紹棠(1965:149)〕。

[5]　　如卷四:「寶,音補,保亦音補。寶、保相韻,以今音讀之亦叶。
　　　　然補,古音也,存之」〔陳第(1988:186)〕。

[6]　　顧炎武(1982:223)。

與「古音」相對，似乎自此以後才逐漸以「今音」、「今韻」專指
《切韻》系韻書，特別是《廣韻》。在引述那段〈王懷祖廣雅注
序〉之後，段玉裁接着又說：「古今者，不定之名也。三代為古，
則漢為今。漢魏晉為古，則唐宋以下為今」，可見「段注」裏的
「今音」應泛指唐宋以後的讀音，而非專指《廣韻》。[1] 因此可
以說「段注」的今音學，也許包括了《切韻》以後行用的讀音。

3.「段注」引《古今韻會舉要》

　　「段注」所引的韻書很多，唐宋以後的包括有《唐韻》、《廣
韻》、《古文四聲韻》、《集韻》、《禮部韻略》、《古今韻會舉要》等。
「段注」採用大徐本的音切，[2] 而大徐本基本上是用「孫愐《唐
韻》」，[3] 因此可以說「段注」之中引《唐韻》的音切最多。不過，
除注音之外，「段注」引《唐韻》或孫愐的地方並不多，大徐本
也沒有提供更多可引用的資料。除《唐韻》之外，以《廣韻》和
《古今韻會舉要》的引述最為多，現在主要針對這兩本韻書來闡
述，先來討論《古今韻會舉要》（本篇下簡稱《韻會》）。

---

[1]　按：《六書音均表》之中「今音」雖然多指《廣韻》，如〈古十七部
　　本音說〉：「……繫諸一東、二冬、三鍾之後，別為一韻，以箸今音
　　也」〔段玉裁（1983：15）〕，但有時則別有所指，如〈古今不同隨
　　舉可徵說〉：「……今音不同唐音，即唐音不同古音之徵也」〔段玉
　　裁（1983：16）〕，這個「今音」即「唐音」、「古音」以外的「音」，
　　指的應是當時的讀音。
[2]　見一篇上「一」的注：「……故既用徐鉉切音矣，……」（頁1）。
[3]　五篇下會部「會」的「段注」：「大徐用孫愐《唐韻》為音，而不必
　　盡用《唐韻》，……」（頁223）。

　　段玉裁《汲古閣說文訂》的序提到:「……況今世所存小徐本乃宋張次立所更定,而非小徐真面目,小徐真面目僅見於黃氏公紹《韻會舉要》中……」,[1] 同樣的議論也見於「段注」之中,如十三篇上糸部:「續,……一曰晝也」下:

> 　　四字依《韻會》補。今所傳小徐《繫傳》本,此卷全闕,黃氏作《韻會》時所見尚完,知小徐本有此四字也。(頁645)

因「段注」不時提到《韻會》,有人可能認為「段注」對《韻會》非常看重,不過當小心閱讀《汲古閣說文訂・序》時,發現一般人可能有點誤解,段玉裁認為張次立改動了徐鍇的《說文解字繫傳》,而《說文解字繫傳》的真面目保存在《韻會》,但要注意的是《汲古閣說文訂》的編撰目的,並不是為了校勘《說文解字繫傳》,而是要校訂汲古閣所刊的「大徐本」,直接來說就是校訂《說文》本身。[2] 換言之《韻會》只保存了《說字解字繫傳》的原貌,而不是保存《說文》的原貌;況且「段注」曾批評徐鍇誤改《說文》,把聲旁、形旁相混,如一篇上一部「元」:「从一兀聲」,「段

---

[1]　《經韻樓文集補編》卷上〔段玉裁(2008:372)〕。
[2]　如一篇上士部「士」:「數始於一,終於十,从一十。孔子曰:推十合一為士」,「段注」:「(从一十)三字依《廣韻》。此說會意也」,接着又說:「《韻會》、《玉篇》皆作『推一合十』,鉉本及《廣韻》皆作『推十合一』,似鉉本為長。數始一終十,學者由博返約,故云『推十合一』」(頁20),可見「段注」校大徐本時並不全據《韻會》。

注」：「徐氏鍇云：不當有聲字。以髡从兀聲，軏从元聲例之，徐說非」（頁1）；又如四篇上盾部「盾」：「瞂，所已扞身蔽目。从目。象形」，「段注」：「按今鍇本或妄增『厂聲』二字」。（頁136）

4.小徐本與《通雅》

《韻會》並沒有真正保存《說文解字繫傳》的原貌，更不要說是保存了《說文》的原貌。如九篇下「豕部」：「豨，豕屬也」「段注」這裏說：

> 三字依戴氏侗《六書故》所偁「唐本」。蓋晁氏說之所據也。「篇韻」皆云：豨，豕屬。則為「唐本」，信矣。「二徐本」皆云：逸也。乃以下文《逸周書》割一字為之。《韻會》又增之云：豕之逸也。更可笑矣。……（頁455）

就「豨」這個字而言，《韻會》不單不是《說文》的原貌，也失去了小徐本的原貌，因而遭到「段注」的譏笑。[1]

根據中前千里（坂內千里，NAKAMAE Chisato）〈『古今韻會舉要』に引く『說文解字』について〉指出《韻會》所引的《說文》，不時混入徐鉉、徐鍇的注。此外，又把《集韻》的文字插入其間，更不問是「說解」還是丁度所增補的部份。[2] 另外，《韻

---

[1] 按：「段注」指出《韻會》有些地方比小徐本還要接近《說文》的原貌，如一篇下艸部：「苣，茅苣，一名馬舄。其實如李，令人宜子」，注：「按《韻會》所引李作麥，似近之，但未知其何本。陸德明、徐鍇所據已作李矣」（頁28）。

[2] 中前千里（1988：16）。

會》還添加了其他材料，因此利用《韻會》來校訂《說文》時，要非常慎重。[1] 如果是這樣的話，又出現兩個問題，一是段玉裁為甚麼會誤認《韻會》跟小徐本的原貌關係密切；二是《韻會》跟《說文》之間，到底存在甚麼特別的關係。

　　首先討論第一個問題。誤以為兩者關係密切的始作俑者並不是段玉裁，正如中前千里提到跟段玉裁同時或稍後的嚴可均（1762–1843）、承培元等，他們的看法都跟段玉裁差不多。這個看法大約始於明人，明人認為《韻會》所引的《說文》是徐鍇的本子，如方以智（1611–1671）的《通雅》，根據〈《通雅》引《說文》研究〉分析，《通雅》中所引「徐鍇」之說，「除了參考《六書故》外，還有《韻會》，而後者更可能是《通雅》所引徐鍇說的主要來源」。[2] 值得注意的是，《通雅》是非常重視《韻會》的，如果連同《韻會小補》，其引用的次數竟多於《廣韻》，[3] 由此可以推論方以智相當重視《韻會》。根據平田昌司〈審音と象數〉一文，方以智跟江永關係密切，可以說是所謂古音學「審音派」的源頭。[4] 這裏不敢說段玉裁一定受到《通雅》的影響，但他肯

---

[1]　中前千里（1988：19）。按：段玉裁其實也意識到《韻會》引用的並非純粹是所謂《說文》，如五篇上虎部「虝」字：「虎之有角者也」，「段注」：「虎無角，故言者以別之。《廣韻》曰：虝，似虎有角，能行水中。按《韻會》引《說文》，屬以《廣韻》語，非俌古之法」（頁211）。

[2]　文映霞（1981–）〈《通雅》引《說文》研究〉〔文映霞（2007：6–7）〕。

[3]　按「文淵閣《四庫全書》電子版【網上版】」檢索，影印文淵閣《四庫全書》本《通雅》中「韻會」出現117次，「廣韻」出現104次。

[4]　平田昌司（1979：47）。

定讀過方以智的《通雅》，在撰寫「段注」之前所寫的《古文尚書撰異》，就批評過《通雅》。[1] 不過奇怪的是「段注」裏面，雖然引了與方以智前後或同時代人的說法，如趙宧光（1559–1629）、顧炎武、閻若璩（1638–1704）等，[2] 但竟然沒有提到《通雅》，這不是很奇怪的嗎？[3]

　　無論如何，在段玉裁之前，《韻會》所引的《說文》已被認

---

[1]　《古文尚書撰異》卷四「今予惟共行天之罰」條：「又按：《秦和鐘》銘：龔天命。言奉敬天命也。《通雅》云即恭寅。非」〔段玉裁（1995：137）〕。又參閱余行達（1918–？）〈《說文段注》校釋群書索引〉〔余行達（1998：286）〕。

[2]　「段注」七篇下穴部「突」批評趙宧光之說（頁 344）；又三篇上言部「訬」引顧氏炎武之說（頁 99）；又十一篇上一水部「瀞」及十一篇上二水部「滎」引閻若璩《潛丘劄記》（頁 544、553）。

[3]　《通雅》卷首之一「說文槩論」條：「（《說文》）無鴉而有鳶」，小注：「與專切。則是鳶，《說文》亦不載『鳶』」〔影印文淵閣《四庫全書》本（頁 20A）〕。「段注」以「鳶」為「鴟」，又說：「陸德明本乃作鳶，云以專反。今《毛詩》本因之，又以與專反改《說文》鳶字之音，誤之甚矣。鳶，〈夏小正〉作弋，與職切。俗作鳶，與專切」。「鳶」之後是「鴟」，「段注」認為「鴟」與「鳶」相關：「鳶行而弋廢矣。鳶讀與專切者，與鴟疊韻而又雙聲。《毛詩正義》引《倉頡解詁》鳶即鴟也。然則《倉頡》有鳶字，从鳥弋聲，許無者，謂鴟為正字，鳶為俗字也。」（頁 154）。按：此處謂「許無者」，似針對《通雅》，因此段玉裁可能參考了《通雅》。又按：以「鳶」與「鴟」為雙聲，似不合，「鳶」為喻四，「鴟」為匣母。
又如《說文》十二篇下女部「娓」的「段注」：「按此篆不見於經傳，《詩》、《易》用亹亹字。學者每不解其何以會意形聲，徐鉉等乃妄云當作娓，⋯⋯釁之古音讀如門」（頁 620）。按：此與《通雅》之說甚似，《通雅》卷二引《六書索隱》：「⋯⋯轉為亹字，《易》、《詩》用之，《說文》偶遺，而徐鉉遂以娓代亹，誤矣」，接着《通雅》加按語：「亹有門音，《爾雅》亹冬是也」（影印文淵閣《四庫全書》本頁 20A）。

為深得徐鍇本的真貌，至少《通雅》已經如是，段玉裁只不過是沿襲成說，直接運用在校勘《說文》上。所以「段注」不必為這個「誤認」而承擔全部責任。

至於要解決第二個問題，即《韻會》跟《說文》的關係，就要回過頭看看「段注」和《廣韻》的關係。

5.「段注」中的《廣韻》

「段注」引用《廣韻》有不同的方式，最直接的是題名《廣韻》；當與《玉篇》並稱時就往往簡稱作「韻」，即所謂「篇韻」；有時說某某韻，可能也是指《廣韻》。「段注」引用《廣韻》的次數接近《韻會》的四倍，[1] 如果單以引用的次數來看，「段注」重視《廣韻》的程度遠超過《韻會》。除了重複引用《廣韻》之外，「段注」往往以文字來表現出對它的重視，[2] 如推崇其注釋，[3]

---

[1] 按：利用網上電子版「段注」檢索，稱引「廣韻」的地方，超過一千二百處，稱引「（篇）韻」之處，超過二百多處；而稱引「韻會」的地方近四百多處。

[2] 段玉裁曾手校《廣韻》，見《經韻樓文集補編》卷上〈廣韻校本跋〉：「……此書相隨三十餘年，手訂譌字極多，後之人將有取此」〔段玉裁（2008：384）〕。又，王國維（1877-1927）過錄本跋：「庚申歲不盡七日，借烏程蔣氏藏黃復翁臨段校本錄一過，並原跋」，王國維又謂：「段校字旁所加之尖角，乃以誌字之從古韻他部轉入者。蕘翁僅臨一卷，此校遂不臨之。段君《六書音均表》全書具在，學者能自得之」〔段玉裁（2008：385）〕。又，周祖謨《廣韻校本·序言》：「昔讀黃丕烈藏書題識，知段玉裁有《廣韻》校本。近得見王國維所臨黃丕烈過錄之段校本，書中訂正《廣韻》之誤字極多」〔周祖謨（1960：序言5）〕。

[3] 六篇上木部：「《廣韻》『橃』下曰：木橃，《說文》云海中大船。謂

152

又認為《廣韻》的來源有所本，如指「《廣韻》本《唐韻》」，[1] 或者認為它「必有所據」；[2] 又說《廣韻》引「《說文》古本」。[3] 此外，「段注」也注意到《廣韻》所引的《說文舊音》等等。[4]

「段注」對《廣韻》的重視，並不單是因它傳達了古本《說文》的形態，可能也是因《廣韻》所傳達的語音訊息。「顧炎武的最大功勞是開始離析唐韻」，[5] 也就是把《切韻》以來的「今韻」重新劃分為古韻，如果把這句話倒過來說，可以說古音的基礎在於「今音」的考辨上。段玉裁比江永的古韻分部多分了四部，所謂「支脂之分為三部，真文分為兩部，尤侯分為兩部」，[6] 表面上是跟顧炎武「離析唐韻」相去不遠，或者說是離析了「平水

《說文》所說者古義，今義則同筵也。凡《廣韻》注以今義列於前，《說文》與今義不同者列於後，獨得訓詁之理，蓋六朝之舊也，卽如此篆。《玉篇》注云：海中大船也，泭也。是為古義今義褋粯。漢人注經固云大者曰筵，小者曰桴。是漢人自用筵字，後人以橃代筵，非漢人意也」（頁 267）。按：「段注」此處推崇《廣韻》注釋的編排保留了六朝的舊貌。又請參閱「段注」七篇下宀部「親」：「凡《廣韻》之例，今義與《說文》義異者，必先舉今義而後偁《說文》，……」（頁 339）。

[1] 七篇下一部「冣」的「段注」（頁 353）。
[2] 十篇上火部「爨」的「段注」：「按《廣韻》爨為籀文，此必有所據」（頁 484）。
[3] 如八篇上人部「佀」的「段注」：「《廣韻》作『拙人』，當是《說文》古本」（頁 377），又如八篇上衣部「褋」的「段注」：「《廣韻》葢用《說文》古本」（頁 395）。
[4] 十二篇下女部「媞」的「段注」，提到《廣韻》「《說文》又時尒切」，認為「然則《說文舊音》在紙韻也」（頁 620）。
[5] 王力（1992：34）。
[6] 王力（1992：67）。

153

韻」，但實際上是跟《廣韻》相關，如支脂之分三部，就跟《廣韻》支脂之三韻不合作一韻相關（或者說分三部就是不依《廣韻》支脂之同用的做法）。「段注」中經常主張改大徐本的反切為《廣韻》音，也是為了表現古韻分部，如四篇上羊部「羍」的「段注」：「此思切。按當从《廣韻》此移切，十五、十六部」（頁 146），按「思」為之韻，「移」為支韻，[1] 而「段注」認為「此」這個聲旁屬於「十五部。漢人入十六部」，[2] 大徐本的反切誤用了之韻作為下字，「段注」主張依從《廣韻》改為「此移切」，表示「羍」由十五部轉入十六部，而不應屬一部（之韻）。

又如上面提過的「齎」，「段注」認為：

……齎又讀為徽，如《周禮・女巫・粵人》注，「先鄭」說，是也。分聲讀徽，此即煇、旂入微韻之比。古音十三部，在問韻。今韻虛振切，非也。（頁 106）

「齎」入《廣韻》震韻（許覲切），[3] 即為真韻的去聲，而「段注」認為當入問韻，而問韻即為文韻的去聲。「段注」主張「齎」入問韻，可能是考慮與「分」這個聲旁有關。[4] 不過，「段注」

---

[1] 陳彭年（2008：59、41）。

[2] 二篇上此部「此」的「段注」（頁 68）。

[3] 陳彭年（2008：393）。按：「許覲切」與「虛振切」相近而不同音，「許覲切」為曉母震韻臻攝開口重紐三等；而「虛振切」則為曉母震韻臻攝開口三等。

[4] 「分」收於《廣韻》問韻（扶問切）〔陳彭年（2008：396）〕。又「分聲」入《六書音均表・古十七音諧聲表》的第十三部〔段玉裁（1983：25）〕。

先以「分聲讀徽，此即輝、旅入微韻之比」為證，好像沒有道理，就算從後來的對轉理論而言，「徽」入微韻，也證明不了「覢」應歸問韻而不歸震韻，因為與「真文」對轉的陰聲韻，同歸《六書音均表》的「十五部」。[1] 不過「段注」強調「徽輝旅」都入微韻，即與文韻對轉的陰聲韻，與脂韻有別。段玉裁《六書音均表》成書在前，沒法採用戴震分辨脂微之說，但「段注」以「覢」歸入問韻，用了《廣韻》陰聲韻與陽聲韻相應的辦法，雖然對真文分部沒有特別幫助，但從語音系統來說，是對《六書音均表》的進一步深化。[2]

6.「段注」的「異常音注」

「段注」引《廣韻》的音切，原因是用來論斷古音的分部，這一點是古音學的常識，段玉裁也說他自己分出古音十七部是「下沿《廣韻》」，[3] 所以上一節提到的例子，也是古音學常用的方法。[4] 不過，值得注意的是「段注」裏一種引用《廣韻》的方式特殊，就是經常在大徐的音切之外，添加了《廣韻》的反切，

---

[1] 《六書音均表·今古分十七部表》把「六脂、八微」入十五部〔段玉裁（1983：9）〕。

[2] 戴震〈六書音均表序〉：「……若夫五支異於六脂，猶清異於真也；七之又異於支脂，猶蒸又異於清真也」〔段玉裁（1983：4）〕。按：此對段玉裁分「支脂之」為二部，從音理角度作出分析，而「段注」以「覢」的異讀入微韻，而推論「覢」入問韻，也可以說是戴震說法的延伸。

[3] 《六書音均表》的吳欽沖序〔段玉裁（1983：4）〕。

[4] 參閱《《說文解字注》段玉裁（1735–1815）古音學運用之研究》〔郭必之（2000：92–94，302–304）〕。

有時甚至任何說明也沒有，可以說是一種「異常音注」。例如二篇下辵部「近」的「段注」:「渠遴切，古音十三部，《廣韻》其謹、巨靳切」（頁74），「遴」屬《廣韻》震韻，[1]「近」入隱韻、焮韻，[2]震韻入十二部，而隱韻、焮韻入十三部，如果一定要加以分析說明的話，「段注」這樣的做法也許是為了分辨古音真文兩部。[3]

又如五篇上竹部「算」的「段注」:「必至切，十五部。按《廣韻》博計切」（頁192），「博計切」見於《廣韻》霽韻，而「必至切」則見於「算」字之下所注的又切，[4]當屬至韻，[5]無論是霽韻還是至韻，以至按「畁」這個聲旁推論，都是屬十五部，但為甚麼段玉裁要這樣標注讀音呢？

有些「異常音注」更令人費解的，譬如說大徐本的音切其實與《廣韻》的音切並無分別，或者跟《廣韻》其中一個音切完全同音，如「淀」的「段注」:「似沿切。十四部。按《廣韻》又辭戀切」（頁550），兩個切音只有平去的不同，[6]「段注」到底主張讀平聲還是讀去聲，難以明白。

「段注」裏像上面列出的例子很多，「段注」都沒有主張依

1　陳彭年（2008：392）。
2　陳彭年（2008：280、397）。
3　按：隱、焮二韻的平聲為欣韻，與文韻為開合相配；震韻的平聲為真韻。
4　陳彭年（2008：373）。
5　陳彭年（2008：355）。
6　《廣韻》仙韻作「似宣切」〔陳彭年（2008：141）〕，線韻作「辭戀切」〔陳彭年（2008：411）〕。

照哪一個切語，那麼「段注」為甚麼要在大徐本的反切之外，再列《廣韻》的切音呢？其實上文已涉及這個問題的部份原因，就是「段注」要引導讀者明白古音的歸部，因此有時注明是「古音」或「正音」，如十三篇上虫部「螘」的「段注」：「魚綺切。按當魚豈切，古音在十五部。《廣韻》入尾韻者，古音也；入紙韻者，緣蟻字而合之也」（頁 666）；又如十二篇下匚部「匫」的「段注」：「古送切。按《廣韻》又音感，正音也，八部⋯⋯」（頁 636）。不過，這還未能完全解釋「異常音注」，因為大部份都沒有反映「段注」的態度傾向。

　　為了解決「異常音注」這個疑問，不妨再看看「段注」一些有「傾向性」的音注。「段注」有時候雖然列出兩個或以上的音切，但同時標明「當依」某某音，如二篇下齒部「齔」的「段注」：「⋯⋯『玄應書』卷五：齔，『舊音』差貴切；⋯⋯玄應云初忍切，孫愐云初菫切，《廣韻》乃初覲切，《集韻》乃初問、恥問二切。⋯⋯今當依『舊音』差貴切。古音葢在十七部」（頁 78–79），「段注」認為「齔」的讀音應依照玄應《一切經音義》引的《說文舊音》。「段注」之中標明「當依」某某音切，粗檢有 56 次，直接說要依據《廣韻》（包括與《玉篇》並稱為「篇韻」，或者具體韻目）的，有 37 次；「當依」其他材料，而語音地位相同的音切同樣出現在《廣韻》的有 9 次。[1] 從這些有「傾向性」的音注，說明「段注」雖然列了大徐本的反切，但傾向以《廣韻》為依歸。

---

[1]　　按：標列的材料大都早於《廣韻》，用意大約是標示《廣韻》以前的音切已是如此。

7.「異常音注」與《古今韻會舉要》

那些有標明「當依」的音注，傾向性如此強烈，相反沒有傾向性的「異常音注」卻似乎不能解釋為傾向以《廣韻》為依歸。不過這種一個字標注兩套音切的方式，令人再次聯想到「段注」經常引用的《韻會》。《韻會》這本書由於要照顧「古今」，因此在裏面重疊了起碼兩套的語音系統，[1] 在《韻會》中往往出現不只一個反切，它們經常是一個小韻之中的同音字，如「支，章移切」之下，還有「脂，蒸夷切」、「之，真而切」、「知，珍離切」和「胝，張尼切」，並分別注明「音與支同」，[2] 而在卷首〈禮部韻略七音三十六母通攷〉那裏，「四（支與脂之通）」之下更有「知羈：支、知羈：脂、知羈：之、知羈：知、知羈：胝」。[3]「段注」為很多字注上兩個音切，似乎是要套接兩個語音系統上去，一個是大徐本的所謂「唐韻」，另一個是《廣韻》。「段注」認為沒有歧異時，只列大徐本的音切，出現歧異時，就加上《廣韻》。「段注」不單要建立一個古音的系統，也要建立一個今音的系統，要把《廣韻》作為上推古音的一個座標。[4]

---

[1]　《古今韻會舉要辨證》說：「……而《韻會》一書的字面上，『某字母韻』與傳統的所『舊韻』是對立的，它們是重疊的兩個系統；這就造成字面上顯示出來的《韻會》的聲韻劃分，成數種語音體系的交叉局面」〔王碩荃（2002：緒論1）〕。

[2]　黃公紹（1979：46–47）。

[3]　黃公紹（1979：15）。

[4]　按：《國故論衡》指出：「《廣韻》者，今韻之宗，其以推述古音，猶從部次。……舊音絕響，多在其中。……段玉裁《六書音均表》分十七部」〔章太炎（2006：2–3）〕。又上面提到王國維跋段玉裁手

　　竊意以為「段注」以《韻會》所引的小徐本來校《說文》，也許是段玉裁的一個誤會，但他利用《韻會》的音切注解《說文》，從而建立一個「古今韻會」，也許這是《韻會》對「段注」最具影響的深層意義。[1]

2008 年先師清水茂先生易簀五月之日二稿

校《廣韻》指出「段校字旁所加之尖角，乃以誌字之從古韻他部轉入者」。章王二人之說，足證段玉裁有以《廣韻》論斷古韻。又方孝岳（1897－1973）、羅偉豪（1936－）《廣韻研究》指出：「《廣韻》是中古代漢語語音資料總匯。它不但能反映我國隋唐時代的語音面貌，而且是研究上古到中古語音變化的重要依據，要研究漢語語音的歷史，首先必須研究《廣韻》」〔方孝岳、羅偉豪（1988：1）〕，段玉裁也許已經有這樣的觀點，因此可以說段玉裁是今音學一個重要的奠基者。

[1]　按：陳澧的《切韻考》是分析《廣韻》音系的劃時代的著作，但早在反切系聯法出現之前，已有相類的分析，其中較為明顯的是《韻會》卷首〈禮部韻略七音三十六母通攷〉〔黃耀堃（1994：70）〕。

第 7 篇

讀《六書音均表》札記
——論段玉裁與韻圖之一

提　要：本篇討論段玉裁《六書音均表》中「審音」一
詞的含意，指出他所說的「審音」跟《廣韻》
的分韻有關，更可能只是針對《廣韻》的韻序
而言；又指出《六書音均表》的古韻十七部的
次序跟《廣韻》的韻序不同，可能受到韻圖的
影響。此外其中的〈古異平同入說〉也可能受
到韻圖及「韻攝」的觀念影響。本篇對「異平
同入」以及陰陽入三分這兩個概念作了進一步
的釐清，指出兩者的性質並不相同。

關鍵詞：段玉裁、《六書音均表》、韻圖、考古派、審
音派

原文刊於《宏德學刊》第五輯，南京：江蘇人民出版社，
2016年。頁302–320。

1. 引言

　　王力《清代古音學》說：「我曾經把清代古音學家分為考古、審音兩派」，王力把段玉裁歸入「考古派」。[1] 然而甚麼是清代古音學中的「考古派」和「審音派」呢？所謂「考古派」，根據馮春田（1952－）等編的《王力語言學詞典》的說法是：「考古派注重客觀材料的歸納，以《詩經》用韻及諧聲系統為依據、歸納總結古韻韻部」；至於「審音派」，《王力語言學詞典》說：「這一派研究上古音不但注重客觀材料（如《詩經》用韻和諧聲體系）的歸納總結，而且注重音理的審辨，從語音體系的系統性出發給古韻分部。其在古韻學方面的突出特點，是把入聲韻部全部獨立出來」。[2] 本來清人對古音學家並沒有明顯標籤，所謂「考古派」和「審音派」也只是王力為了方便討論學術的譜系而劃分出來的；此外，由於王力的說法有早晚期的不同，[3] 如何闡釋王力的研究

---

[1]　王力（1992：134）。

[2]　馮春田（1995：354、497）。按：王力在《清代古音學》所說的「考古派」和「審音派」，與馮春田所說不完全相同，《清代古音學》說：「清代古音學家可以分為兩派：考古派和審音派。考古派專以《詩經》用韻為標準，所以入聲不獨立，或不完全獨立；審音派則以語音系統為標準，所以入聲完全獨立」〔王力（1992：251–252）〕，《清代古音學》以入聲完全獨立與否作為劃分兩派的標準。又按：請參閱本書第 12 篇的第 4 節。

[3]　王力在〈古韻分部異同考〉說：「諸家古韻分部，各不相同；大抵愈分愈密。鄙意當以王念孫為宗；然顧炎武、江永、戴震、段玉裁、孔廣森、嚴可均、江有誥、朱駿聲、章炳麟、黃侃亦皆有獨到處。顧、段、孔、王、嚴、朱、章為一派，純以先秦古籍為依歸；江永、戴、黃為一派，皆以等韻條理助成其說；江有誥則折中於二派者也」

出現分岐，於是在 20 世紀 90 年代又引起了一點爭議。唐作藩〈論清代古音學的審音派〉認為「審音派」是：

> ……精通等韻和今音，能運用等韻原理，進行古今音比較即由今音上推古音，從系統上觀察古韻，分立陰、入、陽三類韻部。這是審音派的本質特點，也是認定審音派的原則、標準。[1]

陳新雄（1935–2012）〈怎樣才算是古音學上的審音派〉則針對〈論清代古音學的審音派〉的說法，認為王力為「審音派加上兩個條件」，所謂：

> （一）須以等韻條理助成其說。
> （二）入聲獨立是審音派的標識。

〈怎樣才算是古音學上的審音派〉一文並對這兩個條件加以推衍說明：

> 也就是說懂得等韻的條理，可說懂得審音，但不一定是審音派的古音學家，因為要用上了等韻的條理去作古韻分析，才能算是審音派的古音學家；就是用了等韻的條理

〔王力（1989：97）〕。到了《清代古音學》一書，則把江有誥歸入「考古派」，雖然說江永「他精於等韻學，也就是精於審音」，但沒有標籤他為「審音派」，並加注：「江永考古、審音並重。不屬於任何一派」〔王力（1992：134）〕。

[1] 唐作藩（2001：5）。

去分析上古韻部，而沒有把入聲獨立成部，還非審音派。
把入聲韻部獨立，是審音派古音學家的必要條件，但不是
充分條件，要陰陽入三分，使入聲與陰陽兩聲能夠分庭抗
禮，也就是要注意陰陽入三聲之間的互配關係，能如此才
算是一位真正的審音派的古音學。[1]

從上述的引文來看，唐作藩和陳新雄的說法並沒有太大的矛盾，
只是陳新雄強調是要把兩個條件配合在一起，才算是「審音派」。[2]
既然說「不是充分條件」，那麼，一個古音學家劃分古音韻部時
沒有把這兩個條件配合起來的，就不是屬於「審音派」，只算是
「考古派」，或者是屬於王力所說「折中於二派者」呢？現在不
妨以此來檢視一下段玉裁的《六書音均表》（本篇下稱《音均
表》）。

---

[1] 　陳新雄（1995：346）。

[2] 　李文（1966–）〈審音派界定標準淺析〉對陳新雄的看法持保留的態
度：「如此定義是頗為嚴密的，不過，那些運用等韻條理進行古韻
分部卻又未建立起陰陽入三分古韻體系的古音學家歸為哪一派為
妥當呢？歸入考古派，則於考古派『一於考古』的要求不符；另立
一派，則考古派、審音派的二分法名存實亡。即使承認界定審音派
使用雙重標準也不失為一種方法，但至少是走了極端。二分法所面
臨的困境，實由這雙重標準造成」〔李文（1999：61）〕。按：無論
如何，王力只是方便論述古韻學家的分韻體系，總不能以現代的學
術觀點來區分古人，因此重新考訂「考古」和「審音」的意思，有
實際的需要。直接來說，陳新雄和王力的看法，並不完全相同，更
應該將二人分別開來。參閱本書第 11 篇和第 12 篇，特別是第 11
篇的第 5 節至第 7 節。

2.「審音」和《廣韻》

段玉裁的時代當然還未有所謂「考古派」和「審音派」之分，不過，段玉裁對「審音」一詞頗為敏感，在文集中多次提到這兩個字。他為戴震（1724–1777）《聲類表》寫的序，其中有一句：「今音二百六部，分析至細，嚴於審音而已」，[1]「今音二百六部」是指《廣韻》分為 206 韻，段玉裁說《廣韻》「嚴於審音」，應該是指《廣韻》分韻比較細密，並不涉古韻。不過，接着下來，段玉裁就從宋代的鄭庠分六部說到當時的古音學，又說到自己如何釐分古韻，以及戴震的意見，最後說到戴震的《聲類表》，這都是涉及古音。[2] 這篇序在後半再次提到「審音」，似乎又不是單純指分韻細密的意思，段玉裁說：

> ……蓋江氏之論顧氏也，曰「考古之功多，審音之功少」，吾師之論余亦云爾。江氏與師皆考古、審音均詣其

---

[1]　段玉裁（2008：121）。

[2]　**補注**：如果從文章結構來說，這篇序裏，頭一個「審音」應該是指《廣韻》，說了「嚴於審音而已」之後，就說「古音之學」，一直到「謂江氏及余也」〔段玉裁（2008：121–122）〕，是由鄭庠說到段玉裁自己；再下面是先說「余書刻於丙申四月」〔段玉裁（2008：122）〕，所謂「余書」也就是《六書音均表》，這一段是就《六書音均表》而發的議論。有關《六書音均表》的部份說完了，才說到《聲類表》，所謂「丁酉之五月，師又自著書曰《聲類表》」，而段玉裁認為《聲類表》並不單是說古音，而是涉及「今音古音之轉移」〔段玉裁（2008：122）〕，這樣看來，序裏頭一個「審音」所說的《廣韻》，以及接着說的「古音之學」，似乎都與這句「今音古音之轉移」相呼應。

極，而師集諸家大成，精研爛熟，……[1]

江永對顧炎武的評論可以說是後來「考古」、「審音」之說的濫觴。[2]
段玉裁為江有誥（？–1851）所寫的〈江氏音學序〉，以及〈答江
晉三論韻〉也重複提到的〈聲類表序〉這一段話。[3] 段玉裁反覆
提及戴震對他的批評，也許他對此甚為介意，[4] 在〈答江晉三論
韻〉也作出了一個回應，不過讀起來還是令人覺得有點奇怪：

> ……足下合真臻於文魂，非求合於他書而不合於《三
> 百篇》乎？戴師亦以真文為一，尤侯為一，謂僕考古功多，
> 審音功少。僕則謂古法祇有雙聲疊韻，古之雙聲，非今三
> 十六字母之聲；古之疊韻，非今二百有六之韻，是以言今
> 音當致力於字母，治古音則非所詳。戴師亦曰「學者但講
> 求雙聲，不言字母可也」。[5]

上面一段話的前後兩個部份似乎並不銜接，前面說戴震和江有誥

---

[1]　段玉裁（2008：122）。

[2]　原文見江永《古韻標準·例言》：「……《古音表》分十部，離合處
尚有未精，其分配入聲多未當，此亦考古之功多，審音之功淺」〔江
永（1982：4）〕。

[3]　〈江氏音學序〉：「……蓋顧氏及余皆考古功多，審音功淺，江氏、
戴氏二者皆深，而晉三於二者尤深」〔段玉裁（2008：124）〕，又〈答
江晉三論韻〉〔段玉裁（2008：127）〕。

[4]　〈答江晉三論韻〉：「……若戴師平入皆不分，審音固合矣，而考古
似未至也」〔段玉裁（2008：128）〕。按：此處則借「審音」、「考古」
來暗暗反駁戴震。

[5]　段玉裁（2008：127）。

的古韻分部，後面則說到所謂「雙聲疊韻」的古法。這裏的所謂「審音」是否只是針對《廣韻》「二百有六之韻」，令人生疑。[1] 平田昌司〈「審音」と象數〉認為段玉裁的意思是表示懷疑「審音」對古音學的意義，[2] 可惜他沒有繼續就這一點詳細討論下去，接着就沿「三十六字母」的方面加以討論，並把「三十六字母」跟等韻連繫起來，令人聯想為 206 韻也只是關乎等韻的。[3]

「雙聲」和「三十六字母之聲」，「疊韻」與 206 韻，從現代的學術來看，是不同類的概念。雙聲、疊韻的重點在於構成音素是否相似；「三十六字母」和「二百有六之韻」，是具體語音組成的分類。因此，如果套用現代的說法重新解讀〈答江晉三論韻〉這一段的話，段玉裁的意思是我的語音學跟你的不同，或者說我的分析方法跟你不一樣：「言今音當致力於字母」就是研究今音必須注重「字母」之學；「治古音則非所詳」就是研究古音不必這樣，也就是不必細考「字母」之學，[4] 「非所詳」不等於不需

---

[1] **補注**：此處應是指「今音」無疑，請參閱本書第 10 篇的第 2.2 節。

[2] 平田昌司（1979：37）。

[3] 按：戴震心中「字母」跟韻圖，並不完全相等，《聲韻考・反切之始》說：「反切在前，韻譜在後也。就韻譜部分，辨其脣齒喉舌牙，任舉一字以為標目，名以字母。韻譜在前，字母在後也〔戴震（1994：284）〕，即先有韻圖，後有字母，也是針對江永的說法。

補注：本書第 9 篇的第 4 節對本篇的說法有所更正。

[4] 按：這可能是本乎戴震之說，《聲韻考・反切之始》：「反切之興，本於徐言、疾言、雙聲、叠韻。學者但講求雙聲，不言字母，可也」〔戴震（1994：288）〕。

《經韻樓文集補編》卷上〈五聲說〉謂《廣韻》「其所載『辨四聲』、『十四聲』諸法，大約皆唐、宋之說。能溯而上之，舉語言文字皆

要。段玉裁的時代還沒有像現代學者那樣區分「考古派」和「審
音派」，因此不應將他所說的簡單看作是對韻圖的批評。

2.1 「審音」和《廣韻》的韻序

　　不妨回顧一下段玉裁以前的古韻分部，江有誥談到顧炎武是
「始能離析唐韻，以求古韻」，[1] 王力《漢語音韻》說到顧炎武
「第一步是離析俗韻（平水韻），回到唐韻。……第二步是離析

向《說文》等書以求之，則古初之五聲可得其大略，而其已變者可
不待辨矣」〔段玉裁（2008：363）〕。按：所謂「辨四聲」，即指《廣
韻》卷末「辯四聲輕重濁法」〔陳彭年（2008：549–552）〕，而「辯
十四聲」即為「辯十四聲例法」〔陳彭年（2008：548–549）〕。一般
都認為前者是等韻學的東西，後者則涉及梵語學。又按：此處〈五
聲說〉還有討論《廣韻》的「辨字五音法」〔陳彭年（2008：548）〕，
以及諧聲偏旁考證古音的問題〔段玉裁（2008：362）〕，這也反映
出段玉裁主張古今不同的觀念。
又，段玉裁代吳省欽所寫的〈六書音均表序〉：「曰：古四聲與今四
聲不同，何也？曰：古今部分之轉移不同若是，其四聲之轉移不同
猶是也」。按：段玉裁在這裏是把同一名稱的東西分出古今的不同，
這是段玉裁獨特的看法。又按：雖然論者以為「這個看法是突破前
人『四聲一貫』的陳見」〔見鍾敬華（1943–）為點校本《經韻樓集》
所寫的前言〕〔段玉裁（2008：前言2）〕，不過段玉裁似乎強調他的
分析方法不同於今音學的方法，跟〈周禮漢讀考序〉所說「漢之音，
非今之四聲、二百六韻也」之中的「四聲」〔段玉裁（2008：24）〕，
並不相同。
補注：有關段玉裁「雙聲」之說的討論，請參閱本書第10篇的第
2.3節。
[1]　見《江氏音學十書》的「凡例」〔《續修四庫全書》第248冊（頁
9）〕。

唐韻，回到古韻。……這是他所謂『一變而至道』」。[1] 顧炎武所分的十部，雖然歸部不是單純歸併《廣韻》，但各部的次序大致跟《廣韻》的 206 韻相近；江永批評顧炎武「考古之功多，審音之功淺」，把顧炎武的十部再按四聲加以釐分，然而他的分部次序同樣跟 206 韻大致相近。

　　無論屬「考古」的顧炎武，還是既「考古」又「審音」的江永，他們都是以《廣韻》的韻序為依歸。相反，段玉裁和他的老師戴震，他們的古音分部就不再依從 206 韻的次序。[2] 段玉裁和戴震分別被現代學者視為「考古派」和「審音派」的代表，但在這一點上，他們竟然完全相同。段玉裁說 206 韻是「嚴於審音」，因此他口中的「審音」不完全等同現代學者所說的意思，似乎應該帶有《廣韻》分韻以及其韻序的意思。《音均表》的〈今韻古分十七部表〉直指：

---

[1]　　王力（1963：147）。《王力語言學詞典》說：「顧氏最大的功勞就是開始離析唐韻，這是古音學的大發展」〔馮春田（1995：240）〕。

[2]　　段玉裁代吳省欽所撰的《六書音均表》的序：「曰：今官韻依劉淵之一百有七部，而顧氏、江氏及是書依陸氏法言二百六部之舊，何也？曰：必依二百六部之舊，而後可由今韻以推古韻也」（頁 4）。按：此處的「二百六部」是指《廣韻》的分韻，利用今韻去推考古韻，而非《廣韻》舊有的韻序，也就是序中所說的：「是書上溯《三百篇》，下沿《廣韻》」（頁 4）。

　　補注：值得注意的是《音均表》不是說《廣韻》「二百六韻」，而是說「二百六部」，也就是視古韻的分部跟《廣韻》的分部同等，這是所謂「審音派」的江永以來的傳統，參閱《古韻標準》的例言，所謂「幸而二百六部之韻書猶存」〔江永（1982：6）〕。

　　近崑山顧炎武據依《廣韻》部分分古韻爲十部，而婺
源江永又分爲十三部。……顧氏考《三百篇》作《詩本音》，
二百六部分爲十。……江氏訂其於《三百篇》所用有未合
者，作《古韻標準》，二百六部分爲十三。[1]

《音均表》也說到段玉裁自己所定的「十七部」本乎「二百六部」，
所謂「今旣泛濫《毛詩》，理順節解，因其自然，補三家部分之
未備，釐平入相配之未確，定二百六部爲十七部」（頁7），然而
他以《廣韻》的分韻來定十七部的前題是「理順節解，因其自然」，
也就是〈古十七部合用類分表〉中所說他的十七部「可以觀古音
分合之理，可以求今韻轉移不同之故」（頁30），王力也指出：「段
氏重訂韻部次序，按讀音遠近分類，這也是段氏的創見」。[2]

　　簡單來說，就是段玉裁在他自己所訂的古音學譜系中，認爲
以前的學者仍然是依照《廣韻》來排列古韻的次第，只有從他開
始才以聲音的「遠近」作爲重訂韻部的準則。不單顧炎武和江永
如此，段玉裁以前的古音學家大都以《廣韻》或「平水韻」來劃
分韻部，甚至採用《廣韻》的韻序。《古韻標準》提到的「近世
音學數家」，除顧炎武之外，還有毛先舒（1620–1688）、毛奇齡
（1623–1713）、柴紹炳（1616–1670），[3] 這幾家是怎樣分部的呢？
不妨看看張民權（1957–）對他們的評價，首先是「毛先舒爲當

---

[1]　段玉裁（1983：7）。本篇下面逕列《六書音韻表》頁碼，不另加附
　　注。
[2]　王力（1992：81）。
[3]　江永（1982：4）。

時歷史條件所限，研究古韻僅能從平水韻出發」；[1] 至於毛奇齡的古韻分部，「毛氏五部並非考古歸納而來，而是從觀念臆想出發」，這五部也是以始於東冬而終於侵覃鹽咸；[2] 柴紹炳也是如此，張民權指出：「（柴紹炳）此古韻十一部大致依平水韻之序而通併，唯有尤韻例外」。[3] 此外《古韻標準》也提到邵長蘅（1637–1704），[4] 邵長蘅的十部雖然始於「支微齊佳灰」，其實只不過是把陰聲韻和陽聲韻各按平水韻次序而劃分出來，張民權指出：「（邵長衡）十部則從今音出發簡單合併」。[5] 由此可見段玉裁對《廣韻》「二百六部」的否定只是針對前輩學者而言，甚至只是針對用《廣韻》的韻序來歸部的做法而言，而不一定完全是對《廣韻》的批評。

當然，《廣韻》跟古韻的劃分的確有很大關係，本書第 6 篇《說文》段注與《廣韻》指出段玉裁多分出的四部，表面上是「離析唐韻」，但實際是依據《廣韻》而離析了平水韻，[6] 當然段玉裁並不是簡單依照《廣韻》來分辨，而是連同通過歸納上古韻腳而成。[7] 上文提到唐作藩指出「審音」要「精通」今音，屬

---

[1] 張民權（2002：下冊 100）。
[2] 張民權（2002：下冊 140–141）。
[3] 張民權（2002：下冊 32）。
[4] 江永（1982：5）。
[5] 張民權（2002：下冊 174）。
[6] 參閱本書第 6 篇的第 5 節。
[7] 按：段玉裁當然跟他以前的古音學家不同，不是簡單的離析，如張民權批評蔣驥（1673－1740）的分部，說：「蔣氏提出的支脂之三分，還不是真正意義上古韻支部、脂部、之部的劃分，因為他的『三

所謂「考古派」的段玉裁也是如此。本書第 6 篇〈《說文》段注
與《廣韻》〉的第 2 節又提到《說文解字注》中有些地方標注《廣
韻》的反切，可能是為了區分不同的「等」，因此他說《廣韻》
嚴於審音，也跟所謂「審音派」的主張相近，正如《古韻標準》
所說：

> 　　古韻既無書，不得不借今韻，離合以求古音，今韻有
> 隨唐相傳二百六部之韻，……夫音韻精微所差在豪釐間，
> 即此二百六部者，吾尚欲條分縷析，以別音呼等第，以尋
> 支派脈絡，……[1]

江永的審音則要在《廣韻》之上再分別「音呼等第」，同樣是批
判《廣韻》系統，在這一點上跟段玉裁沒有矛盾。

3. 韻圖與古韻部

　　段玉裁認為他的方法不同別人，所謂「古之疊韻，非今二百
有六之韻」，除了是離析《廣韻》為十七部古韻之外，是否還有
其他意思呢？「離析」的相反就是「歸併」，古音學的歷史，在
某種意義上是一個不同層次「歸併」的歷史，如宋代鄭庠歸併成
了六部，[2] 顧炎武離析了《廣韻》而歸併為十部，段玉裁《音均
表・今韻古分十七部表》也還是把《廣韻》的韻目一一列在十七

　　　分』不是建立在離析基礎之上」〔張民權（2002：下冊 251）〕。

[1]　　江永（1982：4）。

[2]　　《音均表・今韻古分十七部表》：「宋鄭庠分古韵為六部」（頁 7）。

部之中（頁 7–9）。

今音學和等韻學同樣也有歸併的歷史，最為熟悉的是平水韻把《廣韻》歸併為 107 或 106 韻；韻圖則把不同的韻，併合四聲歸到不同的「攝」裏。例如段玉裁在《說文解字注》中經常引用的《古今韻會舉要》就是以接近平水韻的系統編成，[1] 且跟韻圖歸併相關，《古今韻會舉要》裏提到的「司馬溫公切韻」，[2] 即指《切韻指掌圖》（本篇下稱《指掌圖》）。《指掌圖》也幾乎全列了《廣韻》206 韻，但歸併成 20 個圖和 12 個組合之中。[3]

宋元韻圖的歸併有些特點跟古音學相似，特別值得注意的有兩點，一是多不依從《廣韻》始於東韻終於凡韻的次序，而是按語音的性質來排列；二是「異平同入」，即入聲分別與多個陰聲韻、陽聲韻相配。這都對古音學研究有很大的影響，這兩個特點至少在《音均表》中都可以看得見。

3.1 宋元韻圖與〈今韻古分十七部表〉

《指掌圖》二十圖中，第一至第六圖先排列沒有開合口對立的「獨韻」，然後排列開合口的韻。[4] 獨韻和開合口的韻的排列次序到底有甚麼意思，很難明白。不過，這些次序似乎並不是偶

1　參閱甯忌浮《古今韻會舉要及相關韻書》〔甯忌浮（1997：1）〕。

2　見〈古今韻會舉要凡例〉：「音學久失，韻書譌舛相襲，今以司馬溫公切韻，參考諸家聲音之書，……」〔黃公紹（1979：11）〕。

3　請參考拙稿〈宋本切韻指掌圖的檢例與四聲等子比較研究〉的第 3.1 節〔黃耀堃（2004：162–168）〕。

4　《宋本切韻指掌圖・二十圖總目》〔司馬光（1986：23–26）〕。

然出現的，其他所謂宋代韻圖《四聲等子》，如《咫進齋叢書》本最初幾個圖是通攝、效攝、宕攝、遇攝、流攝，[1] 跟《指掌圖》的獨韻先後次序相近（《指掌圖》獨韻各圖的平聲韻目，按次為：豪爻宵蕭、東冬鍾、模魚虞、侯尤幽、談覃咸銜嚴鹽凡沾、侵）；[2] 而《重編改正四聲全形等子》把「豪肴霄蕭」列在「東鍾冬」前面，[3] 與《指掌圖》更為相合。

　　《指掌圖》各韻的次序跟《音均表‧今韻古分十七部表》的排列比較之下，有點相像。先看看《指掌圖》獨韻先列「豪爻宵蕭」，然後列「東冬鍾」，「豪爻宵蕭」的入聲為「鐸覺藥」。[4] 這跟《音均表》沒有入聲的第二部（蕭宵肴豪）似乎不合，然而第三部（尤幽）則有入聲（屋沃燭覺），段玉裁說：「顧氏於平聲合二部為一，故弟二部之字轉入於弟三部入聲者，不能分別而箋識之也」（頁 11），[5] 也就是段玉裁第三部的入聲與第二部不能分別。而《指掌圖》「東冬鍾」的入聲正是「沃屋燭」，段玉裁把第二、第三部的入聲都歸第三部，段玉裁排列和處理第二部、第三部，與《指掌圖》的第一、第二圖有點相似。

---

[1]　《等韻五種》本（頁 11–22）。

[2]　司馬光（1986：30、34、38、42、46、50）。按：舉平聲以賅上去聲，除特別列出外，下同。

[3]　《重編改正四聲全形等子》（頁 6B、7B）。

[4]　司馬光（1986：30）。

[5]　〈古四聲說〉說「弟二部平多轉為入聲」（頁 16），按：所舉的例子為：「弟二部樂籥爵綽較虐謔藥鑿沃櫟駁的翟濯鬻躍蹻熇藐削溺等字，繹《三百篇》皆平聲」，大部份的字屬《廣韻》「藥韻」的字，段玉裁都歸到第二部。

又如《指掌圖》的第十七至第二十圖互相勾連在一起，[1] 第十七圖所列的是「咍皆佳」（開口），第十八圖是「之支脂齊」（開口），第十九圖是「灰支脂微齊」（合口），二十圖是「咍皆佳」（合口）；[2] 至於〈今韻古分十七部表〉的第一部是「之咍」，第十五部是「脂微齊皆灰」，第十六部是「支佳」。細加分辨的話，就會發現《指掌圖》的排列和十七部分韻可能有關連的地方。《指掌圖》第十八圖有一等字，平聲除「雌」（支韻）外均為之韻字，[3] 上聲列支（紙）脂（旨）韻字，去聲除「自」（至韻）外均為志韻；[4] 咍韻只有開口一等字，在《指掌圖》中只列第十七圖一等，第二十圖雖然標記有「咍皆佳」，但實際上沒有列咍韻的，因此這四個相連韻圖中只有之韻和咍韻同屬一等開口的獨韻，即第十七與第十八圖相連在一起，這與十七部中七之、十六咍合作第一部相似。另一方面，除了支韻外，第十九圖「灰脂微齊」都同屬十五部；而十六部則為「支佳」，可見十七部中的第十五、十六部的排列與《指掌圖》的排列似乎有點相近，更說明段玉裁似乎有考慮到開合口的問題。[5] 《四聲等子》也是把蟹攝和止攝相鄰

---

[1]　參閱〈宋本《切韻指掌圖》的檢例與《四聲等子》比較研究〉〔黃耀堃（2004：163-164）〕。

[2]　司馬光（1986：94、98、102、106）。

[3]　按：之韻平聲沒有清母小韻。

[4]　按：精母列的「恣」字，本為至韻，不過在《韻鏡》已列入志韻〔《等韻五種》本（頁33）〕。

[5]　請參閱本書第8篇的第4節。

而列，[1] 說明了這些宋代韻圖保留了一些與《廣韻》相異的因素，如韻序和語音相近就排列在一起之類，這些因素可能讓段玉裁得到啟發，而不按《廣韻》的先後來安排十七部的次序。

4.「異平同入」與古韻分部

　　至於「異平同入」，是段玉裁針對古韻合韻的主張，見諸《音均表》的〈古異平同入說〉（頁 31）。[2] 在段玉裁之前，江永《四聲切韻表・凡例》有相近的說法，所謂「數韻同一入」及「二三韻同一入」，[3] 然而江永這個說法卻不是針對古音，[4] 雖然他在《四聲切韻表》裏也談到古音某些入聲與陰陽聲關係的問題。[5]

　　江永《古韻標準》並沒有把入聲與陰陽一一配對，後人只是依照他的《四聲切韻表》來推斷。[6]《四聲切韻表》既然不是討論上古音，況且所謂「數韻同一入」及「二三韻同一入」的情況，早出現於宋元韻圖，的確可以相信江永這些說法應是針對韻圖的。

---

[1]　《等韻五種》本《四聲等子》（頁 23–30）。

[2]　按：段玉裁對「異平同入」甚為重視，吳省欽的序也說：「又因所合之多寡遠近，及異平同入之處，而得其次弟，此十七部先後所由定」（頁 5）。

[3]　江永（1941：凡例 20–21）。

[4]　《古韻標準》清楚指出《四聲切韻表》是針對今音：「……今韻之有條理處，別有《四聲切韻表》、《音學辨微》二書明之〔江永（1982：6）〕。

[5]　江永（1941：凡例 20–22）。

[6]　參閱《漢語音韻》〔王力（1963：152 - 153）〕。按：王力標明是「依照他所著的《四聲切韻表》」而把入聲與陰聲、陽聲配合。

《四聲切韻表》的模仿對象《七音略》，[1] 也出現了這種情況，其中鐸藥兩韻（開口字）既入外轉二十五與豪肴宵蕭各韻相配，又入內轉第三十四與唐陽兩韻相配。[2] 其他宋元的韻圖如《指掌圖》、[3] 《皇極經世解起數訣》、[4] 《四聲等子》、《經史正音切韻指南》等，[5] 莫不是入聲與陰聲、陽聲相配。

　　《音均表》把大部份入聲韻配對到陰聲韻，不過第十二部陽聲韻卻收了入聲質櫛屑三韻（頁 9），郭必之（1973–）指出：「他把本來屬於脂部入聲的質櫛屑三韻移到真部去，證明他已明白到脂、真兩部的關係」，[6] 其實脂部、質部、真部搭配的關係也見於宋元韻圖，如《指掌圖》的第九、第十圖是真韻與質韻相配，第十八、十九圖是脂韻與質韻相配，[7] 《四聲等子》和《經史正音切韻指南》兩個韻圖尤為明顯，在《四聲等子》內更把「真軫震質」的圖更緊接在「脂旨至質」的圖之後。[8] 當然，把質櫛屑

---

[1] 參閱趙蔭棠《等韻源流》第四編〈等韻之批評及研究〉〔趙蔭棠（2011：319）〕。不過，應裕康（1932–）《清代韻圖之研究》對趙蔭棠的說法有所保留，不過也認為：「……蓋江氏之切韻表，分母析韻，俱與宋元韻圖相同」〔應裕康（1972：82）〕。

[2] 《七音略》《等韻五種》本（頁 62、80）〕。

[3] 《宋本切韻指掌圖・二十圖總目》〔司馬光（1986：23–26）〕。

[4] 《皇極經世解起數訣》卷上〔影印文淵閣《四庫全書》本（頁 1A–5B）〕。

[5] 按：《四聲等子》及《經史正音切韻指南》沒有目錄之類。

[6] 郭必之（2000：103）。

[7] 司馬光（1986：66、98、102）。

[8] 《四聲等子》的「止攝內二」及「臻攝外三」〔《等韻五種》本（頁 29–32）〕。《經史正音切韻指南》的「止攝內二」及「臻攝外三」〔《等

三韻歸入第十二部陽聲韻，還不能算是「異平同入」。

在討論〈古異平同入說〉之前，先要提出一個問題，就是段玉裁寫《音均表》時有沒有見過或者參考過「異平同入」的韻圖。

4.1　「異平同入」的韻圖

《音均表》中多次提到《古韻標準》，《古韻標準》提過《四聲切韻表》，而江永的《四聲切韻表》以「異平同入」形式編寫。[1]不過，段玉裁有沒有看過《四聲切韻表》？並不清楚。[2]

那麼，段玉裁可能見到的宋元韻圖可能有哪幾種呢？

在《四庫全書》的「小學類‧韻書之屬」，收了《指掌圖》、《四聲等子》、《經史正音切韻指南》等，[3]而鄭樵《七音略》在放在《通志》裏，與上述各書同見於《四庫全書》之中。[4]然而，《音均表》成書於乾隆四十年（1775），[5]《四庫全書》當時尚未編成。

《四庫全書》雖然未編成，但段玉裁會不會接觸到這些宋元韻圖？段玉裁 26 歲（1761）「在京會試，不第，以舉人教習景山

韻五種》本（頁 10–11、20‑21）〕。

[1]　按：這是《清代韻圖之研究》反對《四聲切韻表》以《七音略》為底本的理由之一〔應裕康（1972：83–84）〕。

[2]　**補注**：有關有沒有看過《四聲切韻表》的問題，請參閱本書第 9 篇的第 4 節，那裏有進一步的討論。

[3]　影印文淵閣《四庫全書》本《四庫全書總目》卷四十二（頁 359、362、363）。

[4]　影印文淵閣《四庫全書》本《四庫全書總目》卷五十（頁 448）。

[5]　劉盼遂（1896–1966）〈段玉裁先生年譜〉〔段玉裁（2008：440）〕。

萬善殿官學」，在乾隆二十八年（1763）師事戴震，[1] 並與錢大
昕交往。[2] 錢大昕與段玉裁相交很深，《音均表》有錢大昕於乾
隆庚寅年（1770）所寫的序（頁 1），早在段玉裁撰寫《音均表》
初稿時，便向錢大昕的學生邵晉涵（1743–1796）借書（頁 2）。
錢大昕《潛研堂文集》的「答問」中也有談到韻圖，提過《七音
略》、《指掌圖》，[3] 不過根據《竹汀居士年譜》，他在乾隆三十五
年（1770，庚寅）「是歲始讀《說文》，研究聲音文字訓詁之原」，[4]
可以說錢大昕研究音韻比段玉裁還要晚，很難證明段玉裁可以從
錢大昕那裏得知有關韻圖的知識。[5]

　　除了上面提到的幾本宋元韻圖之外，江永在《音學辨微》之
中還特別提到「皇極經世韻」，[6] 但段玉裁沒有提過這本書，甚
至這些「二三韻共一入」的宋元韻圖，在《音均表》中也沒有提

---

[1]　〈段玉裁先生年譜〉〔段玉裁（2008：433）〕。

[2]　《音均表》卷首〈寄戴東原先生書〉：「至庚寅二月，書成。錢辛楣
　　學士以為鑿破混沌，為作序」（頁 2）。按：「庚寅」即乾隆三十五年。

[3]　錢大昕（1997：冊 9–238）。

[4]　錢大昕（1997：冊 1–23）。

[5]　錢大昕〈江先生（永）傳〉中，介紹了江永今韻入聲的學說：「論
　　今韻曰：平上去三聲，多者六十部，少亦五十餘部，惟入聲祇三十
　　四部。或謂支至咍、蕭至麻、尤至幽無入聲，崑山顧氏《古音表》
　　又反其說，於是舊有者無，舊無者有，皆拘於一偏。蓋入聲有二三
　　韻而同一入者，如東尤侯同以屋為入，真脂同以質為入，文微同以
　　物為入，寒桓歌同以曷末為入之類，按其呼等，察其偏旁，參以古
　　音，乃無憾也」〔江永（2013：279）〕。按：錢大昕此文成於 1786
　　年（乾隆五十一年，丙午）以後，文末有「丙午，江南鄉試」云云
　　〔江永（2013：281）〕，晚於《音均表》成書。

[6]　《續修四庫全書》第 253 冊（頁 81–84）。

到，更不見於《經韻樓集》之中。《音學辨微》提到一個段玉裁也有可能讀到的「異平同入」韻圖，這就是放在《康熙字典》前面的《明顯四聲等韻圖》。[1] 雖然《明顯四聲等韻圖》也沒有出現在《音均表》和《經韻樓集》中，不過段玉裁可能見過它。《經韻樓集》卷五〈書漢書楊雄傳後〉：

> 偽〈自序〉者殆傅合班傳「無它楊於蜀」一語。……《廣韻》从「手」揚字之下，不言姓，从「木」楊字注云：「姓，出弘農，天水二望，本自周宣王子尚父，幽王邑諸楊，號曰楊候，後并於晉，因為氏。」近時字書又以此語係之从「手」揚字之下，目為楊雄〈自序〉，是又非貢父所見偽〈自序〉矣。[2]

現在所見相關的「字書」，有張自烈（1597–1673）《正字通》；「又姓。楊揚分為二，揚雄〈自序〉：揚別為一族，周宣王子尚父封揚候，因氏」，[3]《康熙字典》則作：「又姓。揚雄〈自序〉：揚別為一族，周宣王子尚父封揚候，因氏」。[4] 那麼〈書漢書楊雄傳後〉說的「字書」是指哪一本呢？這裏回避不提，可能正因批評出於朝廷的《康熙字典》，要有所忌諱，要是指《正字通》的

---

[1]　《康熙字典》「等韻」〔張玉書等（2002：46–52）〕。按：《音韻辨微》目錄有「附《康熙字典》『等韻』辨惑」（頁64），但在《音韻辨微》之中似乎並沒有提到。

[2]　段玉裁（2008：91）。

[3]　《正字通》卯集中〔張自烈（2002：442）〕。

[4]　《康熙字典》卯集中（頁485）。

話，可以明指。然而，〈書漢書楊雄傳後〉這篇文章的撰寫年代可能比《音均表》為晚，所以也不能由此證明編寫《音均表》時已見到《明顯四聲等韻圖》。

至於本書第 6 篇〈《說文》段注與《廣韻》〉證明段玉裁在撰寫《說文解字注》時，曾經參考過方以智的《通雅》，[1] 而《通雅》裏面的韻譜〈新譜〉，也是「異平同入」。[2] 段玉裁在撰寫《說文解字注》之前，曾編寫《說文解字讀》，據劉盼遂〈段玉裁先生年譜〉，編寫《說文解字讀》「自乾隆四十一年富順任內始」，[3] 即在《音均表》之後。因此撰寫《音均表》之時，有沒有讀到《通雅》，也需要進一步考查。

根據《東原年譜訂補》乾隆二十八年：「……有〈書玉篇卷末聲論反紐圖後〉，有〈書劉鑑切韻指南後〉，有〈顧氏音論跋〉，有〈書盧侍講所藏宋本廣韻〉，蓋皆成於是年」，[4] 此外，這幾篇戴震的論著，均收在《聲韻考》之中，《戴震全書》的說明指出：

> 公元一七六六年戴氏四十三歲，會試不第，客居北京新安會館，將所撰音韻論文輯錄成書。最初京都人士爭相傳寫。……以現見版本論，其底本蓋有三種：……第二種為《經韻樓叢書》中之西湖樓本，其書分四卷，前三卷內容文字同世楷堂本，二、三卷之分卷又不同於第三種諸刻

---

[1] 本書第 6 篇的第 4 節。
[2] 《通雅》卷五十〔影印文淵閣《四庫全書》本（頁 12B–20A）〕。
[3] 段玉裁（2008：488）。
[4] 《戴震全書》冊 6〔戴震（1995：673–674）〕。

本。其卷四中〈顧氏音論跋〉「附舉正十九事」一節卻沒有收載。……就刻書時間論，西湖樓本最早，為公元一七七六年段玉裁在四川富順縣署所刻；……，[1]

《聲韻考》後於《音均表》一年刊刻，[2] 那麼段玉裁刊印《音均表》時，按理他一定知道《經史正音切韻指南》這本書。

上面列舉了段玉裁在撰寫時可能「知道」的「異平同入」的韻圖，「知道」並不等於見到，[3] 因此是否可以說段玉裁沒有見過「異平同入」的韻圖的呢？似乎又不然。

到了乾隆年間，音韻學漸漸被認定為「三分」的局面，如《四庫全書總目》所謂：

案：韻書為小學之一類，而一類之中又自分三類：曰今韻，曰古韻，曰等韻也。本各自一家之學。至金，而等韻合於今韻（韓道昭《五音集韻》始以等韻顛倒今韻之字紐）；至南宋，而古韻亦合於今韻（吳棫《韻補》始以古韻分隸今韻，又註今韻某部、古通某部之類）；至國朝，而等韻又合於古韻（如劉凝、熊士伯諸書），三類遂相牽

---

[1] 《戴震全書》冊 3〔戴震（1994：280）〕。
[2] 段玉裁（2008：440-441）。
[3] 按：《古韻標準》的〈例言〉提到江永自己「余既為《四聲切韻表》細區今韻歸之字母等……」〔江永（1982：3）〕，段玉裁應該是知道這本韻圖的存在，不過也許是說「今韻」，因此在《音均表》沒有留下明顯的痕迹。

而不能分。……[1]

作為韻書之學中三分天下之一的學問，段玉裁可以連一本韻圖也沒有看過嗎？《四庫全書總目》提到「然言等韻者，至今多稱《切韻指南》」，[2] 戴震也討論過《經史正音切韻指南》，段玉裁可以置之不理嗎？除了《韻鏡》，現存的宋元韻圖都出現「異平同入」的情況；至於明代的韻圖，以《四庫全書存目叢書》為例，如吳繼仕《音聲紀元》、袁子讓《五先堂字學元元》、葉秉敬（1562–1627）《韻表》、呂維祺（1587–1641）《音韻日月燈》等，都附有《四聲等子》、《經史正音切韻指南》之類或相近的韻圖，同樣有「異平同入」的部份，[3] 難道以淹博聞名的段玉裁在寫《音均表》時真的完全沒有接觸嗎？[4] 當然，這裏不希望用「默證」的方法來論證這個難以回避的問題，但也沒有其他辦法，只好存疑。

---

[1]　《四庫全書總目》卷四十二（頁 369）。按：這段「提要」的觀點可能出於戴震。

[2]　《四庫全書總目》卷四十二（頁 363）。

[3]　《音聲紀元》卷二〔《四庫全書存目叢書》經部第 210 冊（頁 51）〕；《五先堂字學元元》卷二〔《四庫全書存目叢書》經部第 210 冊（頁 133）〕；《韻表》〔《四庫全書存目叢書》經部第 210 冊（頁 286）〕；《音韻日月燈》卷首〔《四庫全書存目叢書》經部第 211 冊（頁 60）〕。按：《四庫全書存目叢書》之中，也有不是「異平同入」的明代韻圖。

[4]　按：根據應裕康《清代韻圖之研究》和耿振生《明清等韻學通論》，在段玉裁之前或同時，清人也編寫了不少韻圖，這裏不一一列舉。

4.2 《音均表》的「異平同入」

段玉裁寫《音均表》時無論有沒有參考過韻圖，特別是那些「二三韻共一入」的韻圖，但《音均表》裏面對「異平同入」的論述，的確很多地方都跟上述類近的韻圖在形式上極為相近，不妨先把〈古異平同入說〉抄下來看一下：

> 入爲平委，平音十七，入音不能具也，故異平而同入。職德二韻爲弟一部之入聲，而弟二部、弟六部之入音即此也。屋沃燭覺爲弟三部之入聲，而弟四部及弟九部之入音即此也。藥鐸爲弟五部之入聲，而弟十部之入音即此也。質櫛屑爲弟十二部之入聲，亦即弟十一部之入音。術物迄月沒曷末黠鎋薛爲弟十五部之入聲，亦即弟十三部、弟十四部之入音。陌麥昔錫爲弟十六部之入聲而弟十七部之入音即此也。合韻之樞紐於此可求矣。（頁31）

接着段玉裁就列出各個韻部「異平同入」的說明，現在按照《音均表》的說法，[1] 把各部平聲和入聲的關係列成圖表，而平聲分

---

[1]　段玉裁後來的說法有所改變，參考李文〈〈答江晉三論韻〉與段玉裁的古韻十八部〉：「為侯部配入聲是段玉裁在王念孫、孔廣森、江有誥三家學說影響下作出的又一項重要決定。自此東侯相配，尤冬共入，平入相配的體系趨於合理」，又：「……段玉裁才下決心將十五部入聲分為兩類。物類（入聲物術迄沒）、月類（去聲祭泰廢、入聲月曷末點轄薛），以物類與文部相配，以月類與元部相配。月類仍歸十五部。陽聲韻與入聲的相配關係得到了一定的調整」〔李文（1998：128）〕。又，李文〈論段玉裁的「古異平同入說」〉一文

列出陰聲韻及陽聲韻：

韻 部	陰聲韻	入聲韻	陽聲韻	合用類分	
二	蕭宵肴豪			第二類	弟二部與弟
一	之咍	職德		第一類	一部同入說
六			蒸登	第三類	弟六部與弟
一	之咍	職德		第一類	一部同入說
四	侯			第二類	弟四部與弟
三	尤幽	屋沃燭覺		第二類	三部同入說
九			東冬鍾江	第四類	弟九部與弟
三	尤幽	屋沃燭覺		第二類	三部同入說
十			陽唐	第四類	弟十部與弟
五	魚虞模	藥鐸		第二類	五部同入說
十一			庚耕清青	第四類	弟十一部與弟
十二		質櫛屑	真臻先	第五類	十二部同入說
十三			諄文欣魂痕	第五類	弟十三部弟十四部與弟
十四			元寒桓刪山仙	第五類	十五部同入說
十五	脂微齊皆灰	術物迄月沒曷末黠		第六類	

也談到段玉裁晚年平入的搭配〔李文（1997：19–20）〕。

		鎋薛			
十六	支佳	陌麥昔錫		第六類	弟十七部與弟
十七	歌戈麻			第六類	十六部同入說

上表中沒有第七、第八兩部。這兩部也就是指所謂「閉口音」九韻，段玉裁不像江永把閉口音的入聲獨立分出兩部，[1]《音均表》處理「閉口音」九韻是陽入同部，跟第十二部相似，段玉裁把第七部、第八部歸入第三類（頁30）。這裏特意把王力《漢語音韻》所訂的古韻部名稱用楷書標出，[2] 方便對照。至於「合用類分」一欄是據〈古十七部合用類分表〉（頁30–31）。

從上表可以看到，〈弟四部與弟三部同入說〉和〈弟十部與弟五部同入說〉（頁32）的結果，就幾乎跟所謂「審音派」的「之職蒸」、「魚鐸陽」的韻部關係相同；[3] 如果以第三部的入聲作為「樞紐」，〈弟四部與弟三部同入說〉和〈弟九部與弟三部同入說〉配合起來（頁32），也就是「審音派」的「侯屋東」的韻部關係。[4] 這些關係也見於宋元韻圖，如「侯屋東」見於《經史正音切韻指南》，[5] 而「之職蒸」見於祝泌《皇極經世解起數訣》。[6] 至於〈弟

---

[1]　江永（1982：46–47）。

[2]　王力（1963：166）。

[3]　王力（1963：166）。

[4]　王力（1963：166）。又，請參閱〈〈答江晉三論韻〉與段玉裁的古韻十八部〉〔李文（1998：128）〕。

[5]　《經史正音切韻指南》「通攝內一」、「流攝內七」〔《等韻五種》本（頁7、47）〕。

[6]　影印文淵閣《四庫全書》本《皇極經世解起數訣》卷上（頁28A）、

十三部弟十四部與弟十五部同入說〉（頁 32），如果運用「想像力」加以放大，也就是暗藏了「微物文」的關係，當然這個關係是要待王力才分辨出來，[1] 但已出現在《皇極經世解起數訣》裏面。[2]

「之職蒸」、「魚鐸陽」、「侯屋東」、「微物文」這樣的組合，也許是偶然出現，不過段玉裁說「合韻之樞紐於此可求矣」，這一句跟後來所謂主張「陰陽入三分」的「審音派」，看來是非常相近的。戴震在乾隆四十一年（1776）寫給段玉裁的信，竟蹈襲這個說法，《聲類表》卷首〈答段若膺論韻〉說：

> 癸巳春，僕在浙東，據《廣韻》分為七類，侵巳下九韻皆收唇音，其入聲古今無異說。又方之諸韻，聲氣最歛，詞家謂之閉口音，在《廣韻》雖屬有入之韻，而無入諸韻無與之配，仍居後為一類；其前昔無入者，今皆得其入聲，兩兩相配，以入聲為相配之樞紐。[3]

撤除戴震和段玉裁的分部並不相同這一點，這段話卻跟〈古異平同入說〉有很多相同的地方，首先是段玉裁的第七、第八兩部就是戴震所謂的閉口音九韻，戴震也並不同意江永的處理方法，二

卷下（22A、23A）。按：有關《皇極經世解起數訣》的資料，均由平田昌司教授及蕭振豪教授提供，不敢掠美，並謹此致謝！

[1]　參閱〈古韻脂微質物月五部的分野〉〔王力（1989：248－252）〕。

[2]　影印文淵閣《四庫全書》本《皇極經世解起數訣》卷上（頁31A）、卷中（19A、20A）。按：三處「物」寫作「勿」。

[3]　《戴震全書》冊三〔戴震（1994：345）〕。

人都把上述的韻部歸為一類；第二，如果據段玉裁的「異平同入」的說法，韻部也可以分成七類（即上表以雙線為界限，合共六類，再加上第七部和第八部作一類），戴震最初分古韻為七類，與段玉裁的數目相同；[1] 第三，兩人都用了「樞紐」這個詞。第三點似乎很重要，陳新雄評論戴震的說法：

> 陰陽入既三分，其陰陽之相配，實以入聲為其樞紐。蓋舊無入者，今皆得其入，而一類之中，異平同入，即所謂樞紐也。[2]

「異平同入」是段玉裁的說法，至於「即所謂樞紐也」跟段玉裁的「合韻之樞紐於此可求矣」相近，兩人同樣以入聲作為陰聲韻和陽聲韻的樞紐。因此是否可以視與戴震持相同說法的段玉裁為所謂「審音派」呢？當然這只是就陳新雄對戴震的解說而言，不過戴震的說法既然可以視為參考過韻圖的所謂「審音派」的理論，為甚麼不可以考慮提出這個說法的段玉裁也參考過韻圖呢？不能因段玉裁自己沒有提過曾參考韻圖，而否定他的古韻學說中有韻圖的成份。當然《音均表》成書的時候，畢竟還沒有完整陰陽入對轉的理論，段玉裁提出「合韻之樞紐」的說法，已是超出他的時代，為音韻學新理論的誕生作了最好的準備。

---

[1] 〈答段若膺論韻〉：「僕初定七類者，上年改為九類，以九類分二十五部，若入聲附而不列，則十六部」〔戴震（1994：355）〕。

[2] 陳新雄（1983：239）。

4.3 「異平同入」與韻攝

段玉裁的「合韻之樞紐於此可求矣」這句話還有值得討論的地方，〈古異平同入說〉是放在《音均表》的表三之中。《音均表》的表三是〈古十七部合用類分表〉，其下有多個「說」，〈古異平同入說〉列於〈古合韻說〉、〈古合韻次弟近遠說〉之後，列作第三項（頁 30–31）。《音均表》全書目錄分五表，各表之下有的用所謂「說」來說明，有的列出相關的資料，如表一〈今韻古分十七部表〉，先有一段引言（頁 7），接着列出《廣韻》206 韻歸部的圖表（頁 7–9），圖表之後，就有〈弟一部弟十五部弟十六部分用說〉（頁 10）至〈古轉注同部說〉等 22 個「說」（頁 18）；表二〈古十七部諧聲表〉一開始是引言（頁 18），接着按十七部分部列出諧聲偏旁（頁 18–29）。

表三是〈古十七部合用類分表〉，其下由〈古合韻說〉至〈六書說〉等 15 個「說」組成（頁 30–34）。〈古合韻說〉提出「不知有合韻，則或以為無韻」（頁 31），接着就是〈古合韻次弟近遠說〉：

> 合韻以十七部次弟分爲六類求之。同類爲近，異類爲遠；非同類而次弟相附爲近，次弟相隔爲遠。（頁 31）

這是針對〈古十七部合用類分表〉把十七部分為六類而言（頁 30–31）。不過，接着〈古異平同入說〉提出「合韻之樞紐於此可求矣」，好像與《音均表》表三〈古十七部合用類分表〉的說法

　　矛盾，甚至跟〈古合韻次弟近遠說〉好像也有不同，因為有些「異平同入」的韻部，既不相鄰，也不是同類。如〈弟十部與弟五部同入說〉，第十部屬第四類，第五部屬第二類，韻部相去很遠，類別也有相隔。

　　但是這些看來矛盾的地方，如果從韻圖的角度來考慮，又似乎相當自然。把若干個韻合併成一個大類的做法也出現在韻圖，韻圖裏把若干個韻按主元音相近和韻尾相同的韻，合成一個「攝」，而入聲附在陽聲韻的「攝」裏面。這樣不就是跟《音均表》把若干部歸為一類的做法相似嗎？上面說過現存的宋元明韻圖裏多有「異平同入」的情況，相配的入聲，跟平上去的陰聲韻並不歸到相同的「攝」，這不是以入聲作為樞紐的說法相似嗎？也就是說不同的「攝」可能相隔很遠，但因着「異平同入」，就把這些相隔很遠的「攝」併在一起。這裏沒有證據證明《音均表》有運用過韻攝的原理，但兩者的性質可以說是非常相似。[1]

　　在《音均表》的表一〈今韻古分十七部表〉之下，有〈古十

---

[1]　按：有些音韻學家並不視此與韻攝相關，如耿振生〈古音研究中的審音方法〉用「韻基」這個觀念，所謂「鄰部合韻推證法」：「本方法也是研究詩文韻部時用到的一種方法，假如有兩個『韻基』(『韻腹+韻尾』) 的讀音很接近，它們分別構成甲、乙兩個韻部，這兩部就可能發生合韻。韻部的構成條件在於韻腹和韻尾，韻尾相同時，作韻腹的母音相鄰就是韻母相近；韻腹相同時，作韻尾的音有明顯的共性(如同是鼻音或同是塞音，或同一部位的音)也是韻母相近，一個語音系統裏的音位可以呈連貫遞進的排列狀態，一個音造成的合韻有一定範圍，距離遠的音就不合韻了」〔耿振生(2002：95–96)〕。然而這個說法只是韻攝的延伸，找不到與韻攝理論有重大矛盾的地方。

七部平入分配說〉（頁 13–14），而表三又說「異平同入」，似乎是一種互相補充的處理方法。在古韻分部上，《音均表》根據古韻考訂，把入聲大部份歸到陰聲韻那裏。但從「合韻」的角度，也就是所謂「合用」來說，入聲可以與陽聲韻合韻。因此，從各個方面來看，《音均表》撰寫時應該有參用韻圖的知識，特別是〈古異平同入說〉跟韻圖，以至「韻攝」的說法相關。

4.4 「異平同入」和「陰陽入三分」

陳新雄又認為〈古異平同入說〉「雖則入聲分配猶未盡當，然其異平同入之言以視戴、孔陰陽對轉以入聲為樞紐之說，相去亦不遠矣」，[1] 李文〈論段玉裁的「古異平同入」〉列舉了一些與陳新雄相近的看法，並認為：「段玉裁的十類入聲，其性質已相當於十個『准韻部』」。[2] 如果按照他們兩位的推斷，那麼〈怎樣才算是古音學上的審音派〉所訂出所謂「審音派」的標準，即利用韻圖和陰陽入三分，《音均表》也大致符合了，是否還可以稱段玉裁為所謂「考古派」呢？戴震所謂：「……其前昔無入者，今皆得其入聲，兩兩相配，以入聲為相配之樞紐」，幾乎因襲了他的學生段玉裁的原文，因此說〈古異平同入說〉是與陰陽對轉相去不遠，的確是有點道理的。

然而，認為段玉裁的「異平同入」是等同陰陽入對轉，可能是對《音均表》的一個誤讀，混淆了「審音」和「考古」之間的

---

[1] 陳新雄（1983：209）。
[2] 李文（1997：23）。

分別（不是所謂「審音派」和「考古派」的分別）。〈古異平同入說〉看重的是合韻，是從「合」或者「合用」的角度來考慮，因此可以說《音均表》有的是陰陽入三聲的合韻，並沒有陰陽入的對轉。[1] 陰陽入對轉是從「分」的角度來劃分韻部，有了分立的韻部，才去考慮這些韻部可不可通轉。這是「分」和「合」的不同，絕不含糊。[2]

然而導致後來的學者有這樣的誤解，可能出於段玉裁的「含糊」，他在〈答江晉三論韻〉裏說：

> 僕謂無入者，非無入也，與有入者同入也。入者，平之委也。源分而委合，此自然之理也。無上去者，非無上去也。古四聲之道有二無四，二者，平入也。平稍揚之，則爲上；入稍重之，則爲去。故平上一類也，去入一類也。[3]

這一段寫得玄之又玄，又怎會叫人看得明白的呢！然而玄妙之言，往往啟人深思，黃侃（1886–1935）、[4] 王力的聲調學說，[5] 都深

---

[1] 〈審音派界定標準淺析〉則認為：「基於對入聲、入聲韻的共同認識，審音派的陰陽入三分與考古派的陰陽對轉、『異平同入』也就不存在本質的區別」〔李文（1999：62）〕。

[2] 按：段玉裁在〈江氏音學序〉裏說得很清楚：「……其論入韻，謂言古音則就其諧聲偏旁，各從其朔可矣，不必謂『異平同入』，曲從陸法言，俾無入者皆有入」〔段玉裁（2008：125）〕，他很清楚指出，不必套用「異平同入」的說法，讓沒有入聲的分出入聲。

[3] 《經韻樓集》卷六〔段玉裁（2008：132）〕。

[4] 黃侃〈詩音上作平證〉〔黃侃（1964：174–176）〕。

[5] 王力〈古無去聲例證〉〔王力（1989：340）〕。按：王力這個看法，

受《音均表》的影響。

5. 贅語

　　這篇札記討論了《音均表》運用韻圖知識的情況，開始思考這個問題，導源於自上世紀 70 年代平田昌司先生的大作〈「審音」と象數〉。〈「審音」と象數〉指出戴震、段玉裁師徒都批評所謂字母之學韻圖理論，[1] 但戴震卻視為所謂「審音派」，引導我思考被標籤為所謂「考古派」的段玉裁到底跟韻圖有甚麼關係。此外，「異平同入」的問題，也是來自平田先生和他的高足蕭振豪先生的啟廸，他們先後都跟我談到宋元韻圖的「異平同入」的問題，這裏只是用拙劣的文字為他們的看法作一點鋪述和補充，其中可能有誤解的地方，也許他們並不滿意，這全都要由我負責。

2015 年 4 月 18 日初稿

雖然是受到段玉裁、黃侃的影響，不過似乎也跟宋代韻圖排列有關，如《七音略》「內轉第九」（頁 30）、「內轉第十」（頁 32）、「內轉第十三」（頁 38）、「外轉第十四」（頁 40）、「外轉第十五」（頁 42）、「外轉第十六」（頁 44），都在入聲的位置上列了去聲韻。

[1]　平田昌司（1979：48–55）。

讀《古韻標準》札記

—論段玉裁與韻圖之二

提　要：本篇先討論段玉裁《六書音均表》運用很多韻
圖的理論而沒有提到江永《四聲切韻表》的原
因，又指出江永對古韻分部的看法可能影響段
玉裁提出「去入為一類」的主張。此外再闡釋
江永和段玉裁兩人對斂侈的主張，指出段玉裁
這個主張，已涉及陰聲韻和入聲韻分立的理
論。

關鍵詞：段玉裁、江永、戴震、考古派、審音派

本篇得蒙魯國堯、喬秋穎、蕭振豪及許明德各位教授指
正，謹此致謝！
原文刊於《文獻語言學》第一輯，北京：中華書局，2015年。
頁27–39。

1. 引言

　　本書第 7 篇〈讀《六書音均表》札記〉討論了段玉裁所謂「審音」跟《廣韻》的分韻有關，並指出「審音」本來的意思可能是針對《廣韻》的韻序而言；此外《六書音均表》（本篇下稱《音均表》）的十七部排列跟《廣韻》的韻序不同，或與韻圖有關；而《音均表》的〈古異平同入說〉也可能受到韻圖，以至「韻攝」的觀念影響。同時第 7 篇釐清了「異平同入」和陰陽入三分在性質上的區別。

　　本篇擬討論一下《音均表》跟江永《四聲切韻表》的關係；又就《古韻標準》的分部，以及所謂「斂侈」，跟《音均表》作一個比對的研究。

2. 段玉裁與《四聲切韻表》

　　段玉裁開始撰寫《音均表》時，並沒有讀到《古韻標準》，後來師從戴震之後才知道這本書。乾隆三十二年（1767），也就是聽到《古韻標準》這個書名之後四年，才真正讀到顧炎武和江永的書。[1]《音均表》裏面多次提到江永的《古韻標準》，因此可以相信段玉裁寫《音均表》的時候，一定熟知《古韻標準》。

---

[1]　〈聲類表序〉：「始余乾隆癸未請業戴東原師，師方與秦文恭公論韻，言江慎修先生有《古韻標準》，據《毛詩》用韻為書，……余聞而異之，顧未得見江氏書也。丁亥，自都門歸里，取《毛詩》韻字，比類書之，誠畫然分別，……總之為十七部，其入聲總為八部，皆因《毛詩》之本然。已乃得崑山顧氏《音學五書》、婺源江氏《古韻標準》讀之，歎兩先生之勤至矣，……」〔段玉裁（2008：121）〕。

段玉裁研究古韻的考鑒對象，主要也是《古韻標準》和顧炎武的《音學五書》,其他前人的論著不多涉及,只有吳棫、楊慎（1488－1559）和毛奇齡。[1] 至於江永其他的音學著作,如《四聲切韻表》（本篇下稱《切韻表》）和《音學辨微》,特別是前者,段玉裁在撰寫《音均表》時到底有沒有參考過的呢？[2]

段玉裁說是從看到戴震〈江慎修先生事略狀〉而得知《古韻標準》這個名字,[3] 按理也應該知道江永還有《切韻表》和《音學辨微》兩書,因為在〈江慎修先生事略狀〉裏面,三本書名是連在一起的。[4] 此外,江永的姪子江鴻緒〈群經補義跋〉說乾隆二十八年（1763）「奉特旨取覽」《切韻表》;[5] 王昶（1724－1806）

---

[1] 段玉裁代吳省欽所撰的〈六書音均表序〉:「於言古音之書則考顧氏《音學五書》、江氏《古韻標準》;以《三百篇》及周秦所用正漢魏以後轉移之音,而歷代音韻沿革源流以見,而陸氏部分之故以見,而顧氏、江氏之未協者以見,彼吳氏棫、楊氏慎、毛氏奇齡之書無論矣」〔段玉裁（1983：5）〕。

補注：此處最後幾句的斷句按上海古籍出版社《說文解字注》〔段玉裁（1988：803）〕,疑當斷作:「……而歷代音韻沿革源流以見而陸氏部分之故,以見而顧氏、江氏之未協者,以見彼吳氏棫、楊氏慎、毛氏奇齡之書無論矣」。

[2] 本書第 7 篇的第 4.1 節曾涉及這個問題。

[3] 〈寄戴東原先生書〉:「癸未遊於先生之門,觀所為江慎修行略,又知有《古韻標準》一書與顧氏少異。然實未能深知之也」〔段玉裁（1983：1）〕。按:「江慎修行略」應該是指戴震所作的〈江慎修先生事略狀〉。

[4] 戴震〈江慎修先生事略狀〉:「卒年八十有二,所著書:……《古韻標準》六卷、《四聲切韻表》四卷、《音學辨微》一卷,……」〔江永（2013：265－266、270）〕。

[5] 江永（2013：140－141）。按:乾隆四十年（1775）重編《江慎修

〈江慎修先生墓志銘〉也提到這件事，[1] 可見《切韻表》在當時不是一本極度罕為人知的書。最令人感到不解的是《音均表》中〈古異平同入說〉，[2] 跟《切韻表》的「數韻同一入」及「二三韻同一入」的說法那麼相近，[3] 但為甚麼《音均表》提也不提？竊意似乎是跟戴震有關。江永〈答甥汪開岐書〉提到一個故事：

> 休甯戴生東原（震），頗敏悟，始來謁余，亦持字母減字之說。余痛斥之，與之長書力辯，彼乃折節自知其非，抄余《四聲切韻表》，心悅之，至今猶曰不能辨等。以戴生之明敏，終不能辨等，韻學遂半塗而止。[4]

段玉裁向戴震問學，特別是說到音韻的問題，戴震沒有不告訴段玉裁有關《切韻表》內容的道理，況且戴震還手抄過《切韻表》，就算手邊沒有書，也應該對內容非常熟悉。特別是《切韻表》中所謂「數韻同一入」及「二三韻同一入」的說法，跟《音均表》的〈古異平同入說〉很相似。奇怪的是戴震始終沒有在《音均表》

先生年譜》提到：「二十八年癸未，十月初十日，奉上諭，現在修輯韻書，聞安徽婺源縣有已故生員江永，曾著《四聲切韻表》及《音學辨微》二書，稿本已成，未經刊刻。著傳諭該撫，即飭該縣，就其家購覓。如因一時抄謄不及，竟將原本隨奏摺之便，附封送京，以備採擇。書竣，即行發還。欽此」〔江永（2013：350）〕。

[1]　〈江慎修先生墓志銘〉：「乾隆二十八年，命秦文恭公蕙田修《音韻述微》，公奏先生精韻學，詔取《古韻標準》、《四聲切韻表》進呈，以備採擇」〔江永（2013：276）〕。

[2]　段玉裁（1983：31）。

[3]　江永（1941：凡例20–21）。

[4]　江永（2013：36）。

相關的文章中就此說過一句。

細讀〈答甥汪開岐書〉的話，就會引出更多的問題。根據林勝彩〈《江慎修先生年譜》增補〉（本篇下稱「江永年譜」），戴震開始師事江永，應在乾隆七年（1742）以後，因此「江永年譜」把撰寫〈答甥汪開岐書〉的時間訂在這一年之後。[1] 又把《切韻表》成書訂作乾隆二十四年（1759），《音學辨微》、《古韻標準》也列在同一年成書，[2] 但三書同年而成似乎並不合理。《古韻標準》的〈例言〉說：

> 余既為《四聲切韻表》，細區今韻，歸之字母音等，復與同志戴東原商定《古韻標準》四卷、《詩韻舉例》一卷，於韻學不無小補焉。[3]

《切韻表》應在《古韻標準》之前成書，並且應該相距一段日子。江永《音學辨微》的〈引言〉寫於乾隆己卯年（1759），[4]「江永年譜」把《音學辨微》繫於這一年沒有問題，不過《切韻表》和《古韻標準》的成書先後似乎還是有迹可尋，《音學辨微》的〈引言〉裏也說：

---

[1]　「江永年譜」：「江永於乾隆六年八月自都歸里，故知〈答戴生東原書〉、〈答甥汪開岐書〉二文書應撰於江永歸里之後，而東原向江永請業的時間亦同。段玉裁《東原先生年譜》記戴震此年自邵武歸。一見江永傾心，取平日所學就正焉。其記載應可信」〔江永（2013：332）〕。

[2]　江永（2013：346 - 347）。

[3]　江永（1982：3）。

[4]　《音學辨微》卷首〔《續修四庫全書》第 253 冊（頁 63）〕。

余有《四聲切韻表》四卷，以區別二百六部之韻；有《古韻標準》四卷，以考《三百篇》之古音。茲《音學辨微》一卷，略舉辨音之方，聊為有志審音，不得其門庭者，導夫先路云爾！[1]

如果依從〈引言〉的說法，那麼《切韻表》似乎早於《古韻標準》，《古韻標準》又早於《音學辨微》，但是在〈答甥汪開岐書〉一開始又說：

接來札，道及音韻一事，……此事愚生平頗有心得，所著有《古韻標準》、《四聲切韻表》二書，又有《音韻辨微》一書，方屬稿而未成書也。[2]

也就是說《古韻標準》、《切韻表》當時已經完成，《音韻辨微》編成在後，跟《音學辨微》的〈引言〉並不矛盾。三書的成書先後暫且不管，然而江永竟然讓一個「至今猶曰不能辨等」，並且「韻學遂半塗而止」的戴震來商定《古韻標準》，[3] 不是很詭異的嗎？因此《古韻標準》的成書過程還是充滿疑團。

〈答甥汪開岐書〉提到江永痛斥戴震，並「與之長書力辯」，

---

[1]　《音學辨微》卷首〔《續修四庫全書》第 253 冊（頁 63）〕。

[2]　江永（2013：35）。按：此處稱《音韻辨微》，應是指《音學辨微》，當時大約還在編撰之中，未定名為《音學辨微》。

[3]　按：《古韻標準》只在「詩韻舉例」之前和卷一之下標記「婺源江永慎修編，休寧戴震東原參定」〔江永（1982：3、13）〕；在卷二、卷三、卷四之下，並沒有標注戴震參定〔江永（1982：48、61、72）〕，頗為不正常。

如果連同〈答戴生東原書〉這封「長書」一起來看，[1] 大約可以推斷出「不能辨等」的原因，主要是〈答甥汪開岐書〉所謂「持字母減字之說」。江永主張三十六字母之說，認為不可以減少，在〈答甥汪開岐書〉裏說：

> 三十六母中具牙、舌、唇、齒、喉、半舌、半齒七音，
> 而字有粗細，分為四等三十六母。一等之中不皆具，必合
> 四等之音而後全，故謂之等韻。[2]

相反戴震是「非類而強合之，非同而混同之，非闓而臆闓之。三十六易為十八，……」，江永批評這種做法「有音有字者已失其半」，戴震強辯「而曰每聲各分開闓太少，凡七十二音可盡有聲，而文不立之虛位」，江永直接批評說：「吾未之敢信也」，[3] 這是兩人截然不同的地方。在辨等的方法上，江永又堅持從兩方面分辨，一是從「洪細」，另一是從字母，《切韻表》所謂：「音韻有四等：一等洪大，二等次大；三四皆細，而四尤細。……辨等之灋，須于字母辨之。凡字母三十六位，合四等之音乃具，一等之

---

[1]　江永（2103：31 - 35）。

[2]　江永（2013：36）。

[3]　江永（2013：33）。又，〈答戴生東原書〉批評說戴震：「大率欲于三十八位中，議加議減議併，顛倒凌亂，喉齶不辨，齒舌不分，方自矜創獲，輕議古人為重複，為倒亂，猶處暗室而疑日月。其說雖存，不足為典要」〔江永（2013：32）〕，又指戴震：「而又有正聲、闓聲之臆見，十八聲分領三十六字之創說，由其等韻未深考，七音未細分，清濁未明辨，是以蹈于混淆譌謬而不自知」〔江永（2013：33）〕。

內不備也」,[1] 分辨字母是分等極為重要的一環,因而江永在〈答戴生東原書〉中,借批評《六書樞言》和《聲律總持》,規勸戴震把「十八聲」的說法放在一旁;[2] 另一方面,希望他通過抄寫《切韻表》,回歸「三十六字母」的系統。

戴震似乎最終沒有接受江永的主張,他的《聲韻考》內〈書玉篇卷末聲論反紐圖後〉和〈書劉鑑切韻指南後〉二文,屢稱唐代並沒有「三十六字母」,[3] 大抵是針對江永。根據李開〈戴震《聲類表》考踪〉分析,戴震在人生最後的日子所寫的《聲類表》,實際上仍然只得 20 類聲母,[4] 特別是疑紐的位置,引來後人很多批評,雖然李開〈戴震《聲類表》疑紐位次考辨〉認為疑紐的安排「是有其苦心的」。[5] 戴震對疑紐的特殊安排,也未嘗不是針對江永而發的,江永在〈答戴生東原書〉借朋友因方音未能分疑喻兩母,規勸戴震「欲辨析毫釐,請自疑喻二母始」,[6]《聲類表》這樣安放疑紐,無疑也是對〈答戴生東原書〉的一個回應。這裏不擬討論《聲類表》的是與非,只是說戴震最終對江永主張

---

[1] 江永(1941:凡例 3)。

[2] 江永(2013:32)。

[3] 戴震(1994:321－323)。按:兩文都說「三十六字母」跟其他文獻相「齟齬」,雖然似乎是針對江永,不過跟江永〈答戴生東原書〉的說法並沒有矛盾,江永說:「字之于母,繁孳至于什伯千萬,其聲音蓋不可數馭法制。而後世之智者,就其聲之類,括之以四;又有智者,就其音之類,括之以三十六。雖起前聖,亦當嘆為至妙」〔江永(2013:32)〕,信中只是說後世有「三十六字母」。

[4] 李開(2008:145、155)。

[5] 李開(2008:228)。

[6] 江永(2103:34)。

「三十六字母」的說法持不同的看法。

　　然而，這並不妨礙讓戴震「參定」《古韻標準》，因為〈詩韻舉例〉以及四卷韻部（也可能是只在卷一標明戴震名字的原因）主要是分部和考訂群書用韻，其中雖然有涉及韻圖字母之學，但畢竟不多。由此可以推論，《切韻表》和《古韻標準》的初稿早就完成，因此江永雖然認為戴震「不能辨等」，而要求他抄《切韻表》，可惜最終戴震堅持自己的「字母減字說」。

　　戴震對「三十六字母」的態度，由始至終不變這一點還可以找出一個證據。刊在《聲類表》卷首而寫於丙申（乾隆四十一年，1776）的〈答段若膺論韻〉，再次提到《切韻表》：

> ……上年於《永樂大典》內，得宋淳熙初楊倓《韻譜》，校正一過。其書亦即呼等之說，於舊有入者不改，舊無入者悉以入隸之，與江先生《四聲切韻表》合。僕巳年定《聲韻考》，別十九鐸不與覺藥通者，又分覺藥陌麥昔錫之通鐸者，為歌戈之入，謂江先生以曷為歌之入、末為戈之入者，應改正。楊氏雖不能辨別藥鐸之異，而以藥鐸配陽唐、配蕭宵肴豪，又以鐸配歌。[1]

按此則楊倓《韻譜》應該也是「異平同入」的韻圖，戴震據此批評《切韻表》。由於《韻譜》現巳广佚，清人也沒有深究戴震的說法。不過，《韻鏡》重現中土之後，就可以較為清楚了解戴震

---

[1]　　戴震（1994：352）。

至終不同意江永的說法，而以《韻譜》來批評《切韻表》的原因。《韻鏡》的張麟之〈韻鏡序作〉說：

> 近得故樞密楊侯（倓）淳熙間所撰《韻譜》，其自序云：揭來當塗，得歷陽所刊《切韻心鑒》。因以舊書，手加校定，刊之郡齋。徐而諦之，即所謂「洪韻」，特小有不同，舊體以一紙列二十三字母為行，以緯行於上，其下間附一十三字母，盡於三十六，一目無遺。楊變三十六，分二紙，肩行而繩引至橫，調則淆亂不協，不知因之則是，變之非也。[1]

從這裏可以知道《韻譜》跟《切韻指掌圖》（本篇下文稱作《指掌圖》）的形式相似，用三十六行來列出「三十六字母」，而不同於《韻鏡》之類的宋元韻圖併作二十三行，因此引來張麟之的批評。楊倓《韻譜》的排列跟《切韻表》也有點相同，而且成於宋代，於是用來批評江永。然而戴震在編寫《聲類表》時仍不採用《韻譜》的形式，[2] 最終還是堅持不用「三十六字母」的系統。

　　如果上面的推論成立的話，戴震始終對《切韻表》持保留的

---

[1] 《等韻五種》本（3-4）。

[2] 按：《切韻表》沒有收入《四庫全書》，只列於「存目」，「提要」批評說：「永作《古韻標準》，知不以今韻定古韻。獨於此書，乃以古韻定今韻，亦可謂不充其類矣」《四庫全書總目》卷四十四（頁393）〕，如果這是出於戴震的想法，似乎也是針對江永的字母之說。又按：上面曾引《音學辨微》的引言，江永明指《切韻表》是針對「二百六部之韻」，而《古韻標準》是針對古音，兩者有清楚的分工，因此四庫館臣似乎未明兩書的關係。

態度，於是沒有積極引導段玉裁閱讀《切韻表》；或者段玉裁對
老師的心意甚為明白，對《切韻表》諱而不論。竊意段玉裁一定
看過「異平同入」的宋元韻圖，甚至看過《切韻表》，[1] 但基於
與戴震的關係，避而不談。

3.《古韻標準》的分部

《音均表》的〈古異平同入說〉與《切韻表》相近，不過江
永在《切韻表》裏的說法並不針對古音，雖然在書中也談到古音
某些入聲與陰陽聲的關係，[2] 但在性質上始終有所不同，如果把
《音均表》對比《古韻標準》就更清楚。《古韻標準》裏面的分
部非常複雜，並不是簡單分成十三部，而是平上去三聲都各分十
三部。書中說到「十三部」都在前面加上「平上去」或者「三聲」，
就是表明平上去聲都是各分十三部，至於入聲則分八部：「今書
三聲分十三部入聲分八部」，[3] 又說「臨文或用古韻，當于平上
去十三部入聲八部，通其所可通⋯⋯」，[4] 更明顯的是：「今分平

---

[1]　《音均表》錄的〈寄戴東原先生書〉：「又知有《古韻標準》一書與
顧氏少異，然實未能深知之也。丁亥自都門歸。憶《古韻標準》所
稱元寒桓刪山先仙七韻，與真諄臻文欣魂痕七韻，《三百篇》內分
用」〔段玉裁（1983：1）〕。按：此段與上面所引的〈聲類表序〉沒
有矛盾，段玉裁大概從戴震那裏得知《古韻標準》的內容，甚至是
原書的分部情況，由此推論，他同樣可以得知江永《切韻表》的內
容。

[2]　江永（1941：凡例 20）。

[3]　江永（1982：4）。

[4]　江永（1982：7）。

上去三聲皆十三部，入聲八部」，[1] 也就是說依照江永四聲的說法，就是分 47 個部，而非十三部再加入聲八部，「十三部」只是個籠統的說法。這一點，董忠司《江永聲韻學評述》早就指出江永「合計四十七部」，並說：

> 江慎修先生所分的上古韻部，後世學者多指為「十三部」，此或出於與不分四聲的古韻學家比較時的方便，但因此抹煞了江氏分部的事實，實在不應該！[2]

「後世學者」到底誰是第一個？《古韻標準》怎樣組織這 47 個部的呢？現在試補充一下董忠司的說法。

和江永「參定」《古韻標準》的戴震很清楚說是有 47 個部，他寫的〈江慎修先生事略狀〉：「為書以論古韻起於吳才老，而崑山顧氏據證尤精博。先生則謂顧氏考古之功多，審音之功淺，正顧氏分十部之疎，而分平上去三聲皆十三部，入聲八部」，[3] 不單跟江永的表達方式相同，而且更同是針對顧炎武。本篇一開始提到《音均表》所說的「審音」帶有《廣韻》分韻的意思，而〈江慎修先生事略狀〉這裏說到顧炎武把古韻分十部做法粗疏，接着說江永如何按（《廣韻》的）韻分出各部，由此可以推論戴震的「審音」也跟段玉裁的說法相似，同樣是與《廣韻》分韻有關。

段玉裁也許就是董忠司口中所謂「不分四聲的古韻學家」，

---

[1]　江永（1982：4）。
[2]　董忠司（1988：339－340）。
[3]　江永（2013：268－269）。

因此在《音均表》內再沒有在「十三部」前面加上「平上去」之類，而顧炎武則主張「古人四聲一貫」，[1] 故此他們兩人同被視為所謂「考古派」的古韻學家，於古韻分部各有圖表。如果將顧炎武和段玉裁的圖表，跟江永的《古韻標準》比較的話，則後者把古韻所分的 47 個部這一點更為明顯。顧炎武的《古音表》和段玉裁〈今韻古分十七部表〉都是先置古韻部，顧炎武放在表格之前，而段玉裁放在表格的頂端。[2]《古韻標準》則以四聲分列，每部先列今音韻目，然後列「詩韻」、「補考」、「總論」等，每部所列的今音韻目，有三種方式，第一種是只列出韻目；第二種是在前面加上「分」，表示該韻部份歸入此部；第三種是在前面加上小字「別收」，大致是指語音相去較遠，但據韻腳推斷而歸入。至於顧炎武的「古人四聲一貫」說，並非完全否定聲調；同樣，段玉裁也認為「古四聲不同今韻」，還提出「古平上為一類，去入為一類，上與平一也，去與入一也」，[3] 這個理論可能跟《古韻標準》的分部說法有關。

　　《古韻標準》卷二「上聲第一部」的「總論」說：「凡上聲、去聲與平聲無異論者，從略」，[4] 在上聲和去聲再沒有相關的「總

---

[1]　顧炎武（1982：39－43）。

[2]　顧炎武（1982：546－555）及段玉裁（1983：7－9）。按：《古音表》在「東冬鍾江第一」之下附注：「舉平以該上去入」〔顧炎武（1982：546）〕，雖然表明是以「部」為中心，但相對段玉裁〈今韻古分十七部表〉只列第幾部，則仍然偏重《廣韻》各韻。

[3]　段玉裁（1983：16）。

[4]　江永（1982：48）。

論」，表面上來看，好像平上去三聲的十三部都相同，但其實不然。在「入聲第一部」的「總論」說：

入聲與去聲最近，《詩》多通為韻，與上聲韻者閒有之，與平聲韻者少，以其遠而不諧也，韻雖通而入聲自如其本音。顧氏於入聲皆轉為平、為上、為去，大謬，今亦不必細辨也。[1]

意思是入聲和平聲相距很遠，不能合為一部，因此雖然江永的分部不是陰陽入三分，但也沒有把入聲歸入平聲十三部之中，[2] 王力所謂「江永只分古韻為十三部，而沒有分為廿一部（連入聲）」，[3]似乎與江永原意有出入，其原因大約是對「平上去十三部」以及江永入聲與平聲的論述有不同的理解。無論如何，江永說「入聲與去聲最近」，跟《音均表》「去入為一類」的說法不是很相似嗎？誠然在《古韻標準》裏，去聲與入聲「別收」不多，「去聲第三部」，「別收」「入聲十九鐸」；[4]「去聲第十一部」，「別收」「入聲二沃」；[5]「入聲第一部」，「別收」「去聲五十候」；[6]「入聲

---

[1]　江永（1982：73）。
[2]　按：上引《古韻標準》卷二「上聲第一部」的「總論」，只提到平聲、上聲和去聲，因此也可以推論入聲不能簡單歸拼在一起。
[3]　王力（1963：175）。
[4]　江永（1982：64）。
[5]　江永（1982：70）。
[6]　江永（1982：72）。

第四部」、「別收」「去聲四十禡」；[1] 「入聲第六部」，「別收」「去聲七志」、「去聲十六怪」、「去聲十八隊」、「去聲十九代」。[2]

很多學者喜歡以江永「二百六部之韻」的《切韻表》來分析他的古韻分部結構，這未必可取，不過也許從中得到點啟示，特別是其中有一圖非常特別，值得提出來討論一下，該圖把「廢月」跟「真軫震質」、「諄準稕術」相配，[3] 董忠司稱之為「第九圖」。[4] 廢韻在《七音略》之中，全置在入聲欄內，[5] 《韻鏡》也置在入聲，並在圖上標注「去聲寄此」。[6] 那麼《切韻表》的「第九圖」以「廢月」陰入相配，再與「真軫震質」等陽入相配，這個特殊搭配是否反映江永主張古音去聲跟入聲最接近的想法？無論如何，段玉裁寫《音均表》時就算沒有見過《切韻表》，但《古韻標準》「入聲第一部」的「總論」這樣的說法一定看過，因此〈古四聲說〉所謂「去入為一類」是否受江永的影響，似乎值得重新思考。

現在再看看所謂《古韻標準》把入聲配平上去的證據。「平聲十二部」的「總論」說：

> 二十一侵至二十九九韻，詞家謂之閉口音，顧氏合

---

[1]　江永（1982：76）。
[2]　江永（1982：79）。
[3]　江永（1941：34）。
[4]　董忠司（1988：31）。
[5]　《等韻五種》本（42、44）。
[6]　《等韻五種》本（34–37）。

為一部。愚謂此九韻，與真至仙十四韻相似，當以音之侈
弇，分為兩部。神珙等韻分聲攝為內轉，咸攝為外轉，是
也。南男參三等字，古音口弇呼之；若嚴詹談餤甘監等字，
《詩》中固不與心林欽音等字為韻也，雖諸韻字有參互，
入聲用韻復寬，若不可以韻為界，然謂合為一部則太無分
別矣，今不從。[1]

有些學者視為這段「總論」入聲第七、第八兩部配平上去的第十
二、第十三兩部的證據，[2] 不過，在《古韻標準》裏面沒有說到
入聲第一至第六部對應平上去的分部，很明顯除了第七、第八部
入聲是放在最後，可以跟平上去的第十二、第十三部對應外，其
他六部的次序並不對應。退一步來說，閉口音九韻沒有配對陰聲
韻，古韻學家多是把陽聲韻跟入聲韻對應起來，不管是所謂「審
音派」還是所謂「考古派」都是如此，從段玉裁以至王力也一樣。

　　段玉裁對江永有關十三部跟入聲的論述，比較含糊，因此還
不能算做董忠司口中的所謂「後世學者」。最早抹煞江永分部事
實的，恐怕要算是夏炘（1789–1871）《古音表廿二部集說》，這
本書以圖表為主體結構，其中為《古韻標準》分部編成了「婺源

---

[1]　江永（1982：46 - 47）。按：「二十一侵至二十九九九韻」的「九」
　　當為「凡」，又「神珙等韻分聲攝為內轉」的「聲」疑為「深」。

[2]　按：《古音表廿二部集說》的「婺源江氏十三部表」引了《古韻標
　　準》這一段，並加按語〔《續修四庫全書》第 248 冊（頁 316）〕，
　　把江永第四、第五這兩部陽聲韻，配上入聲（頁 315 - 316）。

江氏十三部表」,[1] 其中所列只是參照中古的韻圖把入聲和平上去十三部對應起來,不單違背了江永的原意,更把他的分部簡單化。[2]

以《古韻標準》的第一部為例,平上去三聲的第一部,大致跟《廣韻》以及中古韻圖相應,入聲第一部除了收跟《廣韻》平上去三聲相應的「一屋、二沃(部份)、三燭、四覺(部份)」,還「別收」了「二十三錫」以及「去聲五十候」,不是純粹的對應。夏炘把這一部對應平上去十三部的第十一部,下注「一部」,[3]但「別收」的錫韻和候韻卻無影無蹤。現在把《古韻標準》平上去十三部的第十一部和入聲第一部列成圖表比較說明一下:[4]

---

[1] 《古音表廿二部集說》卷上〔《續修四庫全書》第 248 冊(頁 315-317)〕。

[2] 按:夏炘應該知道顧炎武已把入聲配陰聲韻,夏炘不應把江永第四、第五這兩部陽聲韻配入聲。又按:陳新雄《古音學發微》認為夏炘的「婺源江氏十三部表」「亦不知何所據而云然也,意者亦有見於《四聲切韻表》之分配而為此乎?」〔陳新雄(1983:184)〕陳新雄所說甚是,上文提到《切韻表》的「第九圖」就是夏炘近乎強行搭配的。又按:夏炘的處理方式可以稱得上首創了陰陽入三分的理論,如果照他的辦法,清末以前沒有一個真正的所謂「審音派」的學者。

[3] 《古音表廿二部集說》卷上〔《續修四庫全書》第 248 冊(頁 316)〕。

[4] 江永(1982:41、57、70、72)。見於第十一部,也見於他部,如「十八尤」也見於平聲第二部,同樣寫作「分十八尤」〔江永(1982:17)〕。

		「分」	「別收」
平聲第十一部	十九侯、二十幽	分十八尤、分十虞、分三蕭、分四宵、分五肴、分六豪	（別收）上聲四十五厚
上聲第十一部	四十五厚、四十六黝	分四十四有、分九麌、分二十九篠、分三十一巧、分二十二晧	（別收）五旨、（別收）去聲五十候
去聲第十一部	五十候、五十一幼	分四十九宥、分十遇、分三十四嘯、分三十七號	（別收）三十六效、（別收）入聲二沃
入聲第一部	一屋、三燭	分二沃、分四覺	（別收）二十三錫、（別收）去聲五十候

各部所列的韻目，有三種形式，第一種是前面甚麼也沒有，如「十九侯」，表示整個《廣韻》的韻歸入這一部；「分」表示不單見於這一部，也見於他部，如「十八尤」也見於平聲第二部，同樣有「分十八尤」；[1] 「別收」是表示收了那一韻的部份的字，特別是相去較遠的韻。如果平上去的十一部可以合作一部的話，「別收」的「四十五厚」、「五十候」就不需要列出來；夏炘把入聲第一部與平上去第一部對應起來，那麼去聲第十一部「別收」二沃，以及在入聲第一部「別收」五十候，也是沒有意思。因此只能承

---

[1]　江永（1982：17）。

認江永四聲分立四十七部，既不是十三部加上入聲八部，也不是十三部與入聲可以「四聲相承」列出來。

江永並沒有在古韻分部那裏把入聲與陰陽一起配對，王力只是依照江永《切韻表》來推斷，[1] 大有可能是受到夏炘的誤導。無論如何《切韻表》並不是討論上古音，而且《切韻表》的配對跟《古韻標準》並不能完全對得上，這些「後世學者」可能都誤解了江永。

4.《古韻標準》和《六書音均表》的斂侈

王力《清代古音學》對《古韻標準》的「斂侈」之說極為推崇，所謂「江氏『斂侈』之說，亦甚精確」。[2]《古韻標準》多次提到「斂侈」的問題，不過學者多集中在討論江永分真元為兩部這一點上。《古韻標準》提到斂侈大致有下列各條（下面圖表逐列頁碼，不另注出）：

平聲第四部「總論」	自十七真至下平二儒，凡十四韻，說者皆云相通。愚獨以為不然，真諄臻文殷，與魂痕為一類，口斂而聲細；元寒桓刪山與儒為一類，口侈而聲大，……（頁27）
平聲第五部「詩韻」	……已上五韻，本與儒通，口呼微有侈弇，相去非遠。（頁29）
平聲第六部	案此部為蕭肴豪之正音，古今皆同。又有別

---

[1] 王力（1963：152）。
[2] 王力（1992：58）。

「總論」	出一支與十八尤、二十幽韻者，乃古音之異於今音，宜入第十一部，本不與此部通，後世音變始合為一，顧氏總為一部。愚謂不然，此部之音，口開而聲大；十一部之音，口弇而聲細，……（頁31）
平聲第八部「總論」	……大抵古音今音之異，由脣吻有侈弇，聲音有轉紐，……（頁38）
平聲第十二部「詩韻」	（臨）〈雲漢〉二章「蟲宮宗躬」韻，「臨」蓋第一部，方音口斂，近侵韻也。……（頁46）
平聲第十二部「詩韻」	（音）〈小戎〉末章「膺弓縢興」韻，「音」，此第十部，方音口斂，近侵韻也。……（頁46）
平聲第十二部「詩韻」	（綅）案：今在鹽韻，音纖，字從㐱得聲，古音當息林切。〈閟宮〉五章「桷椽弓增膺懲承」皆十部字，方音口斂，近侵韻。……（頁46）
平聲第十二部「總論」	二十一侵至二十九凡九韻，詞家謂之閉口音，顧氏合為一部。愚謂此九韻與真至仙十四韻相似，當以音之侈弇分為兩部。神珙等韻，分深攝為內轉，咸攝為外轉，是也。南男參三等字，古音口弇呼之。（頁46）
上聲第二部「詩韻」	（悔）案：今韻賄隊二韻皆收，古惟入上聲。又吳氏云：今聲濁叶隊，古聲清韻志，即晦明之晦，亦然。愚謂古今口有侈弇，音有粗細耳，非清濁之謂。（頁49）

214

王力曾經就第四部（真部）與第五部（元部）、第十二部（侵部）
與第十三部（談部），這兩組分立加以討論，[1] 王力認為：「所謂
『斂』（又叫『弇』），就是[ə]系統；所謂『侈』，就是[a]系統」，[2]
耿振生則討論到第六部（宵部）和第十一部（幽部）的分立。[3] 江
永所謂的斂侈之說，跟他的韻圖理論相關，因此有「大細」、「脣
吻」、內外轉、粗細之分。耿振生討論到「侈弇洪細推證法」時，
也引用《切韻表》中分等的說法，不過說到後面只了王力主張
[ə]和[a]的區分，[4] 可能是因王力和耿振生深知大家都認為江永
是使用了韻圖的理論，不再重複。

　　《音均表》裏面也談到斂侈，分別見諸〈寄戴東原先生書〉、
代吳省欽所寫的序、〈古十七部音變說〉和〈弟二與弟一部同入
說〉，[5] 不少學者大都只就〈古十七部音變說〉的「音之斂侈必
適中，過斂而音變矣，過侈而音變矣」這個說法加以討論。王力
在《漢語語音史》和《清代古音學》中，對〈古十七部音變說〉
斂侈的說法作了不同的解釋，《清代古音學》指出斂侈之說導源
江永，認為是[ə]和[a]的區分，發展成段玉裁「古本韻」的說法，[6]
兩書都放在古音擬測那裏討論，認為段玉裁的說法是針對古韻的

---

[1]　王力（1992：58 - 59）。按：括號內是王力分部。
[2]　王力（1992：58）。
[3]　耿振生（2002：94）。
[4]　耿振生（2002：94）。
[5]　段玉裁（1983：2、4 - 5、15 - 16、32）。
[6]　王力（1992：254）。

音值，[1] 這裏對此試作點補充。王力在《漢語語音史》說：

> 段氏的意思是，古本韻還保存今天的口語中，所謂古
> 斂今侈，是說古多細音（齊齒、撮口），今多洪音（開口、
> 合口）。[2]

如果只就〈古十七部音變說〉而言，王力這個看法大致可以接受，不過《音均表》中斂侈不止這一個意思，如〈弟二與弟一部同入說〉：「古音多斂，自音侈變為肴豪韻」，[3] 這裏的「斂」大約跟入聲相關，因為這一節說的是「異平同入」的關係。在〈古十七部音變說〉裏也說：「尤侯者，音之正也；屋者，音之變也」，[4]「尤侯」即為第三部和第四部，第三、第四兩部同入，[5] 也是入聲和陰聲韻之間的關係。[6] 由此可見斂侈的說法應該包括入聲韻和陰聲韻之間的音變，如果這個推論正確的話，段玉裁也開始從理論的角度探討陰入對轉的成因。

　　下面把〈古十七部音變說〉列成圖表並略加按語，圖中列《七音略》和《指掌圖》。由於段玉裁使用的可能是數韻合併的韻圖，

---

[1]　王力（1985A：41 - 42），王力（1992：254 - 255）。
[2]　王力（1985A： 42）。
[3]　段玉裁（1983：32）。
[4]　段玉裁（1983：15）。
[5]　段玉裁（1983：32）。
[6]　按：同部入聲之間也有斂侈的不同，如〈古十七部音變說〉附注：「入聲沃燭為正音，屋韻過侈為音變」〔段玉裁（1983：15），則為同屬第三部的入聲之間的音變，沃燭兩韻屬合口，而屋韻屬開口。

因而把《指掌圖》的歸併情況也列出。[1]〈古十七部音變說〉所謂「正」列在前面，「變」列在後面，中文數字表示在韻圖所列的等，阿拉伯數字是表示韻圖的「轉」或「圖」。

		指掌圖	七音略			指掌圖	七音略	指掌圖的歸併
之	之	18 一 二 三 四	8 三	咍	咍	17 一 三 20 二	13 一	17 咍 三 與 佳。18 之支 脂齊。20 咍 二 與 皆 佳。
按：之咍兩韻，同為中古開口獨韻。又按：段玉裁代寫的吳省欽序說「支脂之之侈而為佳皆咍」，[2] 可證段玉裁是使用歸併的韻圖，而不是《七音略》。								
蕭	蕭	1 四	25 四	肴	肴	1 二	25 二	1 宵四與蕭。
宵	宵	1 三 四	25 三 26 四	豪	豪	1 一	25 一	
按：四韻均為開口獨韻。又按：《指掌圖》「肴」作「爻」。[3]								
尤	尤	4 二 三 四	40 三	屋	屋	2,3 一 二 三 四	1 一 三	2 屋一與沃，屋三四與燭。3 屋一與沃，屋三三四與燭。4 尤四與幽。
侯	侯	4 一	40 一					

---

[1] 按：由於《切韻表》有些韻並沒有列出，而《指掌圖》是較早期歸併的韻圖，《七音略》跟《切韻表》關係密切，因此這裏只列這兩個韻圖。

[2] 段玉裁（1983：4）。

[3] 司馬光（1986：30）。

按：三韻均為開口獨韻。								
沃燭	沃	2一 3一	2一	屋	屋	2,3一 二三四	1一 三	2屋一與沃，屋三四與燭。3屋一與沃，屋三四與燭。
	燭	2 三四 3 二三四	2三					
按：此條為上一條的原注。又按：沃燭為合口，屋為開口。								
魚	魚	3 二三四	11三	虞模	虞	3三	12三	3魚三與虞。
					模	3一	12一	
按：魚韻為開口（《七音略》作「重中重」），虞模兩韻為合口（《七音略》作「輕中輕」）。[1]								
蒸	蒸	16三	42三	登	登	15二 16一	42一 43一	16蒸與庚清。
按：《指掌圖》蒸韻只列開口（合口無字，蒸韻的入聲德韻有合口字），而登韻有開口和合口。[2]								
侵	侵	6 二三四	41三	鹽添	鹽	5三四	31三 32四	5鹽三與嚴凡，鹽與沾。
					添	5四	31四	
按：《指掌圖》「添」作「沾」，[3] 侵鹽均為獨韻。《七音略》全作「重中重」（開口）。[4]								
嚴	嚴	5三	32三	覃	覃	5一	31一	5嚴與鹽凡，

[1] 《等韻五種》本（34、36）。
[2] 司馬光（1986：83-90）。
[3] 司馬光（1986：46）。
[4] 《等韻五種》本（1981：74、94）。

凡	凡	5 三	33 三	談 咸 銜	談 咸 銜	5 一 5 二 5 二	32 一 31 二 32 二	覃與談，咸與銜。
原注：「嚴凡猶弟十四部之元韻，覃談咸銜猶弟十四部之寒桓刪山也；侵猶弟十二部之真韻，鹽添猶弟十二部之先韻」。[1]								
冬 鍾	冬 鍾	2 一 2 三四	2 一 2 三	東	東	2 一二 三	1 一 三	2 東一與冬，鍾三與東三。
原注：「鍾為正音。冬韻稍侈。東韻過侈」。[2] 按：《指掌圖》為獨韻。《七音略》冬鍾兩韻為「輕中輕」（合口），東韻為「重中重」（開口）。[3] 又按：此條亦見段玉裁代寫的吳省欽序。[4]								
陽	陽	13 二 三四 14 三	34 三 35 三	唐	唐	13,14 一	34 一 35 一	
耕 清	耕	15 一 三 16 二	38 二 39 二	庚 青	庚	15 一 16 二 三	36,37 二	15 耕一與庚，16 耕二與庚。15、16 清與青。16 清三與庚蒸。
	清	15 四 16 三 四	36 四 37 四 38 三		青	15,16 四	38 四 39 四	
原注：「庚音侈。青音斂」。[5] 按：段玉裁認為耕韻、清韻變為庚韻、青韻，意思不太清楚。不過，加注庚韻和青韻的關係，則								

---

1   段玉裁（1983：15）。
2   段玉裁（1983：15）。
3   《等韻五種》本（14、16）。
4   段玉裁（1983：4）。
5   段玉裁（1983：15）。

清楚表明這裏的佹斂是等的關係。又按：段玉裁代寫的吳省欽序：「耕淸之斂而為靑」。[1]

真	真	9 三四 10 三四	17三	先	先	7 四 8 二四	23,24 四	7 先四與僊。8 先二與刪山。9 真三與欣，真四與諄。10 真四與諄文。

按：又見段玉裁代吳省欽序：「真之斂而為先」。

諄文欣	諄	9 四 10 三四	18三	魂痕	魂	9 一 10 一三	18 一	9諄與真，魂與痕。10 諄三與文魂，諄四與真文，欣與真。
	文	10 三四	20三		痕	9 一	17 一	
	欣	9 三	19三					
元	元	7,8 三	21,22 三	寒桓刪山仙	寒桓	7 一	23 一	7 刪與山，仙三與元，元與仙，仙四與先。8 刪與山先，仙三與元，仙四與先。
					桓	8 一	24 一	
					刪	7,8 二	23,24 二	
					山	7,8 二	21,22 二	
					仙	7 三四 8 三四	21,22 四 23,24 三	

---

[1]　段玉裁（1983：4-5）。

脂微	脂	18 二三四 19 三四	6,7 三	齊皆灰	齊	18,19 四	13,14 四	17 皆與佳。18 脂二三與之支，脂四與齊支之。19 脂三與徵支，脂四與齊支。20 皆與哈佳。
	微	19 三	9,10 三		皆	17,20 二	13,14 二	
					灰	19 一	14 一	
支	支	18 一二三四 19 二三四	4,5 三	佳	佳	17 二三 20 二	15,16 二	17 佳二與皆，佳三與哈。18 支一與之，支二三與之脂，支四與齊之脂。19 支三與微脂，支四與齊脂。20 佳與皆哈。
歌戈	歌戈	11 一 12 一三	27 一 28 一	麻	麻	11 二三四 12 二四	29 二(三) 30 二	

由上面圖表可見王力的說法大體正確，問題是段玉裁能夠這樣仔細區分等位和開合口，可以肯定他一定運用了韻圖的知識，而且運用斂侈的道理討論尤侯兩韻和入聲屋韻之間的關係，那麼他跟

所謂「審音派」只差一步之遙。[1] 要將當時的學者分出所謂「考古」、「審音」兩派，是否還有意義？希望大家重新思考一下。

2015 年 5 月 6 日初稿

---

[1] 有不少學者討論段玉裁斂侈的說法，如孫玉文（1962－）〈音有正變：音之斂侈必適中──讀段玉裁《六書音韻表》箚記之一〉、李文〈段玉裁古音學的理論建樹〉，郭必之《《說文解字注》段玉裁古音學運用之研究》等，請參考。

讀戴震《聲韻考》札記

—論段玉裁與韻圖之三

提　要：本篇分析段玉裁在北京期間師從戴震時所受到
　　　　的影響，並討論戴震的韻圖知識與對古韻學的
　　　　態度；進而探求戴震的古音學說，指出他由傳
　　　　統走向創新，對外來學說由倚重走向批判；最
　　　　後再次探討「審音」的含意，並探討戴震為古
　　　　韻部定立部名的過程。

關鍵字：段玉裁、戴震、《聲韻考》、韻圖、審音派

本篇得蒙魯國堯、張民權、喬秋穎、蕭振豪、許明德各
位教授的指導及幫助，謹此致謝！
原文刊於《北斗語言學刊》第二輯，上海：上海古籍出
版社，2017年。頁27–56。

1. 引言

本書第 7 篇〈讀《六書音均表》札記〉(本篇下稱「札記一」)
和第 8 篇〈讀《古韻標準》札記〉(本篇下稱「札記二」),證實
段玉裁可能運用了韻圖的知識來釐定古韻,也證實他的主張是涉
及到所謂「審音派」的陰陽入三分的理論。段玉裁師從戴震,他
的《六書音均表》(本篇下稱《音均表》)和戴震的《聲韻考》兩
書關係非常密切,段玉裁在乾隆四十年(1775)寫成《音均表》;[1]
翌年六月他刊行了《聲韻考》,[2] 當時《音均表》已經刻成,到
了乾隆四十二年添加了戴震的序和代吳省欽寫的序就正式刊
行,[3] 書中三次提到《聲韻考》。[4] 段玉裁為《聲韻考》寫的序
清楚說明兩書的關係:

> 玉裁繙繹有年,弗敢失墜,竊引而伸之,補所未備,
> 成《六書音均表》五卷。丙申之夏,併鐫以贈問字者,以
> 見予學之有師承,匪苟而已也。[5]

1　劉盼遂《段玉裁先生年譜》乾隆四十年乙未:「九月,『均書』成,
　　為表五,⋯⋯改名曰《六書音均表》」〔段玉裁(2008:440)〕。

2　《段玉裁先生年譜》乾隆四十一年丙申:「六月,刻戴氏《聲韻考》
　　于富順縣署之西湖樓而為之序」〔段玉裁(2008:441)〕。

3　魯國堯《六書音均表・敘錄》〔段玉裁(2015:貳688)〕。

4　段玉裁(1983:7、12)。按:三處都是附注。

5　西湖樓本《聲韻考》卷首(頁 1A - 1B)。按:此文收於《經韻樓集》
　　卷六中,題目為〈刻聲韻考序〉〔段玉裁(2008:123)〕;「併鐫以
　　贈問字者」,《經韻樓集》作「併鐫以贈問學者」〔段玉裁(2008:
　　124)〕。丙申即乾隆四十一年(1776)。

「札記一」和「札記二」中經常提到《聲韻考》，但一直沒有正
面討論，本篇擬就韻圖的學問對段玉裁的影響，探討一下相關的
問題。

2.《聲韻考》的成書與刊行

　　戴震經過了一段不短的日子才撰寫完成《聲韻考》，編成之
後又經過多次改動，甚至確實的成書年份至今仍有幾個不同的說
法，版本也有多個。段玉裁《戴震年譜》說在乾隆二十八年（1763）
自己師從戴震，那一年戴震已寫成〈書玉篇卷末聲論反紐圖後〉、
〈書劉鑑切韻指南後〉、〈顧氏音論跋〉、〈書盧侍講所藏宋本廣
韻〉，[1] 後來這 4 篇文章都收進了《聲韻考》卷四。[2] 《戴震年
譜》又說乾隆三十一年（1766），四卷《聲韻考》已經完成，並
且「同志傳寫，凡韻書之源流得失，古音之由漸明備，皆櫽括於
此」，[3] 即指戴震先後居住在北京的三年裏，已寫成《聲韻考》，

又按：為方便討論，西湖樓本和《經韻樓叢書》中的西湖樓印本基
　　本沒有分別，本篇均以「西湖樓本」統稱段玉裁所刻的《聲韻考》；
　　本篇把《昭代叢書》的世楷堂本簡稱「世楷堂本」；至於《戴氏遺
　　書》乾隆己亥（1779/1780）小除夕前重刊本，則稱「微波榭本」。
　　由於未見「潮陽縣署本」，則以《貸園叢書》本替代。
[1]　戴震（1980：464）。
[2]　西湖樓本目錄（頁 1B）；微波榭本目錄（頁 1B）。按：〈書盧侍講
　　所藏宋本廣韻〉在《聲韻考》中題作〈書盧侍講所藏宋本廣韻後〉，
　　《戴震集》同〔戴震（1980：目錄 3）〕。
[3]　戴震（1980：467）。按：《戴東原先生年譜・敘錄》把《聲韻考》
　　誤作《聲類表》：「（乾隆三十一年）著《聲類表》四卷成，段評之
　　為『凡韻書之源流得失，古音之由漸明備，皆櫽括於此』。段刻此

而且廣為傳寫。[1]

　　然而,《戴震全書》中《聲韻考》的「說明」(本篇下稱「說明」)指出段玉裁自己就有兩種說法,[2] 除《戴震年譜》外,還有在〈刻聲韻考序〉的另一種說法:「己丑之春,先生成《聲韻考》四卷,都下傳寫」,[3] 己丑即乾隆三十四年(1769)。羅繼祖(1913–2002)《段懋堂先生年譜》不取《戴震年譜》之說,而據這篇序,把《聲韻考》四卷的編成,訂在乾隆三十四年的春天,並認為段玉裁刊印的那一本就是他抄錄的本子。[4]

　　另一方面,上海圖書館藏有一個《聲韻考》稿本,這個稿本顯然不是成於一時的東西,不但有戴震和其他人的字迹,也有重新謄清,甚至多次塗改的地方。封面內頁則有戴震本人的親筆題記:「戊子年擬用小板付梓,後因論古韻未詳備,遂止。其〈古韻〉一條,壬辰年始改定」,[5] 可見戊子(乾隆三十三年,1768)或其前,應該已經完成了一份初稿,〈刻聲韻考序〉提到乾隆三十四年那一本可能只是段玉裁刊刻的底本,而不是最早傳抄的本

　　　書於蜀中。癸巳(1773)後又取段氏《六書音韻表》支脂之三分說補入論古音卷內。按戴譜,《聲類表》前後刻於廣東和曲阜,『二刻與前刻詳略不同』」〔段玉裁(2015:肆 316)〕。

[1]　按:《戴震年譜》乾隆二十八年的春天戴震「入都會試」,該年的夏天「遂出都矣」〔戴震(1980:464)〕,乾隆三十年「入都過蘇」〔戴震(1980:466)〕。

[2]　戴震(1994:279)。

[3]　段玉裁(2008:123)。按:亦見於西湖樓本卷首(頁 1A)。

[4]　段玉裁(2015:肆 483)。

[5]　「中華再造善本」本《聲韻考》卷首。按:原為手稿本封面背面。

子。總的來說，乾隆三十一年以後，已完成全稿的主要部份。對比《聲韻考》的稿本和幾種版本，不難發現戴震不斷在修改對聲韻學說的看法，於是在輾轉傳抄的過程中就出現了不同的本子。

《戴震全書》的「說明」認為就現存的版本而論大約有三種底本，一是《昭代叢書》的「世楷堂本」，二是《經韻樓叢書》中的「西湖樓本」，三是「微波榭本」和「潮陽縣署本」。除了各個刻本外，還有上面提到的「手稿本」，[1] 它的封面上有「愛日樓聲韻考」六字，根據章錫琛（1889－1969）寫給錢耕莘的信，所謂：「書面簽題據考係段玉裁手蹟」。[2] 潘景鄭（1907－2003）不但同意書面題字是由段玉裁所寫，又指出上有一條簽注，出自孔廣森（1751－1786）的手筆。同時，他認為這個本子為為李文藻（1730－1778）刻本的底本，[3] 即所謂潮陽縣署本。「說明」也說（「手稿本」）「原為山東益都李文藻所藏」，[4] 又提出此本曾經孔廣森之手，將「手稿本」刊印為微波榭本的正是孔廣森的族叔孔繼涵（1739－1783）。[5] 「說明」相信潮陽縣署本和微波榭

1　按：「中華再造善本」本《聲韻考》（本篇下稱「手稿本」）據此影印。又按：由於影印本沒有頁碼，本篇不再為手稿本的引文加注。
2　手稿本的附錄。
3　手稿本的附錄。
4　戴震（1994：280）。
5　「說明」認為西湖樓本刻書最早，刻於 1776 年；而微波榭本和潮陽縣署本刻於 1777 年〔戴震（1994：280－281）〕。按：潮陽縣署本疑當早於西湖樓本，據戴震於乾隆四十二年（1777）五月二十一日與段玉裁的信：「上年春，曾寄一書論韻，兼有廣東所刻《聲韻考》一本」，那麼潮陽縣署本於 1776 年春或以前，已在廣東（當即

本都是以戴震最後的改定本為底本。[1]

　「說明」稱段玉裁刻印的西湖樓本最早，世楷堂本與西湖樓本前三卷內容文字相同，只不過世楷堂本沒有分卷。[2] 至於兩個版本之間的問題，這裏還要補充一下。世楷堂本的沈楙惪（沈懋德）跋提到了《六書音韵表》，[3] 此本其實並不全同西湖樓本的前三卷，明顯有特異的地方，如〈四聲之始〉一條，[4] 世楷堂本把「周顒」都寫作「周容」，[5] 未知何據。至於〈反切之始〉的按語「雖孫氏以前未嘗有，然言辭」下接「字；佽，溪母字；

潮陽）刊印，如果不是指同一刻本，那麼在廣東應有兩次刊印。
至於微波榭本是否刊於 1777 年，本人還未見到標注着乾隆四十二年的本子，不敢妄下判斷，不過，如果刻於微波榭的話，一定在 1777 年以後，甚至在 1778 年以後。孔繼涵始建微波榭在 1778 年，廖柏榕《孔繼涵及其《微波榭叢書》研究》指出孔繼涵在 1777 年奉養母親回到曲阜，1778 年「孔繼涵在曲阜城東購得元時曲阜世尹克欽『聚芳園』舊宅，整修成自己喜愛的寓所，並建一水上之閣，作為其書齋，命名為『微波榭』」〔廖柏榕（2010：24）〕，廖柏榕又指出：「據段玉裁所言，明示為『遺書』者，僅為《毛鄭詩考正》、《杲溪詩經補》、《原善》、《方言疏證》、《聲韵考》、《聲類表》、《原象》、《戴東原文集》等，其餘未列示『遺書』者，係因其刻於戴震生前」〔廖柏榕（2010：102）〕，即微波榭本當在戴震離世後才刊行。
又，孔繼涵是戴震的親家，見段玉裁〈趙戴直隸河渠書辯〉〔段玉裁（2008：178）〕。

[1]　戴震（1994：280）。
[2]　戴震（1994：280‑281）。按：世楷堂本沒有其他各本所有的卷四部份。
[3]　世楷堂本（頁 33B）。
[4]　西湖樓本卷一（頁 7A‑8B）；微波榭本卷一（頁 6B‑8A）。
[5]　世楷堂本（頁 7A‑7B）。

綱、各，亦見母字」，[1] 文理不通，與諸本不同，[2] 疑傳抄時脫掉了，這部份的脫落剛好就是西湖樓本的整整一頁，[3] 令人懷疑世楷堂本是轉錄自西湖樓本前三卷。由於世楷堂本刊行較遲，[4] 應該有這個可能。如果潮陽縣署本和微波榭本是同一個底本，而西湖樓本和世楷堂本可能有因襲的關係，那麼現在流傳的《聲韻考》刻本可以分成兩個大系統，為簡單起見，本篇主要以西湖樓本和微波榭本作為主要比較的對象，如果有差異才列出世楷堂本和《貸園叢書》本。[5]

如果把西湖樓本比較「手稿本」，就發現這個本子似乎更接

---

[1]　世楷堂本（頁 2A）。

[2]　西湖樓本卷一（頁 1B - 3A）；《貸園叢書》本卷一（頁 1B - 2B）；微波榭本卷一（頁 1B - 2B）。按：手稿本、微波榭本〔（卷一（頁 2B - 5B）〕和《貸園叢書》本〔卷一（頁 2B - 5B）〕都把〈反切之始〉「《廣韻》卷末〈辨字五音法〉以下，至按語「但講求雙聲不言字母可也」，標為「附考」二字，並全部各行最上留一個字空格。西湖樓本沒有標出「附考」，也沒有留一空格〔卷一（頁 2B - 6A）〕，世楷堂本雖缺了多節，但其他各行也沒有留一空格，似與西湖樓本相同，按理應是同樣沒有標出「附考」二字。

[3]　西湖樓本卷一（頁 2A - 2B）。

[4]　按：《昭代叢書》大致刊於道光年間（1821 - 1850），世楷堂本《聲韻考》的跋寫於辛丑（頁 33B），即道光二十一年（1841）。

[5]　按：是否可以說現存的刊刻本分成兩個系統，似乎又很難說。希望見到潮陽縣署本，以及更多有關李文藻的材料，才可以解決這個問題。又按：木下鐵矢（KINOSHITA Tetsuya，1950–2013）只就微波榭本和西湖樓本作比較〔木下鐵矢（2015：83 - 84），可見他眼光獨到，分析頗細，然而並沒有注意到刊於乾隆四十一年春或以前的並不是微波榭本，而是潮陽縣署本（或者說是另一個在廣東刊刻的本子）。

近初稿的狀態,如〈韻書之始〉,第一節原作:「魏書江式傳曰呂忱弟靜放故左校令李登聲類之法作韻集五卷……」,全同西湖樓本,[1]「手稿本」後改為:「魏書江式傳曰晉世義陽王典祠令任城呂忱表上字林六卷忱弟靜別放故左校令李登聲類之法作韻集五卷……」,全同微波榭本;[2] 第二節原作:「隋潘徽為秦王俊作韻纂序曰……」,全同西湖樓本,[3] 手稿本後改為:「隋潘徽傳秦孝王俊遣撰集字書名為韻纂徽為序曰……」,則全同微波榭本。[4] 手稿本的多處改動,都顯示西湖樓本所據的是較早期的本子。

然而「手稿本」有些刪改掉的地方,顯示出比西湖樓本更早的狀態,如〈反切之始〉的「附考」部份「然則珙雖未詳何時人固在唐憲宗元和以後矣」,在「矣」字之前,原有「其書遠祖休文者也」八字,這三句都加上朱圈,在「矣」字之後加上朱筆勾乙分段符號「乚」,改訂之後,用墨書塗去這八個字;並在朱筆勾乙分段符號上,再加墨筆勾乙分段符號,這八個字在其他各本中並沒有出現,說明在此之前應有這八個字,而且特以朱圈表示重視。在「手稿本」的封面背後有「此藁本雖着圈點、句讀,刻時俱不用」一句,可見朱圈只是方便講授或閱讀,但也說明應是戴震自己或有人按他的意思加上去的。從塗掉加朱圈的部份來看,也可證明在西湖樓本之前還有更早的稿本,上面提到的幾個成書

---

[1]   西湖樓本卷一(頁 6A－6B)。
[2]   微波榭本卷一(頁 6A)。
[3]   西湖樓本卷一(頁 6B)。
[4]   微波榭本卷一(頁 6A)。

年份都有可能。「手稿本」的刪削情況經常出現，有些地方經過多次塗改，如〈隋陸法言切韻〉的按語原有朱圈的幾句：「法言定切韻為隋仁壽元年辛酉粵七十有七年為唐儀鳳二年丁丑長孫納言為之箋注」，[1] 這幾句都被墨塗掉，也不見於現在流傳各本，由於經多次刪削，以致跟上下文並不銜接。

「手稿本」以及其他各本的改動，除了因避複精簡之外，更多的是因戴震改變了自己的想法，而這些變更有部份直接影響了段玉裁；另一方面也映襯出戴段二人對韻圖的不同的看法。

3.《戴氏文集》和《聲韻考》

孔繼涵把戴震的著作刻成《戴氏遺書》十五種，其中包括文集十卷。[2] 這十卷文集是否戴震自己編訂，難以考辨，而文集之中，大多不注明年份，各卷之間的關係也不清楚。段玉裁所刻的《戴東原集》則有十二卷，按內容分類，《戴震年譜》談到其中的差異：

> 《文集》十卷，為《戴氏遺書》之二十三，孔氏微波榭所刻也。《戴東原集》十二卷，玉裁自蜀歸後，刻於經韻樓者也。始，孔戶部刻《戴氏遺書》凡十五種，凡文已附見《聲韻考》、《聲類表》、《孟子字義疏證》者，則不再見於《文集》中，蓋合諸書為全集也。而論音韻，論

1　按：「法言定切韻」為刪存不完整的句子，與下文不銜接。
2　《戴震年譜》〔戴震（1980：485－486）〕。

六書轉注、論義理之學諸大篇，不可不見《文集》中，故
愚經韻樓刻輒補入。又因丁升衢旁搜得數篇附焉，定為十
二卷，近日江東人頗得家弦戶誦矣。……[1]

這裏說是據丁杰（1738－1807，字「升衢」）所補，不過段玉裁
在〈戴東原文集序〉則說是由臧庸（1767－1811，字「在東」）
和顧明（字「子述」），據十卷的微波榭刻印的《東原文集》增編
成十二卷。[2] 最特別的是段玉裁的刻本，把《聲類表》卷四的「附
文六首」全都放入裏面，〈答江丈慎修論小學書〉和〈論韻書中
字答秦大司寇〉放在《戴震集》卷三，分別改題為〈答江慎修先

---

[1] 戴震（1980：485－486）。

[2] 〈戴東原文集序〉：「……孔氏體生梓於曲阜十餘種，學者苦其不易
得。《文集》十卷，先生之學梗概具見。武進臧氏在東、顧氏子述
因增其未備，編為十二卷，精校重刊，略以意類分，次其先後，不
分體如他文集者，意欲求其學之易為力也。王子六月，弟子金壇段
玉裁謹序」〔戴震（1980：452）〕。按：經韻樓刊印的《戴東原集》
即為此本，然而《戴震年譜》說：「友人臧庸、顧明編次失體，字
畫譌誤，未稱善本，……」〔戴震（1980：486）〕，經韻樓所刊的《戴
東原文集》則有丁杰補編的和臧庸、顧明編次的兩種，現在疑不能
明。又，趙玉新在 1963 年所寫《戴震文集》的「點校說明」：「戴
震《文集》，《戴氏遺書》本係十卷本；一七九二年，段玉裁重編，
刊行經韻樓本《戴東原集》十二卷，附〈年譜〉一卷。繼又有一八
八四年鎮海張氏刻本（即《安徽叢書》影印本）和一九一○年渭南
嚴氏刻本，兩本皆源出經韻樓〔見於 2006 年北京中華書局版的《戴
震文集》點校說明（頁 2）〕，《戴震集》的湯志鈞（1924－）〈前言〉
大致與趙玉新說法相同〔戴震（1980：前言 4）〕，據此則似乎只有
一種。

生論小學書〉和〈論韻書中字義答秦尚書蕙田〉，[1] 大約就是所謂「論六書轉注」一類；放在卷四的，即所謂「論音韻」的部份，就是除了放在卷三的兩篇外「附文六首」的其餘四篇，還增加了〈答段若膺論韻〉一篇，還有見於孔繼涵刻本的四篇，包括〈書廣韻目錄後一〉、〈書廣韻目錄後二〉、〈書廣韻四江後〉，以及〈轉語二十章序〉。[2] 據段玉裁的說法，〈轉語二十章序〉是戴震在乾隆十二年（1747）所寫的《轉語》的序，段玉裁說：「此於聲音求訓詁之書，訓詁必出於聲音。惜此書未成」，[3] 至於有人認為《轉語》即《聲類表》，[4] 無論如何，這一篇似乎對段玉裁寫《音均表》的影響不大。

　　〈書廣韻目錄後一〉、〈書廣韻目錄後二〉、〈書廣韻四江後〉這三篇（本篇下合稱「書後三文」）跟《聲韻考》有很多相同的地方，[5] 其中的內容似乎比西湖樓本來得更早，有些地方跟《聲

---

[1]　戴震（1980：目錄 2）。按：微波榭本作〈答江慎修先生論小學書〉和〈論韻書中字義答秦尚書〉〔目錄（頁 1B）〕。又按：微波榭本的目錄在〈書玉篇卷末聲論反紐圖後〉題下注：「已下竝附錄」（頁 1B），與西湖樓本目錄「卷四」下注：「附文六首」〔西湖樓本目錄（頁 1B－2A）〕，有所不同。

[2]　微波榭本《戴氏文集》〔戴震（2010：391、408－412）。按：微波榭本戴震文集中，〈書廣韻目錄後一〉、〈書廣韻目錄後二〉均作〈書廣韻目錄後〉〔戴震（2010：409－409）〕，又，由於〈答段若膺論韻〉已刊於《聲類表》的卷首，不收在微波榭本《戴氏文集》中。

[3]　《戴震年譜》〔戴震（1980：457）〕。

[4]　《戴東原先生年譜・敍錄》〔段玉裁（2015：肆 312）〕。

[5]　按：木下鉄矢〈戴震の音學〉已注意到這一點〔木下鉄矢（2015：85－86）〕，並加討論〔木下鉄矢（2015：89－92）〕，他偏重於「聲

韻考》手稿本中刪掉的部份相同，可能是早於乾隆二十八年段玉裁初次拜識戴震之前，或者是戴震對段玉裁等人講學過渡到完成《聲韻考》之間的內容，對段玉裁的古音學說應有直接的影響。

　　段玉裁據微波榭刻印的《戴氏文集》增編成十二卷，他自己也對此覆校了一下，並寫下札記，在〈書廣韻目錄後二〉（本篇下稱「書後二」）那裏寫下了兩條札記。李開《戴震語文學研究》認為：「此二條詳辨音韻理，並音韻之於校勘之重要，亦借此可窺段本人音韻學思想之一端，乃段氏上古韻部糾正戴震，力主真、文相別音理辨析之原始也」，[1] 不過如果比對《聲韻考》相關的部份，就發覺他寫這個音理辨析的札記，目的似乎不是要糾正戴震，因為戴震自己已注意到問題所在，而是旨在針對微波榭在刊印《戴氏文集》時沒有加以更正。段玉裁《戴東原集覆校札記》就微波榭刻本的「書後二」兩處均作「掀隱欣迄」，認為都要改作「欣隱掀迄」，[2] 而《聲韻考》的〈考定《廣韻》獨用同用四聲表〉（本篇下稱「考定四聲表」）中，與「書後二」相應的部份，

　　　類」的「大限」的問題。
[1]　　　《戴東原集覆校札記‧敘錄》〔段玉裁（2015：肆 350）〕。按：見於
　　　《戴氏文集》卷七：「……又臻櫛二韻，無上去聲字者，其上去聲
　　　字在隱掀二韻內。臻韻、櫛韻並二等，欣韻、迄韻並三等，惟上聲
　　　隱韻、去聲掀韻，兼二等、三等。其二等齔䫌等字，即臻櫛二韻之
　　　上去也，亦以字少，不別立部目。然則『掀隱欣迄』宜改『文吻問
　　　物』之前，而真與諄臻欣通，軫與準隱通，震與稕掀通，質與術櫛
　　　迄通，斯於四聲無所觖戾。不當如宋人之改文與欣通，吻與隱通，
　　　問與掀通，物與迄通，使隱掀臻櫛相隔絕」〔戴震（2010：410）〕。
[2]　　　段玉裁（2015：肆 351）。

頭一處作「欣隱焮迄」，而第二處作「隱焮臻櫛」，[1] 各本均如是，可見戴震已改了一處，但可能一時失誤，未及把第二處改正；不過倒過來說，可見微波榭印的《戴氏文集》的「書後二」相關的部份可能還要比西湖樓本來得早。綜合上述各項，可以推測《聲韻考》成書之前，可能已寫成一些相關的章節，段玉裁的札記足以證實這個推測。此外，「書後二」的「不當如宋人之改文與欣通，吻與隱通，問與焮通，物與迄通」，[2] 與西湖樓本、手稿本同，[3] 而微波榭本、《貸園叢書》本均作「不當如宋人之改文與欣通，吻與隱通，物與迄通」，[4] 可見李文藻、孔繼涵並不是完全依照手稿本刊刻。

　　段玉裁在乾隆四十年（1775）寫成《音均表》，向戴震求序，戴震回覆了一篇長達六千字的信，希望段玉裁加以斟酌更定，四十一年春托龔敬身（1735－1800）轉遞與段玉裁，可惜「佚失未達」；[5] 同年四月段玉裁刻印《六書音均表》，[6] 到六月就刻印《聲韻考》。冠於《聲類表》前面的〈答段若膺論韻〉，其主張跟西湖樓本某些說法有很大的不同，因此西湖樓本應是段玉裁自己傳抄

1　西湖樓本卷三（頁 5A）、微波榭本卷二（頁 4B）。按：手稿本亦相同。
2　戴震（1980：96）。
3　西湖樓本卷二（頁 5A）。
4　微波榭本卷二（頁 4B）、《貸園叢書》本卷二（頁 4B）。
5　劉盼遂《段玉裁先生年譜》〔段玉裁（2008：441）〕。
6　羅繼祖《段懋堂先生年譜》〔段玉裁（2015：肆 486－487）〕。

的早期本子，[1] 換句話來說，就是戴震向段玉裁講學時所對聲韻的看法，大致跟西湖樓本相近。如果〈答段若膺論韻〉沒有寄失，也許當時不會刻印西湖樓本，[2] 甚至《音均表》也可能不是現在的樣子。

4.《聲韻考》的改訂與戴震韻圖學說的變遷

「書後三文」的內容多跟西湖樓本相同，而略與微波榭本不相同，有些地方甚至可以說是面目全非，當中的相異之處反映了戴震看法有某些改變。〈書廣韻目錄後一〉（本篇下稱「書後一」）除了最後幾句，幾乎跟西湖樓本的「考定四聲表」中「切韻之大要有三」那一段完全相同，[3] 與微波榭本則差異很大；至於「書後一」最後的部份，據微波榭本加以改寫放在卷三〈古音〉，現

1　按：《聲韻考》卷四有〈論韻書中字義答秦尚書〉，西湖樓本作〈論韻書中字答秦大司寇〉，「秦大司寇」即秦蕙田（1702－1764），手稿本目錄和正文都有塗改的痕跡，正文在「秦尚書」三字之前尚有「刑部」二字。無論如何，秦蕙田卒於乾隆二十九年（1764），而在這一年「奏請刊正韻書」，並推薦戴震和錢大昕擔任這項工作，因此這篇文章應寫於這一年或之前。又按：各本《聲韻考》的觀點與《聲類表》也有很大的出入。

2　**補注**：段玉裁最後仍然把西湖樓本《聲韻考》收入《經韻樓叢書》之中，特別是上面已提過段玉裁刊印《戴東原集》時親自寫下札記，說明他已看到微波榭本。因此要保留自己刊印的西湖樓本，這倒值得深思。

3　按：其中「在古音，猶江之於東冬鍾」〔戴震（1980：93）〕，西湖樓本卷二作「在古昔，猶江之於東冬鍾」（頁 5B）；又「顏元孫《干祿字書》」〔戴震（1980：94）〕，西湖樓本卷二誤作「顏元孫《千祿字書》」（頁 7A），世楷堂本不誤（頁 18A）。

在先列出「書後一」和微波榭本的相關部份（差異的部份用楷體並加底線標明）：

「書後一」	微波榭本《聲韻考》卷三〈古音〉
吳棫《韻補》創立古通某韻，及古轉聲入某韻之注，今人韻目下所注古通轉本之。	宋吳棫作《韻補》乃就二百六韻，注古通某，古轉聲通某，古通某或轉入某，其分合最為疏舛。
鄭庠《古音辨》分六部。	鄭庠作《古音辨》，分陽支先虞尤覃六部。
明顧炎武《音學五書》考證古音，分為十部。按之聲類，俱疏舛，未為得也。[1]	近崑山顧炎武作《音學五書》，更析東陽耕蒸而四，析魚歌而二，故列十部。[2]

「書後一」的「按之聲類，俱疏舛，未為得也」這幾句，在西湖樓本卷二「考定四聲表」相應的部份則作「惟江君慎修《古韻標準》分十三部，按之聲類為密」，[3]「書後一」這幾句與西湖樓本、微波榭本都不相同，這個改動可以說傳遞了一個很重要訊息。

---

[1] 戴震（1980：94）。

[2] 微波榭本卷三（頁 3A–3B）。

[3] 西湖樓本卷二（頁 7A）。按：微波榭本卷三〈古音〉作：「吾郡老儒江慎修據《三百篇》為本，作《古韻標準》，于真已下十四韻，侵已下九韻各析而二，蕭宵肴豪及尤侯幽亦為二，故列十有三部」（頁 3B）。

各本《聲韻考》的「考定四聲表」均提到古音十三類，[1] 都是因襲江永《古韻標準》的說法；[2]「考定四聲表」說：「……開口呼至三等則為齊齒，合口呼至四等則為撮口。其說雖後人新立，……」，[3] 幾乎全承襲江永《四聲切韻表》，只把其中的「今從舊也」改為「其說雖後人新立」。[4]「附文六首」之中有〈書劉鑑切韻指南後〉，說到辨分等別，所謂：「一等洪大，二等次大，三四俱細，而四尤細」，[5] 也完全因襲《切韻表》的說法。[6] 由此可見最初《聲韻考》沿用江永的說法甚多，西湖樓本標明來源自江永也是非常自然，而微波榭本卻把這一點帶有江永的痕迹也刪改掉了。

戴震不但要逐漸減少江永的痕迹，更要在《聲韻考》之中消減韻圖字母之學的蹤影，只要把「書後一」跟微波榭本比較，就會發現戴震寫定《聲韻考》正文時，刻意把提到《經史正音切韻指南》（本篇下稱《切韻指南》）的地方清除，好像「書後一」、西湖樓本不斷提到《切韻指南》，如「東冬鍾，一類也」這一句，

---

[1]　西湖樓本卷二作「古音十三類」（頁 6A）；微波榭本卷二作「古音蓋十有三類」（頁 5B）。

[2]　《古韻標準・例言》：「今書三聲分十三部，入聲分八部」〔江永（1982：4）〕。

[3]　西湖樓本《聲韻考》卷二（頁 5B）；微波榭本卷二（頁 5A）。

[4]　《四聲切韻表》：「開口至三等則為齊齒，合口至四等則為撮口。今從舊，止分開口合口，不標齊齒撮口，俗又有卷舌、混呼等名目，皆意造也」〔江永（1941：凡例 10－11）〕。

[5]　西湖樓本《聲韻考》卷四（頁 3A）；微波榭本卷四（頁 2B－3A）。

[6]　江永（1941：凡例 3）。

「書後一」和西湖樓本在下面加注：「劉鑑《切韻指南》別之為通攝」；[1] 又如「江則古音同東冬一類，今音同陽唐一類」的下面，「書後一」和西湖樓本加注：「《切韻指南》江攝」等等，[2] 到了微波榭本，這些提到《切韻指南》的附注都被刪掉。這樣的刪減反令到讀者不明白戴震的意思，如無論是那一個版本的《聲韻考》，當中的「考定四聲表」都主張今音十五類，[3] 如果標明《切韻指南》的韻攝就容易理解，特別是戴震的十五類是源於十六韻攝，只不過他把果假兩攝歸併了。先看看「考定四聲表」的原文：「歌戈，一類也。麻，一類也，古音半同歌戈一類，半同魚虞一類」，「書後一」、西湖樓本在「歌戈，一類也」後注：「《切韻指南》果攝」；在「半同魚虞一類」後注：「《切韻指南》假攝」，[4] 只要打開《切韻指南》，就發現假攝在那裏沒有獨立成圖，「果攝內四」和「假攝外六」是同圖，[5] 很明顯戴震主張假攝不能獨立的說法就是根據《切韻指南》而來。

　　「書後一」和西湖樓本的標注說明了兩個問題，一是戴震的古音學本來就跟韻攝有密切關係，所以「札記一」說到段玉裁的

---

[1]　戴震（1980：93）；西湖樓本卷二「考定四聲表」（頁5B）。按：手稿本原來冇注：「元劉鑑《切韻指南》別之為通」（下缺），後來用墨塗去。

[2]　戴震（1980：93）；西湖樓本卷二「考定四聲表」（頁5B）。

[3]　西湖樓本《聲韻考》卷二：「今音蓋十五類」（頁6A）；微波榭本卷二：「今音十五類」（頁5B）。

[4]　戴震（1980：94）；西湖樓本卷二「考定四聲表」（頁6B）。

[5]　《等韻五種》本（頁32）。

〈異平同入說〉跟韻攝有很密切的關係，[1] 從這裏可以證明他大約是師從戴震得來的理論；二是戴震相當倚重《切韻指南》，所謂今音十五類是歸併《廣韻》韻類而來，甚至近乎「平水韻」的系統，這是個很奇怪的現象。「札記一」曾經反覆討論段玉裁完成《音均表》前有沒有看過「異平同入」韻圖的問題，[2] 如果從「書後一」以及西湖樓本來看，戴震對段玉裁等人講學，討論到《廣韻》的結構組合時，基本上應是以《切韻指南》作為對照，而《切韻指南》本身就是一本「異平同入」的韻圖。

特別值得注意的是，「考定四聲表」本應是討論《廣韻》的結構，但「書後一」和「書後二」裏面討論的似乎還涉及韻圖。「書後一」一開始就說「切韻之大要有三」，這裏的「切韻」指的不是書名，而是指「切韻學」，也就是現在一般所說的「等韻學」，[3] 戴震仍然沿用唐宋的叫法。《聲韻考》這個「切韻」既針對韻圖，似乎又針對韻書，因此放在「考定四聲表」裏面。在《聲韻考》內還有一種東西叫做「韻譜」，〈反切之始〉說：

> 未有韻書，先有反切。反切散見於經傳古籍。論韻者，
> 博攷以成其書。反切在前，韻譜在後，就韻譜部分，辨其

1　參閱本書第 7 篇的第 4.3 節。
2　參閱本書第 7 篇的第 4.1 節。
3　參閱〈盧宗邁切韻法述論〉〔魯國堯（2003：327、340）〕。按：《聲韻考》裏面也有明確提到「等韻」的地方，見於〈書劉鑑《切韻指南》後〉：「世之傳書論字母、等韻者，多不本所始」〔西湖樓本卷四（頁 2B）〕，手稿本和微波榭本「傳書」作「專書」〔微波榭本卷四（頁 2B）〕。

脣齒喉舌牙，任舉一字，以為標目，名以字母，韻譜在前，
字母在後也。[1]

這裏有「韻書」，又有「韻譜」，兩者都在反切之後。在「書後一」
又提到：「唐宋韻譜次第，元在魂痕之前。或因文殷元同為三等，
魂痕寒桓同為一等，以等列之同相附近，而未辨於其類」，[2] 這
一段也見於西湖樓本，[3] 但不見於《聲韻考》手稿本及微波榭本。
這個「韻譜」應該是指韻書而不是指「韻圖」，現存的宋元韻圖
之中，只有《切韻指掌圖》中元韻是排在魂痕兩韻之前，[4] 況且
戴震主要依據的是《切韻指南》，《切韻指南》小注標明：「元韻
宜與先韻通押，不當合入魂韻」。[5]

再看看「書後二」：「……即顧氏《音論》中列《廣韻》韻目，
亦與各本注同，而所刻獨違異。此正宋人改併之一，顧氏考唐宋
韻譜異同，遺而未舉，蓋其疏忽處也」，[6] 這節也見於《聲韻考》，[7]
表明是沿用顧炎武《音論》的說法，《音論》卷上有〈唐宋韻譜
異同〉列舉各種韻書，[8] 如果以嚴格一點的角度而言「韻譜」就
是指韻書結構的譜系。當然，《聲韻考》之中的韻譜也有指韻圖

---

[1]　西湖樓本卷一（頁 2A - 2B）；微波榭本卷一（頁 2A）。
[2]　戴震（1980：94）。
[3]　西湖樓本卷二（頁 6A）。
[4]　元韻在第七圖，魂痕兩韻在第九圖〔司馬光（1986：54、62）〕。
[5]　《等韻五種》本（頁 27）。
[6]　戴震（1980：96 - 97）。
[7]　西湖樓本卷二（頁 8A）；微波榭本卷二（頁 6B）。
[8]　顧炎武（1982：16 - 30）。

而言的，如〈書劉鑑切韻指南後〉：「其譜之也，橫為字母三十六，從為平上去入暨一二三四等列」，[1] 這裏的「譜」就是指「韻圖」。無論如何，〈反切之始〉提到的「韻譜」則是指「韻書」，殆無可疑。[2] 戴震在撰寫「書後三文」時，似乎沒有特別強調或倚重韻圖，只是把韻圖和韻書同等看待。[3] 當時戴震並沒有強調韻圖也沒有刻意離開「切韻學」，實際來說並不符合現代學者所定的古音學所謂「審音派」的標準，[4] 而且《聲韻考》對入聲的處理比較含糊。

　　潮陽縣署本可以說是戴震的定本，他對這個本子相當重視，[5]

---

[1]　西湖樓本卷四（頁 3A）；微波榭本卷四（頁 2B）。按：〈轉語二十章序〉：「人口始喉下底脣末，按位以譜之」〔戴震（1980：106）〕，這裏的「譜」應是指按聲母排列的韻圖。

[2]　在「考定四聲表」中有「其說雖後人新立，而二百六韻之譜，寔以此審定部分」〔西湖樓本卷二（頁 5B）；微波榭本卷二（頁 5A）〕。按：此處上文討論韻圖，因此這裏是指韻圖。又按：「札記一」坐實「韻譜在前，字母在後也」的「韻譜」指韻圖（本書第 7 篇的第 2 節）。可能推論太過，謹此修正。平田昌司把這段的「韻譜」均用「韻書」來翻譯〔平田昌司（1979：50）〕，可以說非常準確。

[3]　按：劉曉南《漢語音韻研究教程》認為廣義的韻書也包括韻圖在內〔劉曉南（2007：15–16）〕。

[4]　陳新雄（1995：346）。

[5]　段玉裁刻印《音均表》後寄了三部給戴震，戴震回信說：「春間有札，詳論韻之分合，以入聲為樞紐，并《聲韵考》一本託龔公轉寄。因大著尚有當酌之處，或更參定，俟覆書到撰序，煞幾一載」〔戴震（1995：540）〕，可惜龔敬身失誤，沒有把信和《聲韻考》帶給段玉裁，到了戴震逝世前幾天，他寫信給段玉裁，仍再次提到那一本寄失的《聲韻考》：「上年春曾寄一書論韻，兼有廣東所刻《聲韻考》一本，係龔公寄于老師門上失之」〔戴震（1995：544）〕，可見戴震

然而，他大量刪改切韻學的部份，包括一些直接與《切韻指南》有關的標注及與江永相關的部份。實際上戴震是在不斷改變自己的想法，為的是要建立起自己音韻學的理論。他不否定也不強調切韻學的理論，他不是主張江永那一套，而是要建立起一套戴震自己的「切韻學」，如「書後一」：「切韻之大要有三：雙聲一也，區別呼等二也，聲類異同三也」，[1] 至於微波榭本把「呼等」改為「其洪細」。[2]

　　如果配合〈答段若膺論韻〉來看，就明白信裏所說的「洪細」並不等同於傳統切韻學的「呼等」，〈答段若膺論韻〉裏面說「僕因究韻之呼等」，然後列出很多同等同呼的韻類，認為「呼等同者，音必無別」，於是提出：

　　　蓋定韻時，有意求其密，用意太過，強生輕重。其讀一東內一等字必稍重，讀二冬內字必稍輕，觀「東，德紅切」，「冬，都宗切」，洪細自見。然人之語言音聲，或此方讀其字洪大，彼方讀其字微細；或其一方，而此人讀之洪大，易一人讀之又微細；或一人語言，此時言之洪大，移時而言之微細。強生重輕，定為音切，不足憑也。[3]

對《聲韻考》的說法仍然相當重視，特意把廣東刻本（可能是上文提到的李文藻潮陽縣署本）送給段玉裁。
[1]　戴震（1980：93）。按：西湖樓本卷二「考定四聲表」同（頁 5B）。
[2]　微波榭本卷二「考定四聲表」（頁 5A）。
[3]　戴震（1980：86）。

這段話實際上是否定了音素的區分，進而否定了等呼的意思。[1]
「書後一」和〈答段若膺論韻〉都是針對切語，戴震由標注「呼
等」改為「洪細」，把「切韻學」的概念進一步「改造」，變成戴
震的一家之言；倒過來說，他寫「書後一」之時仍較為看重呼等。[2]
「書後三文」也反映出戴震當時較注重宋元韻圖呼等的區分，正
如上面提過「書後一」和西湖樓本都標注《切韻指南》的韻攝，
「書後二」則標記各韻的等呼，[3] 到了微波榭本就刪去《切韻指
南》的標注，並把開口呼和合口呼改為戴震獨有的「外聲」、「內
聲」。不過戴震仍未建立起完整的理論框架，因此微波榭本在「各
等又分開口呼、合口呼」之下，加了一句：「即外聲、內聲」，[4] 接

1　**補注**：如果按《切韻指南》列字而言，「冬」與「東」無別，只列
　　「東」〔《等韻五種》本（頁 5）〕，沒有所謂輕重可言；如果按《切
　　韻》，「冬」與「東」的主元音應該不同，也不是有輕重的區分。王
　　力指出戴震的說法前後不一，批評這個理論為：「戴氏語音學之疏，
　　可以概見」〔王力（1992：147）〕。

2　按：在「音之流變有古今，而聲類大限無古今」的後面，「書後一」
　　〔戴震（1980：94）〕、西湖樓本卷二都有討論《通志》內外轉圖和
　　《干祿字書》等書的韻序（頁 6B–7A），而微波榭本卷二則作：「就
　　一類分之為平上去入，又分之為內聲、外聲，又分之為一二三四等
　　列。雖同聲同等，而輕重舒促必嚴辨，此隋唐撰韻之法也」（頁 5B），
　　再次主張輕看等呼與韻類的關係，甚至不避重複前一節的說：「鄭
　　樵本《七音韻鑑》為內外轉圖，及元劉鑑《切韻指南》，皆以聲洪
　　細別為一二三四等列，故稱等韻。……其說雖後人新立，而二百六
　　韻之譜，寔以此審定部分。然則呼等亦隋唐舊法，後人竊其意以名
　　專學耳」〔微波榭本卷二（頁 4B–5A）〕，很明顯反映戴震越來越注
　　重輕重，而看輕呼等。

3　戴震（1980：95）。

4　微波榭本卷二「考定四聲表」同（頁 5A）。

下來仍保留了用等呼來比對後世四呼的論述，可見他仍未完全從切韻學的範圍脫離出來。戴震到了《聲類表》再不依切韻學的內外轉和等呼，李開指出：

> 以「內外轉和輕重」來辨等，它的實際含義到底是什麼呢？戴震既已視開口同外聲，合口同內聲，在「內外轉輕重」式中，「內外轉」仍有合口和開口的意義，但不是作為兩大分野的開口和合口，而是從合口到開口的過程，即為「弇侈」的同義語。「開合內外轉」式不能說成「開合＋合開」，只可能是「開合＋弇侈」，「弇侈」是開口度大小的逐步變化過程。我們認為，當戴震審定《廣韻》韻目同用獨用以合口和開口說《廣韻》的內聲外聲時，偏重于語音氣流的合口內入和開口外出，當戴震製《聲類表》以開合說內外轉時，正偏重於元音的侈弇了。後者除受劉鑒的影響外，與戴震的老師江永的觀點也是一致的。[1]

從這個解釋來看，戴震的「內外轉和輕重」理論顛覆了傳統的切韻學，完全是他自己的新創的學說，如果還認為他是以切韻學的方法來研究古音學，恐怕與事實不符。至於氣流的問題，只是一個推測，重點還是落在所謂「弇侈」這一點上——當然「內外轉和輕重」是否與「弇侈」相關也是一個推測。「札記二」曾就江永和段玉裁之間的「斂侈」加以討論，指出段玉裁的「斂侈」實

---

[1]　李開（1998：159）。

際包括了區分等位和開合以至陰入的關係，[1] 這種「欸侈」看來還是比較傳統，而戴震後期的理論如果真的如此帶顛覆性，那麼段玉裁可以說是偏離了戴震，直接繼承了江永的主張。

戴震從開始時就被江永痛斥，[2] 最後仍然或多或少扭曲了傳統韻圖的理論，不單不用「三十六字母」建立《聲類表》，還建立起自己一套分析術語，一直與江永的主張若即若離。但是，戴震早期栽培段玉裁的時候，對他講授江永的理論，這些韻圖學說竟然在自己的弟子身上產生奇妙的影響（請參閱「札記二」），[3] 也許是他意想不到的結果。

5.「審音」和「辨聲」

江永在《古韻標準・例言》批評顧炎武說：「……《古音表》分十部，離合處尚有未精，其分配入聲多未當，此亦考古之功多，審音之功淺」，[4] 於是在古音學裏出現了「考古」和「審音」這一對術語。「札記一」曾經討論到「審音」和「考古」這兩個詞的意思，指出「審音」最初的意思是指《廣韻》的歸部。[5]

〈書廣韻四江後〉（本篇下稱「書四江後」）和西湖樓本卷三〈古音〉，有一段跟江永很相似的說法，不過不是用「審音」，而是用「辨聲」：

1　參閱本書第 8 篇的第 4 節。
2　參閱本書第 8 篇的第 2 節。
3　參閱本書第 8 篇的第 4 節。
4　江永（1982：4）。
5　參閱本書第 7 篇的第 2 節。

……宋吳才老創為古通某韻，及古轉聲入某韻之說；戴
仲達則有古正音非協韻之說；明陳氏、近顧氏考證益詳，而
古韻、今韻究未得其條貫。蓋隋唐諸人辨聲之功多，考古之
功少；吳氏、陳氏、顧氏則又考古之功多，辨聲之功少也。[1]

當然「辨聲」一詞也見於《古韻標準》：

……休文蓋因李登、呂靜之《聲類》，周顒之《四聲切韻》
而譜之。觀其與王筠論〈郊居賦〉「霓」字之讀，首須嚴于辨
聲，……[2]

接着江永就說到韻書的分韻和韻序的關係，提出「蓋因當時通行
之音，審其龘細以別部居」，[3] 可見《古韻標準》中的「辨聲」

---

[1]   戴震（1980：99）；西湖樓本卷三（頁 9B - 10A）。按：「書四江後」
       由江韻次於東冬鍾三韻立論，所謂：「……然別立四江以次東冬鍾
       後，似有見於古用韻之文，江合於東冬鍾，不入陽唐，故使之特自
       為部」〔戴震（1980：98）〕，實本於顧炎武《音論》（詳後）及江永
       《古韻標準》之說，如江永認為：「江韻古皆通東冬鍾，甚明也」，
       並且江永在討論時提出：「古人口斂呼之近東冬鍾，後人口張呼之
       似陽唐，然必不可通陽唐，故編韻書者不置此部於下平從陽唐，而
       必從東冬鍾」，最後以「其審音精矣，位置當矣」來評論〔江永（1982：
       16）〕，可見江永的「審音」也是連同韻序和分韻一起而言。其中「口
       斂」、「口張」跟後來戴震主張的「內外轉」和「輕重」互相映襯。
       又按：「書後一」說：「……所謂聲類異同者，就二百六韻之次弟考
       之，亦不遠。東冬鍾一類也。江則古音同東冬一類，今音同陽唐一
       類」〔戴震（1980：93）〕，與此相近，《聲韻考》中「考定四聲表」
       也有這個部份〔西湖樓本卷二（頁 5B）；微波榭本卷二（頁 A）〕。
[2]   江永（1982：6）。
[3]   江永（1982：7）。

應該帶有分韻和韻序的意思。特別值得注意的是江永說的是六朝的韻書以及用韻,「書四江後」同樣涉及隋唐時代的「今韻」。在江永之前,顧炎武也提過相類的說法,在《音論》卷上〈唐宋韻譜異同〉:

> 《廣韻》之中,或一字,而各韻至三收、四收、五收;又或一字,而本韻中至兩收、三收,或各義,或同義。蓋古人之音必有所本,……故宋韻出而古音乃全亡矣!欲審古音,必從唐韻始,愚所以列唐宋異同之辨,於書之首卷歟![1]

當然顧炎武的時候還沒有「審音」和「考古」的區分,「審古音」是指「審音」還是「考古」,並不清楚,也不必計較,但〈唐宋韻譜異同〉是針對《廣韻》、《禮部韻略》、《韻會舉要》,由此看來顧炎武主張審辨古音就要從考辨唐宋「韻譜」的異同出發,這跟戴震「考定四聲表」的用意相近,因此江永批評他只是「審音」的功力「淺」,並沒有說他完全不去「審音」。

戴震除了上面提到「書四江後」和西湖樓本卷三〈古音〉兩處提到「辨聲」外,還見於《聲韻考》卷一〈隋陸法言切韻〉的按語:

> ……然則《廣韻》之二百六韻,殆法言舊目與?《廣韻》三鍾「恭」字下注:「陸以恭蚣縱等入冬韻,非也」,

---

[1] 顧炎武(1982:27 - 28)。

此錄唐人舊注，駁正法言韻處，隋唐韻書嚴於辨聲，不徒為屬文取韻。[1]

在手稿本「隋唐韻書嚴於辨聲，不徒為屬文取韻」那裏有添加朱圈。在「書四江後」，戴震批評《廣韻》的分韻和韻序，認為：「定韻時僅僅明於江韻，餘諸韻則在明昧之間，不能截然分別，宜乎好古者譏其論韻之疏歟？」[2] 所謂「宜乎好古者譏其論韻之疏」，正是「書四江後」最後所說的「隋唐諸人辨聲之功多，考古之功少」的一個注釋，也就是「隋唐韻書嚴於辨聲」的意思。[3]

---

[1]　西湖樓本卷一（頁 9B－10A）；微波榭本卷一（頁 9A）。

[2]　戴震（1980：99）。

[3]　按：戴震分析江韻，似本於顧炎武〈唐宋韻譜異同〉之說，顧炎武認為：「意所謂一東、二冬、三鍾者，乃隋唐以前相傳之譜，……」〔顧炎武（1982：19）〕，而戴震認為：「然別立四江以次東冬鍾後，似有見於古用韻之文，江合於東冬鍾，不入陽唐，故使之特自為部。不附東冬鍾韻內者，今音顯然不同，不可沒今音，且不可使今音古音相雜成一韻也」〔戴震（1980：98）〕，即除了東冬鍾之外，接着排列江韻，也是反映了古音。除了本於顧炎武之外，更直接是源於江永，他也有相類的說法；然而江永的說法正是本源於顧炎武的《唐韻正》：「江韻與東冬鍾同用，南北朝猶然，唐以下始雜入陽韻，……」〔顧炎武（1982：236）〕，《古韻標準》「平聲第一部」的總論裏引了這段《唐韻正》之後，並加按語說：「此可知宋元明人之音學遠不及六朝，而又輕於改作，……」〔江永（1982：16）〕，至於在《湖海文傳》裏收的〈江慎修先生事略狀〉，很清楚說：「東至江，一部也」〔《續修四庫全書》第 1669 冊（頁 67）〕，不知為甚麼到了收入《戴震文集》時刪除掉有關江永的古韻學說很大部份，也包括「東至江，一部也」這一節〔戴震（2010：438）〕，蔡錦芳（1965－）認為：「可能是隨着戴震對聲韻研究的深入，戴震對江先生的音韻學也有了新的認識所致」〔蔡錦芳（2006：278）〕，然而顧炎武、江

　　此外，在手稿本《聲韻考》卷一〈隋陸法言切韻〉同一節的刪稿裏面，也出現「辨聲」這個語詞，正夾在上面所引的按語裏面，「殆法言舊目與」之後原來轉錄了《玉海》關於《韻英》的記載之後，就說：

　　……此所謂舊韻，其部分不啻倍於二百六韻，而合之新加，幾至三倍，蓋唐人辨聲之嚴密如是。

並在「蓋唐人辨聲之嚴密如是」各字之旁加朱圈，可見戴震原來是要強調這一句。這段刪稿也是針對分韻而言，可見這個「辨聲」跟「審音」本來的意思相近。

　　根據段玉裁《戴震年譜》乾隆二十一年（1756），也有提到「辨聲」一詞：

　　是年冬，有〈讀淮南洪保〉一篇云：盧編修紹弓，以其外王父馮山公先生景『淮南子洪保』示予。予讀其論古音有疑，惜隋唐辨聲之法之失傳也。[1]

這裏涉及古音，又跟「辨聲之法」相關，但在「辨聲」之前是加

　　永，以及《聲韻考》，古韻學一直把「東至江」訂為一部，戴震把其中文句裏有關江永古音學的理論加以刪減，也不能隱藏他自己學術的承襲和淵源。

[1]　戴震（1980：461）。按：原題作〈讀淮南子洪保〉，並不收於微波榭和經韻樓所刊的戴震文集之中，自《湖海文傳》輯出，參閱蔡錦芳〈試論戴震一批文章初稿的學術價值〉〔蔡錦芳（2006：272）〕。又按：盧文弨（1717–1795），字召弓，一字紹弓，一字檠齋；馮景（1652－1715），字山公，一字少渠。

上「隋唐」二字，[1] 如果上面推論戴震所說的「辨聲」相等於「審音」，這個「辨聲」顯然也不是現代學者所說的「須以等韻修理助成其說」，[2] 而是屬於另一種方法或者範疇的東西。「隋唐辨聲之法」在《聲韻考》也略略討論過，卷二「考定四聲表」介紹《七音韻鑑》、《切韻指南》裏面的等呼學說之後，接着說：「其說雖後人新立，而二百六韻之譜，實以此審定部分。然則呼等亦隋唐舊法，後人竊其意以名專學耳」，[3] 也就是說劃分二百六韻之譜雖然在原理上跟呼等相關，但不是呼等之學。如果照此推論，「審音」也好，「辨聲」也好，都只是韻譜之學，至於呼等之學當然要符合劃分二百六韻的方法。這裏再要強調一下的是，戴震的韻譜之學並不包括字母，《聲韻考》所謂「唐人書絕不聞語涉字母」，[4] 既然唐人不涉及字母，「隋唐辨聲之法」自然也不會有字母之學在其中。

戴震〈江慎修先生事略狀〉中複述江永對顧炎武的評論，然

---

[1] 〈讀淮南子洪保〉：「余竊謂古音之說明於是，可斷隋唐已來論韻之當否。然隋唐諸君子辨聲之法，迄于宋而其傳失。辨聲失其傳，而後古音之說方出。如陳氏、顧氏，皆博稽三代有韻之文，以求古音，而未能審聲以知音」〔戴震（1995：554）〕。按：這裏用「審聲以知音」來說明「辨聲」，可見「審音」和「辨聲」（包括「審聲」）意思相近。

[2] 陳新雄（1995：346）。

[3] 西湖樓本卷二（頁 5A - 5B）；微波榭本卷二（頁 4B - 5A）。

[4] 西湖樓本卷一（頁 6A）；微波榭本卷一（頁 5B）。按：戴震《孟子字義疏證》之中，也有「辨聲」這個語詞：「血氣心知，有自具之能，口能辨味，耳能辨聲，目能辨色，心能辨夫理義」〔戴震（1980：269）〕，此與聲韻學無關。

而，與其說只是重複了《古韻標準》的說法，不如說是戴震個人觀點的發揮，江永只說到顧炎武考古和審音之功（也許還包括了顧炎武同時代的學者），[1] 戴震更把吳棫加了進去。[2]「書四江後」是戴震一家之言，他把吳棫、陳第都包括進去。[3] 吳陳二人可不可以用考古和辨聲的角度來評論呢？那些現代學者把「審音」等同韻圖之學，如果相信這個說法，那麼就等於說戴震用「考古」和韻圖來衡量吳棫和陳第，不過吳陳的古音學著作中，又有多少跟韻圖相連的呢？上文推斷「辨聲」即「審音」，亦即指韻序、分韻，如果用「考古」連同韻序、分韻來評量吳陳二人，那就相當自然。現代學者似乎並不是完全理解，甚至違背了戴震本來的意思。

段玉裁說到戴震的學說時，也提到「辨聲」這個術語，〈答江晉三論韻〉說：

> 抑更有問焉：孔氏分為陽聲九類、陰聲九類，而兩兩相配，其然否不可知。戴師嘗言：六朝辨聲之法不可知，其言古音也，分為四類：曰收喉音，曰收鼻音，曰收舌齒音，曰收脣音，與僕書論之詳矣。[4]

在複述戴震的說法之後，段玉裁就跟江有誥討論他的十七部的次

1　江永（1982：4）。按：《古韻標準》那裏也提到所謂「近世音學數家」。
2　戴震（1980：227）。按：《古韻標準‧例言》之中並沒有提到吳棫。
3　戴震（1980：99）。
4　段玉裁（2008：133）。

序，提出：「此則僕以入為樞紐，而求其次弟之意」，除了已接受
陰陽以入聲為樞紐之說，更重要的是討論到韻序的問題，[1] 他不
認同《廣韻》的韻序，正與戴震「辨聲」的說法相近。

段玉裁本身也使用「辨聲」這個概念，見〈蔡一帆先生傳〉，
文中提到蔡泳（？–1758/1759）《律韻辨通》「辨通」之說，所謂
「病下里坊刻小韻書說通轉最繆，……故本諸宋鄭庠分部者而詳
別之」，認為「玉裁之言古韻實權輿於是」，[2] 可見段玉裁也是針
對分韻的問題，不只是針對古音而言。

由顧炎武、江永，以至戴震、段玉裁，他們提到的「辨聲」
都是關乎「韻譜」，也就是與韻書、韻序相關，而跟韻圖沒有必
然的關係。從各式資料來看，戴震所說的「辨聲」，與「審音」
的意思幾乎相同，因此說「審音」是專指韻圖之學，似乎是強詞
奪理。

6. 删稿與「西域字母」之學

平田昌司〈「審音」と象數〉一文認為《聲韻考》為恪守古
音學的純粹性，因而否定後世由佛教帶來的西域音韻學的關係。[3]
戴震把這些跟佛教有關的西域學問，籠統合稱為「字母等韻」，《聲
韻考》卷一〈反切之始〉所謂：

---

[1] 段玉裁（2008：134）。請參閱本書第 7 篇的第 2.1 節裏的討論。
[2] 段玉裁（2008：231）。按：段玉裁在傳中稱蔡泳「病卒於乾隆二十
三、四年間，年蓋未七十」〔段玉裁（1980：230）〕。又按：疑「辨
聲」可能是當時習用語。
[3] 平田昌司（1979：49–50）。

　　……今人言切韻，但知推本神珙，以為來自西域。蓋
釋氏之專習字母等韻者，推本所起，咸出於珙耳，因誇誕
其學，造為傳自西域之說，而指珙為北魏時人。俗學膚淺，
不知魏李登《聲類》、晉呂靜《韻集》，韻學實始萌芽，
又不知魏有孫叔然，始作反音，故猥稱前乎休文，即可為
中土有切韻之先倡。[1]

《聲韻考》認為「切韻學」在魏晉之時已經出現，也沒有特意否
定「呼等」，正如上文也引用過的「……呼等亦隋唐舊法，後人
竊其意以名專學耳」。[2]　不過，他對「字母」之學出於西域或者
佛教的說法，一直加以痛斥，從《聲韻考》的改訂來看就更為明
顯，好些涉及西域或者佛教的部份都被刪掉，如〈反切之始〉引
沈括《夢溪筆談》的原文部份，稿本在「今反切之法」下，[3]　本
來有「出於西域。漢人訓字，止曰讀如某字，未用反切。今切韻
之法」數語，後來全部圈抹掉，而稿本「今反切之法」五字，是
塗白原稿後加上去的。在《夢溪筆談》的原文裏面兩次出現「西
域」一詞，[4]　《聲韻考》的刪抹似乎是有意要隱去來自西域這個

---

[1]　西湖樓本卷一（頁 3B－4A）；微波榭本卷一（頁 3B）。
[2]　西湖樓本卷二（頁 5B）；微波榭本卷二（頁 5A）。
[3]　《聲韻考》刊本相應的部份：西湖樓本卷一（頁 4A）；微波榭本卷
　　一（頁 3B）。
[4]　《夢溪筆談》卷十五〈藝文二〉：「切韻之學，本出於西域，漢人訓
　　字，止曰『讀如某字』，未用反切。然古語已有二聲合為一字者，
　　如『不可』為『叵』，『何不』為『盍』，『如是』為『爾』，『而已』
　　為『耳』，『之乎』為『諸』之類，似西域二合之音，蓋切字之原也。

說法。《聲韻考》原稿〈反切之始〉在所引的鄭樵《七音略》有
關聲母的部份之後，[1] 還截取了《七音略》的序和《六書略》的
部份文字（卷三十五）：

> 《（上缺）音略》序曰：[2] 四聲為經，七音為緯，江
> 左之儒知有平上去入為四，而不知衡有宮商徵羽半徵半商
> 為七音。
>
> 七音之韻，起自西域，[3] 流入諸夏，梵僧欲以其教傳
> 之天下，故為此書。
>
> 華僧從而定之，以三十六為之母。
>
> 臣初得《七音韻鑑》，一唱而三嘆，胡僧有此妙義，
> 而儒者未之聞。
>
> 所以明胡僧立韻得經緯之全。
>
> 《六書·論華梵下》，曰：切韵之學，寔自西域流入
> 中土，所以韻圖之類，釋子多能言之，而儒者皆不識起例，
> 以其源流出於彼耳。

這一大段引文全部刪掉。下面接着又引晁公武（1105–1180）《郡
齋讀書志》，《聲韻考》稿本原作：「切韻者，上字為切，下字為

如『頓』字文從『而犬』，小切音也。殆與聲俱生，莫知從來。今
切韻之法，先類其字，各歸其母。……」〔沈括（1987：505）〕。
[1]　西湖樓本卷一（頁 4B）；微波榭本卷一（頁 4B）。
[2]　按：「《七音略》」的「七」字因塗抹而缺。
[3]　按：「自西域」三字剛好沒有用筆塗抹，是否戴震有意為之，值得
　　考慮。

韻，其學本出西域。今其法類本韻字，各歸於母」，戴震也強行
把其中「其學本出西域」六字刪去。[1] 塗掉原稿中有關「西域」
之類的內容，當然是反映了戴震對這些號稱來自外地學問的態度，
極力要把有關西域和「胡人」的訊息加以隱藏；但倒過來看，戴
震在撰寫之初大量截取有關西域的說法，表明他有意強調這種觀
點。從原稿的刪改來看，可以說戴震是從一個極端走到另一個極
端。

　　「西域」是《聲韻考》定稿要回避的詞語，同樣佛教的色彩
也受到同樣的對待。戴震刪去了很多跟佛教有關的部份，除了上
面鄭樵的引文外，又如刪去方以智《通雅》的引文：

　　李如真謂：平有清濁，仄唱不同。

　　呂介孺云：舍利定三十，守溫加六。真空《玉鑰匙》

見前人反切不合，增立法門。豈知各時之方言異乎？[2]

「李如真」大約是指李登〔字士龍，號如真，隆慶五年（1571）
進士〕，《續修四庫全書》收了李登《重刊詳校篇海》五卷、《書
文音義便考私編》五卷、《難字直音》一卷，「平有清濁，仄唱不
同」兩語不知出於哪一本書，在《書文音義便考私編》有相近的

---

[1]　《聲韻考》的刊本相應的部份：西湖樓本卷一（頁 4B）；微波榭本
　　卷一（頁 4B）。按：《郡齋讀書志》原文見於卷四〔晁公武（1990：
　　172）〕。

[2]　《聲韻考》的刊本相應的部份：西湖樓本卷一（頁 5A）；微波榭本
　　卷一（頁 5A）。按：其中一部份見於《通雅》卷五十〈切韻聲原〉
　　〔影印文淵閣《四庫全書》本（頁 4A）〕。

說法：「……惟平聲不容不分清濁，仄聲止用清母，悉可該括」。[1]
刪去這兩段引文，當然可以作這樣的解釋，就是因為下面又引了
方以智的兒子方中履（1638–1686）《切字釋疑》的部份，內容大
致可以涵蓋刪去的《通雅》引文。值得注意的是戴震把原稿中第
二段《切字釋疑》的引文，大加刪削，原文是這樣的：

> 若日溫之法為定法，則華嚴不當用四十二字，金剛頂
> 不當用五十字，悉曇不當譯五十二字，舍利不當用三十字，
> 耶穌不當用五十字母，而統於五聲矣。[2]

刪去其中的「華嚴不當用四十二字，金剛頂不當用五十字，悉曇
不當譯五十二字」，以及「耶穌不當用五十字母，而統於五聲」
等幾句，把「則」和「舍利不當用三十字」、「矣」嫁接在一起，
除了要直接批評的「舍利」之說外，一切外來宗教都隱而不現。
「華嚴」應指「華嚴字母」，「金剛頂」指《金剛頂經》，「悉曇」
指《悉曇字記》，「耶穌」指天主教教士的拼音字母。同時，《聲
韻考》稿本的〈反切之始〉裏面引毛先舒《聲韻叢說》，原有「且
字母起於神珙，在北魏時，……」云云，在定稿裏他把這一段刪
去。[3] 蕭振豪《華嚴字母新探》就《聲韻考》和華嚴字母的問題，
有詳細的論述，指出戴震「指責釋家妄造字母出於西域之說」，「帶

---

[1]　《書文音義便考私編》目錄〔《續修四庫全書》第 251 冊（頁 498）〕。
[2]　《昭代叢書》丙集卷三十《切字釋疑》（頁 26B）。
[3]　《聲韻考》的刊本相應的部份：西湖樓本卷一（頁 6A）；微波榭本
　　卷一（頁 5B）。

有強烈的感情色彩」，[1] 因此把一切跟外來宗教有關的字母，都從《聲韻考》裏面刪削掉，只留下「舍利」字母作為批判的對象。

段玉裁為刊刻《聲韻考》所寫的序裏也明確提到這一點，所謂：「……而反語本原漢魏經師，匪始於釋氏字母，其言尤為雅馴」。[2] 戴震既然認為反切之學出於中土，早在漢魏，而與那些「釋氏字母」並無關係，就沒有必要把這些東西隱藏起來，因此把《通雅》和《切字釋疑》跟佛教有關的部份加以刪節，上述說法似乎有點詭辯的成份。蕭振豪指出紀昀（1724－1805）「與戴震對反切起源的案例，更證明了這一論爭背後的政治意味」。[3] 不過，跟「西域」相同的是，在初稿的時候，戴震不避重複，一再引用方以智父子有關釋氏字母的部份，但到了定稿就刻意刪節，也是從一個極端走到另一個極端。到了最後寫《聲類表》時，他在韻表中就連一個字母也不標注，為甚麼出現這樣的變化，則有待研究，恐怕跟戴震的思想轉變有關。

《聲韻考》有〈書玉篇卷末論反紐圖後〉一文（本篇下稱「書玉篇後」），據《戴震年譜》說這篇文章成於乾隆二十八年，[4] 文中同樣反對外來的學問以及釋氏之說，所謂：「……釋氏之徒，舉凡書傳所必資，竊取而學之，既得則相欺相誕，以造為西域之

---

[1]　蕭振豪（2021：156）。
[2]　段玉裁（2008：123）。
[3]　蕭振豪（2021：164）。
[4]　戴震（1980：464）。

說，固不足指數」，[1] 其中論及〈五音聲論〉，以及《玉海》對《五音聲論》、《四聲五音九弄反紐圖》的說法，也提到呂介孺（1587 – 1641），跟〈反切之始〉所謂「附考」的部份重複，所以「書玉篇後」可以說是〈反切之始〉一部份的簡寫。[2]「書玉篇後」一開始就批判鄭樵、沈括：

> 宋元以來，為反切字母之學者，歸之西域，歸之釋神珙，蓋由鄭樵、沈括諸人，論古疏漏，惑於釋氏一二剪劣之徒，眠娗諕欺，據其言以為言也。[3]

如果以此對比《聲韻考》的稿本，可以看到定稿大量刪節了鄭樵有關來自西域的說法，以及刪節了包含呂介孺在內的方氏父子涉及佛教的內容。以上種種令人重新考慮到《聲韻考》成書的時間這個問題，既然「書玉篇後」是這樣強烈批評鄭樵西域之說，可以推斷《聲韻考》對鄭樵的說法的刪削應在這個時候前後，也由此可以推斷同時期《聲韻考》應該已有了一個初稿。

西湖樓本大致已依照上述的刪削來刊印的，段玉裁也大致一直依照戴震的說法，提到古音時就往往否定字母之說，如〈王懷祖廣雅注序〉說：「音失，則惑於字母、七音，猶治絲棼之」。[4] 雖然〈江氏音學序〉推許江有誥「於前人之說，皆擇善而從，無所

---

[1] 西湖樓本卷四（頁 1A – 1B）；微波榭本卷四（頁 1A）。
[2] 按：即微波榭本〈反切之始〉「附考」的部份〔卷一（頁 2B – 5B）〕。
　　按：西湖樓本〈反切之始〉並無標出「附考」的部份。
[3] 西湖樓本卷四（頁 1A）；微波榭本卷四（頁 1A）。
[4] 段玉裁（2008：188）。

偏徇，以呼等字母之學繹之，古音今韻，無纖微鑿枘不合」，[1] 這只不過是客套推許的話，寫這篇序之前三個月，他給江有誥的信卻說：

> ……謂僕考古功多，審音功少。僕則謂古法祇有雙聲疊韻，古之雙聲，非今三十六母之聲，古之疊韻，非今二百有六之韻，是以言今音當致力於字母，治古音則非所詳。戴師亦曰「學者但講求雙聲，不言字母可也」。[2]

這段有點莫名其妙，「札記一」曾就這段文字加以討論，[3] 指段玉裁的意思是大家研究方法不一樣。如果連同整篇〈答江晉三論韻〉一起看，可能更有趣味。這裏似乎原是針對江有誥的古韻分部的問題，因此說「疊韻」和「二百有六之韻」，這還算說得上有點關係，但談到「雙聲」和「三十六字母」，就叫人摸不着頭腦。段玉裁大約是針對江有誥所寫的〈等韻叢說〉之類，江有誥在那裏詳列了三十六字母，特別是〈釋神珙五音圖〉一節。[4] 江有誥沒有看過戴震的書，[5] 並不清楚《聲韻考》曾對神珙大加批

---

[1]　段玉裁（2008：125）。

[2]　段玉裁（2008：127）。

[3]　本書第 7 篇的第 2 節。
　　補注：有關這段文字的討論，本人後來對此有了新的看法，請參閱本書第 10 篇的第 2 節。

[4]　《江氏音學十書・等韻叢說・釋神珙五音圖》〔《續修四庫全書》第 248 冊（頁 267–268）〕。

[5]　段玉裁〈江氏音學序〉：「歙江君晉三今年春寓書於余論音，余知其未見戴、孔之書也，……」〔段玉裁（2008：124）。按：「戴」指戴

判，這一節的內容似乎觸動了段玉裁的神經，當說到「真臻文魂」各韻分合，涉及「審音」（或者說「辨聲」）時，不管有沒有涉及字母，就把戴震的主張重複一遍。[1]

上文提到戴震在改訂《聲韻考》時，逐步把江永的影響減少，如果連同這裏刪減西域和宗教的因素一起來看，木下鉄矢提出的兩個「皖派」的說法似乎值得重新考慮一下。木下鉄矢的〈戴震と皖派の学術〉一文指出，以戴震為代表的「皖派」是由兩個不同的集團組成，一個是戴震居於家鄉時交往切磋的皖南徽州學者群，另一個是他三十二歲上京一躍成名後認識而不屬於徽州籍的學者群，兩群學者都有不同的背景和學風。[2] 因此，《聲韻考》的修訂，除了有政治意味之外，也可能反映了戴震從原來的「皖派」發展成新的「皖派」的過程。

震，「孔」指孔廣森。

[1] 按：江有誥是歙縣人，戴震是休寧人，歙縣方言與休寧方言同屬徽語中績歙小片，〈釋神珙五音圖〉談到歙縣方言的情況，觸動了段玉裁的神經，因為江永對戴震持「字母減字之說」，頗不以為然〔江永（2013：36）〕。此外，《聲類表》沒有標示字母，李開分析之後表列出來〔李開（1998：162 - 163）〕，聲母的編排也非常混亂〔李開（1998：166 - 177）〕，情況跟〈釋神珙五音圖〉所說的歙縣方言有點相同，如〈釋神珙五音圖〉談到影微相混，又說：「七音十類中，牙之細音多混于舌上；泥之細音多混于孃；邪盡混于從；牀禪互相訛混；曉匣之細音多混于審禪；影喻之細音多混于半齒，惟粗音則誤者少，不誤者多」〔《續修四庫全書》第 248 冊（頁 268）〕，這些混亂情況都見於《聲類表》。

[2] 木下鉄矢（2016：53）。按：木下鉄矢還對兩個「皖派」加以比較〔木下鉄矢（2016：70、72 - 73）〕。

7.「七類二十部」的部名

　　古韻學由興起以至古韻韻譜的出現，中間經過一段不短的歷史，[1] 吳棫《韻補》可以說是一本完整帶有韻譜的古音學著作，顧炎武也推許說：「考古之功，實始於宋吳才老」。[2] 戴震認為《韻補》用「通、轉聲通、轉聲入、轉入」等來標示《廣韻》韻目（韻部）之間的古音關係，[3] 吳棫這種做法，也許就是戴震口中的「審音」或者「辨聲」，不過他並未為古韻部定名。微波榭本介紹完吳棫的學說之後，接着就說到鄭庠：「鄭庠作《古音辨》，分陽支先虞尤覃六部」，[4] 如果這個說法無誤的話，鄭庠也許是第一個為古韻部定名的人，然而鄭庠沒有古音學專著留下來，[5] 也未見

1　按：魏慶之《詩人玉屑》卷十三〈晦庵論楚詞〉：「某有楚辭叶韻，作子厚名氏，刻在漳州」〔魏慶之（1959：270）〕，「子厚」疑指柳宗元（773－819），表示唐代可能已出現古音學的專著，不過朱熹（1130－1200，號晦庵）認為出於偽托。朱熹既然見到此書，則與朱熹同時或之前，大約與吳棫時代相近。

2　見《韻補正》卷首〔顧炎武（1936：1）〕。

3　《聲韻考》卷三〈古音〉。按：西湖樓本作：「宋吳才老創為古通某韻，及古轉聲入某韻之說」（頁9B）；微波榭本：「宋吳棫作《韻補》，乃就二百六韻注古通某，古轉聲通某，古通某或轉入某，其分合最為疏舛」（頁3A），並於各項之下都有詳細說明；「書四江後」與西湖樓本相同〔戴震（1980：99）〕，。

4　微波榭本卷三〈古音〉（頁3A－3B）。

5　按：鄒漢勛（1805–1854）《五韻論・十五類論中》也有相類的說法，並認為：「……周沈作『四聲切韻』，始釐正之也，宋代六朝音韻之書，尚有傳者，鄭氏始據以為言。故其言劇為簡當，雖有小疵，無害閎旨」〔《續修四庫全書》第248冊（頁368）〕，那麼鄒漢勛以為鄭庠的說法起源甚早。

戴震提出任何證據。《聲韻考》又提到戴侗（1200–1285）、[1] 陳第等人，[2] 但都沒有韻譜留下來，到了顧炎武離析「唐韻」編成韻譜，他編的《古音表》仍然沒有具體的韻目，只是籠統舉出《廣韻》平聲的韻目。[3] 江永《古韻標準》同樣沒有古韻部的韻目，只是在各個韻部之前標出了「韻目」兩字。[4] 段玉裁也沒有為古韻部定名，[5] 跟顧炎武相似，以上都是《聲韻考》提到過自吳棫以來的古音學家。至於一般學者都認為「古韻目」是由戴震開始，王力《清代古音學》指出：「丙申（1776）春天，戴氏改為古韻九類二十五部（入聲不算則為十六部），另立部名，並改變其次序」，[6] 丙申春天指寫給段玉裁的信，然而信中卻說：「僕初定七

---

[1] 西湖樓本卷三〈古音〉：「戴仲達有古正音非協韻之說」（頁 9B）。按：戴侗，字仲達。有關戴侗的部份不見於微波榭本。

[2] 西湖樓本卷三〈古音〉：「明陳氏、近顧氏，考證益詳」（頁 9B）。按：微波榭本卷三〈古音〉作：「近崑山顧氏作《音書五書》，……」（頁 3B），並沒有提及陳第。

[3] 顧炎武（1982：546‐555）。

[4] 如「平聲第一部」標注：「韻目一東、二冬、三鍾、四江」〔江永（1982：13）〕。

[5] 《音均表》一〈今韻古分十七部表〉〔段玉裁（1983：7‐9）〕。

[6] 王力（1992：131）。按：張民權指出萬光泰（1712‐1750）在乾隆九年(1744)分古韻十三部，已有韻目名稱，後來在乾隆十三年(1748)用《廣韻》韻目為所訂的十九部命名，認為「以《廣韻》韻目給古韻部命名且與今人一致者，大概從萬光泰開始，早于江有誥、王念孫之作至少有六十年」〔張民權（2002：下冊 304–305）〕，過去由於萬光泰的著作不顯，因此一般學者認為自戴震始為韻部命名。又按：萬光泰的十三部次序及名稱不依今韻，更具創意，未知為何後來編訂古韻十九部時放棄這個主張，反而依附《廣韻》的韻目和韻序。

類者，上年改為九類，以九類分為二十五部」，[1] 那麼是否在丙申的前一年（乙未，1775）就開始訂立了部名？此外，王力指出戴震的九類二十五部「部名都用影母字」，[2] 至於戴震前期的古音學說，即「七類二十部」有沒有部名的呢？

現在來看看《聲韻考》，微波榭本卷三〈古音〉已提出了「當別立韻目表之」這個說法，[3] 西湖樓本和「書四江後」都沒有這一句，因此應該說他在重寫《聲韻考》的〈古音〉時，已有重訂《廣韻》韻部以及重新設立韻目的想法。當然，重訂的是《廣韻》韻部和韻目，並不是古韻的部名，那麼戴震定立古韻部的名稱最早是從哪時開始的呢？要回答這個問題，似乎需要先分析一下《聲韻考》中〈古音〉這一節的修改情況。戴震在稿本的題記說「其『古韻』一條壬辰年始改定」，[4] 然而在所謂「與段茂堂等十一札」中，段玉裁注明為「癸巳奉召在都」的第七札說：「大著辨別五支、六脂、七之，如清真蒸三韻之不相通，能發自唐以來講韻者所未發，今春將『古韻』攷訂一番，斷從此說為確論」，[5] 因此改訂〈古音〉（古韻）的其中一個要點，就是對支脂之三部的劃分，而「今春」即壬辰的第二年癸巳（1773）的春天。「書四江後」和西湖樓本兩處對支脂之的區分有些不同，「書四江後」

---

[1]　戴震（1980：88）。

[2]　王力（1992：131）。

[3]　微波榭本卷三（頁 7A－7B）。

[4]　按：各本內文，作「古音」，不作「古韻」。

[5]　戴震（1995：539、548）。

作：「五支當分為二韻，一與支脂微附近，一與歌戈附近」，[1] 而西湖樓本把「一與支脂微附近」改為「一與脂之微附近」，[2] 這個不同是戴震自己的想法還是筆誤，無從稽考，但兩者都沒有把支脂之三部完全區分開來。到了微波榭本，改成了「五支有從歌戈流變者，當別出立韻目表之，次歌戈後」，後面還多了幾句：

> 十二齊別出古通支佳者，次支佳後。十三佳如五支、十四皆、十五灰，別出古通之咍者，次之咍後。十六咍別出古通脂微者，次脂微後。[3]

支佳齊一組，佳（部份）皆灰之咍（部份）一組，咍（部份）脂微一組，跟《音均表》第一部「之咍」，第十五部「脂微齊皆灰」，第十六部「支佳」，[4] 大致接近，很明顯刊印潮陽縣署本時，戴震已把這三部分開了。據《戴震年譜》，段玉裁壬辰年在北京見到戴震，[5]《段玉裁先生年譜》則訂為在四月，段玉裁「以《六書音均表》請益，東原謂體裁尚未盡善」，[6] 那麼最初訂立部名的上限應該是壬辰四月，至於下限應該在癸巳春天。〈答段若膺

---

[1]　戴震（1980：98）。
[2]　西湖樓本卷三〈古音〉（頁 10A－10B）。
[3]　微波榭本卷三〈古音〉（頁 7A－7B）。按：《貸園叢書》本同〔卷三（頁 7A）〕。
[4]　段玉裁（1983：7－9）。
[5]　戴震（1980：471）。
[6]　段玉裁（2008：439）。

論韻〉也說:「癸巳春,僕在浙東,據《廣韻》分為七類」,[1] 所謂「癸巳春」云云,同樣見於《音均表》的戴震序:「癸巳春寓居浙東,取顧氏《詩本音》,章辨句析,……」。[2]

當時所訂的「七類」有沒有古韻部的名稱呢?是否都是以影母字為部目呢?似乎不太清楚,因為一是當時戴震還未解決入聲的問題,二是劃分韻部還未清楚。戴震在《音均表》的序說:「時余署記入聲之說,未暇卒業」,[3] 這個「時」應指癸巳春以後;至於劃分韻部的問題,可以比較「書四江後」、西湖樓本和微波榭本,應能找到一點眉目。西湖樓本大致跟「書四江後」相同,只更改了兩處:把「如七麻當分為二韻」更正為「如九麻當分為二韻」,[4] 「七麻」應該是個筆誤;另一處就是上文提到的,把「一與支脂微附近」寫作「一與脂之微附近」。「書四江後」、西湖樓本相對於微波榭本,除了有些章節詳略不同之外,有一段明顯不同,就是戴震針對「不可使今音古音相雜成一韻也」的問題。[5] 他就是重新劃分今音,「書四江後」、西湖樓本和微波榭本劃分的情況並不同,而涉及的韻也有很大的差異,為方便討論,把西湖樓本(「書四江後」大致相同,不列)和微波榭本列在下表,而

---

[1]　戴震(1980:78)。

[2]　段玉裁(1983:4)。按:《段玉裁先生年譜》所謂「體裁尚未盡善」可能並不是針對支脂之三部的區分,或者指其他東西,因此上限未必可以訂在壬辰四月,至於下限則無可疑,戴震在癸巳春以後再分析顧炎武《詩本音》,才接受段玉裁的說法。

[3]　段玉裁(1983:4)。

[4]　戴震(1980:98);西湖樓本卷三〈古音〉(頁10A)。

[5]　戴震(1980:98);西湖樓本卷三(頁10A);微波榭本卷三(頁7A)。

微波榭本的次序按西湖樓本略加調整（相異的地方用楷書並加底線表示）：

西湖樓本卷三〈古音〉	微波榭本卷三〈古音〉
如九麻當分為二韻，一次魚虞模之後，一次歌戈之後。	九麻別出從魚模流變者，次魚模後。[1]
五支當分為二韻，一與脂之微附近，一與歌戈附近。	如五支有從歌戈流變者，當別出立韻目表之，次歌戈後。
十虞當分為二韻，一與魚模附近，一與侯、幽附近。	十虞別出從侯幽流變者，次侯幽後。
	十二齊別出古通支佳者，次支佳後。十三佳如五支，十四皆、十五灰、別出古通之咍者，次之咍後。十六咍別出古通脂微者，次脂微後。
一先當分為二韻，一與眞諄臻殷文魂痕附近，一與元寒桓刪山仙附近。	

---

[1] 以上見微波榭本卷三（頁 7B）。

三蕭、四宵、五肴、六豪之字，當別出，<u>古與尤侯幽通者為一韻</u>，次尤侯幽之後。	三蕭、四宵、五肴、六豪別出，從侯幽流變者，歸于蕭，次侯幽後。[1]
十二庚、十三耕、十四清，當<u>別出</u>，<u>古與陽唐通者為一韻</u>，次陽唐後。	十二庚、十三耕別出從陽唐流變者，歸于庚。
十八尤當分為二韻，一與脂之微附近，一與侯幽附近。	十八尤別出從之咍流變者，歸于尤次之。[2]
<u>二十二覃、二十三談、二十四鹽，當別出古與侵通者為一韻，以次侵後。上去入準此分之</u>。[3]	

微波榭本在討論十八尤之後接着討論入聲，然後就說「大致音之定限其類七，故入止于七部」，[4] 最後就列出「七類二十部」所謂戴震前期的說法。微波榭本跟西湖樓本不同的地方，就是加了很多附注。

首先可以發現戴震雖然依從《廣韻》的韻目分部，但很多韻

---

[1] 以上見微波榭本卷三（頁 7A－7B）。

[2] 以上見微波榭本卷三（頁 7B－8A）。

[3] 西湖樓本卷三（頁 10A－10B）。

[4] 微波榭本卷三（頁 8A）。按：西湖樓本並沒有這兩句，說明當時還未有七類的區分；而微波榭本稱「大致」，也說明戴震還未十分肯定這個說法。

是加以離散合併，而不是簡單歸併《廣韻》韻目，《聲韻考》列
出所謂「七類二十部」，似乎與上面離散各韻的說法有矛盾。戴
震強調「不可使今音古音相雜成一韻也」，但「七類二十部」只
羅列了《廣韻》平入聲的韻目，他可能也注意到這是個矛盾，因
此微波榭本說到「以七類為二十部」時就特意加上了附注，以便
跟《廣韻》的韻目加以區別，如「蒸登，與之咍尤，其入聲職憲」，
在「與之咍尤」和「其入聲職憲」後，分別注上「荄分十四皆，
杯分十五灰來屬」和「服分一屋來屬」，[1] 所謂「荄杯服」之類，
都是戴震歸併《廣韻》韻目後，而為新的「今音」韻部所訂的名
稱。[2]

　　如果比較《音均表》中〈今韻古分十七部表〉，[3] 單就韻目
而言，可以發現段玉裁表中的劃分方式已跟「書四江後」離散韻
目的方法不一樣，〈今韻古分十七部表〉只是把《廣韻》的韻目
在各部之中按次分列出來，而「書四江後」則出現分割合併《廣
韻》的韻目。特別值得注意的是微波榭本的注，如「十虞別出從
侯幽流變者，次侯幽後」的注：「別立禺韻；上去聲，九麌別立
俯韻，十遇仍舊目。別出本類字，改立芋韻」，又如「九麻別出
從魚模流變者，次魚模後」的注：「別立家韻；上去聲三十五馬、
四十禡仍舊目」，[4] 除了離散合併之外，戴震還為這些歸併《廣

---

[1]　微波榭本卷三（頁 8B）。
[2]　微波榭本卷三（頁 7B－8A）。
[3]　《音均表》一〈今韻古分十七部表〉〔段玉裁（1983：7－9）〕。
[4]　以上見微波榭本卷三（頁 7B）。

韻》韻目而成的「今音」韻部定了名稱。當然這些名稱不能視為古韻部的部名，也許這只是戴震「辨聲」的做法。

如果再比較〈答段若膺論韻〉，微波榭本說的「以七類為二十部」，跟〈答段若膺論韻〉「七類二十部」並不完全一樣，[1] 微波榭本裏說到平上去不是劃一，如上面提到九麻的上去聲並不簡單歸併，而是從九麻分出「從魚模流變者」為「家韻」，上去聲不變；〈答段若膺論韻〉則籠統不分上去聲的不同，或者說並沒有列出上去聲。此外，〈答段若膺論韻〉有些地方比較含糊，如說「真以下十四韻」，[2] 並沒有詳列韻目；微波榭本則列出十四韻的名稱且不按《廣韻》的次序。與「真以下十四韻，皆收舌齒音」同一類的，〈答段若膺論〉只列了「脂微齊皆灰」，[3] 而微波榭本則作「脂微灰齊祭廢皆夬泰」，[4] 次序和韻目均不同。

〈答段若膺論韻〉所列各類韻目的次序，大致跟《廣韻》相同，而微波榭本的次序似乎是戴震的刻意安排，如所謂「……清青庚與支佳，其入聲昔錫麥，是也」，[5] 「庚」在《廣韻》之中，排在清青兩韻之前，[6] 為甚麼出現這樣的倒置呢？大約是因為某

---

[1]　按：《清代古音學》所列據〈答段若膺論韻〉〔王力（1992：130–131）〕，而非按照《聲韻考》。

[2]　戴震（1980：79）。按：有關「真以下十四韻」，似乎已見於《古韻標準》，江永在「平聲第四部」的總論中曾討論分兩部的問題〔江永（1982：28）〕。

[3]　戴震（1980：79）。

[4]　微波榭本卷三〈古音〉（頁8B）。

[5]　微波榭本卷三（頁8B）。

[6]　陳彭年（2008：131）。

些「今音」的韻在古韻中，要離散歸入不同的部，如微波榭本認為「庚」既與「陽唐」一類，又與「清青」一類，[1] 在古音分部時「庚」韻不能完整保留下來，既然要分離開來，所以不適宜放在最前；又如「蕭」在《廣韻》裏位於「庂」之前，「庂」又在「幽」之前，[2] 微波榭本認為歸入這一類的還有來自上平聲的「虞」的一部份（戴震把它叫做「禺」韻），戴震的排列次序是「幽庂蕭」，他加上附注說明：「禺分十虞來屬」，而「以七類為二十部」的「蕭」也不是《廣韻》的「蕭」，《聲韻考》說：「三蕭、四宵、五肴、六豪，別出從庂幽流變者，歸于蕭」，[3] 由此可以猜想這正是戴震不把「蕭」放在前面的原因。戴震把哪一個韻目放在最前，似乎都隱含了他的想法。現在試把微波榭本所分的二十部，用括號分隔開最前面的韻目和後面的韻目，排列成下面這個樣子（小括號內的是戴震為歸併「今音」而成新的韻部和韻目）：

真〔臻諄殷文痕魂先仙元刪山寒桓〕

脂〔微灰齊祭廢皆夬泰（開）〕

質〔櫛術迄物沒屑薛月黠轄曷末〕

蒸〔登〕

之〔咍尤（荄杯）〕

1　微波榭本卷三〈古音〉：「陽唐庚與宵肴豪，其入聲藥覺沃是也。清青庚與支佳，其入聲昔錫麥是也」（頁 8B）。

2　陳彭年（2008：131－132）。

3　微波榭本卷三〈古音〉（頁 7B、8B）。

職〔𢛯（服）〕

東〔冬鍾江〕
幽〔矣蕭（禺）〕
屋〔燭（篤角戚）〕

陽〔唐庚〕
宵〔肴豪〕
藥〔覺沃（祿翟）〕

清〔青庚〕
支〔佳（圭）〕
昔〔錫麥〕

歌〔戈麻（儀騧）〕
魚〔虞模（家）〕
鐸〔陌（若）〕

侵〔覃談鹽添咸銜嚴凡〕
緝〔合盍葉怗洽狎業乏〕

排在「以七類為二十部」最前的韻目，除了大類的區分和歸部有

異外，幾乎跟後來王力所訂三十部部名相同。[1] 其中與王力的三十部不同的只有「清支昔」一組，這一組比較特別，可以討論一下。如果細心看看，微波榭本的「二十部」所列的並不是《廣韻》平聲的全部韻目，甚至在微波榭本那裏討論過的「耕」也沒有出現，所謂「十二庚、十三耕別出從陽唐流變者，歸于庚」，下注：「庚之本類字併于耕」，[2] 因此「庚耕」有相涉的地方；至於「昔錫麥」一組，「昔」下注：「改脊」，「麥」下注：「改檗」，[3] 即只有「錫」不改，因此「錫」才是真正用《廣韻》的韻目，戴震可能出於一時之誤，把「昔」放在「錫」的前面。那麼除了「清」之外，十九個韻部的名稱都跟王力所用的相同。[4]

從上面來看，戴震在浙東的時候，已初步為古韻部訂立了名稱，《聲韻考》的〈古音〉重新改寫之後，基本列出各部的名稱，再到乙未年改為九類二十五部，才改為以影母字命名。現在回過頭來看看段玉裁，他沒有為各部命名，而且〈今韻古分十七部表〉仍按《廣韻》來歸部。至於同於戴震門下的孔廣森，一直被認為

---

[1]　王力（1992：253）。

[2]　微波榭本卷三〈古音〉（頁 7B - 8A）。

[3]　微波榭本卷三〈古音〉（頁 8B）。

[4]　張民權指出紀昀「應該了解萬光泰，紀昀在乾隆二十四年（1759）著述《沈氏四聲考》時，引錄了萬光泰《四聲譜考略》的大量內容，看過萬光泰的書稿」〔張民權（2016：841）〕。按：《聲韻考》成於《沈氏四聲考》之後，而刪改過程又涉及與沈約之間的論爭，因此戴震可能也看過萬光泰的書稿；戴震最後放棄以《廣韻》韻目命名，以及維持《廣韻》的韻序，這個兩個改變的原因，是否與萬光泰有關，似乎需要進一步研究。

他屬於所謂古音學的「考古派」，他的《詩聲類》每類都列出《廣韻》（唐韻）的韻目，也為古韻部（類）命名，[1]《詩聲類》刊刻得很遲，不知到底是何時寫成，《詩聲類》的結構帶有戴震的影響，而且同樣為古韻部加上名稱，是否也可以考慮孔廣森的學說之中也帶有「審音」的成份？[2]

8. 贅語

本篇雖然說是研究段玉裁跟韻圖的關係，不過實際上是偏重於《聲韻考》的考證。從《聲韻考》成書的過程可以看到戴震的學說不斷改變，也許這是他精益求精的地方，也令後人研究起來感到為難，因此為了釐清段玉裁從戴震那裏所得到韻圖的理論，不得不對戴震的文集和《聲韻考》作一個比較研究。粗讀了多個版本的《聲韻考》和相關文章之後，可以發現戴震的韻圖理論是

---

1 《詩聲類》卷之一〔孔廣森（1983：2）〕。

2 《詩聲類》除了按《廣韻》分部及用《廣韻》韻目為古韻部命名外，還認為「《切韻》的次序不是隨便排列。而是具有古音學的意義」〔王力（1992：163）。按：這個《切韻》次序的說法，也許跟戴震有關，如「書四江後」：「隋唐二百六韻，據當時之音，撰為定本，至若古音，固未之考也。然別立四江以次東冬鍾後，似有見於古用韻之文，江合於東冬鍾，不入陽唐，故使之特自為部。不附東、冬、鍾韻內者，今音顯然不同，不可沒今音，且不可使今音古音相雜成一韻也」〔戴震（1980：98）〕，西湖樓本卷三〈古音〉相同（頁 10A），微波榭本略加修改為：「隋唐二百六韻，據當時之音，撰為定本，雖未攷古音，不無合于今大戾于古。然別立四江以次東冬鍾後，殆有見于古用韻之文，江歸東冬鍾，不入陽唐，故特表一目。不附東冬鍾韻內者，今音顯然不同，不可沒今音，且不可使今音古音相雜成一韻也」〔卷三（頁7A）〕。

從傳統轉向創新；他對外來的學說，是從倚重轉而批判。而始終
如一的是他重構《廣韻》的學說，也就是所謂「審音」的主張，
這對後人分析《切韻》的基礎音系有很大的影響。而戴震為古韻
部定立部名，這雖然出於重構《廣韻》的想法，卻是一個劃時代
的主張，現代的古音學都受到他的影響。

2016 年穀雨前二日二稿

附記

　　本篇三稿完成之後，蒙許明德教授指正多處，許教授又提出
一些問題及意見，謹列於下，待他日再加補苴：

一、為甚麼戴震從一個極端走向另一個極端？是否真的與紀昀
　　之爭有關？清代學術可否從這個角度加以研究？

二、戴震為歸併《廣韻》韻目而成的「今音」韻部定了名稱，
　　是否也歸入創立自身一套聲韻學的做法？

三、清代學術有幾個切入點可以放入戴震的年譜之中：(1)對
　　西域之學的處理；(2)師承的問題，涉及「傳統與創新」；
　　(3)版本的差異以及與戴震的學術態度的關係。

再三感謝指導和鼓勵的各位師長、朋友！

補記

　　拙稿開始撰寫時還未讀到木下鉄矢先生〈戴震の音學——そ

の對象と認識──〉（收於《清代学術と言語学 ──古音学の思想と系譜》之中），到了今年五月木下的遺著出版，該文已對《聲韻考》加以詳細分析，原刊於 1979 年的《東方學》（58 號，頁128–142）。雖然三十多年前跟木下先生見過面，但到最近才讀到這篇文章，特是這篇文章討論到《聲韻考》與《孟子字義疏證》的關係，令我茅塞頓開，可惜現在問難無從！

2016 年 8 月 25 日五稿

第 10 篇

讀段玉裁〈答江晉三論韻〉札記
——論段玉裁與韻圖之四

提　要：段玉裁晚年所寫的〈答江晉三論韻〉，既是回
應江有誥，也是總結他自己的古音學，這封信
反映出他如何評定《六書音均表》以及對「審
音」的看法；其中討論「合韻」問題，也折射
出他對十七部學說的堅持。這些都對後世古音
學譜系分析有很大的影響。本篇的第二則對段
玉裁所謂「古之雙聲，非今三十六字母之聲」
作了合理的解釋，破解了這個古音學史的難題。
最後從段氏對龔自珍的教導，可見他根本沒有
把「考古」、「審音」視為不同的學術門徑。

關鍵詞：段玉裁、江有誥、韻圖、審音、合韻

原文刊於《北斗語言學刊》第四輯，上海：上海古籍出
版社，2019年。頁141－156。

　　王力把江有誥和段玉裁並舉，認為清代古音學家中影響最大的是他們兩人，[1] 可惜的是段玉裁到了人生最後的歲月才跟江有誥認識，交集的時間也不長。段玉裁在乾隆四十年（1775）寫成《六書音均表》（本篇下稱《音均表》），[2] 到嘉慶十七年（1812）段玉裁寫信回覆江有誥，其間有 37 年，他親身見證了古音學的演變，戴震教了他江永的學說，[3] 又同時看到戴震從江永的學術體系叛走出來，段玉裁也面對其他學者對自己的古韻學說的補充和修正。江有誥致書給他討論《音均表》的得失，[4] 他的回信正是這 37 年來的沉澱和反思。本篇就閱讀〈答江晉三論韻〉（本篇下稱「段信」）所得，對前面三篇討論段玉裁與韻圖的札記作一點補充（本篇下文分別稱為「札記一」、「札記二」、「札記三」）。

　　江有誥在壬申（1812）三月寫信給段玉裁，段玉裁四月收到這封信後，由於身體不佳，隨手覆了，再托江有誥的親戚帶回去。同年六月又收到江有誥的信（本篇下稱為「六月書」），七月再覆信給江有誥，[5] 這就是《經韻樓集》卷四所收的「段信」，[1] 九

---

[1]　王力《清代古音學》稱「……清代古韻之學到段玉裁已經登峰造極」〔王力（1992：129）〕，又說「江有誥是清代古音學的巨星」〔王力（1992：208）〕，在《中國語言學史》稱清代的古音學家「影響最大的，只有段玉裁、江有誥二人」〔王力（1981：144）〕。

[2]　〈段玉裁先生年譜〉〔段玉裁（2008：440）〕。

[3]　按：王力指出戴震的「等韻學」不如江永〔王力（1992：138）〕，甚至「並不高明」〔王力（1992：208）〕，因此段玉裁所稟承的江永以及「等韻學」的學說，很大部份可能是自學所得。

[4]　《江氏音學十書》卷首〔《續修四庫全書》第 248 冊（頁 3–4）〕。

[5]　〈答江晉三論韻〉：「……又於六月十六日得手書，不勝抃喜，併取

月江有誥赴蘇州執弟子禮謁見段玉裁，互相討論。[2] 江有誥把段玉裁的序置於《江氏音學十書》（本篇下稱「十書」）卷首，總目之後就是他在「壬申三月」〈寄段茂堂先生原書〉（本篇下稱「江信」）。[3]

如果比較一下，[4] 就發現這兩封信並不完全吻合，不單文字有差異，而且「段信」提到的內容也不是全部見於「江信」。「段信」雖然也說過：「併取前札讀之，用復於足下」（頁 126），「段信」中不見於「江信」的內容是否屬於「六月書」的呢？可惜現在無法見到「六月書」，無從比較。奇怪的是無論是劉盼遂還是

前札讀之，用復於足下」〔段玉裁（2008：126）〕。

[1] 段玉裁（2008：126–135）。按：本篇主要參考校點本《經韻樓集》〔段玉裁（2008：126–135）〕。為方便討論，「段信」的分段悉按校點本《經韻樓集》。校點本把「段信」分為 15 段，內容大致可以分為幾個部份，第 2–8 和 11 段，前面都冠以「足下曰」、「足下又曰」、「足下又云」，似乎都是回應江有誥信中有關古音學的問題；中間夾了第 9、10 兩段，也是對針對江有誥古音學的問題；第 12、13 兩段是段玉裁自我檢討，以及對解釋「十七部」次第的理據；第 14 段是回應「江信」中有關校正《說文》的問題。又按：為省篇幅，本篇下文引「段信」逐列校點本頁碼。

[2] 《段玉裁先生年譜》〔段玉裁（2008：481）〕。

[3] 「十書」卷首〔《續修四庫全書》第 248 冊（頁 3–4）〕。按：為省篇幅，下文引「十書」的部份，逐注《續修四庫全書》第 248 冊的頁碼。

[4] 《續修四庫全書》本「十書」卷首並無「段信」，而《音韻學叢書》本把「段信」放在「江信」之後（頁 4A–27A）。按：江有誥在「江信」後附注：「復書五千餘言，具載先生文集中，茲不錄」（頁 248/4），這個附注也出現在《音韻學叢書》本（頁 7A），《音韻學叢書》的編者大約沒有注意到附注。

羅繼祖所編的段玉裁年譜，都沒有提到壬申年裏有兩次的書信往還。[1] 內容出現差異，是出於段玉裁逕自改動，抑還是江有誥在九月謁見段玉裁之後，主動把自己的信加以修改？但他標明是「原書」，按理不應有大量的修改。此外，這些不同是否曾出現在「六月書」中，段玉裁是按那封信作答？然而，由於未見「六月書」，這個問題現在沒法解決。此外，從「段信」的內容來看，段玉裁可能還看過「十書」的部份內容，是初稿還是完稿，這些問題都不好解決。[2]

　　現在就閱讀「段信」所得，記下兩則札記。

1.第一則：「合韻」和「十七部之次第脈絡」

　　「江信」一開始就討論「合韻」，「段信」在第 2 段立即回應這個問題，「段信」引江有誥的話：

> 足下曰：表中於顧江二公闕韻之處，悉以合韻當之。
> 竊謂此不必也。凡著書之道，通其所可通，而闕其所不可
> 通，增一「合韻」之名，則自生枝節矣。（頁 126）

---

[1]　　按：甚至連陳鴻森（1950－）〈《段玉裁年譜》訂補〉也沒有補出這一點〔陳鴻森（1989：642）〕；《江有誥古音學研究》所列的江有誥的年譜，也沒有提到段江二人有兩次書信往返〔喬秋穎（2009：16）〕。

[2]　　《江有誥古音學研究》指出 1812 年 4 月（壬申三月）：「江氏《音學十書》中的一部分成於此前」〔喬秋穎（2009：16）〕。按：如果從「十書」挖版改動來看，不單是在壬申三月前完成了一部份，甚至已刻印了若干種。

而「江信」的原文是這樣：

　　表中於顧氏無韻之處，悉以合韻當之，有最近合韻者，有隔遠合韻者。有詰窮謂近者可合，而遠者不可合也，何也？箸書義例當嚴立界限，近者可合，以音相類也；遠者亦謂之合，則茫無界限，失分別部居之本意矣。（頁 248/3）

「段信」的「足下」是指江有誥，「江信」只提到顧氏（顧炎武），而「段信」說「顧江二公」，多了「江」（江永）。這應該不是一時筆誤，似乎是針對「十書」的「古韻凡例」。當然現在所見的「古韻凡例」完稿應在收到「段信」之後才寫成，但初稿可能附在「江信」一起寄給段玉裁，[1]「古韻凡例」與「段信」討論「合韻」相涉的部份是這樣說的：「顧氏改侯從魚，膂齋改侯從尤，均未善也」（頁 248/10），江有誥把顧炎武和江永（膂齋）的分部一起批評，也許正因為如此，段玉裁回覆時於是「顧江」並稱。

---

[1]　按：「江信」裏並沒有提到「古韻凡例」的部份，不過「江信」提到有所謂〈古音總論〉，頗值得注意，「江信」說：「……而以〈古音總論〉、〈等韻叢說〉、〈說文質疑〉、〈繫傳訂訛〉、〈音學辨訛〉附焉」（頁 248/4），而現在「十書」的總目裏面並沒有〈古音總論〉，除〈古音總論〉外，其餘均見於總目的附錄，不過實際上只有《等韻叢說》獨立成書，並放在《入聲表》和《唐韻四聲正》中間（頁 248/266－270）；另一方面「十書」裏面的「古韻凡例」列在《詩經韻讀》之前，而「古韻凡例」之後有「古韻總論」（頁 248/13–16），「古韻凡例」刻印非常整齊，而「古韻總論」很多地方都有挖空的地方。竊意「江信」提到的〈古音總論〉，可能包括「古韻凡例」和「古韻總論」這兩個部份，甚至包括了（古韻廿一部總目）這個部份（頁 248/7–8）。

「段信」接着就引了錢大昕的說法，表示同意江有誥的批評，但往下卻說：「……『合韻』之説，淺人以今與古不合而名之，僕則以古與古不合而名之」（頁 126），任何人讀到這兩句總有點不是味兒，到底段玉裁是承認自己的不足，還是在反駁江有誥，有點叫人摸不着頭腦。當然他在下面又作自我批評，表示接受戴震和江有誥的批評。

細看段玉裁提到江有誥批評他的例子，這兩句摸不着頭腦的話也似乎是針對江有誥「十書」的「古韻凡例」。江有誥在「古韻凡例」內批評顧炎武和江永「均未善也」之後，接着說到段玉裁：「段氏以尤幽為一部，侯與虞之半，別為一部，雖古人復起無以易矣」，但下面就入聲的劃分批評段玉裁，所謂「入聲亦當畫開，段氏以屋沃燭覺，均為幽之入，侯部無入」，所舉的例子正是「段信」裏提到的「奏附驅裕」的例子（頁 248/10）。江有誥是從等韻學（切韻學）的開合口來分析侯尤平入的分配，[1] 考慮劃分入聲是否正確，[2] 但段玉裁的回應只承認不應把同部的字

---

[1] 　按：為方便討論，本篇把「切韻學」統稱為「等韻學」。

[2] 　按：為方便討論，現將「古韻凡例」這一段全錄如下：「顧氏改侯從魚，菅齋改侯從尤，均未善也。段氏以尤幽為一部，侯與虞之半，別為一部，雖古人復起無以易矣。但入聲亦當畫開，段氏以屋沃燭覺，均為幽之入，侯部無入，故於〈小戎〉之驅，〈角弓〉之裕附，〈楚茨〉之奏，〈桑柔〉之垢，《左氏》衞絲辭之竇，〈離騷・天問〉之屬，皆以為合韻。今細考之，屋沃之半，尤幽及宵通，尤之入也，燭與屋覺之半，侯虞相通之入也（詳見《入聲表》、《諧聲表》）。蓋有開口無合口者尤幽，有合口無開口者魚模侯，以開口近幽，故次尤幽，其合口入於虞，故次魚模，而入聲遂誤合於一，然必魚幽之

誤認為合韻，而對自己「合韻」的說法似乎仍然有所堅持，也就是不大同意江有誥對入聲的分配。

1.1 「十七部之次第脈絡亦將不可得而尋矣」

段玉裁承認過去對「奏附驅裕」和「軜（軏）」這些例子的看法是有問題（頁 126），但他提出更多例子來反駁江有誥：

> ……然如〈蝃蝀〉之「母」，〈小戎〉、〈七月〉、〈公劉〉、〈蕩〉、〈雲漢〉之「驂陰飲諶臨」，〈小宛〉之「令」，〈無將大車〉之「痕」，〈谷風〉之「怨」，〈采芑〉之「敦焞」，〈杕杜〉之「近」，不謂「合韻」得乎？（頁 126）

段玉裁把幾個不同情況混在一起，因此這裏有必要逐一分析說明。〈蝃蝀〉的「母」與「雨」押韻，江有誥在《詩經韻讀》說：「之魚借韻，說見『總論』」（頁 248/25），然而在「古韻總論」那裏

外別有其音，今則不可知矣」（頁 248/10）。至於，《清代古音學》則認為「奏附驅裕」是指：「〈楚茨〉六章的『奏祿』、〈角弓〉六章的『木附猷屬』、〈小戎〉一章的『驅續轂軜玉曲』、〈角弓〉三章的『裕瘉』，段氏原以為是『幽侯』合韻，江有誥以為都是侯部字（『猷』字非韻）。這裏段氏改從江有誥」〔王力（1992：83）〕，「段信」第 2 段的重點不在侯部分立的問題，而在相應的入聲的分立，《清代古音學》與本篇分析略有出入。
又按：「十書」的《入聲表》也有就相關的開合口的問題，作了詳細的討論，見〈入聲表凡例〉（頁 248/252–253）。〈入聲表凡例〉之中並沒有涉及戴震和孔廣森，可以推想「江信」說「繕寫已成」的《入聲表》（頁 248/4），而後來也沒有作出大量修改。

並不見相關的討論，大約是江有誥接受了段玉裁的看法，把原版剗掉。[1] 這裏提到的「借韻」，也可以算做「合韻」的一種，[2] 「借韻」之說既不見於「古韻總論」，也未見於「古韻凡例」，不過除了〈蜉蝣〉之外，《詩經韻讀》中其他地方也有出現，[3] 有時還稱作「借用」，如〈新臺〉的附注：「支弟七，脂弟八，元弟十，故得借用」（頁 248/24）。

至於「驂陰飲諗臨」以及「令」、「怨」，江有誥在《詩經韻讀》之中全部標注為「合韻」（頁 248/37、41、70、72、74、53、55），可見兩人並無矛盾，只能推想是他們見面之後，江有誥的看法有所改變。〈無將大車〉的「痕」，在「十書」的「古韻總論」也有討論，涉及字形的問題，大約經過討論之後，段江得到共識。[4]

---

[1] 按：「古韻總論」討論〈新臺〉之後，剗刪了八行，接着是〈澤陂〉（頁 248/13－14），討論〈蜉蝣〉的地方可能就是在這八行裏面。又按：據段玉裁〈江氏音學序〉說：「今年春歙江君晉三寓書於余論音，余知其未見戴孔之書也」（頁 248/1），而江有誥在「江信」的附記也說：「有誥於壬申三月寄書於先生，七月接到復書，謂能閉門造車，出而合轍，以與戴孔之說不謀而合也」（頁 248/4），江有誥在「古韻總論」那裏多次提到「孔氏」，那麼應是在壬申七月收到「段信」之後，甚至是九月見到段玉裁之後，才寫成「古韻總論」，然而正如上面提到〈古音總論〉跟「古韻總論」之間的問題，再加上「古韻總論」出現大量挖改，因此「古韻總論」可能經過不止一次增刪，這一點值得注意。

[2] 《江有誥古音學研究》認為：「江氏把相鄰的韻部通押叫通韻，隔部相押的叫合韻，隔幾部相押的叫借韻」〔喬秋穎（2009：163）〕。

[3] 參閱《江有誥古音學研究》第六章的第三節〔喬秋穎（2009：165–166）。

[4] 見「十書」的「古韻總論」：「〈無將大車〉二章：痕與塵不協，宋

至於「（敦）焞」和「近」，江有誥認為都不是韻腳（頁 248/48、46），後來王力則認為「焞」是通韻，而「近」則是不入韻。[1] 如果從「十書」最後的形態來說，這些例子不能反映出他們有很重大的分歧，當然可以視之為段江二人從善如流的表現。

然而上述所列的都不是帶有原則性的例子，為甚麼段玉裁要特別強調？是不是涉及整個分部的體系，於是兩人的信都以此作為討論的總綱呢？就韻例而言，兩人之間的確爭議不大，因此重點可能在於處理「合韻」的態度。為甚麼這樣推論的呢？因為「段信」反駁的例子，大部份都見於《音均表》的〈古合韻說〉，[2] 而且「段信」在重複這些例子之後還加上一句「義例炳然，非不可通者，苟盡去之，則僕所分十七部之次第脈絡亦將不可得而尋矣」（頁 126），如果再加上「……『合韻』之說，淺人以今與古不合而名之，僕則以古與古不合而名之」這句摸不着頭腦的話來看，段玉裁認為江有誥對他的批評，是用了「今」的方法，而不是他從「以古與古不合」來考慮，也就是恐怕江有誥會挪移他對韻部

劉彝改作痕，然痕字《廣韻》所無，僅見於《集韻》，似不足據，故段氏仍作『痕』，指為合韻。然痕屬支，塵屬文，相去甚遠，不能合韻。孔氏改作痕，以自實其陰陽相配之說，然痕乃胝之重文，《廣韻》注皮厚也，於《詩》義不協。戴氏以為當是瘹字之訛，此說得之，蓋傳寫者脫其半耳，《廣韻》痕與瘹皆注病也，訓詁正同」（頁 248/14－15）。

[1] 王力（1980C：268、262）。

[2] 按：「段信」的例子見於《六書音均表・古合韻說》有〈谷風〉的「怨」、〈小戎〉的「參」（「段信」作「驂」）、〈七月〉的「陰」、〈公劉〉的「飲」，以及〈匏有苦葉〉的「軓」、〈無將大車〉的「痕」、〈杕杜〉的「近」等〔段玉裁（1983：31）〕。

的劃分,特別是入聲的劃分,從而影響到十七部的次第。

1.2 「此則僕以入爲樞紐」

也許一般讀者並不同意上面對「段信」的解讀,但不妨先從頭到尾閱讀「段信」一遍,讓段玉裁自己來解釋吧。

在「段信」回應江有誥的質詢之後,差不多在全文結束之前,段玉裁又作了一些補充,即校點本的第12、13兩段(頁133–134),第 12 段說孔廣森劃分東冬兩部等,接着說到分部的問題,然後再自我批評,提到《音均表》未及改正,間接再次回應江有誥批評《音均表》侯尤平入的分配有問題,也就是「江信」裏面所說的第二三四五部入聲的分配(頁 248/3)。[1]

第 13 段一開始就說到孔廣森陽陰兩兩相配,然後提到戴震的四類「收音」,跟着就談及自己的十七部的次序,說完十七部的次序之後,就說:「此則僕以入為樞紐,而求其次第之意」(頁134),這個說法跟《音均表》的〈古異平同入說〉不盡相同,也跟〈古十七部本音說〉不同。〈古十七部本音說〉只說古今音轉從而推論各部的關係;[2] 而〈古異平同入說〉是說「合韻之樞紐於此可求矣」。[3]

「段信」第 13 段反映出段玉裁明顯接受了孔廣森的理論。孔廣森的理論本身有矛盾的地方,他既否定古有入聲,但又說「入

---

[1] 按:即由「表中謂宵部無入」至「不必為侯之合韻矣」的部份。
[2] 段玉裁(1983:14–15)。
[3] 段玉裁(1983:31)。

聲者陰陽互轉之樞紐」。[1]「段信」襲用孔廣森的說法，但對「分為陽聲九類、陰聲九類，而兩兩相配」，並不完全同意，「段信」對孔廣森的評價是「其然否不可知」（頁 133）。他引孔廣森，目的只是用來襯托自己也會使用「音理」來分辨古韻部。在第 13 段裏，段玉裁認為十七部的排列除了以古音相通的基本原理之外，還有不少「音理」在內。段玉裁雖然對戴孔二人的理論不以為然，但分辨十七部的次第時，段玉裁竟用了與戴震相近的「收音」方法，所謂「談與侵皆閉口收脣者，故次第八」（頁 134），並且屢屢使入聲來判別韻部的次序，如「蒸與之最近，亦以之入為入者也」（頁 134），當然他還繼續使用「斂（侈）」這個近乎「等韻學」的原理（頁 134）。[2]

　第 13 段結束前，段玉裁反問江有誥幾個問題，最先的是「其次第不知別有見乎？抑同於五家之一乎？」（頁 134）江有誥在「古韻凡例」回答了這個問題。[3] 江有誥說到各部的次序，主要

---

[1]　孔廣森（1983：44）。按：《詩聲類》在這句後面還有一句：「而古今遷變之原委也」，因此「段信」第 13 段一開始就引孔廣森之說，應該是為了說明自己十七部的結構。

[2]　參閱本書第 8 篇的第 4 節。

[3]　「十書」的「古韻凡例」：「戴氏十六部次弟：以歌為首，談為終。段氏十七部次弟：以之為首，歌為終。孔氏十八部次弟：以元為首，緝為終。以鄙見論之，當以之弟一、幽弟二、宵弟三，蓋之部閒通幽，幽部或通宵，而之宵通者少，是幽者之宵之分界也。幽又通侯，則侯當次四。侯近魚，魚之半入於麻，麻之半通於歌，則當以魚次五，歌次六。歌之半入於支，支之一與脂通，則當以支次七，脂次八。脂與祭合，則祭次九。祭音近元，《說文》諧聲多互借，則元次十。元閒與文通，真者文之類，則當以文十一，真十二。真與耕

是依據古音相通來考慮，江有誥在這一段「古韻凡例」裏還說了一句「而不用後人分配入聲為紐合」，分明是衝着段玉裁「以入為樞紐，而求其次第之意」的說法而來。相對於「段信」，不難發現段玉裁不惜採用「等韻學」的方法，來證明十七部次序的合理，在第 13 段的開始，他提到戴震說到「六朝辨聲之法」（頁133），也許是暗示自己分辨十七部的次序正是用上「辨聲」的方法，而「辨聲」和「審音」在戴段的對話中是指同一件事物。[1] 由此可見段玉裁影射江有誥的方法是「今」，其實自己卻用上更多「審音」的方法，其目的只不過為了維護自己所訂的「十七部之次第脈絡」，正是他堅持的地方。

1.3 「通」和合韻

回頭再看看「段信」的第 2 段，段玉裁是怎樣回應「合韻」這個問題。兩信的用字有些微妙的差異，江有誥說「近者可合，以音相類也；遠者亦謂之合，則茫無界限」，江有誥用「近」和

通，則耕次十三。耕或通陽，則陽次十四。晚周秦漢多東陽互用，則當以東十五。中者東之類，次十六。中閒與蒸侵通，則當以蒸十七，侵十八。蒸通侵而不通談，談通侵而不通蒸，是侵者蒸談之分界也，則當以談十九。葉者談之類，次二十。緝閒與之通，終而復始者也，故以緝為殿焉。如此專以古音聯絡，而不用後人分配入聲為紐合，似更有條理」（頁 248/11）。按：「古韻凡例」此段提戴氏（戴震）、孔氏（孔廣森），恐怕是在收到「段信」之後才寫的。見「段信」末段：「戴氏韻書，足下何不向讓堂先生借之？孔氏書，恐坊間無有，今附往，祈見還」（頁 135）。
[1] 參閱本書第 9 篇的第 5 節。

「遠」來區分；段玉裁覆信把江有誥原文改為「通其所可通，而關其所不可通」，模糊了各部的距離，有點違背江有誥的原意。段玉裁在列舉反駁的例子之後，進一步提出「合韻」是為了「分」，是一種「權」的方法，所謂「權」到底是指「權宜」、「變通」，還是指其他的意思？總之段玉裁不認為他的做法是「遠者亦謂之合」。

　　江有誥另有「通韻」的說法，在「十書」的總目有一行：「《廿一部韻譜》，附〈通韻譜〉、〈合韻譜〉、〈借韻譜〉」（頁 248/2），不過這個部份在「十書」裏面沒有出現。在「古韻凡例」對「通韻」、「合韻」則有所說明：

> 古有正韻，有通韻，有合韻。最近之部為通韻，隔一部為合韻。（頁 248/12）

「古韻凡例」又說：

> 知其合，乃愈知其分，即其合用之故，而因以知古部之次弟，並知「唐韻」誤合之由。別為譜錄，使學者有所考焉。（頁 248/12）

「別為譜錄」當指〈通韻譜〉、〈合韻譜〉、〈借韻譜〉之類。[1] 不知這段「古韻凡例」是早已寫成，還是以後所寫，但明顯針對段

---

[1]　按：在「十書」凡例之前有〈古韻廿一部總目〉（頁 248/7‑8），但並非韻譜，「古韻凡例」是接着在〈古韻廿一部總目〉之後，「古韻凡例」說「別為譜錄」，按理應該不是指〈古韻廿一部總目〉。

289

玉裁「合韻」的說法，因為段玉裁把一切合韻都稱為「通」；「知其合，乃愈知其分」，在表面上與「謂之『合』而其分乃愈明」相近，但江有誥補上一句「即其合用之故，而因以知古部之次弟」，也衝着「段信」的「非不可通者，苟盡去之，則僕所分十七部之次第脈絡亦將不可得而尋矣」。「段信」是不管相鄰還是相隔的部，總稱之為「合韻」，回答江有誥時卻用「通」，可能真的有難言之隱。

　　特別值得注意的是江有誥的「借韻」。上面說過「借韻」沒有出現在「古韻凡例」，即使在「十書」的《詩經韻讀》內，出現的次數也不多，但在《唐韻四聲正》之中「借韻」一詞卻經常出現，如（《易林》）：「〈訟〉之〈離〉『不如止居』與『事』借韻；〈否〉之〈同人〉『不可以居』與『怪去』借韻；〈同人〉之〈坤〉『飽歸止居』與『悔』借韻」（頁 248/275）。在「江信」之中只有《唐韻再正》，並沒有《唐韻四聲正》，就算《唐韻再正》即《唐韻四聲正》，江有誥那時候還未脫稿（頁 248/4）。其後經過了 15年，到了道光丁亥（1827）開雕《唐韻四聲正》（頁 248/271），江有誥對古聲調的想法有進一步的發展，《江有誥古音學研究》指出：

　　　通過對各家學說的比較，再加上自己對押韻材料的考
　證，他改變了當初古無四聲的說法，而改為「古人實有四

聲，特古人所讀之聲與後人不同」的觀點。[1]

在《唐韻四聲正》裏要處理先秦至兩漢的材料，不得不小心衡量古韻部的遠近，單用「通韻」和「合韻」不能解決問題，因此愈益顯得段玉裁「合韻」的說法需要加以分辨。

當然在壬申年，江有誥似乎還未完全確立這三種「合韻」的分別，最初大約只有「通韻」和「合韻」兩種，用來表示韻部遠近的不同。段玉裁如果承認江有誥遠近不同的說法，就要重新釐定十七部以及六類的體系。《音均表》的〈古合韻說〉以〈古十七部合用類分表〉為基礎，〈古合韻次弟近遠說〉所謂：

> 合韵以十七部次弟分為六類求之。同類為近，異類為遠，非同類而次弟相附為近，次弟相隔為遠。[2]

可惜段玉裁沒有恪守這個原則，甚至對江有誥合理的批評也加以反駁。雖然同意和讚賞江有誥，但不免有所保留和委蛇不定。說到底就是段玉裁仍然不願捨棄十七部的劃分和次第，不希望因處理「合韻」而有所影響。

2. 第二則：「古之雙聲」試釋

「段信」之中最難明白的是這兩句：「古之雙聲，非今三十六字母之聲，古之疊韵，非今二百有六之韵」（頁 127），前面幾

---

[1]　喬秋穎（2009：48）。
[2]　段玉裁（1983：31）。

篇札記也曾討論，[1] 不過現在細讀「段信」，過去的看法似乎並不貼合段玉裁的原意，試再作一點補充和更正。

2.1 「四分之」

　　「段信」的第 2 段提過的「驅附奏垢」這個例子，隔了兩段，即第 5 段又重新提起：

> 　　足下云：「……如此則表中第三部之『驅附奏垢』字當改入侯部，不當為尤之合韻矣。侯部『裕』字乃其本音，不必為第四部合韻矣。」（頁 128）

相隔不遠的地方竟然這樣重複論述，[2] 到底有甚麼特別的意思？除此之外，這一段之中有些內容也不見於「江信」，如：

> 　　足下云：「顧不合於三代而合於兩漢，江則不合於三代，併不合於兩漢。惟《音均表》別尤於蕭，又別侯於尤，為實事求是。但平分而入未分，……」（頁 127）

「段信」相隔兩段重複論述（下面還要提到這一段中另一個的重複情況），再加上與「江信」並不對應，導致現代學者有不同的解讀，如《江有誥古音學研究》認為「由於江有誥能從考古和審

1　　參閱本書第 7 篇的第 2 節、第 9 篇的第 6 節。
2　　按：「段信」雖然說「此稿時作時輟，久而後成」（頁 135），但恐怕這不是重複的原因，「時作時輟」更反映段玉裁經過長期思考。

音兩方面來論證侯部有入聲，段氏心悅誠服，欣然接受」，[1] 是否如此，竊意還可以討論一下。段玉裁在表面上的確對江有誥大加讚賞，如第 5 段說：

> 足下又云：「『表』以屋沃燭覺為尤入，某則謂當以屋沃之半配尤，以燭與屋覺之半配侯也。」

所謂「表」大約是指《音均表》，段玉裁認為「此條最為足下中縶之處」，又稱江有誥批評他「平分而入未分」，「是說也，精確之極」（頁 127）。然而，對比「江信」，就出現一些問題。

「段信」第 5 段的第一個引文，大致跟「江信」相同；第二個引文開始的部份，即上面所引起始為「顧不合於三代而合於兩漢」那幾句，原文未見，然而隔了一段的上文也提過相類的部份，見「段信」的第 3 段：「顧氏合侯於虞，與三代不合而合於兩漢，江氏合侯於尤，且不合於兩漢矣」，也說是「足下云」的（頁 127）。重複引述而又不盡與「江信」完全吻合的部份，也許是與「江信」這個部份有關：「匪獨《詩》、《易》如此分用，即周秦漢初之文，皆少有出入者如此」（頁 248/3）。內容雖然不全出於「江信」，但涉及尤侯的分合，以及相應的入聲分合，即「平分而入未分」，似乎也跟「十書」的「古韻凡例」一段相近：「段氏以尤幽為一部，侯與虞之半，別為一部，雖古人復起無以易矣」（頁 248/10）。如果把「段信」第 5 段和第 4 段結合起來細讀，可以發現一些問

---

[1] 喬秋穎（2009：127）。

題。段玉裁在這5段裏表示自己一直如此，他肯定江有誥的同時，又表示自己早已有這樣的看法，所謂：「僕撰表時，亦再四分之，而牽於一二不可分者，遂以中輟」（頁128），所謂「四分之」是指《音均表》由第二部至第五部的入聲分配。「段信」的第 4 段引江有誥的說法：

> 足下又曰：「第二部無入，不若割藥鐸昔沃覺之半為蕭入，不必全以沃覺配尤，藥鐸配魚，錫配支也。」（頁127）

而「江信」原文是這樣的：

> 表中謂宵部無入，其入聲字皆讀為平。有誥則謂不若割沃覺藥鐸錫之半為宵入，不必全以沃覺配幽，藥鐸配魚，錫配支也。（頁 248/3）

「江信」建議重訂四個部的入聲分配，正是段玉裁所謂的「四分之」的意思，由此看來第 4、5 兩段應是連接在一起。兩段的主題圍繞着四個韻部入聲的分配問題，前面的一段是重點所在，無論如何第 4 段是表示跟江有誥意見不合，所謂「此說非不善」（頁127）。

段玉裁反駁江有誥的理由之一是「不欲以今韻為古韻」（頁127），不過他的理據相當混亂，甚至有點強辭奪理：

> ……而取目下但云「陸韻」平聲蕭宵肴豪，上聲篠小

巧皓，去聲嘯笑效號，不列「入聲藥」三字者，不欲以今
韻為古韻也。陸法言之書，以藥鐸配陽唐之平上去，不以
為蕭宵肴豪之入也。茲之表以古韻正之，故不列「入聲藥」
三字，……（頁 127）

所謂「取目」是指《音均表》的〈今韻古分十七部表〉所列的「今
韻」的韻目。[1] 《切韻》是陽入相配，當然是「不以為蕭宵肴豪
之入」，因此「藥鐸」不配「蕭宵肴豪」明明是「今韻」的結構，
段玉裁因自己不採用，而說成「不欲以今韻為古韻」，不惜把話
倒過來說了。

第二個反駁江有誥的理由，是「古四聲與今大不同」，段玉
裁於是重複提出以諧聲偏旁推求，他是這樣說明：

……以本聲與用以諧聲之字互相求，以一聲數字互相
求，參之伍之，反之復之，於以知此部古無上去入，而有
入者，以此部混於五部之入而為陽唐之入也，故正藥韻之
字為平聲，正所以定蕭宵肴豪為古音獨用之部也。（頁 127）

《江有誥古音學研究》指出：「段氏宵部無入聲的原因是在他過
信《詩經》用韻，而沒有從語音系統上考慮平入相配關係」。[2] 當
然可以這樣埋解段玉裁，但似乎還要看看他對語音系統的看法才
能較容易明白他的想法。段玉裁認為藥鐸在諧聲偏旁的關係是屬

---

[1]　段玉裁（1983：7–9）。
[2]　喬秋穎（2009：130）。

於陽唐的入聲，又說「藥」「古無上去入，而有入者」，即認為「藥」是平聲，不是第二部（平聲：蕭宵肴豪）的入聲，於是認為以「藥」配第二部是「今韻」不是「古韻」。

2.2 「考古不謂不深也」

段玉裁的說法是否完全沒有道理？看來也不是。首先他說以「藥」配「蕭宵肴豪」是「今韻」，在「札記一」曾討論過段玉裁撰寫《音均表》前是否看過「異平同入」的韻圖。[1] 「段信」寫在《音均表》成書 37 年後，那時他應該看過「異平同入」的韻圖，如《七音略》以「鐸藥」配「蕭宵肴豪」；[2] 《切韻指掌圖》和《經史正音切韻指南》都是「鐸覺藥」配「豪肴宵蕭」，[3] 特別是《切韻指掌圖》列為第一個圖。上面說到段玉裁自己的「合韻」說不同於「淺人」，他的意思是「淺人」因為見到「今音」，如韻圖之類是這樣相配，於是認為「古音」是合韻；而段玉裁認為自己的學說是從古韻材料得出來，不同於「淺人」。段玉裁這樣一說反而證明他對韻圖的熟悉，也反映他對單純參考《切韻》系統的抗拒。這大約就是他認為以「藥」配第二部是「今韻」的道理。

現在看看「段信」的第 9 段，那裏談到清代古韻學的五個代

---

[1]　本書第 7 篇的第 4.1 節。

[2]　《等韻五種》本（61－62）。

[3]　《切韻指掌圖》（司馬光（1986：27－30）；《切韻指南》〔《等韻五種》本（頁 28－29）〕。

表人物，並介紹他們對分部的貢獻，然後加了個評論：「雖恍他人我先，而考古不謂不深也」（頁 131），既承認自己秉承前人，更把自己在內的五人都視為「考古」，無論是今天稱之為「審音派」的江永、戴震和江有誥，把所謂「審音」或者「辨聲」之功都融為一體。當然那時他們之間其實並沒有所謂的「考古」和「審音」的譜系，就算有的話，段玉裁早已把他們混而不分，因為他自己的古音學經常借鑒「等韻學」、《切韻》的系統，從「藥」韻所屬的問題已反映出這一點。

他提出「藥」比較特別，也許是段玉裁對今音學的一個發現。拙稿〈試論歸三十字母例在韻學史的地位〉，提到東漢的「藥部和鐸部分布很廣，涉及多個韻，包括了『覺錫昔麥陌藥鐸』諸韻，不過和藥韻、鐸韻相應的平上去聲的韻在東漢時只屬陽部，不和其他韻相涉」，也就是中古的「藥鐸」兩韻只來自東漢的「藥鐸」兩部，與他部無涉；拙稿又指出「陽唐」的特異性質，並不是一般擬測的韻尾，這個分析是建基於東漢的韻部分布。[1] 段江二人分析的材料由上古以至兩漢，所謂「顧氏合侯於虞，與三代不合而合於兩漢，江氏合侯於尤，且不合於兩漢矣」（頁 127），干擾了他們的判斷，而段玉裁對「藥」的聲調分析雖然不正確，但可能留意到中古音宕攝的特殊性質。

如果這樣推斷的話，段玉裁真的是參用了《切韻》的結構，也就是用了當時的「審音」方法，為甚麼這樣說呢？他在信中漏

---

[1] 黃耀堃（2004：72）。

了口風說：「凡僕書以藥鐸仍陽唐之配，陌麥昔錫仍庚耕清青之配者，意如此」（頁 127），〈今韻古分十七部表〉之中第十部（陽唐）和第十一部（庚耕清青）根本沒有列入聲，[1] 而這一段（第4 段）討論的是「第二部無入」，即「蕭宵肴豪」配入聲的問題，可見段玉裁在這裏以「今韻」為對象，完全運用了「審音」的方法來辯解，再一次把話倒過來說了。

2.3 「本聲」

第 4 段裏段玉裁用了一個特別的詞「本聲」，這個詞不見於《音均表》，粗檢《經韻樓集》也僅此一見。這個詞的意思並不難解釋，所謂「以本聲與用以諧聲之字互相求，以一聲數字互相求」（頁 127），「本聲」就是指主諧的字。不過這個詞也許可以用來了解段玉裁所說「非今三十六字母之聲」的「雙聲」是甚麼意思。在「段信」第 3 段：

> 僕則謂古法祇有雙聲疊韻，古之雙聲，非今三十六字
> 母之聲；古之疊韻，非今二百有六之韻，是以言今音當致
> 力於字母，治古音則非所詳。戴師亦曰「學者但講求雙聲，
> 不言字母可也」。（頁 127）

拙稿「札記一」和「札記三」都討論過這一節，在「札記一」說：
「段玉裁的意思是我的語音學跟你的不同，或者說我的分析方法

---

[1]　段玉裁（1983：9）。

跟你不一樣」，[1] 這個解說現在看來並不貼合段玉裁的想法。

　　當時雖然有錢大昕等學者古聲母的學說，不過「段信」第 3 段所謂「雙聲」和「疊韻」都是就江有誥「遍考三代有韻之文」（頁 126），以及「借證於他書三代有韻之文之未的確者」（頁 127）而言，因此這裏的「雙聲」和「疊韻」似乎都是針對古韻。這一段和下面兩段有密切的關係，無論如何段玉裁寫這三段的重點相同，第 4 段說到「本聲」、「諧聲之字」和「一聲數字」的「聲」，應該與上面第 3 段的「古之雙聲」的「聲」相關。「本聲」和「諧聲」，以及同一「聲」的「數字」，都是同指一個「諧聲」，因此段玉裁的「雙聲」是否指同用一個諧聲偏旁，而「本聲」即主諧字。特別值得注意的是在「段信」中還有一處提到「雙聲」，第 14 段說：「……凡字意與聲相涉者多，意與聲不相涉者少也。況諧聲未必不取諸雙聲，況二千年古書傳寫譌謬，豈易糾正」（頁 134），「字意與聲相涉者多」的「聲」應是指諧聲偏旁；至於「諧聲未必不取諸雙聲」，即「諧聲」多「取諸雙聲」，雖然語涉重複，但把「諧聲」和「雙聲」緊緊聯繫起來。第 14 段接着說到江有誥所論的「枻軜銛」三字，其中提到「軜」是「內聲，以聲見意也」，又評說江有誥的看法：「銛，舌聲。足下改作恬省聲，不知此乃因聲之誤也」（頁 134），這裏的「聲」都是指諧聲偏旁，因此第 3 段所說的「雙聲」是同用一個諧聲偏旁無疑。[2]

1　本書第 7 篇的第 2 節，以及第 9 篇的第 6 節。

2　按：在「段信」除了第 3 段和第 14 段出現「雙聲」之外，第 12 段也出現「雙聲」：「檢討舉東聲、同聲、豐聲、充聲、公聲、工聲、

在《音均表》找到相近的說法,〈古諧聲說〉說:

> 一聲可諧萬字,萬字而必同部。同聲必同部,明乎此
> 而部分音變平入之相配,四聲之今古不同,皆可得矣。……
> 凡字書以義為經,而聲緯之,許叔重之《說文解字》是也。
> 凡韻書以聲為經,而義緯之,商周當有其書,而亡佚久
> 矣。……韻書如陸法言雖以聲為經,而同部者蕩析離居矣。[1]

短短一段的〈古諧聲說〉,「聲」包涵了不同的所指,「一聲」、「同聲」、「而聲緯之」的「聲」是指諧聲偏旁;「四聲之今古不同」的「聲」,應該理解為聲調;而「以聲為經」的「聲」,應該採用「聲」的另一個意義,指「韻」的意思。〈古諧聲說〉裏三類的「聲」,都沒有指聲母。倒過來說〈古諧聲說〉的「聲」有多個意思,卻把「諧聲」和意指韻部的「聲」(四聲也跟韻部相關),連結起來。同樣,「段信」所說到的「雙聲」可以理解為同一諧聲偏旁的意思,因此段玉裁說「古之雙聲,非今三十六字母之聲」。

段玉裁和江有誥相見的第二年,段玉裁寫了一篇〈說文劉字考〉,其中有這樣的說法:

冢聲、怨聲、從聲、龍聲、容聲、用聲、封聲、凶聲、邕聲、共聲、送聲、雙聲、尨聲為一類」(頁133),這個「雙聲」是指從「雙」的諧聲偏旁。又按:粗檢《經韻樓集》,除「段信」及〈說文劉字考〉外,段玉裁所用的「雙聲」,均指聲母相同的複音節詞或短語。

[1] 段玉裁(1983:17)。

> 蓋形聲一書取疊韻，必兼雙聲，故卯、卯同在古音弟
> 三部，而諧聲則皆取諸疊韻又雙聲者，「劉」之不可卯聲，
> 猶「昴頯」之不可卯聲。[1]

所謂「形聲一書」是指六書之中的「形聲」，所謂「必兼雙聲」，
而「雙聲者」都是指諧聲偏旁。簡單來說，段玉裁所謂「古法祇
有雙聲疊韻」，「雙聲」是指同一個諧聲（偏旁）。如果進一步推
論的話，這裏的「疊韻」，應該是指一起押的韻腳，或者同一韻
部。「段信」的第 3 段說的「雙聲」指同一諧聲偏旁，「疊韻」指
同一韻部，都是他考證古韻的結果，因此既不同於「三十六字母」，
也不同於「二百零六韻」。這個一直困擾古音學的問題，似乎可
以渙然冰釋。

2.4 「然則談古韻者，胡爲而不屑談等韻也」

「本聲」一詞，出現在龔自珍（1792–1841）的〈家塾策問
一〉：

> 許書所有之字，當時俗字，固不闌入，乃群經所有之
> 正字，亦頗有不收者，況本書見於說解則有之，篆文則無
> 之，所從得聲則有之，本聲則無之，此自有其故也。[2]

這裏的「本聲」也是指諧聲的主諧字。龔自珍是段玉裁的外孫，

---

[1]　段玉裁（2008：104）。
[2]　龔自珍（1975：120）。

龔自珍和他的父親龔麗正（1767–1841）都是學承段玉裁，[1] 龔自珍的〈己亥雜詩〉裏說「而翁本學段金沙」，又說「斯文吾述段金沙」，自注：「年十有二，外王父金壇段先生授以許氏部目，是平生以經說字、以字說經之始」，[2] 「年十有二」大約是在嘉慶八年（1803）。[3] 〈家塾策問一〉未知成篇年代，不過其中提到：

> 古韻各家，疎於十七部者，十部、十三部也；密於十
> 七部者，十八部、二十一部也。[4]

這裏的「二十一部」可能是指江有誥的分部，那麼成篇應當在段玉裁認識江有誥之後。[5]

　　〈家塾策問一〉有一節值得注意：

> 六書為小學之一門，聲又為六書之一門，等韻之學，
> 又為聲中之一門。然則談古韻者，胡為而不屑談等韻也？
> 抑治經未暇歟？意者謂古韻足裨經讀，而等韻為餘事。不

[1]　按：戴震在乾隆四十一年（1776）把回覆段玉裁的信，托龔麗正的父親龔敬身帶去，可惜丟失了，參閱本書第9篇〈讀戴震《聲韻考》札記〉的第3節。

[2]　龔自珍（1975：537、514）。

[3]　參閱〈段玉裁先生年譜〉〔段玉裁（2008：471）〕。

[4]　龔自珍（1975：121）。

[5]　按：《龔自珍全集》的校語稱異本並沒有這幾句〔龔自珍（1975：121）〕，然而異本在上文有「本朝顧炎武、江永、段玉裁、孔廣森各分若干部」數句〔龔自珍（1975：120）〕。

知古韻明而經明，其體尊；等韻明而天下之言語明。……[1]

這篇作品是否反映出段玉裁對「六書學」的看法，以及對「等韻」的態度？就算不是出自段玉裁的意思，也反映出承受段玉裁教導的龔自珍對「等韻學」的接受。正如段玉裁認為江有誥運用「審音」的方法，把「屋沃」、「術物」與「月末」再分，是「考古不謂不深」（頁 131），因此自段玉裁和江有誥之後，再沒有「考古」和「審音」的畦畛了。

3. 後記

本篇只是兩則讀書札記，作為前三篇札記的補充。本篇得力於《江有誥古音學研究》一書，再三感謝作者喬秋穎教授！2013年中喬教授來到香港合作研究，可惜當時人事悾惚，加上我正準備退休，沒有好好向喬教授討教。現在把不成熟的想法寫出來，希望得到大家的指正，特別是喬教授的斥正。

2018 年夏至初稿

---

[1] 龔自珍（1975：121）。

第11篇

讀王力〈古音說略〉札記
——論段玉裁與韻圖之五

提　要：本篇分析王力釐分所謂「考古派」和「審音派」
的歷史，以及等韻學跟其古音學說之間的關係。
王力最初主張以等韻的應用作為釐分古韻學派
的準則，但在上世紀50年代以後，不再強調這
一點。

關鍵詞：王力、段玉裁、《同源字典》、考古派、審音
派

1. 引言

　　圍繞段玉裁的古音學跟韻圖的關係，寫了四篇札記，[1] 闡明他如何利用韻圖的知識來建立自己的古音學說，本篇可以說是題外話，只記下一點讀書心得，希望有助釐清一些清代古音學史中的所謂「審音派」和「考古派」的問題。

　　上面四篇札記雖然是緣起於陳新雄和唐作藩的「論爭」，[2] 但追溯源頭則是來自王力，王力提出清代古音學有區分所謂「考古派」和「審音派」的說法。王力把清代古音學分成「兩派」的說法是始於上世紀的 30 年代，然而《王力語言學詞典》在「考古派」和「審音派」這兩個詞條所依據的原著，列的卻是他在 80 年代以後出版的三本著作：《詩經韻讀》、《漢語語音史》和《清代古音學》，[3] 沒有提到王力最早的說法，也沒有闡述這些說法歷時的變化，更可惜的是沒有闡述他最終的看法。

　　王力幾十年來不少論著裏，都提到「考古（派）」和「審音（派）」之類的說法。然而，更叫人感到驚訝的是，按理應該提到「兩派」理論的地方，卻偏偏沒有出現，而最為特別的是〈古音說略〉，[4] 這個篇幅不大的論著，不但列出清人以來的古韻分部，甚至詳細到列出各部各等的擬音，可以稱之為王力「審音」

---

[1]　四篇札記即本書第 7 篇至第 10 篇。

[2]　請參閱本書第 7 篇的第 1 節。

[3]　馮春田（1995：354、497）。

[4]　王力（1982：57–73）。按：《漢語史稿》、《漢語音韻》和《音韻學初步》這三本跟王力古音學說關係密切的著作，都沒有提到「兩派」理論，這一點在本篇下文將要談到。

的大成，但裏面竟然沒有涉及分派的理論，當然更沒有提及相關的術語。

　　本篇記下閱讀〈古音說略〉的心得，借此回顧一下王力幾十年來對「考古（派）」和「審音（派）」的論述，從而探討他的古音學說幾十年來的變化，供研究王力古音學的學者參考。

2.〈古音說略〉與《漢語語音史》

　　〈古音說略〉（本篇下稱〈說略〉）收在王力《同源字典》之中（為減省篇幅，本篇下文隨文列出該書的頁碼，不另加注），王力在該書的序裏說《同源字典》是成於 1974 年 8 月至 1978 年 8 月四年間（序頁 2），[1] 在 1982 年出版。至於王力的《漢語語音史》出版於 1985 年，但實際上是「1978 年秋開始改寫，1980 年春完成。1978 年寫完一多半的時侯，王先生曾給 78 級漢語史研究生和古代漢語進修教師講授過」，[2] 因此《漢語語音史》的編寫可以說是緊接在《同源字典》之後。

　　如果就〈說略〉而言，跟《漢語語音史》還多了一重的關係，就是兩者都稱跟《漢語史稿》上冊有關，〈說略〉說：「關於古音，這裏只說一個梗概，其詳見於我所著《漢語史稿》上冊」（頁 73），[3]

1　按：齊冲天（1930－）《聲韻語源字典》稱在 1979 年的春夏仍在查證核對《同源字典》的資料〔齊冲天（1997：408）〕。因此《同源字典》和《漢語語音史》的編寫時間應有部份重疊。

2　《王力文集》第 10 卷的「編印說明」（濟南：山東教育出版社，1987年。頁 2）。

3　按：《漢語史稿》第十一節「上古的語音系統」只有 10 頁篇幅〔王

至於《漢語語音史》,《王力文集》第 10 卷的「編印說明」:「收入本卷的《漢語語音史》是王力先生修訂《漢語史稿》先分成三部書的第一部」,[1] 那麼所謂「1978 年秋開始改寫」是否指針對改寫《漢語史稿》而言?然而如果以《漢語史稿》(上冊)來比較一下〈說略〉和《漢語語音史》,就發現三者有不少相異的地方。單就上古音的部份來看,三書截然不同,《漢語史稿》基本上沒有涉及清人古音分部的論述,只討論了高本漢的擬音,勉強可以算做涉及分部。[2] 既然沒有涉及清人以及王力自己過去的分部,自然也沒有討論「兩派」的問題。至於批評高本漢的擬音,更和〈說略〉關係不大;當然《漢語史稿》上冊跟《漢語語音史》有點相似,《漢語語音史》則用了相當長的篇幅介紹和批評高本漢的學說。[3]

至於就古韻學說而言,〈說略〉和《漢語語音史》兩者之間也有些相異的地方。〈說略〉較「簡略」,因此這裏以〈說略〉來對比《漢語語音史》。首先是〈說略〉沒有出現涉及所謂「考古

力(1980A:60 - 69)〕,〈說略〉則長達 15 頁,所謂「其詳見於我所著《漢語史稿》上冊」(頁 73),未知所指,所謂「《漢語史稿》上冊」或指正在編寫中的《漢語語音史》。

[1] 見《王力文集》第 10 卷的「編印說明」(濟南:山東教育出版社,1987 年。頁 2)。

[2] 王力(1980A:64)。按:高本漢的擬音對各個陰聲韻有不同的處理,可以算作表示不同的分部。又按:在第十一節「上古的語音系統」裏面提過一些清代古音學的人物〔王力(1980A:60,64,66,69)〕,但似乎都不涉及分部的問題。

[3] 王力(1985A:44 - 48)。

派」和「審音派」的論述，而《漢語語音史》只在卷上第一章裏的「關於之支魚侯宵幽六部」一節之中用了半頁的篇幅，討論「兩派」如何處理「之支魚侯宵幽」六部的入聲。[1] 其次，敍述清人分部的成果，兩者都不分「兩派」，大致以時代先後為序，〈說略〉提到嚴可均分十六部（頁 57），《漢語語音史》則在「詩經用韻例証」的侵部那裏才提到嚴可均；[2] 至於《漢語語音史》在敍述分部演變的時候，提到陰陽對轉、陰陽入三聲相配以及陰陽入三分的問題，[3] 〈說略〉則放在介紹段玉裁的學說之後（頁 61）。〈說略〉列出《廣韻》206 韻之後，接着列舉段玉裁的十七部，

---

[1] 《漢語語音史》說：「中國傳統音韻學分為兩派，考古派和審音派，考古派以顧炎武、段玉裁為代表，他們不承認入聲獨立；審音派以江永、戴震、黃侃為代表，他們承認入聲獨立。孔廣森、王念孫、江有誥、章炳麟也算考古派，……」〔王力（1985A：46）〕。按：王力不再以等韻來衡量他們的「派別」，因為這幾個古音學家或多或少都運用了韻圖的知識來考訂古韻，就正如王力早年也是以等韻方法來劃分韻部；此外以入聲獨立與否為準則也有點問題，因為所謂「考古派」到了王力的時代已把[-p]和[-t]的入聲大致獨立出來，於是稱之為所謂「也算考古派」，王力區分兩派的最後界限定於[-k]的入聲是否「完全」獨立，也就是為甚麼《漢語語音史》的「關於之支魚侯宵幽六部」一節，是唯一一涉及討論「兩派」分別的地方，王力把「之支魚侯宵幽」六部的入聲都擬為[-k]。退一步來說，如果按照王力對江永的古韻分析〔王力（1992：41－56）〕，江永的入聲分部其實跟江有誥的分別不大〔王力（1992：200－202）〕，因此在《漢語語音史》裏面說到「兩派」的學說，只能輕輕一提，立即就轉到批評高本漢的學說。

[2] 王力（1985A：67）。

[3] 王力（1985A：38－39）。

與《廣韻》對照（頁 57－59），[1]《漢語語音史》則羅列了鄭庠、顧炎武、江永的分部和《廣韻》對應。[2] 比較特別的是〈說略〉把段玉裁的歸部中不合《廣韻》的字，舉例列出來（頁 59－60），《漢語語音史》則就顧炎武和江永兩人分部裏，選列出一些歸部的情況。[3]〈說略〉和《漢語語音史》都是大致以段玉裁為中心來介紹後來的修正（頁 60－61），《漢語語音史》則以先後為序，詳細敍述孔廣森、戴震、王念孫如何從段玉裁的分部，再劃分出新的韻部，並加以比較，[4] 所列的字與〈說略〉互有詳略。〈說略〉和《漢語語音史》所列的王力 29 部一致，只是侯屋東三部和宵沃兩部的主元音擬音的音值不一樣，侯屋東三部〈說略〉作 [o]（頁 61）而《漢語語音史》作 [ɔ]，[5] 宵沃兩部〈說略〉作 [ô]（頁 61）而《漢語語音史》作 [o]。[6]《漢語語音史》有一個小

---

[1]　按：《漢語史稿》第十節「中古的語音系統」先述《廣韻》的韻母〔王力（1980A：51－54）〕，第十一節才介紹先秦古韻十一類二十九部〔王力（1980A：61－63）〕，也許這就是〈說略〉從《漢語史稿》發展而來的痕迹。

[2]　王力（1985A：34－38）。

[3]　王力（1985A：35－37）。

[4]　王力（1985A：37－39）。

[5]　王力（1985A：34）。

[6]　王力（1985A：34）。按：《漢語語音史》並未說明如何擬出各部音值的理據，至於 [ô] 到底是指那一個元音，書中也沒有說清楚。在《詩經韻讀》裏也是把宵藥（沃）和侯屋東的主元音分別擬為 [ô] 和 [o]，並在宵藥兩部那裏加上了附注：「ô 是閉口的 o，國際音標寫作 [o]，下面侯屋東三部的 o 是開口的 o，國際音標寫作 [ɔ]」〔王力（1980C：10）〕，如果《詩經韻讀》的說法可以套用在〈說略〉的話，〈說略〉跟《漢語語音史》在音值上不存在差別，只是在表記上有不同。

節專門討論「先秦韻部的音值擬測問題」，並為段玉裁十七部、黃侃的二十八部擬出音值，[1] 〈說略〉只是非常簡略提了一下段黃二人的某些音值（頁 62），[2] 《漢語語音史》則以較長的篇幅討論高本漢的擬音。[3] 《漢語語音史》在「先秦韻部的音值擬測問題」這個小節內，王力提了四個問題，[4] 雖然〈說略〉沒有詳細討論，但大致都有涉及。二十九部的等呼方面，〈說略〉詳列了各部之中各等開合口的擬音，有時還會舉出一個歸部的字（頁 63－68），[5] 而《漢語語音史》則以「先秦 29 韻部例字表」列出擬音再加上歸部字，[6] 其中的三四等的介音跟〈說略〉不同。[7] 〈說

---

[1] 　王力（1985A：41－51）。按：〈說略〉有一段討論「古韻的音值的擬測」，說：「例如古韻之部，無論依段氏讀 i，或依黃氏讀 ai，都不能與蒸部 əng 對轉」（頁 62），不過這些擬音都是王力擬出來的，而且沒有說明擬測的根據，突然說不能對轉，讀者實在難以明白王力的意思。又按：〈說略〉所舉的段、黃的韻值與《漢語語音史》所列，不盡相同。

[2] 　按：《漢語史稿》在第二章第十一節「上古的語音系統」結束時，批評江有誥不懂「語音的一切變化都是制約性的變化」，並以江有誥所著的《詩經韻讀》為例〔王力（1980A：69）〕，〈說略〉提到「清人說，古代讀『家』如『姑』」（頁 62），此正是《漢語史稿》提到江有誥《詩經韻讀》的例子。

[3] 　王力（1985A：44－48）。

[4] 　包括：(1)關於之支魚侯宵幽六部、(2)關於微脂歌物脂月六部、(3)關於陰陽對轉、(4)關於等呼〔王力（1985A：46－51）〕。按：「(2)關於微脂歌物脂月六部」當依《王力文集》第 10 卷作「(2)關於微脂歌物質月六部」（山東教育出版社，1987 年。頁 56）。

[5] 　按：這些例子似乎有特別意義，但找不出其中的規律。

[6] 　王力（1985A：51－60）。

[7] 　按：〈說略〉以 i 為三等介音（韻頭），以 y 為四等介音（韻頭），

略〉討論聲調的部份是緊接各部各等的擬音之後（頁 68–69），
《漢語語音史》則分作另一部份，與聲母、韻部並列為三個部份。[1]
由此可見，〈說略〉和《漢語語音史》相關的部份大體相同，前
者無論在編輯和出版都在前，兩者應當關係密切。

　　《同源字典》除收了〈說略〉之外，還有〈同源字論〉（頁
3–45）、〈漢語滋生詞的語法分析〉（頁 46–56）。單是記述所擬的
音值，〈說略〉似乎有些特別，似乎反映出它本來可能是獨立成
篇的。首先是韻部，「同源字典凡例」列有各部的擬音（頁 79），
按韻尾來排列，〈同源字論〉除了「韻表」，其餘按韻尾的不同分
別列出韻部（頁 12–13），至於「韻表」（頁 61），除了橫豎不同
之外，跟〈說略〉沒有甚麼不同，當然〈同源字論〉的「韻表」
比〈說略〉更方便用來解釋對轉、旁轉、通轉的關係（本篇下面
第 9 節還要討論到「韻表」分類的特別用意）；〈說略〉詳列各部
各等開合的擬音（頁 63–68），而「同源字典凡例」只用了一個
簡要的說明（頁 78），然而也就足以概括〈說略〉詳列各部各等
的情況。[2] 聲紐方面，也是如此，〈同源字論〉除了「紐表」之
前，按發音部位不同（喉牙舌齒唇）分別列出（頁 17–18），〈說

　　　而《漢語語音史》則以 i̯ 三等介音，以 i 為四等介音，據「同源字
　　　典凡例」i 即為 ǐ，y 即為 i（頁 79），則〈說略〉與《漢語語音史》
　　　無異，也是表記不同。

[1]　王力（1985A：68–81）。

[2]　「同源字典凡例」：「每韻按韻頭不同，分為兩呼四等。開口一等無
　　　韻頭，二等韻頭 e，三等韻頭 i（=ǐ，較鬆的 i），四等韻頭 y（=i，
　　　較緊的 i）；合口一等韻頭 u，二等韻頭 o，三等韻頭 iu，四等韻頭
　　　yu」（頁 78–79）。

略〉（頁 71－72）和「同源字典凡例」（頁 79－80）也是按發音
部位來排列，同樣〈同源字論〉的「聲紐表」也比〈說略〉更方
便解說聲紐的音轉；而〈說略〉和「同源字典凡例」都是以「國
際音標」和「羅馬字代號」對照列出，值得注意的是〈漢語滋生
詞的語法分析〉，其中有一條附注列出了 18 個聲紐，並且在符號
之後加上對等的國際音標（頁 56）。從〈說略〉所列的韻部、聲
紐以及擬音來看，它跟《同源字典》的其他部份多有重複，大約
〈說略〉原來是獨立成篇，併入《同源字典》之後又未加減省。
〈說略〉多處都以段玉裁作分析的對象，因此對考察王力釐定「考
古」和「審音」理論的歷程更具意義。

3.《清代古音學》

　　《清代古音學》和《詩經韻讀》兩書同是《王力語言學詞典》
撰寫「考古派」和「審音派」這兩個詞條的依據，也許先解決這
兩本書的問題。相比之下，《漢語語音史》較容易解決，況且正
如上文指出這本書只有極少的篇幅討論「兩派」，談的也主要是
所謂「考古派」，對於整本《漢語語音史》來說提不提「兩派」
以乎無關宏旨。

　　《清代古音學》比《同源字典》遲了十年才印行，然而這本
書反映出來的可能只是上世紀 60 年代王力的主張，這一點本書
第 12 篇的第 2 節有較詳細的說明。《清代古音學》對「兩派」的
看法是：

> 清代古音學家可以分為兩派：考古派和審音派。考古
> 派專以《詩經》用韻為標準，所以入聲不獨立，或不完全
> 獨立；審音派則以語音系統為標準，所以入聲完全獨立。[1]

又說：「我早年屬於考古派，⋯⋯晚年屬於審音派，⋯⋯我為甚
麼有這個轉變呢？這是由於我從語音的系統性考慮問題」[2]。《清
代古音學》的「以語音系統為標準」以及「語音的系統性」都比
較含糊，如果視「等韻學」（「切韻學」）為「語音系統」的學問，
是否可以說是隱含着等韻學的意思的呢？然而從行文來看，「以
語音系統為標準」似乎是手段，結果是「入聲完全獨立」，因此
不能都說成是定義「審音派」必要的「條件」（參閱本篇的第 3.2
節和第 6 節）。

至於清代的「審音派」是否能夠運用等韻理論來辨證古韻，
也非必然，正如被《清代古音學》稱為「審音派」的戴震，該書
對他的「審音」就有極為嚴厲的批評，[3] 等韻學可以說是當時最
重要和傳統的語音系統理論，戴震的等韻學既然「不高明」，怎
能相信他的「審音」能力，要不然就是對作為標準的「語音系統」
的要求很低。

---

[1]　王力（1992：251 - 252）。

[2]　王力（1992：253）。

[3]　王力（1992：208）。按：請參閱本書第 10 篇引言（即第 1 節之前）
　　的部份。又，就這一句而論，王力當時的確有意識把「審音」和「等
　　韻學」連繫起來。

3.1 戴震的「審音」

本篇前面的四篇札記反覆說明段玉裁考訂古韻運用了大量等韻學的方法，因此如果把等韻學視為「審音」，王力批評段玉裁「不懂得審音」，這個說法似乎不能成立。不過，由此推論到王力對戴震的批評，所謂「他的等韻學並不高明」這個斷語，也不能成立。竊意只能說王力對段玉裁的評論未必正確，但對戴震的評論並無問題。江永早就批評戴震「不能辨等」，以致「韻學遂半塗而止」，[1] 而戴震晚年所寫的《聲類表》仍然堅持保留曾經被江永批評的「字母減字之說」，又把休寧的方音混雜在裏面，這一點在「札記三」裏面提過。[2] 另一方面，陳新雄也評論戴震《聲類表》：「⋯⋯蓋戴表二十位，既統括古音今音聲類韻部於一表，自難處處密合」，[3] 表面上雖是維護戴震，實際是明指他缺乏古今音變的觀點，陳新雄又說：

> 戴氏《聲類表》，每卷之內又有開合口、內外轉、輕重聲諸名，蓋戴氏深信晚近等韻之書，於宋楊倓《韻譜》、元劉鑑《切音指南》等備極推崇。遂以等韻區別《廣韻》之字類，以之上求於古而謀其合。[4]

有些學者曾經討論，認為這是戴震的「新創」，「札記三」曾加以

1 　江永（2013：36）。
2 　本書第 9 篇的第 6 節。
3 　陳新雄（1983：267）。
4 　陳新雄（1983：258）。

分析，¹ 不再贅述。無論如何，以區別《廣韻》的韻類來謀合於古韻，這就是江永、段玉裁所稱的「審音」，正如〈說略〉也提到戴震修正段玉裁的「十七部」，是「《廣韻》去聲祭泰夬廢不和平上聲相配，應該獨立出來」（〈說略〉頁 60），正是那個時代所說的「審音」。可惜這並不是王力所說的「審音」，² 不能套用在王力所說的「審音派」理論上他在 1962 年發表的〈中國語言學的繼承和發展〉一文也直接批評戴震「根據宋人的等韻來審音，要憑它來斷定先秦韻部的分合，這就是缺乏發展觀點」，³ 這不但與陳新雄對戴震的批評相近，也反映出王力在60年代的觀點，就是否定以等韻作為審音的標準，至少是這樣看待戴震。由於戴震是所謂「審音派」的代表人物，沒有了他，自然也沒有與他相關連的江永，結果是乾嘉時代也沒有所謂「審音派」，因此對他的評價，王力始終游移不定。

---

¹　本書第 9 篇的第 4 節。

²　按：《清代古音學》的「結論」討論了一些「問題」，其中第一個就是「《廣韻》對照問題」，所謂：「古音學家批評《唐韻》，其實也爰《唐韻》。《唐韻》有很明顯的存古性質。例如隋唐時代實際讀音支脂之已混為一韻（《一切經音義》的反切可證），而《唐韻》截然分立。其餘如真諄分立、元魂分立，都是很好的存古材料，後人可以由此窺見古音的痕迹。古音學家一般總是以《廣韻》對照來講古韻，這不是沒有道理的」〔王力（1992：245）〕，此與清人「審音」之說相近。又按：「其實也爰《唐韻》」，《王力文集》第 12 卷「爰」作「愛」（濟南：山東教育出版社，1990 年。頁 607），作「爰」也說得通。

³　王力（1990A：56-57）。按：依照「根據宋人的等韻來審音」的文意來推論，「審音」也許不一定包括等韻在內，或者說兩者並不完全相同，即「等韻」是理論，「審音」是手段。

3.2 「語音系統」和「審音」

批評戴震拙於「語音系統」的說法同樣出現在 1963 年發表的〈古韻脂微質物月五部的分野〉，王力認為戴震的「呼等同者音必無別」，是「不知道還有主要母音不同的可能，這就是缺乏歷史主義觀點」，「應該批判他缺乏歷史主義觀點」。[1] 但是，王力批判戴震的同時，提出「不應該把他所提出的審音原則也一併拋棄了」，[2] 可見王力對戴震「審音原則」這一點仍然加以肯定，那麼甚麼是戴震的「審音原則」的呢？戴震〈答段若膺論韻〉說：

> 僕謂審音本一類，而古人之文偶有相涉，有不相涉，不得舍其相涉者，而以不相涉者為斷。審音非一類，而古人之文偶有相涉，始可以五方之音不同，斷為合韻。[3]

「審音原則」也許就是指這一段話，王力在著作裏多次引用，在〈上古韻母系統研究〉一文之中甚至引用了兩次，他評之為：「這可算是審音派的宣言」，[4] 然而跟這篇文章差不多同時出版的《中

---

[1] 王力（1989：289）。按：〈古韻脂微質物月五部的分部〉這一節（即「五」），一開始就說：「……我根據的是一個總原則，就是以語音的系統性為標準。在過去，我對語音的系統性是注意得不夠的」〔王力（1989：287‐288）〕，因此這一節裏討論戴震的「呼等同者音必無別」，正是涉及語音的「系統性」的問題。

[2] 王力（1989：289）。

[3] 戴震（1980：85）。

[4] 王力（1989：116‐117，189）。

國音韻學》裏面，[1] 他卻批評戴震這個說法：

> 他有了這一個根本觀念，就不肯純任客觀。凡是他所
> 認為應合的，就說是審音本一類；凡是他所認為應分的，
> 就說是審音非一類。[2]

不過，在《清代古音學》卻推翻這個說法，認為過去《中國音韻學》「批評他『不肯純任客觀』，批評得也不中肯」，而說：「……審音本一類，審音非一類的話也是對的。因為這是從語音的系統性看問題，而語音的系統性正是我們所要遵循的原則」，[3] 然而在同一頁裏，王力又說：「合韻指的是母音相近，偶爾同用，並非由於方音不同。戴氏所謂『審音非一類，而古人之文偶有相涉，始可以五方之音不同，斷為合韻』，也是錯誤的」，[4] 到底是否可以像《清代古音學》這樣「一分為二」看問題，[5] 也叫人有點困

---

[1] 按：《王力文集》第 4 卷的「編印說明」：「《漢語音韻學》原名《中國音韻學》，分上、下二冊，1936 年上海商務印書館出版」（濟南：山東教育出版社，1985 年，頁 2），而〈上古韻母系統研究〉原載 1937 年《清華學報》12 卷 3 期〔王力（1989：196）〕。又按：《王力上古音學說研究》指出《中國音韻學》出版時間有不同的說法，認為出版於 1936 年較為合理〔徐從權（2019：7）〕。

[2] 王力（1972：324）。

[3] 王力（1992：136）。按：〈古韻脂微質物用五部的分野〉也引了《漢語音韻學》（《中國音韻學》）的批評，但這篇文章說：「其實戴氏的理論本身不能說是有甚麼錯誤。……我們不能不注意兩種偶然性」〔王力（1989：288）〕，因此《清代古音學》似乎承襲了這個說法。

[4] 王力（1992：136）。

[5] 按：上述評論是放在「戴氏在〈答段若膺論韻〉中，有許多觀點都

惑。

〈答段若膺論韻〉的這一段重點在「合韻」以及分部的問題，而戴震所謂「審音」是指《切韻》系韻書的分韻，只不過他在這一段裏前前後後用了他自己獨創的「聲位」、「洪細」之類的術語，令人以為他在說等韻學，[1] 也由此以為他說的是「語音系統」。不妨看看引文同一段的原文：「侯之『鉤謳』，與尤之『鳩憂』，雖洪細不同矣，猶東之『公翁』，與鍾之『恭雍』，洪細不同也」，[2] 這一小節沒有甚麼問題，但這一小節之前緊接的是：「試以聲位之洪細言，真之『筠』與文之『雲』，本無以別，猶脂之『帷』與微之『韋』，本無以別也」，[3] 這一節真的叫人不大明白，如果按王力的擬音，隋至中唐這個期間真文和脂微的主元音不同，[4] 分別的重點不在於洪細，[5] 更不能以侯尤、東鍾的不同等去說明

是錯誤的。茲擇其重要的幾點加以論述」，這個總述之下〔王力（1992：135）〕，因此，總體來說是批評戴震。又按：這裏又涉及「系統性」的問題，請參閱本篇的第 8 節和第 9 節相關的部份。

[1] 按：微波榭本《聲韻考》把西湖樓本的「等呼」改為「洪細」，正是反映戴震的「洪細」分明不是等韻學的術語，請參閱本書第 9 篇的第 4 節。

[2] 戴震（1980：84-85）。

[3] 戴震（1980：84）。

[4] 王力（1985A：175）。按：《漢語語音史》說：「隋——中唐的真文兩部，到晚唐合併為一部」，又說：「隋——中唐的脂微兩部，到晚唐合併為一部」〔王力（1985A：257）〕。

[5] 按：就算按平水韻的系統，脂微、真文仍然不混〔《新刊韻略》上平聲第一，《續修四庫全書》第 250 冊（頁 227）〕，如《四聲等子》〔《等韻五種》本（頁 30、32、34）〕、《經史正音切韻指南》則脂微合圖而真文分開〔《等韻五種》本（13、21、23）〕，戴震的說法，

真文、脂微的分別，這不單是音韻學的問題，甚至在方法學上也是於理不合。「侯之『鉤謳』」這一小節的下面卻說：「他如模之『孤烏』，與魚之『居於』：痕之『根恩』，與殷之『斤殷』；魂之『昆溫』，與文之『君熅』；豪之『高熓』，與宵之『驕夭』，其洪細皆然」，[1]「洪細皆然」是指洪細不同，還是洪細沒有分別，說得不清不楚。連續三小節，內容和性質不一樣，但都以「洪細」來說明，而又有三個不同的「洪細」的描述，叫人摸不着頭腦。接着下去戴震以《詩經》用韻為例說明「侯與尤幽」的「不相雜」和「合韻」。[2] 這一段裏，只有就侯幽的分合而言的論述還大致可信。

再接着下來就是王力喜歡引用的〈答段若膺論韻〉的部份，這一節是用八股文「股對」的方式來寫，重點可能在對句，意思是說按「審音」的話，某些韻部雖不是一類，但有時卻可以一起押韻，可能是由於不同方言所致，所以推論為合韻。這個說法本來不錯，只是用方音來推斷也許不算太切合，因為主元音和韻母結構相近也可以通押，正如〈上古韻母系統研究〉指出：「……審音非一類而古人之文偶有相涉時，也未必是五方之音不同，而

令人費解，起碼他違背了清人以《廣韻》分韻為原則的「審音」，因此懷疑戴震是據《切韻指掌圖》之類而言，在《切韻指掌圖》裏真文和脂微都混圖〔《等韻五種》本（頁 46、82）〕。又按：《宋本切韻指掌圖》列韻略有不同〔司馬光（1986：66、102），為方便說明問題，本篇使用《等韻五種》本的《切韻指掌圖》。

[1]　戴震（1980：85）。
[2]　戴震（1980：85）。。

是雖非一類，卻甚相近，……」。[1] 不過再往下看，又恐怕戴震的意思並非如王力所說：「今書內列十七部，僕之意第三、第四當并；第十二、第十三亦當并。惟第七、第八及第十四，江先生力辨其當分，僕曩者亦以為然」。[2] 說完了一大堆分合的例子，最後戴震竟認為段玉裁《六書音均表》之中第三部和第四部要合作一部，第三部即戴震在上面所說的尤幽，第四部即侯，[3] 那麼戴震所引《詩經》的例子的目的是甚麼？戴震要合併作一部，就是不管侯尤「洪細」不同；第十二部即真，第十三部即文，[4] 戴震也要把兩部合起來，也不管「洪細」。那麼戴震所說的「洪細」似乎只是一個幌子，任由他說，不單是「不肯純任客觀」，簡直把話說反了。因此戴震說的並不是「語音系統」，跟等韻學沒有直接關係。《清代古音學》最後說戴震這段話「也是錯誤的」，直斥其非，無可置疑。這樣《清代古音學》其實就是否定了戴震所謂的「審音」，連同該書批評戴震的等韻學並不高明的說法來看，可見王力幾乎把戴震的「審音」之中等韻學的因素摒除出去。

在〈古韻脂微質物月五部的分野〉，王力卻認為「其實戴氏的理論本身不能說是有什麼錯誤」，跟《清代古音學》明顯有異，這個差異是否反映了王力在改寫學生筆記時的看法，還是他在 60 年代的看法？似乎只是反映出王力對「審音」這個術語曾經

---

[1]　王力（1989：189）。
[2]　戴震（1980：85）。
[3]　段玉裁（1983：8）。
[4]　段玉裁（1983：9）。

隱含着「去等韻化」的做法。

改寫《清代古音學》時，王力在「審音」的問題上，仍然保留了要合乎等韻學的主張，並批評那些沒有運用等韻學的古音學者的不足，不過似乎有可商之處。該書除論及戴震的「審音」之外，還引了江永對顧炎武的批評，並再加以推衍，認為：「顧氏不懂等韻學，所用的反切和直音多有不妥和錯誤」。[1] 王力舉了一些例子，包括顧炎武有時會用跟被切字不同等的字作為下字，這當然是錯誤的。然而這個批評可能有點過於嚴苛，就算是一向被奉為等韻學圭臬的《七音略》和《韻鏡》，根據楊軍（1955－ ）的分析，很多地方也出現等位誤置的地方，[2] 這些誤置似乎都不盡是出於偶然，因此以混用了不同等的切語來批評顧炎武，要求似乎有點超出那個時代的學術水平。

顧炎武的問題的確在於「審音」，當然這與《清代古音學》內的「審音」有所不同，而是指跟江永、戴震以及段玉裁所說一樣的「審音」。現在來看看王力批評顧炎武的地方，《清代古音學》認為「顧氏在《古音表》中，以質配支，以昔之半配之，都是錯誤的」，[3] 這個例子反映了顧炎武可能受《切韻指掌圖》「十八

1　王力（1992：36）。
2　如《韻鏡》「內轉第一開」將一等的「夢」和三等的「憕」倒置〔楊軍（2007：36–37）〕；「內轉第四開合」將四等從紐的「疵」誤列作三等牀紐〔楊軍（2007：64）〕；「內轉第五合」將穿二的「揣」誤列作三等〔楊軍（2007：72）〕。
3　王力（1992：36）。

開」和「十九合」的影響，兩圖都是以支配質，[1] 王力於是批評
顧炎武的「反切與直音中又自相矛盾」，顧炎武的「質，之日切，
平聲則音支」，王力認為「當云平聲則音脂」，[2] 不過《切韻指掌
圖》列韻作「支紙寘質」，[3] 《經史正音切韻指南》列字作「支
止志質」，[4] 因此顧炎武的直音是符合宋元韻圖的；另一個王力
批評顧炎武的例子：「出，赤律切，平聲則赤知反」，王力認為當
作「平聲則赤追反」，[5] 然而在《切韻指掌圖》、《經史正音切韻
指南》都是支脂合圖、脂微合圖（《切韻指掌圖》併入部份蟹攝
的字），[6] 因此顧炎武的錯誤是不分開合口，而非等第的問題（當
然開合口也可以算入等韻學）。總的來說，這兩個例子並不是等
第的問題，而是違背了江永、戴震等人以《廣韻》分韻為「審音」
這個原則。從這裏看來，《清代古音學》以為江永所說的「審音」
是等韻學，進而對顧炎武加以批評，是不太合適的，起碼是誤解
了江永等人的原意。

　　這裏繞了一個大彎來討論《清代古音學》結論裏所謂「語音

---

[1]　《切韻指掌圖》「十八開」、「十九合」〔《等韻五種》本（頁 78、
　　82）〕。

[2]　王力（1992：36）。

[3]　《切韻指掌圖》「十八開」〔《等韻五種》本（頁 78）〕。

[4]　《經史正音切韻指南》「止攝內二」〔《等韻五種》本（頁 11）〕。

[5]　王力（1992：36）。按：依上面的例子，應寫作「當云平聲則赤追
　　反」。

[6]　《切韻指掌圖》「十八開」及「十九合」〔《等韻五種》本（頁 78、
　　82）〕；《經史正音切韻指南》「止攝內二」的「開口呼」及「合口呼」
　　〔《等韻五種》本（頁 11、13）〕。

系統」，然而王力早在上世紀 50 年代已說出了他心中的「語音系統」，所謂：「中國傳統音韻學，自戴震以後，即將上古漢語的韻部明確地分為陰陽入三聲」，[1] 又說：「……在語音系統的分析和概括上，中國傳統音韻學有其不可磨滅的成績，……前代學者在這方面的成績幾乎可說是無可修正的了。陰陽入三分的傳統學說必須維持，……」，[2]「語音系統」就是陰陽入三分的系統，跟等韻學無關，也就是說王力釐分「審音」和「考古」，只是依據「語言系統」，完全不涉及清人「審音」和「考古」的學說。至於「系統」這個問題，本篇下文第 8 節和第 9 節還會討論。

4.《漢語音韻》

上面的推論如果沒錯的話，《清代古音學》帶有上世紀 60 年代的色彩；《詩經韻讀》跟《清代古音學》大致相近，很大程度上是上世紀 60 年代的產物；[3] 至於《漢語語音史》是改編自《漢語史稿》，就撰寫的基礎而言，比起《清代古音學》和《詩經韻讀》還要早一點，因此不妨先來看看 60 年代的著作。60 年代涉及「兩派」說法的著作包括《漢語音韻》，以及論文〈上古漢語入聲和陰的分野及收音〉、[4]〈古韻脂微質物月五部的分野〉。[5]

---

[1]　王力（1989：197）。

[2]　王力（1989：245）。

[3]　請參閱本書第 12 篇的第 3 節。

[4]　原刊於北京大學中國語言文學系《語言學研究與批判》第 2 輯〔王力（1989：247）〕。

[5]　原刊於北京大學中國語言文學系《語言學論叢》第 5 輯〔王力（1989：

有趣的是《漢語音韻》說到清代古音學有「兩派」，對清代古音學說如何劃分派別，得非常清晰，但始終沒有使用「考古（派）」和「審音（派）」這樣的術語。[1] 《漢語音韻》全書中「審音」一詞只出現過一次，是轉引自《音韻闡微》，[2] 跟古音學沒有直接的關係。《漢語音韻》的第八章討論上古韻部的劃分，用了四個專題，一點也沒有提到跟等韻有甚麼關係，[3] 相反在第七章一開始就提到等韻，[4] 甚至說「江永精於等韻之學」，[5] 王力又認為江永把真元、侵談、宵幽分部的「理論根據是弇侈分立」，並且說：「所謂弇，就是比較閉口；所謂侈，就是比較開口」，然後「假定」（原文如此）各部的元音，並定義那些是「弇」，那些是

290）〕。

[1]　王力（1963：162－163）。

[2]　王力（1963：101）。按：《漢語音韻》所引的《音韻闡微》雖然是放在第六章「等韻」那裏，不過主要是說明「四呼」，《漢語音韻》還引了江永的《音學辨微》和戴震的《聲韻考》作比較，圍繞在「撮口呼」是來自三等和四等，抑或只是四等這個問題。又按：《漢語史稿》既沒有提到「考古派」和「審音派」，全書也只出現過「審音」這個詞一次，同樣是引自《音韻闡微》的凡例〔王力（1980：59）〕，都是說到有關「四呼」的問題，但沒有引江永和戴震的說法。

[3]　王力（1963：167－194）。按：第七章和第八章本來不分，《漢語音韻》這兩章都是名為「古音」（分為上下），合共分兩節：一、上古的韻母系統；二、上古的聲母系統，後者只佔約五頁的篇幅，其餘52 頁左右都屬於前者。只是王力特意標出的四個專題無一涉及等韻。

[4]　王力（1963：142）。

[5]　王力（1963：154）。

「佮」，[1] 近來《清代古音學》也有相近的說法。[2] 無論如何這些都是《漢語音韻》討論上古音時以等第分部的地方，[3] 然而王力沒有把這個弇佮分立拉到古音學中的「兩派」上面。

更特別的是屬所謂「考古派」的孔廣森，[4]《漢語音韻》說孔廣森分出的冬部「所收以冬為主，另收東韻三等大部份的字以及江韻中的降字」，[5] 到底是說孔廣森懂得運用等韻學方法，抑或是要用等韻學的方法來驗證東冬分立的結果？如果是前者就推翻了〈古韻分部異同考〉分派的說法，竊意王力應該不是這個

---

[1]　王力（1963：150）。

[2]　按：《清代古音學》並沒有使用「假定」這個詞，第三章「江永古音學」說：「江氏『弇佮』之說，亦甚精確。所謂『弇』（又叫『弇』），就是[ə]系統；所謂『佮』，就是[a]系統。江氏分真元為兩部，真是[ə]系統，元是[a]系統」〔王力（1992：58）〕。而第十三章「結論」也說：「江氏所謂『弇』，指[ə]系統；所謂『佮』，指[a]系統，把江永的真部主元音擬作[ə]，元部作[a]，接着說：「後來發展為段玉裁古弇今佮之說」〔王力（1992：254）〕。不過，王力分析江永的貢獻時，把「弇佮」之說，放在等韻學之外，王力說江永的貢獻有四點，「弇佮」之說是第三點，而等韻學放在第二點，所謂「江氏精於等韻學（等韻學實際上是中國古代的語音學）」〔王力（1992：57）〕，那麼《漢語音韻》所說的「弇佮」似乎並不是指等韻學。

[3]　按：王力為江永的「弇佮」所擬的音值，未知何據。又，既然段玉裁也說「弇佮」，為甚麼不在段玉裁的部分加以評論，而要放在「古音擬測問題」那裏，這跟〈說略〉代段玉裁和黃侃兩人擬出音值，然後再加批評（頁62），似乎同樣都是有點問題。

[4]　按：《漢語音韻》第八章討論「（2）為甚麼陰陽兩分法和陰陽入三分法形成了兩大派別」這個問題時，把孔廣森歸入了陰陽兩分的一派〔王力（1963：174）〕，而在〈上古漢語入聲和陰聲的分野及收音〉視孔廣森為「考古派」〔王力（1989：203）〕。

[5]　王力（1963：157）。

326

意思；如果是後者的話就證明用「考古」的方法也可以達致以等
韻「審音」的效果，甚至是說明王力的「審音」只是為了驗證「考
古」的結果。他在〈上古韻母系統研究〉的主張也許一直沒有改
變（請參閱下文第 6 節），自己由「考古」轉變成「審音」的過
程中，並不是「以等韻為出發點」，而只是「往往靠等韻的理論
來證明古音」，[1] 剝離了最早所定的「審音派」的基本要義，只
把等韻學視為一種方法或者工具而已。

　　值得注意的是《漢語音韻》提到王力自己的古音學有兩個特
點，都只是強調開合口的關係，所謂：

　　　王力早年也把古韻分為廿三部，但是跟章炳麟的廿三
　　部不盡相同。第一，他採用章氏晚年的主張，把冬部併入
　　侵部。本來嚴可均在他的《說文聲類》中早已把冬部歸入
　　侵類，……王力以為冬部本來收音於-m，而為侵韻的合口
　　呼（侵：əm，iəm；冬uəm，uəm）。第二，他主張脂微分部。
　　他的微部是以微灰為主，另收脂韻的合口呼構成的，比章
　　氏隊部的平上聲字多得多。[2]

特別值得注意的是，章太炎（章炳麟）一直被標籤作「考古派」，

1　〈上古韻母系統研究〉〔王力（1989：116）〕。
2　王力（1963：161－162）。按：「冬 uəm，uəm」，當依《王力文集》
　　第 5 卷的《漢語音韻》改為「冬 uəm，iuəm」（濟南：山東教育出
　　版社，1988 年。頁 151）。

而且王力「早年」也是屬於「考古派」，¹ 那麼以開合口來衡量冬侵兩部，應該算是「審音」還是「考古」？

〈說略〉沒有使用「考古（派）」和「審音（派）」這些術語，而同期的論著，如《漢語語音史》以及 1982 年的〈在中國音韻學研究會第二屆年會開幕禮上的講話〉，² 還是有提到「兩派」的說法，雖然是點到即止。〈說略〉在敍述古音分部的多寡以及分析對象時，不單不分「兩派」，更以段玉裁作為討論的基礎，可見這個主張可能在《漢語音韻》已萌發出來。然而，《漢語音韻》跟〈說略〉相似而不相同，〈說略〉說：

> 王力另立微部，其實就是章氏隊部的平上聲字，不過增加字數而已。嚴可均以冬侵合為一部，章氏晚年也主張冬侵合併，王力依嚴章冬侵合併之說，併冬於侵，得古韻二十九部。（頁 61）

「依嚴章冬侵合併」早見於《漢語音韻》，但〈說略〉說脂微分部是從章太炎的隊部發展而來，與《漢語音韻》所說不同。³ 因此不妨從最早開始提出「兩派」的理論，連同就脂微分部相關的

---

¹ 〈上古韻母系統研究〉：「如果依審音派的說法，陰陽入三分，古韻應得廿九部……；如果依考古派的說法，古韻應得廿三部……。所以我採取後一說，定古韻為廿三部」〔王力（1989：118－119）〕。

² 王力（1989：91）。按：這篇講話有提到「審音」，也有提到等韻學，但沒有說古代的語音分析就一定是等韻學，只是強調等韻學重要。

³ 按：1963 年的〈古韻脂微質物月五部的分野〉裏面只說：「章氏對脂隊的分野的看法前後矛盾是富於啟發性的」〔王力（1989：251）〕。

問題討論一下。

5. 由上世紀 30 年代到 50 年代

　　王力頭一次提出「考古派」和「審音派」這兩個術語，應該
是在 1937 年發表的〈上古韻母系統研究〉，所謂：「近代古韻學
家，大致可分為考古、審音兩派」，[1] 使用「大致」兩字，最初
還是有點猶豫不定。與此篇大略同時發表的〈古韻分部異同考〉，[2]
雖然把古韻學家分為兩派，卻沒有「考古派」和「審音派」之名，
〈古韻分部異同考〉說：

> 　　諸家古韻分部，各不相同；大抵愈分愈密。鄙意當以
> 王念孫為宗；然顧炎武、江永、戴震、段玉裁、孔廣森、
> 嚴可均、江有誥、朱駿聲、章炳麟、黃侃亦皆有獨到處。
> 顧、段、孔、王、嚴、朱、章為一派，純以先秦古籍為依
> 歸；江永、戴、黃為一派，皆以等韻條理助成其說；江有
> 誥則折中於二派者也。[3]

陳新雄認為王力為「審音派加上兩個條件」，其中一個是「須以
等韻條理助成其說」，[4] 似乎就是依據〈古韻分部異同考〉，只是
那篇文章之中並沒有「審音派」之說。在〈上古韻母系統研究〉

---

[1]　　王力（1989：116）。按：該文刊於 1937 年《清華學報》12 卷〔王
　　　力（1989：196）〕。
[2]　　按：該文原載於 1937 年的《語言與文學》〔王力（1989：115）〕。
[3]　　王力（1989：97）。
[4]　　陳新雄（1995：346）。

說到「審音派」跟等韻的關係：

> 　所謂審音派，也並非不知道考古；不過，他們以等韻
> 為出發點，往往靠等韻的理論來證明古音。[1]

「靠等韻的理論」也就是跟「以等韻條理助成其說」，不過王力
同時在文章裏說：「審音派的最大特色就是入聲完全獨立，換句
話說，就是陰陽入三分」，[2] 這一點也就是陳新雄所聲稱「審音
派」的「兩個條件」中的另外一個，即「入聲獨立是審音派的標
識」。[3] 王力這篇論文並沒有把陳新雄所說的兩個條件看得同樣
重要，而是說入聲完全獨立是「審音派」的最大特色，因此強調
等韻學是必要的條件，是否王力的原意則有可商之處，況且論文
的主題是討論韻母系統。

　　〈上古韻母系統研究〉是「採取」「考古派」的說法，[4] 然
而王力在十七年後卻改變了這個「傾向」，王力「在一九五四年
講授漢語史，在擬測先秦韻部音值時遭遇困難」，於是「由考古
派變成了審音派」。[5] 50 年代他的看法是怎樣的呢？先是在 1957
年出版的《漢語史稿》，書中為上古韻部擬音是用陰陽入三分的
方式，[6] 既沒有涉及「兩派」，也沒有交待採用陰陽三分的原因，

---

[1]　王力（1989：116）。
[2]　王力（1989：117）。
[3]　陳新雄（1995：346）。
[4]　王力（1989：119）。
[5]　王力（1985A：46）。
[6]　王力（1980A：61－63）。按：《王力文集》第 9 卷《漢語史稿》的

更沒有交待遇上了甚麼困難。[1] 《漢語史稿》之後刊行的學術論文之中，提到「考古派」和「審音派」的，首先是〈上古漢語入聲和陰聲的分野及收音〉，這篇論文是完成於 1958 年秋天以前，但到了 1960 年才刊在北京大學中國語言文學系編的《語言學研究與批判》第二輯。[2] 根據《語言學研究與批判》中〈批判王力《漢語史稿》的體系及其治學方法〉說，王力是在 1954－1955

編印說明：「《漢語史稿》是王力先生五十年代的重要著作，……原書分成上、中、下三冊，由科學出版社出版。一、二章是上冊，出版於 1957 年，1958 年版修訂本」（濟南：山東教育出版社，1988年。頁2）

[1] 按：到了《漢語語音史》才交待 60 年代的想法：「如果說，這六部在上古根本沒有入聲，這是講不通的，因為如果是那樣，後代這六部的入聲從何而來？如果說，這六部雖有入聲，但是這些入聲字的韻母與平上聲字的韻母相同，只是念得短促一點（段玉裁大概就是這樣看的），那應該就像現代吳語一樣，入聲一律收喉塞音[?]。那也不行。如果這六部入聲收喉塞音，其餘各部入聲也應該都收喉塞音，那麼，後來怎能分化為-k，-t，-p 三種入聲呢？事實逼着我們承認上古從一開始就有-k，-t，-p 三種入聲，而我只好承認之支魚侯宵幽六部都有收-k 的入聲」〔王力（1985A：46）〕。又按：這六部的入聲可能有部分是喉塞音，或者是喉塞音和-k 合成一個音位，而微脂歌三部的入聲收[-t]，緝盍兩部收[-p]，這樣的-?、-t、-p 三分形式也可以發展成後世三種入聲，並較為容易解釋這六類通轉的情況。

[2] 按：據該書的後記說：「一九五八年秋季，我們北京大學中國語言文學系，在黨的領導下，抓起了一個群眾性的批判資產階級學術思想運動，取得了很大的成績。《語言學研究與批判》就是這次運動的產物之一」，又說：「第二輯主要是收輯的去年以來我系科學研究中的部份成果」，後記的日期是「一九五九・十二」〔北京大學中國語言文學系（1960：349）〕。

年度開授漢語史課，[1]《漢語史稿》則在 1956 年 8 月前付印，[2] 至於〈上古漢語入聲和陰聲的分野及收音〉，所謂：「二十年前我傾向於考古派，目前我傾向於審音派」，[3] 如果從 1937 年計起，可以說這篇論文是 1957 年至 1958 年秋天之間寫成。〈上古漢語入聲和陰聲的分野及收音〉反映出王力的學術轉向，並沒有再強調等韻學在古音學的地位，而只是說：「入聲是否獨立成部，是兩派的分野」，[4] 這個說法跟《漢語音韻》是一致的。可以說從 50 年代開始，等韻學在「兩派」的理論之中漸漸成為了工具，失去釐定「兩派」的指標作用。

6. 脂微分部與等韻學

〈說略〉對脂微分立，說得很低調，所謂：「王力另立微部，其實就是章氏隊部的平上聲字，不過增加字數而已」（頁 61），不可與《漢語音韻》同日而語，〈說略〉跟《清代古音學》也有點相近，[5] 都是肯定來自「考古派」章太炎的影響。王力分立脂

---

[1]　北京大學中國語言文學系（1958：38）。

[2]　《王力文集》第 9 卷的編印說明：「一、二章是上冊，出版於 1957 年，1959 年出版修訂本」（濟南：山東教育出版社，1988 年。頁 2）。

[3]　王力（1989：211）。

[4]　王力（1989：202）。按：入聲是否獨立，始終是王力考量的標準，至於所謂「審音派」的學者以「等韻為出發點」的說法〔王力（1989：116）〕，除了 30 年代的論文之外，其他地方並不明顯。

[5]　《清代古音學》說：「（章太炎）隊部獨立是對的。最值得注意的是平上聲也有隊部字，如自聲、佳聲，畾聲之類。這就啟發我考證出一個微部來」〔王力（1992：237）〕。按：這裏說的是「啟發」。然而在〈古韻脂微質物月五部的分野〉雖然也提到「啟發性」，卻是

微的過程先後由「考古派」轉移到「審音派」，即先是傾向「考古派」的時候分出兩部，到了傾向「審音派」的時候，再為脂微兩類分出陰陽入。可以說王力分立脂微以及質物月的歷史，跟「分立」所謂「考古派」和「審音派」同時共生，到了最後釐定「兩派」的分別只在「之支魚侯宵幽」六部有沒有入聲，[1] 脂微分立也再不糾纏在「兩派」的理論裏面。

王力認為自己提出把脂微分立是始於 1936 年發表的〈南北朝詩人用韻考〉，[2] 一年之後發表的〈上古韻母系統研究〉特別為此寫了一節，專門討論「脂微分部的理由」。[3] 以後王力不少

抑揚參半：「章氏對脂隊的分野的看法前後矛盾是富於啟發性的。他看見了從𦣞、從隹、從畾得聲的字應該跟脂部區別開來，這是很可喜的發現；他看見了隊部應該是去入韻，跟脂部也有分別，這也是很好的發現。可惜他沒有再進一步設想：從𦣞、從隹、從畾得聲的字如果作為一個平聲韻部（包括上聲）跟去入韻隊部相配，又跟脂部平得，那就成為很有系統的局面：脂質真、微物文〔王力（1989：251‒252）〕。至於《漢語語音史》：「脂微分立是王力的發現。他從章炳麟早年在《文始》中把『𦣞隹畾』等諧聲偏旁歸入隊部這一件事得到啟發，並在他所寫的〈南北朝詩人用韻考〉中得到証明」〔王力（1985A：41）〕，仍強調自己在 30 年代的發現。總的來說，〈說略〉是眾多論著之中最為低調的。

[1] 王力（1989：46）。按：《漢語語音史》可算是王力最後一本親自出版的音韻學著作。

[2] 〈上古韻母系統研究〉說：「……我大致贊成章氏的廿二部。但是，我近來因為：（一）在研究南北朝詩人用韻的時候，有了新的發現；……」〔王力（1989：118）〕，又說：「去年七月，我發表〈南北朝詩人用韻考〉，其中論及南北朝的脂微韻與《切韻》脂微韻的異同」〔王力（1989：182）〕。

[3] 王力（1989：181‒189）。

論著都有涉及脂微分部。如果一一比較這些論著，可以發現一個很有趣的現象。先看看〈南北朝詩人用韻考〉，王力很清楚指出如何研究「脂微分用」：「曾用陳蘭甫『系聯』的歸納法。『系聯』的結果，對於其他諸韻仍逃不出《切韻》的系統（只在分合上稍有異同），但對於脂微兩部則有意外的發現」，[1] 接着下一頁的圖表裏出現了「等呼」，雖然同時列出聲紐的「發音部位」，[2] 而聲紐也可以看作不同等第的表現，實際上只運用了開合口，〈南北朝詩人用韻考〉似乎沒有考慮這一點。

〈上古韻母系統研究〉裏面提到「開合」、「洪細」等問題，[3] 在結論那裏說到音值時也再次論及「開合與洪細」，[4] 但文章第一個部份的第一個小節就說自己採取「考古派」的說法，[5] 所以王力運用這些等韻學方法只是為「考古」服務。

〈古韻分部異同考〉刊出之後，的確很難再找到王力明確以等韻學作為釐分「兩派」的準則這樣的說法。50 年代發表的〈上古漢語入聲和陰聲的分野及收音〉，這篇論文主要闡釋「中國傳統音韻學對上古漢語入和陰聲的看法」，目的是批判高本漢的學

---

[1]　王力（1991：23）。

[2]　王力（1991：24）。

[3]　王力（1989：123 - 126）。按：徐從權《王力上古音學說研究》的「提要」指出：「韻母方面，王先生早期以『開合』『洪細』全面整理了上古音系，提出了脂微分部學說，……」〔徐從權（2019：作者及提要）〕，所言甚是。

[4]　王力（1989：195）。

[5]　王力（1989：119）。

說，[1] 王力也許因此受到啟發而探討入聲是否應該獨立於陰聲之外的問題，從而轉向「審音派」。從這個時期開始，明顯沒有提到等韻與「審音派」的關係，就算是 1963 年發表的〈古韻脂微質物月五部的分野〉，其中談到「審音派」陰入分立的問題，王力運用了很多材料和方法去討論，也包括等韻學的等位理論，他指出：

> 脂微分部以後，擬音也可以比較合理。哈灰兩韻是一等字（一開一合），皆韻是二等字，齊韻是四等字，擬音時都不產生矛盾；至於脂微兩韻，它們都是三等字，如果不分為兩部，擬音時就產生矛盾了。微韻只有喉牙輕唇，脂韻沒有輕唇，但是喉牙字仍然與微韻喉牙字重疊。[2]

王力這個說法不是為「審音派」背書，反而是佐證自己尚屬傾向於「考古派」時分立脂微實屬無誤。這跟同時刊行的《漢語音韻》說法也相近，這書以等分部之說也屬王力早年的說法，[3] 兩個論著是一樣的思考方式。〈古韻脂微質物月五部的分部〉總結說：

---

[1] 按：在這篇文章的提要和正文裏都出現了對胡適（1891–1962）和西門華德（Julius Walter Simon，1893–1981）的論述，但文章最後說：「本文的主要目的在於批判高本漢的上古漢語音韻學」〔北京大學中國語言文學系（1960：275）〕。又按：可能因要批判胡適的〈入聲考〉，引發王力對入聲的研究。

[2] 王力（1989：254）。

[3] 王力（1963：161）。按：所謂「早年」，是指 30 年代傾向「考古派」的時候。

> ……我根據的是一個總原則，就是以語音的系統性為標準。在過去，我對語音的系統性是注意不夠的。在考古、審音兩方面都缺乏較深入的鑽研，而在這兩方面的辯證關係也處理得不好。講語音發展不能不講發展的規律，沒有系統性也就無規律可言。[1]

也就是說王力是用「系統性」作為標準，超越於「考古」和「審音」之上。〈古韻脂微質物月五部的分野〉裏面使用了等韻學的方法，然而是用來擬測古音，而不是在分立韻部。所謂「至於脂微兩韻，它們都是三等字，如果不分為兩部，擬音時就產生矛盾了」，[2] 這裏大膽把這句話倒過來解讀，就是同屬三等的脂微兩韻，如果不是來源不同，在《切韻》之中就不能不獨立出來，因此三等只是表面現象，更深層次的是《切韻》把脂微兩韻分立起來。這樣的話，以同屬三等來論證釐析脂微兩部的原理，其實跟清代古音學家一樣，甚至跟段玉裁一樣，都是以《切韻》比對上古音，段玉裁比江永多分出四部，就是以《廣韻》（《切韻》）來逆推上古韻部的結果。[3] 這種段玉裁口中的「審音」，不管是屬於哪一等，總之在《廣韻》分了兩韻，就得考慮一下在上古音裏面要不要分兩部。總的來說，王力關心的是「系統性」，而不是單憑等韻學作為標準。要注意的是這個「系統性」又跟上文談到

---

[1]　王力（1989：287-288）。
[2]　王力（1989：254）。
[3]　參閱本書第 6 篇的第 5 節。

王力的「語音系統」或「系統性」不同（請參閱本篇下的第 9 節，那裏還有進一步的討論），然而無論指的是甚麼，跟等韻關係都不大。

就算王力運用了等韻學的方法，但比對同是提出分立脂微兩部的曾運乾(1884－1945)，[1] 他的應用明顯不如曾運乾那樣多。曾運乾不單用了開合口、侈弇來區分韻部，[2] 還細分聲紐。[3] 當然 30 年代王力仍然自認為「考古派」，不必標榜等韻學的應用，因此並不像曾運乾那樣把入聲分了出去。[4] 1954 年後，王力雖

---

[1]　陳新雄〈黃侃與曾運乾之古音學〉指出：「王力有脂微分部之見，為古韻學上一大創見，其實曾氏此說亦與王力脂微分部說同一見解，而且發表之時間，亦極相近」〔陳新雄（2010：203）〕。按：由於曾運乾古韻學的著作大部份在生前沒有出版，現在主要參考《音韻學講義》，其中有〈齊韻分為二部〉的節錄，據郭晉稀（1916－1998）所記：「〈齊韻分為二部〉一文，曾氏改作〈古本音齊部當分二部說〉，發表於湖南大學《文哲叢刊》卷一」〔曾運乾（1996：187）〕，而《文哲叢刊》創刊於 1940 年 12 月，則〈齊韻分為二部〉早於 1940 年 12 月。又考刊於《東北大學周刊》第 9 期的〈聲學五書敍〉，曾運乾自己說當時已有《切韻補譜》〔曾運乾（1996：575）〕。《切韻補譜》未見，而《音韻學講義》附有〈廣韻補譜〉〔曾運乾（1996：243－390）〕，疑即《切韻補譜》。又按：曾運乾於 1931 年 9 月離開東北大學，《切韻補譜》當成於此前。

[2]　曾運乾〈古本音齊部當分二部說〉：「若依《廣韻》之正、變、侈、弇、開、合、齊、撮，與古韻三十部相附合」〔曾運乾（1996：192）〕。

[3]　曾運乾（1996：278－296）。

[4]　按：曾運乾《音韻學講義》的〈廣韻補譜〉稱「依新訂古韻三十部為分攝根據，以正韻為正攝，變韻為變攝」〔曾運乾（1996：244）〕，其中「補譜略例及切語改良」的第十二稱：「訂齊韻為兩部，分屬衣、益而（當作『兩』——引按）攝，填入譜內」〔曾運乾（1996：245）〕，因此那時曾運乾可以算是「審音派」，而王力則是「考古派」。

然傾向「審音派」,[1] 對等韻學的運用卻不見得那麼重視。簡單來說,王力分立脂微時,最初只是使用少量的等韻學方法。

7. 幾個跟脂微分部相關的圖表

到了《詩經韻讀》分析脂微分立時,王力卻變得相當重視等韻學,也許他在研究脂微分部的過程中,一直以來並沒有特別強調使用等韻的理論,於是《詩經韻讀》就顯得非常突出。上面提過的〈南北朝詩人用韻考〉,其中的圖表列出「南北朝聲類與切韻系統的異同」,圖表中有《切韻》系統的脂韻、微韻,以及「南北朝聲類」的脂韻、微韻,至於「等呼」只列「開口」和「合口」,「發音部位」則列了分別隸屬開合口的聲紐。[2]

相隔一年,〈上古韻母系統研究〉也有一個相似的圖表,用來表示「上古脂微兩部與《廣韻》系統的異同」,比〈南北朝詩用韻考〉似乎複雜了一點,涉及的不止脂微兩韻,還有齊皆灰咍

---

[1]　按:要補充的一點,就是〈古韻脂微質物月五部的分野〉涉及清人「審音」的本義,本書的第 7 篇的第 2.1 節指出當時的「審音」是應該帶有《廣韻》分韻以及其韻序的意思。〈古韻脂微質物月五部的分野〉提到:「切韻音系在很大程度上反映了上古漢語的語音系統」,在這句話的前後所談到的是「考古與審音是相反相成的」,以及「考古的結果符合審音的原則」等等〔王力(1989:289)〕,因此〈古韻脂微質物月五部的分野〉這個說法正是清人「審音」的原則。接着王力進而批評戴震的「呼等同者音必無別」的說法,正說明戴震在晚年否定等呼這個做法不可理喻〔王力(1989:289)〕。

[2]　王力(1991:23 - 24)。按:「南北朝聲類」一欄指的是南北朝的韻部。

等韻。[1] 因涉及的韻多，所列的開合口參錯不同，然而〈上古韻母系統研究〉的圖表實際上較〈南北朝詩人用韻考〉為簡單，連「發音部位」（聲紐）也沒有列出來。如果從〈上古韻母系統研究〉的圖表來看，分立脂微兩部只在於開合口，其中的重點則是在脂皆兩韻的開合口，其實並不需要用圖表來表示，用文字說明就可以簡化了很多複雜的問題。無論如何，有了這個圖表，說明王力在處理脂微分部時對等韻學的態度並不明顯。

到了 60 年代，〈古韻脂微質物月五部的分部〉用圖表來說明「古音質部與脂部相配，物部與微部相配」，[2] 涉及的韻更多，要討論的不單是脂微兩部，還涉及入聲質物兩部，這個圖表竟然較之〈上古韻母系統研究〉的圖表更簡單，甚至可以用簡單的一句話概括起來：開合口不同就是作為脂微、質物分部的標準。[3] 當然這就是王力的結論，甚至可以說沒有用圖表來說明的必要。

特別值得注意的是「系統性」一詞，〈古韻脂微質物月五部的分野〉認為以這個圖表解說質脂、物微各部兩兩相配「是很富於系統性」。[4] 這個「系統性」指的是開合口，跟同年發表的《漢語音韻》又不一樣，也許由於《漢語音韻》行文比較簡約，容易引起誤解，現在先看看原文：「江永精於等韻之學，他從數韻共一入的搭配來說明上古漢語語音的系統性，有很大的參考價

---

[1] 王力（1989：183）。
[2] 王力（1989：275）。
[3] 王力（1989：275）。
[4] 王力（1989：275）。

值」。[1] 如果單單截取這一句，好像「系統性」等同等韻學，然而仔細閱讀書中對江永的論述，其實「系統性」和等韻學兩者沒有關係。《漢語音韻》總結江永分部有以下三個特點：首先是江永據弇侈分立，這是跟等韻學相關的部份，結果是「江氏只比顧氏多了三部」；[2] 第二個是「江氏另把入聲分為八部」，王力更把入聲八部跟中古音作比較；[3] 第三個特點是「江氏主張數韻共一入」，《漢語音韻》並依照《四聲切韻表》列出「入聲與陰聲、陽聲的配合」的情況。[4] 因此，「江永精於等韻之學」是指按弇侈多分三部，「數韻共一入」就是說他運用了語音的「系統性」，即分出入聲八部，以及陰陽入三聲的合配，結論就是江永應該屬於所謂「審音派」。毫無疑問，《漢語音韻》的「系統性」跟〈古韻脂微質物月五部的分部〉的並不相同，《漢語音韻》說的是陰陽入三分的「系統」；〈古韻脂微質物月五部的分部〉說的不只是物微相配，質脂也得相配，因此王力在同一篇論文裏批評王念孫「得出了他的至部。這個至部是缺乏系統性的」。[5] 由此看來，就算〈古韻脂微質物月五部的分部〉的「系統性」跟等韻學有關，也只是開合口這一點。〈南北朝詩人用韻考〉以後的三個圖表，除了越發簡化之外，就是越來越缺乏等韻學的因素。

---

[1]　王力（1963：154）。
[2]　王力（1963：150－151）。
[3]　王力（1963：151－152）。
[4]　王力（1963：152－154）。
[5]　王力（1989：276－277）。

　　《詩經韻讀》有個圖表叫做「微物文三部演變圖」，[1] 實際上是跟脂微分部相關，在圖表同一小節裏提到：「上古微部的三等合口舌齒音字跑到《切韻》的脂韻裏，和上古的脂部字合流了」。[2] 這個圖表比起上述三個圖表都來得複雜，在「切韻韻部」所列的《切韻》韻目，使用了不同的標點符號來表示歸入該部的字有多寡，不像過去那樣舉平賅上去；[3] 至於圖表中的「分合條件」一欄，其實就是過去所分的「等呼」和「發音部位」，那裏清楚列出韻類的等第，在三等那裏開合口之下還列出聲紐，可以說是一反既往。〈上古韻母系統研究〉和〈古韻脂微質物月五部的分部〉均沒有列出的「發音部位」，這裏又再重現，可見非常重視等韻學在上古音分部的作用。

　　在《詩經韻讀》的同一小節裏，[4] 王力又談到東屋冬覺蒸職六部的變化，也是用圖表列出等第，清楚說明東屋兩部和冬覺兩部的三等韻交互流轉的情況。圖表中蒸職兩部的部份，不單列出等第，更分出開合口，用來說明「上古蒸部和侵部關係密切，冬部三等轉入了《切韻》東韻三等，蒸部合口三等也轉入了《切韻》

---

[1]　王力（1980C：13）。

[2]　王力（1985C：12）。

[3]　按：〈南北朝詩人用韻考〉把入聲分出 18 種韻類，不隸屬於平上去之中〔王力（1991：71－72）〕；〈上古韻母系統研究〉所分的上古音，入聲不獨立，但在圖表中所列的《廣韻》系統只是平聲韻目，而例字所列亦止於平上去三聲，沒有入聲，似乎與該文的主張不合。因此《詩經韻讀》的圖表明顯比較複雜。

[4]　按：小節名為「上古韻部與中古韻部的對應」〔王力（1980C：11－15）〕。

東韻三等，和冬部三等合流」。[1] 因此《詩經韻讀》這個東屋冬覺蒸職六部的圖表重點是在從語音對應「系統」上解決東冬兩部分立的問題，也就是為孔廣森的分部找出「系統」上的理據，這正好回答本篇的第 5 節針對《漢語音韻》提出的問題。只是《漢語音韻》的說法比較簡單，《詩經韻讀》來得細緻清晰。這樣一來，就說明孔廣森的東冬分立和王力的脂微分立，在最初的時候並沒有明顯使用等韻學的方法，甚至在最初分立這兩組的時候，孔王二人都屬於所謂「考古派」，而後來的《詩經韻讀》卻特意用等韻學的方法來解釋，而且是針對陰陽入三分之後的東冬、脂微分立，似乎有意融和「兩派」的色彩。或者再直接來說，就是《詩經韻讀》再次用等韻學的方法說明分部與強調古音學，卻沒有強調「兩派」的理論，足以證明王力早就把等韻學只視為工具，而不是劃分的標準。[2] 王力自己創立了「兩派」的術語，但如果

---

[1]　王力（1980C：15）。按：圖表中蒸職兩部三等合口那裏留空出來，而在正文中有補充說明：「和蒸部對應的職部合口三等雖還保留著『域』等字，那是殘餘，絕大部分合口三等的職部字都轉入《切韻》屋韻三等裏去了」〔王力（1980C：14－15）〕。這個說法似乎並不周全，登德兩韻的合口字本來不多，《廣韻》的職韻有兩個小韻共 28 字，德韻有三個小韻共 8 字〔陳彭年（2008：528，530，531）〕，然而在字數方面，職韻合口字遠多於德韻，此外《詩經韻讀》也說過「諧聲系統可以幫助我們確定上古韻部」〔王力（1980C：16）〕，這個圖表其實不必列出蒸職兩部，因為在《六書音均表》裏已解決了蒸職兩部和東屋兩部的分立，段玉裁所列第一部（入聲）和第六部的「諧聲」〔段玉裁（1983：18－19，22）〕，大致跟王力相去不遠〔王力（1980C：17－18）〕。

[2]　《王力上古音學說研究》認為：「我們認為，王力先生的脂微分部

以陳新雄所說「審音派」「須以等韻條理助成其說」，套用在王力身上的話，似乎未必合適，至少在 50 年代及 60 年代的著作裏面，很難找得到必然的證據。

回頭來看看「兩派」理論，陳新雄認為王力主張的「審音派加上兩個條件」，王力自己經過四十多年的研究，終於把等韻學定為「審音」的必要條件，不過是用等韻學同為「兩派」服務。至於入聲獨立是否仍算是一個條件，王力自己也越來越模糊，於是把有爭議的部份歸為「甲類」，並重新擬測音值，代表他承認「甲類」的特殊性。王力最後用了逆推的方法來解決這個問題，理由是如果「甲類」入聲不獨立，「後代這六部的入聲從何而來」，[1] 這就是《漢語語音史》所強調的「系統性」。該書的〈導論〉第四章「方法」說：「語言是富有系統性。語音的發展，就是新系統替代了舊系統，不從系統性觀察語音的發展，那就是錯誤的」，王力舉了江永的弇侈、孔廣森的陰陽對轉，以及自己的脂微分立為例來說明「系統性」。[2] 他認為經過三百多年的研究，「我們

是獨立發現，曾運乾雖提出脂微劃分，但王力先生與他的分部是有區別的，這主要體現在如下幾個方面：一、脂微分部之路不同。曾運乾走審音之路，王力先生主要偏重《詩經》用韻，走的是考古之路。……」〔徐從權（2019：150）〕。按：王力最後還是用等韻學的方法來考訂脂微分部，跟曾運乾竟然殊途同歸。

[1] 王力（1985A：46）。

[2] 王力（1985A：13）。按：本書第 8 篇的第 4 節指出《六書音均表》之中的「斂侈」跟入聲有關，雖然段玉裁的說法未為清晰，但既然用了「斂侈」這個說法，也可以視為陰入分立或對轉理論的萌芽。

對先秦的韻部系統，才得到一個比較可靠的結論」。[1] 本篇上文的第 3 節和第 6 節反覆討論了王力對「語音系統」和「系統性」的看法，上面也提過《清代古音學》所謂「審音派則以語音系統為標準」的「語音系統」，也許就是〈上古漢語入聲和陰聲的分野及收音〉裏說的陰陽入三分的系統。不過，由於經歷四十多年，王力關於「系統」的說法仍有點流動不居，可能令人覺得非常難以把握。〈上古漢語入聲和陰聲的分野及收音〉所謂：

> 　　依照《切韻》系統，入聲是配陽聲的；顧炎武以入聲配陰聲，受到了王念孫、章炳麟等人的擁護。但是，江永主張「數韻共一入」，段玉裁主張「異平而同入」，戴震以陰陽入相配，他們都認為入聲兼配陰陽。後來黃侃和錢玄同實際上也采用了異平同入的說法。我們是贊成後一說的，因為（舉例來說）以ak配a固然說得通，以ak配ang也未嘗不可。[2]

上面一段把江永、戴震，以至黃侃、錢玄同（1887–1939）這些古音學中的「審音派」融合了「考古派」中主張異平同入的段玉裁，說的也是「系統」的問題。同樣，《清代古音學》在總結時，說的也是「系統」：

---

[1]　王力（1985A：41）。

[2]　王力（1989：198）。按：本書第 7 篇的第 4.4 節曾經談到段玉裁的〈古異平同入說〉，跟〈上古漢語入聲和陰聲的分野及收音〉的說法不一樣。

> 段玉裁十七部，入聲不獨立，本來也有它的系統性，
> 後來王念孫、江有誥、章炳麟相繼把至部、祭部、隊部從
> 陰聲韻裡分出來，於是脂部等不再有入聲，而之幽宵侯魚
> 支六部仍舊有入聲，這就破壞了語音的系統性。[1]

上面兩段引文，似乎說得很矛盾，段玉裁沒有把入聲獨立出來是
有「系統性」，其他「考古派」沒有把「之幽宵侯魚支」（也就是
《同源字典》之中的「甲類」）分出來，就是破壞了「系統性」，
這也叫人難以理解。在《清代古音學》的前一頁就說過「審音派
則以語音系統為標準」，[2] 而這裏又說段玉裁有系統性，或許王
力擴充自己的學生筆記的時候，有些地方仍未作最後的統一。不
過從上文可以發現王力離開所謂「考古派」，但到後期又回到以
段玉裁為研究的原點，這樣才能理解為甚麼〈說略〉以段玉裁的
十七部為討論基礎。《漢語語音史》把「兩派」縮窄到只有「甲
類」六部這一點上，大約也是沒有辦法中的辦法，也就是為甚麼
〈說略〉對清人分部只作歷時的敍述，而定為準則的《音韻學初
步》一點也不提「兩派」理論的原因。

　　這篇小文當然不是說不要把「甲類」陰入分開，只是要說明
王力到了後期，不再是以派別來考慮是非得失，而是從「系統」
來考慮，更重要的是無論討論王力的古音學的成果，或者討論「兩

---

[1]　王力（1992：253）。
[2]　王力（1992：252）。

派」的理論，都不能忽略了同源字的研究對王力的深遠影響。[1]

8.小結

王力是一位不斷創新和力求完美的學者，四十多年來對古音學的研究精益求精。「兩派」這個譜系理論，把清代古音學理出一個輪廓，對音韻學史的教學帶來極大的方便。王力也勇於改進自己的學說，從「傾向」陰陽二分「轉變」成陰陽入三分；由使用等韻學與否來劃分古音學的譜系，變成使用等韻學來解釋「兩派」的學說，正如他用等韻學的方法來說明孔廣森東冬分立；使用等韻學的方法重新闡釋自己的理論，特別是脂微以及質物月幾個韻部的分立。王力沒有羈繫於自己過往的說法，為後來的研究奠下基石，作出多方嘗試。如果只據他的一時一事而墨守不變，恐怕也不是他的原意。

江有誥把段玉裁的十七部的入聲韻部再加細分出來，段玉裁推許為「考古不謂不深」，[2] 因此「札記四」說：「自段玉裁和江有誥之後，再沒有『考古』和『審音』的畦畛了」。[3] 王力深入

---

[1] 按：王力早在〈上古韻母系統研究〉已提出「訓詁對轉証」，附在每個古韻圖表之後，王力舉例說明：「又如『何』在歌部，『曷』在曷部，我們又可以從訓詁的事實去証明歌與曷是陰入對轉」〔王力（1989：133）〕，這些「訓詁的事實」部份涉及同源字，可惜王力在那個時候沒有特意加以討論。有關同源字的問題，請參閱本書第12篇。

[2] 段玉裁（2008：131）。

[3] 本書第 10 篇的第 2.4 節。

研究同源字之後，[1] 也許對「考古派」和「審音派」的劃分並不像最初那樣分明，在《音韻學初步》不分家派，也不論陰陽二分還是陰陽入三分，只列出了清人的古韻分部；同樣，他也寫成了這一篇沒有派系只有學理的〈說略〉，放在《同源字典》之中。

2020 年 5 月 1 日三稿 16 日四稿

9. 後記

終於完成了第五篇札記的第五稿。特別要感謝嶺南大學馬毛朋和李斐兩位博士，在疫起龜蛇，圖書館關門之際，把徐從權先生《王力上古音學說研究》寄來給我，可以及時補充修訂拙稿。又感謝蕭振豪兄、周嘉俊兄、鄒靈璞兄，幫助我可以從紛繁的思緒中，整理出一較為完整的報告，又得到許明德兄多所指正。撰寫第五篇札記的大半年裏，得到不少前輩老師和同行的鼓勵指導，再次深深感謝！

本篇雖然是讀王力先生〈古音說略〉的札記，但緣起於討論段玉裁的古音學說跟韻圖的關係，因此放在同一系列之中。

2020 年 5 月 21 日六稿
618 雨災四十八周年七稿

---

[1] 參閱本書第 12 篇的第 4 節。

第 12 篇

王力古韻學與香港
—讀《音韻學初步·古韻》小記

提　要：王力先生晚年的古韻學研究有兩個特點，一是
　　　　重新調整各部的次序，二是重新擬音。這兩點
　　　　最早見於香港出版的《音韻學初步》。由香港
　　　　印行的原因，是王先生跟香港的關係極為密切。
　　　　在文化大革命期間，香港重印王先生的書，並
　　　　發行海內外，讓他的學說廣泛傳播，並得到回
　　　　饋，這也影響了王先生的古韻學說。

關鍵詞：王力、《音韻學初步》、古音學、同源字、香
　　　　港

本篇曾於中國音韻學第21屆學術討論會暨漢語音韻學第
16屆國際學術研討會上報告，並得蒙魯國堯教授及石汝
杰教授指正，謹此致謝！

1. 王先生在上世紀 80 年代出版的古韻學論著

王力先生非常看重《音韻學初步》，王先生說：

> 《漢語音韻學》（原名《中國音韻學》）是三十年代
> 的著作，《漢語音韻》是六十年代的著作，本書《音韻學
> 初步》是八十年代的著作。三書不同之處，應以本書為準。[1]

標明「八十年代的著作」，以別過去的主張。《音韻學初步》（本
篇下稱《初步》）跟王先生其他著作有些不同，《漢語音韻學》和
《漢語音韻》說的都是「古音」，[2] 包括了韻部和聲紐，甚至聲
調，《初步》只以「古韻」獨立成第五章，[3] 很明顯是標示該書
的獨特性質。這是閱讀〈古韻〉的心得。

　　1980 年 10 月出版的《初步》並不是王先生最後一本與古韻

---

[1]　王力（1980B：71）。按：本篇所引的《音韻學初步》是據王先生親
自校改香港商務印書館的二校校樣。

[2]　王力（1972：269 - 458）、王力（1963：142 - 198）。按：《漢語音
韻》只有「上古的韻母系統」〔王力（1963：142 - 194）〕和「上古
的聲母系統」〔王力（1963：194 - 198）〕，至於聲調方面，隸屬於
「上古的韻母系統」〔王力（1963：177 - 180）〕。

[3]　王力（1980B：59 - 71）。《初步》除了第一章〈現代漢語音韻〉，其
餘三章〈字母〉、〈韻部〉、〈四聲〉，都是通論性質，跟上古音沒有
直接關連。按：〈古韻〉也有涉及聲紐的部份，「《詩經》例證」用
國際音標標出韻腳的音節，不時加注說明，如「『篦』，澄母字，先
秦讀[d]」，特別是「野」[ʎia]的注釋：「[ʎ]是舌面前的邊音[l]」〔王
力（1980B：62）〕，反映出王先生對古聲紐最新的看法，《漢語語音
史》指出：「現在我有新擬測，把喻四的上古音擬測為[ʎ]」〔王力
（1985A：23）〕，這個古聲紐的擬音反映王先生重新檢視高本漢《中
國音韻學研究》和其他學者的意見。

學相關的專著，[1] 《初步》出版後兩個月就有《詩經韻讀》（本篇下稱《韻讀》），1981 年有《中國語言學史》（本篇下稱《學史》），《漢語語音史》（本篇下稱《語音史》）出版於 1985 年，王先生去世後六年後還出版了《清代古音學》（本篇下稱《古音學》）。不過，這些論著不盡能反映王先生晚年的古韻學研究。正如《學史》的序說：「這部書是 1962 年我在北京大學所用的講義，前三章曾在《中國語文》雜志上連載」，[2] 因此這是王先生 1960 年代的作品，與晚年學說無關。值得一提的是第四章，在全書出版之前，先在香港中文大學的《中國語文研究》刊登。[3]

　　《初步》所列的古韻三十部，跟《語音史》非常相似，名稱、擬音、次序完全相同。[4] 至於《詩經》的用韻例証，《初步》是按陰入陽三類分別列出，而《語音史》則以陰入陽為序列出；《初步》比《語音史》多出了「冬部」；[5] 而所舉的例子很多相同。[6]

---

[1]　按：先由香港商務印書館出版繁體字本，到了 12 月才出版簡體字本，並在書名加上副題「獻給葉聖陶先生」。

[2]　王力（1981：序 1）。

[3]　按：第四章的第十六節至第十八節，分別刊在《中國語文研究》總第 2 期（1981 年 1 月，頁 7–14）、總第 3 期（1981 年 10 月，頁 17–25）、總第 4 期（1982 年 9 月，頁 3–11）。

[4]　王力（1980B：61）、王力（1985A：34）。按：《語音史》的分類更仔細。

[5]　《初步》注：「春秋時代侵冬同部，但冬部已有獨立的迹象。這裏依孔廣森分出冬部」〔王力（1980B：69）〕；《語音史》則清楚注明：「冬部是戰國時代的韻部」〔王力（1985A：33）〕。

[6]　按：相關的例子中，計陰聲有 1 個（宵部），入聲有 5 個（錫部、沃部、覺部、緝部、盍部），陽聲有 5 個（蒸部、耕部、陽部、文

值得注意的是韻例的擬音，兩書不但相同，並且按照開合等別標出音標。

論文方面，與《初步》年代相近的，有 1978 年在香港發表〈黃侃古音學述評〉（本篇下稱〈述評〉），[1] 1980 年又有〈漢語語音的系統性及其發展的規律性〉（本篇下稱〈規律性〉）、[2] 〈古無去聲例証〉、[3] 1982 年有〈在中國音韻學研究會第二屆年會開幕典禮上的講話〉、[4] 1983 年有〈漢語語音史上的條件音變〉、[5] 1985 年有〈《詩經韻讀》答疑〉。[6] 〈古無去聲例証〉中直接說到古韻部並不多；1982 年的講話跟古韻相關的同樣也不多；〈《詩經韻讀》答疑〉裏面有說古韻的地方，但主要在長短入的問題，因此歸入聲調的討論較為合宜。此外，還有一篇論文〈古音說略〉放在《同源字典》裏面，這篇論文到底何時所寫並不清楚，所說

部、談部）。

[1]　王力（1978：上 59－104）。

[2]　王力（1989：54－79）。按：這篇論文的上古韻部按陰陽入三分處理〔王力（1989：72）〕，跟《初步》明顯不同，其中「關於韻母系統性的討論」，有「陰陽入對應」一小節，只提到：「在上古韻部系統中，陰聲和入聲的關係比較密切」〔王力（1989：74－75）〕，在「等呼」這一小節中說：「上古的韻部，也可以分成四等。例如寒部，……」〔王力（1989：76）〕，「寒部」疑當為「元部」，在王先生的專著之中，寒部似乎只見於《漢語史稿》〔王力（1980A：63）〕，因此可以說這篇論文跟 1980 年代以後所訂陰入陽三分的系統有很大出入。

[3]　王力（1989：340－372）。

[4]　王力（1989：90－92）。

[5]　王力（1989：80－89）。

[6]　王力（1989：415－421）。

的內容大致跟《語音史》相同。[1]

2.《清代古音學》

　　《韻讀》和《古音學》兩書雖然出版後於《初步》，但實際上並不完全是王先生晚年的看法。《古音學》比《初步》遲了十二年才印行，然而有些觀點只是 1960 年代的主張。1960 年代，王先生開講清代古音學，1984 年據聽講筆記重新改寫編成。[2] 其中有些地方出現矛盾，顯然不是最後定稿，例如對戴震〈答段若膺論韻〉的評論有點混亂。戴震說：

> 僕謂審音本一類，而古人之文偶有相涉，有不相涉，不得舍其相涉者，而以不相涉者為斷。審音非一類，而古人之文偶有相涉，始可以五方之音不同，斷為合韻。[3]

---

[1]　按：〈古音說略〉說：「關於古音，這裏只說一個梗概，其詳見於我所著《漢語史稿》上冊〔王力（1982：73）〕，《漢語史稿》第十一節「上古的語音系統」只有 10 頁篇幅〔王力（1980A：60－69）〕，〈說略〉則長達 15 頁，所謂「其詳見於我所著《漢語史稿》上冊」，未知所指，或指正在編寫中的《語音史》。

[2]　參閱《王力文集》第 12 卷《古音學》的「編印說明」：「《清代古音學》在六十年代初王力先生講課時只有十章，所寫講稿在『文革』中失散了。1984 年王力先生據一位同志當年的聽課筆記重新寫作，並擴充為十三章。收入文集時只更正手稿中的個別筆誤，對一些脫引原文的韻例加腳注補上，以求體例一致」（濟南：山東教育出版社，1990 年。頁 266）。按：《王力文集》第 12 卷刊於 1990 年，單行本反而出版在後。

[3]　戴震（1980：85）。

王先生多次引用這段話，《古音學》推翻《漢語音韻學》的說法，認為過去「批評他『不肯純任客觀』，批評得也不中肯」，而說：「……審音本一類，審音非一類的話也是對的。因為這是從語音的系統性看問題，而語音的系統性正是我們所要遵循的原則」，[1] 然而在同一頁裏，又說：「合韻指的是母音相近，偶爾同用，並非由於方音不同。戴氏所謂『審音非一類，而古人之文偶有相涉，始可以五方之音不同，斷為合韻』，也是錯誤的」，[2] 看來改寫後仍未統一。[3]

又如該書的第十二章討論黃侃的學說，[4] 篇幅相對簡短。如果跟〈述評〉比較一下，更顯得簡短，《王力文集》以相同的字體、版面排印，長達 42 頁，[5] 原在香港發表時更長達 46 頁。〈述評〉對黃侃負評甚多，一開始就說要批判、批評黃侃，最後還說「這種研究方法是唯心主義的研究方法。黃氏在古音學上雖然有一些貢獻，但是他在研究方法上的壞影響遠遠超過了他的貢

---

[1] 王力（1992：136）。按：〈古韻脂微質物用五部的分野〉提到《漢語音韻學》的批評，但這篇文章說：「其實戴氏的理論本身不能說是有甚麼錯誤。……我們不能不注意兩種偶然性」〔王力（1989：288）〕，《清代古音學》似乎承襲了這個說法。

[2] 王力（1992：136）。

[3] 按：這些都是放在同一總述之下：「戴氏在〈答段若膺論韻〉中，有許多觀點都是錯誤的。茲擇其重要的幾點加以論述〔王力（1992：135）〕，因此，總體是批評戴震。

[4] 王力（1992：240–243）。

[5] 王力（1989：373–414）。

獻」；[1] 然而《古音學》的第十二章，三次稱黃侃「正確」，並且
說黃侃的十九紐之說比起章太炎「有很大的優越性」，雖然也有
批評「古本紐」、「古本韻」的理論，仍然認為他是「循環論證」，
不過最後卻說：「黃氏雖在理論上犯有錯誤，但是他在古音學上
的成就，是不可磨滅的」，[2] 可以說跟〈述評〉南轅北轍。去到
《語音史》那裏，雖然有批評黃侃的地方，但比較中性。[3] 如果
《古音學》是 1960 年代的東西，而〈述評〉所說的是 1970 年代
的觀點，那麼《語音史》是否又像個鐘擺那樣，回到 1960 年代？

　　事實上並不是這樣簡單，上面說到《古音學》不是王先生的
定稿，擬音的確有問題，「（七）韻部與音系」的三十部是把歌月
元三部列於支錫耕三部之前，但擬測音值時卻是先把支錫耕列在
歌月元之前，[4] 足證《古音學》第十三章可能是倉猝擴充而成。
第十三章指出「具體描寫古韻韻值的只有章炳麟」，並為章太炎
的二十三部擬音，[5] 王先生很清楚說明黃侃的韻值論述不足以擬
音，但〈述評〉、〈古音說略〉、《語音史》，[6] 都有為黃侃的古韻
部擬音，三者都是 1980 年春天以前完成的著述，可以說是同期
的做法。因此可以說《古音學》對黃侃的評價有突然的改變，竊

[1]　王力（1978：59、98）。
[2]　王力（1992：241 - 243）。
[3]　王力（1981：20）。按：關於黃侃上古正齒音之說〔王力（1985A：20）〕，跟〈規律性〉的說法和例子相同〔王力（1989：62）〕，可見兩者時間相若。
[4]　王力（1992：253、257）。
[5]　王力（1992：256 - 257）。
[6]　王力（1978：77 - 78）、王力（1982：62）、王力（1985A：43）。

意可能是因香港發表的〈述評〉引起海外很大的回應，加上在此前後的一些文章，讓王先生重新思考對黃侃的評價，因而在編成《語音史》之後作出了修改。[1] 不知這個推測對不對，乞求 1960 年代聽課的前輩指正。

3.《詩經韻讀》

《初步》跟同年刊行的《韻讀》有很大的差異，請看看下面三個圖表。

請看看「圖表一」，表裏把王先生歷年對古音分部的次序和名稱列出來。為了安放資料，圖表都用代稱，即「初步」:《初步》;「系統」:〈上古韻母系統研究〉;「史稿」:《漢語史稿》;「音韻」:《漢語音韻》;「擬測」:〈先秦古韻擬測問題〉;「清代」:《清代古音學》;「韻讀」:《詩經韻讀》。[2] 為了方便對照，把段玉裁的「十七部」中非陽聲韻的部份也列出來。[3] 圖表一沒有《語音史》，因為上面已說明跟《初步》大致相同。

---

[1] 按:《王力文集》第 10 卷的「編印說明」說《語音史》實際上是「1978 年秋開始改寫，1980 年春完成」(濟南:山東教育出版社，1987 年。頁 2)。

[2] 王力 (1980B : 61)、王力 (1989 : 134 - 193)、王力 (1980A : 61 - 63)、王力 (1963 : 166)、王力 (1992 : 253)、王力 (1989 : 311 - 313)、王力 (1980C : 10)。

[3] 段玉裁 (1983 : 7 - 9)。

圖表一

初步	段玉裁	系統	史稿	音韻	擬測	清代	韻讀
之職蒸	之	之蒸	之職蒸	之職蒸	之職蒸	之職蒸	之職蒸
支錫耕	宵	幽	幽覺	幽覺	幽覺	幽覺冬	幽覺(冬)
魚鐸陽	幽	宵	宵藥	宵藥	宵藥	宵藥	宵藥
侯屋東	侯	侯東	侯屋東	侯屋東	侯屋東	侯屋東	侯屋東
宵沃	魚	魚陽	魚鐸陽	魚鐸陽	魚鐸陽	魚鐸陽	魚鐸陽
幽覺	脂	歌曷寒	支錫耕	支錫耕	支錫耕	歌月元	支錫耕
微物文	支	支耕	脂質真	歌月元	歌月元	支錫耕	脂質真
脂質真	歌	脂質真	微物文	脂質真	微物文	脂質真	微物文
歌月元		微術諄	歌月寒	微物文	脂質真	微物文	歌月元
緝侵		侵緝	緝侵	緝侵	緝侵	緝侵	緝侵
盍談		談盍	葉談	葉談	盍談	葉談	盍談

除較早的〈上古韻母系統研究〉之外，《初步》各部的名稱跟其他論著大致相近，只有沃部和藥部的不同。至於盍部和葉部這兩個部名，參錯出現，不像沃部和藥部那樣明顯不同。《漢語史稿》和《漢語音韻》可以說幾乎一致，不同的只是寒部和元部這兩個名稱以及相關的組別的次序；《古音學》跟《漢語音韻》相異的地方只在歌月元和支錫耕這六部倒置，而同用葉部這個名稱。《韻讀》與《漢語史稿》、《漢語音韻》、《古音學》基本接近，主要不同在於脂微兩類的升降，可以推斷是同期的產物。從韻部的次序

以及名稱來看，《古音學》大致可信是 1960 年代的筆記。[1]

因此從韻部的次序上來看，《韻讀》接近於《漢語史稿》，至於擬音卻有不同，請看看圖表二：

圖表二

初步	段玉裁	史稿	音韻	擬測	清代	韻讀
之 ə	之 i	之 ə	之 ə	之 ə	之 ə	之 ə
支 e	宵 iau	幽 əu	幽 əu	幽 əu	幽 u	幽 u
魚 a	幽 iu	宵 au	宵 au	宵 au	宵 ô	宵 ô
侯 o	侯 əu	侯 o	侯 o	侯 o	侯 o	侯 o
宵 ô	魚 y	魚 α	魚 a	魚 a	魚 a	魚 a
幽 u	脂 i	支 e	支 e	支 e	支 e	支 e
微 əi	支 i	脂 ei	歌 ai	歌 ai	歌 ai	脂 ei
脂 ei	歌 o	微 əi	脂 ei	微 əi	脂 ei	微 əi
歌 ai		歌 a	微 əi	脂 ei	微 əi	歌 ai
緝 əp		緝 əp	緝 əp	緝 əp	緝 əp	緝 əp
盍 ap	葉 ap	葉 ap	盍 ap	葉 ap	盍 ap

為省篇幅，上面「圖表二」只列出各組最前一部的名稱和擬音。[2]《韻讀》的附注說該書的擬音是針對《漢語史稿》而改動的：「我

---

[1]　按：如果從韻序和擬音作比較，《古音學》全同《漢語音韻》，也說明《古音學》具 1960 年代的特徵。

[2]　按：段玉裁的擬音是據《語音史》〔王力（1985A：42）〕。又，除《古音學》外〔王力（1992：257）〕，出處跟圖表一相同。

358

在《漢語史稿》裏把幽部覺部擬為əu，əuk，宵部藥部擬為au，auk，今改擬」，[1]《韻讀》幽宵兩類跟《初步》一致。

如果再仔細比較《韻讀》的初版本和《王力文集》就發現在歌類和魚類的擬音不同，圖表二是據初版的《韻讀》，魚部擬作a而歌部擬作ai，魚部的擬音加注：「我在《漢語史稿》裏把歌部擬測為α，魚為â，現在歌部改擬為ai，魚部改擬為a」，[2] 收入《王力文集》第 6 卷時改魚部為α而歌部為αi。[3] 如果魚部作a而歌部作ai，則與《初步》相同；如果魚部為α而歌部為αi，則與《初步》不一樣。[4]

幾年前編寫的《韻讀》，擬音跟同年出版的《初步》相同，韻次卻有異，[5] 到底是甚麼原因的呢？要解決這個問題，先來看看《韻讀》：

---

[1] 　王力（1980C：10）。

[2] 　王力（1980C：10）。按：《漢語史稿》的魚部作 α 而歌部作 a〔王力（1980A：62－63）〕，未知《韻讀》所據。又按：《韻讀》附注「理由見下文」〔王力（1980C：10）〕，不過找不到相關的章節，第八節「古音擬測問題」只討論魚部的擬音〔王力（1980C：36）〕，沒有討論歌部。

[3] 　王力（1985B：13）。

[4] 　王先生在《初步》校樣，親手把魚部寫作a而歌部作ai〔王力（1980B：61）〕。

[5] 　按：根據郭錫良（1930－2022）說 1973 年王先生開始編寫《韻讀》〔徐從權（2019：序 3－4）〕。

考古派把入聲派入陰聲。但是依然把緝盍派作侵談的入聲，這就亂了套。他們後來看見緝盍等韻從來不和侵談等韻互押，才把它們獨立出來，並承認它們是入聲。[1]

這大約是分析《詩經》押韻而得來的，不過《同源字典》（本篇下稱《字典》）之中，卻不乏緝侵、盍談音轉的同源字，顯然「這就亂了套」的說法頗有問題。請先看看「圖表三」（由於頁面的關係，分成兩個部份）：

圖表三

	之	職	蒸	支	錫	耕	魚	鐸	陽	侯	屋	東	宵	沃	幽	覺
之		7	5	3			5		1	1					3	
職	5		1		4		3			1				1		2
蒸		1			1						2					
支	2				7	1	1				1				1	
錫		1		1		1	1				1				1	
耕			1						12		2					
魚	4	1		2				17	9	6		1			1	
鐸						1			2		4					
陽							3	1				6				
侯		1					2				11	1	5		6	

---

[1] 王力（1980C：9）。按：除此處外，《韻讀》在別處也提到緝盍兩部獨立的問題〔王力（1980C：30）〕。

屋	2		1			1		1		1	
東				2		2	2			1	2
宵						2	2		10	10	3
沃			1				1	1			2
幽	2				1	1	2	1	5	1	6
覺							1		1	1	
微											
物											
文	1	1									
脂			1	1							
質											
真				1							
歌					3						
月	1				1						
元					3	2	3				
緝	1										
侵	1		1					2			1
盍											
談											

	微	物	文	脂	質	真	歌	月	元	緝	侵	盍	談
之		1	6	1							1		
職		2			1					1	3		
蒸											3		1
支													
錫				1	1	1				1			
耕					1	3							
魚							7	6	9				
鐸							4		4				
陽						2	1	3	4		1		2
侯													
屋													
東								1			4		
宵													
沃													
幽													
覺													
微		4	4	1			7	1	5				
物			9	1	2			4		1	1		
文		1				4			11		2		
脂	2				12	2	5						
質		1		2		3		4				1	

真			1	3	1		1	6		1	
歌	2	1	1			1	8	6			1
月		1	1		5	1	13		4		
元	1		6		2	4	12				1
緝		1		2				2	5		
侵			2								8
盍								1			4
談							1				

圖表三是根據《字典》中所列對轉、旁轉和通轉的同源字製成，把同一類音轉的同源字分列兩處，只是依照《字典》所列而定，如書中職蒸對轉有兩例，但表中分列兩處各有一例，是根據書中有職蒸對轉一例，蒸職對轉又有一例。[1] 一條之中不管收多少字，只算作一例。

圖表三裏職蒸對轉有兩例，錫耕對轉只有一例，鐸陽對轉有三例，屋東對轉有三例。至於緝侵、盍談通轉的同源字相對不算少，緝侵對轉有兩例，盍談對轉有四例。王先生編寫《字典》時，因涉及的字不少，放棄很多想法，於是把語音關係限定在一個較為狹窄的範圍內。[2] 也許經過排比同源字的材料之後，發現在如此狹窄的範圍內，竟找到打破過去成說的證據。

回頭看看圖表一，就會發現從〈上古韻母系統研究〉開始，

---

[1] 王力（1982：253、312）。
[2] 王力（1982：序 1 - 2）。

王先生韻部排列方式大致傾向於段玉裁，《初步》卻出現新的次序，應該是他全新的構想。1964 年發表的〈先秦古韻擬測問題〉的第三節，裏面有一小節「（2）韻部的遠近」針對段玉裁，考訂韻部的遠近，也就是各部的關係。[1] 王先生對段玉裁第一類和第二類的排列（之宵幽侯）不以為然，也不同意章太炎的排列（侯幽之宵），而認為江有誥（？–1851）作「之幽宵侯」最有道理。[2] 至於段玉裁的第六類，王先生也有所改動，主張是「支歌（微）脂」。[3] 王先生從 1930 年代開始，一直到《韻讀》，都是依照江有誥的觀點，把韻部排作「之幽宵侯」；至於侯部以下，就不斷反反覆覆，似乎未能確定下來。

〈先秦古韻擬測問題〉認為「魚侯兩部在《詩經》中沒有合韻的情況」，於是推論「既然不合韻，元音應有相當的距離」，[4] 不過圖表三裏魚侯旁轉有八例，如果單就《詩經》合韻來判別韻部的距離，可能存在很大的誤差。1970 年代末韻部次序和擬音逐步出現改變，同樣可以視為跟王先生編寫《字典》有關，也許這樣解釋最為合理。《古音學》和《韻讀》的擬音大致相同，只是《韻讀》韻序仍然和《漢語史稿》相同，《古音學》擬音的次序也全同《漢語音韻》，足以說明當時仍然在反覆推考之中。王先生在 1980 年初似有了定論，於是把最新的成果交由香港出版，

1　　王力（1989：316）。
2　　王力（1989：316 - 317）。
3　　王力（1989：320 - 323）。
4　　王力（1989：318）。

這個架構在王先生生前一直沒有改變。

4. 同源字與古韻

　　如果考慮到同源字通轉的關係，很多《韻讀》的說法也要修正，好像論到「陰入對轉」時說：

> 　　除了歌微兩部以外，陰聲各部都分別和入聲各部通韻，因此，考古派的古韻學家沒有把入聲韻部獨立出來。孔廣森把合部獨立出來，後來王念孫把孔廣森的合部分為緝盍兩部，因為它們和陽聲沒有通韻的情況，又沒有陰聲和它們相配的緣故。這兩部後來沒有什麼爭論。[1]

上文已談過緝侵和盍談。《字典》內也有不少歌微兩部跟入聲對轉的例子。圖表三裏面歌月對轉 9 例，歌鐸旁對轉 4 例，歌物旁對轉 1 例；微物對轉 4 例，微月旁對轉 1 例。可見同源字的通轉似乎跟《詩經》用韻，以至《說文》諧聲，[2] 似乎有很大的不同。

　　這樣重大的改變，有些問題王先生卻一直沒有正式交待。[3]首先，為甚麼要改動四十多年來一直不大改變的次序？1964 年

---

[1]　王力（1980C：30）。

[2]　按：《韻讀》有專節討論諧聲問題〔王力（1980C：16 - 26）〕，這一小節以諧聲辨別分部，論及幽宵兩部，書中也談到前人對《詩經》幽宵兩部相混之處〔王力（1980C：105）〕，因此在《韻讀》討論諧聲是合理的。然而諧聲跟《詩經》用韻關係其實不算很大，《韻讀》的目的似乎在整理諧聲歸部。

[3]　按：除下面討論的兩個問題外，還有一個問題，就是為甚麼要把藥部改為沃部，王先生也一直沒有交待。

發表的〈先秦古韻擬測問題〉，其中特別討論了「韻部的遠近」
這個問題，[1] 再次肯定過去所訂的韻部次序，[2] 然而十多年後竟
要推倒重來。《初步》的排序跟以前的最明顯不同的地方是「之
支魚侯宵幽」六類，這六類都改擬為單元音（開口一等），跟過
去不同。《語音史》的「先秦韻部的音值擬測問題」，第一個問題
是關於「之支魚侯宵幽」六部，但只是討論有沒有入聲，而不是
它們的次序，[3] 似乎有點離題，更沒有交待為甚麼出現這個變更。
《韻讀》和《初步》成書相去甚近，一下子就採用新的次序。這
裏只能作一個推測，就是在整理《字典》的材料時可能遇到很多
通轉的問題不能解決。

　　好像〈先秦韻部擬測問題〉主張：「支與脂的關係淺，歌與
支的關係、歌與脂的關係都較深」，並舉了不少歌支合韻的例子，[4]
然而在圖表三，支錫耕三部和歌月元三部之間的通轉的例子竟然
一個也沒有，反而與之職蒸三部以及魚鐸陽三部各有交集。因此
《初步》把支錫耕三部向前推至之職蒸三部之後，很容易讓人聯
想到這些改動是跟《字典》有關，也許是王先生分析了同源字的

---

[1]　　王力（1989：316－323）。
[2]　　〈先秦古韻擬測問題〉說：「十年以來，我一直反覆考慮古音擬測
　　　問題。……我在我的《漢語史稿》裏只講了我的結論，現在我想解
　　　釋一下我之所以得出這些結論的理由。其中也有一些小小的修正」
　　　〔王力（1989：292）〕。按：那麼這篇論文基本上是 1954 年以來十
　　　年間研究分部次序的成果。
[3]　　按：王力把這六部的入聲的韻尾全擬為[-k]，實際上是在批評高本
　　　漢的擬音。
[4]　　王力（1989：320－321）。

通轉之後而作出的調整；[1] 而且，他認定「之支魚侯宵幽」是一類，方便解釋入聲分立的問題，這無疑是王力古音學說中一個重要的里程碑。

王先生在 1974 年開始編寫《字典》，由於對通轉要求很高，[2] 不單〈先秦古韻擬測問題〉的論述也顯得過時，連 1973 年編寫的《韻讀》，大約也因過於偏重《詩經》押韻不得不放棄，並在《字典》出版之前，以《初步》率先確立這個新說。[3] 過去評論王先生古韻學的特點，都以脂微分立為代表，如果以王先生晚年而論，重新排列韻序應該是最重要的特點，這樣才可以利用韻部的關係，解決通轉的問題；第二個重要的特點，就是重新擬測音值。

宵幽兩部為甚麼由複元音改擬為單元音？這是第二個未交待的問題，不過是王先生晚年在古韻學的第二個特徵。〈先秦古

---

1 按：支錫耕三部和之職蒸三部，以及魚鐸陽三部緊密排在一起，於是把宵沃、幽覺四部挪移開來。從同源字來看宵沃、幽覺四部，與魚鐸陽三部以及侯屋東三部有關係，於是次於其下。不過，不好解釋的是宵沃、幽覺四部跟微物文三部也沒有多大的關係，唯一解釋是宵沃、幽覺四部處於入聲收[-k]和陽聲收[-ŋ]所謂甲類之末，跟乙類的微物文三部沒有旁轉以至旁對轉的關係。也就是《字典》中〈同源字論〉既列二十九部，還要再列「韻表」的原因〔王力（1982：12 - 13）〕，因為用韻表才能表現出語音通轉的關係。

2 參考王力〈同源字典的性質及其意義〉〔王力（1990：111 - 116）〕。

3 按：《古音學》曾經批評江有誥：「江氏通韻、合韻的理論是可以成立的；但他憑韻部次第來決定通韻、合韻和借韻，則是錯誤的」〔王力（1992：215）〕，《字典》重新排列分部的次第，然後以此次序來說通轉的關係，實際否定了 1980 年代以前的看法，也間接肯定了江有誥和段玉裁合韻的討論。

韻擬測問題〉採用江有誥的「之幽宵侯」的次序，王力認為之幽兩部接近，而「設想之部讀ə，幽部讀əu，職部讀ək，覺部讀əuk，主要元音相同，自可通押」，[1] 認為幽宵兩部也有合韻，於是「設想宵部讀au，幽部讀əu」。[2]

　　然而[ə]是中央元音，如果加上[-u]韻尾，會導致[ə]產生變體，至於覺部擬做əuk，[ə]作為主元音的話，就會變得不穩定，也許這是王先生後來放棄擬作əu的原因之一；[3] 另一個原因可能是同源字之中，之幽、職覺通轉的例子不多，基於這兩個原因，不得不放棄這樣的擬音。既然幽部不能擬作əu，於是宵部也由複元音改為單元音。這樣，《語音史》的「甲類」（即「之支魚侯宵幽」）全部擬作單元音，而「乙類」（即「微脂歌」）全為複元音，兩類

---

[1]　　王力（1989：317）。

[2]　　王力（1989：318）。

[3]　　郭錫良有不同的說法，他認為：「（1）幽部、覺部由 əu\əuk 改為 u\uk；（2）宵部、藥部由 au\auk 改為閉口 ô\ôk；……這都是從系統平衡的角度來改動的，其實幽、覺、宵、藥的改動，拿上古、中古和現代方言來考察，應該說不太可信」〔徐從權（2019：序4）〕。按：這個說法似有可商之處，因為幽覺、宵沃四部已移至與微物文相鄰，王先生一直擬微脂歌各部為複元音，因此不存在系統平衡的關係。如果一定說是系統平衡的話，就是王力在《字典》把「之支魚侯宵幽」歸為「甲類」〔王力（1982：13）〕，「甲類」的韻母都是單元音，但這樣一來就變成循環論證，也就是因為要放入「甲類」，於是改成單元音韻母。宵沃、幽覺在通轉系統之中，是比較「孤立」，本身已沒有對轉的陽聲韻，在〈同源字論〉的「韻表」之中，主元音也不跟「乙類」、「丙類」對應〔王力（1982：13）〕。總的來說，導致幽覺、宵沃的改變，是在乎通轉的關係，既然次序挪動了，擬音也不得不改變。

的界線分明，結構各異。

　　重訂韻次和擬音之後，王先生把二十九部分為三大類別，建立起通轉的架構，結果分部除了是押韻的問題外，更是通轉的問題，這樣的話不單能為古韻分部賦與新的內涵，甚至昇華到另一個層次，段玉裁的構想到了王先生手裏得到初步實現。

　　1950 年代王先生在《漢語史稿》裏說到研究上古音：「主要是靠兩種材料，第一是先秦的韻文，特別是《詩經》裏的韻腳；第二是漢字的諧聲偏旁（聲符）」，[1] 這是行之有效的方法，直至《語音史》大致也是如此，[2] 然而從上面的例子來看，似乎加入了同源字，方顯出王先生晚年古韻學的特徵。[3]

5.王先生與香港

　　香港商務印書館刊印《初步》也許並非出於偶然，雖然序裏說：「在一九八〇年的一次集會上，葉聖陶先生向我提出一個要求，要我寫一本淺近的音韵學的書。……呂叔湘先生在旁邊開玩笑說：『書名我都給你定好了，叫做《音韵一夕通》！』商務印書館香港辦事處李祖澤先生說：『書寫好了，交給我們出版。』」[4]

---

[1]　王力（1980A：60）。

[2]　該書說：「我們根據的是先秦的韻」，又說古聲母方面：「一般的根據是漢字的諧聲偏旁，其次是異文」〔王力（1985A：17）〕。

[3]　按：早在〈上古韻母系統研究〉已提出「訓詁對轉証」，附在每個古韻圖表之後，並舉例說明：「又如『何』在歌部，『曷』在曷部，我們又可以從訓詁的事實去証明歌與曷是陰入對轉」〔王力（1989：133）〕，這些「訓詁的事實」部份涉及同源字。

[4]　王力（1980：序）。

簡體字版刪去有關香港出版的兩句。

　　王先生的論著一直受到海內外學者看重，在文化大革命期間（1966–1976），香港的中華書局仍重印王先生的著作，1972 年重印了《漢語音韻》和《漢語音韻學》，在此之前香港的書店曾經翻印《漢語音韻學》，但流傳不廣。[1] 中華書局出版王先生的論著之後，並由香港中華書局商務印書館聯合辦事處和新民主出版社，把這些書轉運到中國大陸供院校使用。同時，1970 年代香港中文大學和香港大學，都用王先生這兩本論著作為參考書，而且這些書也輾轉流傳到台灣和海外，影響非常大。舉個例子，潘重規先生與業師陳紹棠先生在香港中文大學講授聲韻學，編寫的講義在 1978 年印成《中國音韻學》一書，雖然其中的古韻學說仍然依從黃侃的廿八部之說，但論到清人古韻學，卻按王先生「審音」、「考古」加以分類，也討論了蕭覺兩部，[2] 可見王先生的影響之大。《中國音韻學》全書完稿前後，陳先生多次談及沒法看到王先生〈古韻脂微質物月五部的分野〉全文，[3] 因此未能在《中國音韻學》論及王先生脂微分部，深以為憾。

　　文化大革命之後，中國大陸仍有很多限制，陳凡老師（陳百

---

[1]　按：翻印本曾在中華書局相關的門市發賣。

[2]　潘重規、陳紹棠（1978：226 - 234）。按：書中提到：「……然王氏至部之說，今人（如王了一氏：古韻脂微質物月五部的分野）考之王之古韻譜，……」〔潘重規、陳紹棠（1978：225）〕，但未見原文提到王念孫的「古韻譜」，恐怕是《中國音韻學》從其他地方轉引而來。

[3]　按：該文原刊於《語言學論叢》第 5 輯，香港中文大學圖書館未有入藏，直到 1982 年以後才得到楊善才（1939 - ）的捐贈而補足。

庸，1915–1997）以任職《大公報》的關係，在文革期間一直幫助國內學者，陳老師趁着《大公報》在香港復刊 30 周年，在「四人幫」倒台後不久就向海內外的學者約稿，王先生就把〈述評〉交給陳老師。正如上文所述，這篇稿引起海外學者很大回響，通過各種渠道向王先生反饋，因此王先生在〈述評〉發表年多之後，就答應讓《初步》在香港出版，希望把古韻學最新的構想通過香港與外面交流。王先生把《中國語言學史》第四章交與香港中文大學發表，也是希望在全書出版之前，得到國外學者的回饋，可惜《中國語文研究》嚴重脫期。〈述評〉在香港刊出之後，各種回響和反饋加上王先生同源字的研究成果，全都為古韻學帶來重大的變革。成功不必我在，功成其中有我，香港重印和刊登王先生論著的回響，或多或少影響了王先生的古韻學說。

2021 年 8 月 10 日下午 4 時半第二稿

補記

　　本篇和第 11 篇原來同為一篇，擬在音韻學研究會年會上報告，因疫情關係，年會的時間和報告方式都出現改變，於是抽出本篇作為年會的報告，並將第 11 篇加以改寫。

第 13 篇

讀潘重規先生韻圖論著小記

提　要：潘重規先生在新亞書院講授聲韻學時，編著了
多種音韻學著作。其中與陳紹棠先生合作的《中
國聲韻學》，是上世紀70年代同類著作中的代
表作；此前，潘先生發表的〈韻學碎金〉是《解
釋歌義》出土以來的第一篇專門論著，為韻圖
的研究開出了一條新路。此外〈巴黎藏伯二〇
一二號守溫韻學殘卷校記〉也反映出潘先生對
韻圖湛深的研究。潘先生秉承韻圖結合古韻學
和今韻學一起研究的方法，撰寫了〈集韻聲類
表述例〉，還在新亞書院刊行了《廣韻譜》，
體現了博大綜合的治學精神。

關鍵字：潘重規、《解釋歌義》、《廣韻譜》、《切韻
指掌圖》、《集韻聲類表》

原文刊於《新亞學報》第30卷上，香港：新亞研究所，
2013年。頁453-469。

1. 引言

　　潘重規先生在 1960 年來到新亞書院，香港中文大學成立以後，曾任中文系主任及兼任文學院長，潘先生一直工作到 1973 年才離開新亞書院。[1]

　　潘先生在香港期間，講授過很多個科目，其中包括聲韻學，並編著了多種音韻學著作。[2] 講授之初已着手編寫講義，後來與業師陳紹棠先生合寫的《中國聲韻學》，1978 年在臺北的東大圖書股份有限公司出版，雖然不是在香港期間出版，但實際上是當年的講義的結集。[3] 《中國聲韻學》是上世紀 70 年代相關著作中的代表，也是上世紀七十年來的學術總結，其中不難見到潘先

---

[1]　參閱《誠明古道照顏色 —— 新亞書院 55 周年紀念文集》的介紹〔香港中文大學新亞書院（2006：187）〕。

[2]　根據鄭阿財（1951–）、朱鳳玉（1955–）〈婺源潘石禪先生論著目錄〉所列〔鄭阿財、朱鳳玉（2004：607–623）〕，潘先生在新亞書院期間印行的音韻學專著有《廣韻譜》（1961 年）、《瀛涯敦煌韻輯新書》（新亞研究所 1972 年香港版）、《瀛涯敦煌韻輯別錄》（新亞研究所 1973 年香港版），論文有〈王重民題敦煌卷子徐邈毛詩音新考〉（《新亞學報》9 卷 1 期，1969 年）、〈倫敦藏斯二七二九號暨列寧格勒藏一五一七號敦煌卷子毛詩音殘卷綴合寫定題記〉（《新亞學報》9 卷 2 期，1970 年）、〈隋劉善經四聲指歸定本箋〉（《新亞學術年刊》九期，1962 年）、〈集韻聲類表述例〉（《新亞學術年刊》6 期，1964 年）。按：〈王重民題敦煌卷子徐邈毛詩音新考〉、〈倫敦藏斯二七二九號暨列寧格勒藏一五一七號敦煌卷子毛詩音殘卷綴合寫定題記〉二文收入《敦煌詩經卷子研究論文集》之中（新亞研究所 1970 年香港版）。又，〈隋劉善經四聲指歸定本箋〉當收在《新亞（書院）學術年刊》第 4 期。

[3]　按：潘先生 1966 年在新亞書院中文系出版《中國文字學》的同時，已着手編寫《中國聲韻學》。

生分析前人學術的成果，也可以看到潘先生對中外論著的關心和批評。《中國聲韻學》出版已經超過三十年，但仍然是一本具有新意的學術著作，其中一些論點仍然走在現代學術的前沿。如討論聲紐沿革時，就討論到元刊本《玉篇》前面所列的〈切字要法〉和日本的《悉曇藏》，[1] 後來不少華人學者著論討論《悉曇藏》，潘先生可謂得風氣之先；而〈切字要法〉涉及「歸納助紐字」，這也是近二十年來聲韻學研究的重點之一。[2] 《中國聲韻學》把韻圖的部份放在〈標音方法之演進〉這一章，已突破清人以來「古韻、今韻、等韻」三分的傳統，[3] 而且其中的內容對現代的音韻學研究仍然有重要的意義，如分辨韻圖歌訣時，潘先生就利用敦煌文獻材料，認為其中有早於唐人守溫之前的內容，[4] 後來魯國堯研究《盧宗邁切韻法》時，就特別提到潘先生這個研究成果。[5]

---

[1]　潘重規、陳紹棠（1978：29–30）。

[2]　按：任銘善（1912–1967）《漢語語音史要略》也有討論到〈切字要法〉〔任銘善（1984：33–34）〕。不過任銘善認為字母最早是二十八類，而非三十類，潘先生結合敦煌文獻，推斷為三十類，較《漢語語音史要略》合理，因為〈切字要法〉是「歸納助紐字」而非字母，所謂「四字無文」，只是沒有相應的「歸納助紐字」而已。本書第 3 篇對「歸納助紐字」有較詳細說明。

[3]　按：黃侃〈音略〉分「今聲、古聲、今韻、古韻、反切」幾個部份〔黃侃（1964：62–92）〕，又由黃焯（1902–1984）記錄黃侃講授的《聲韻學筆記》，其中〈音韻書分三類〉：「音韻之書不逾三類：一曰古韻，二曰今韻，三曰等韻」〔黃焯（2006：136）〕。

[4]　潘重規、陳紹棠（1978：185–186）。按：潘先生《瀛涯敦煌韻輯別錄》已提出這個說法〔潘重規（1973：85）〕。

[5]　〈盧宗邁切韻法述論〉指出：「盧序所引第一首見於敦煌寫本守溫韻學殘卷（P2012 卷）『詩云：在家疑是客，別國卻為親。』劉復

潘先生還在《中國音韻學》中提到列寧格勒藏黑水城資料的《解
釋歌義》，[1] 是第一個注意到這份材料的華人學者。黑水城文獻
研究自陳寅恪（1890–1969）、王靜如（1903–1990）諸位早年發
表論著之後，中國學者在這方面的研究一直停頓多年，潘先生把
《解釋歌義》的內容放進教科書之中，是對推動黑水城文獻研究
的一個偉大的貢獻。[2] 本篇是閱讀潘先生《中國聲韻學》和有關
韻圖的論著的一點心得，作為再傳弟子在此獻上一份敬意。

2.《解釋歌義》

《解釋歌義》是一本極為早期的「切韻學」材料，[3] 中土
最先是經潘先生的介紹。潘先生先在《幼獅學誌》第 14 卷第 2
期發表〈韻學碎金〉，提到《解釋歌義》，接着在《中國聲韻學》
裏也提到《解釋歌義》。

潘先生為了研究敦煌文獻和《紅樓夢》，特意從巴黎去到列

據紙色及字迹，斷此卷為唐季寫本。潘重規《瀛涯敦煌韻輯別錄》
說：『此尤足明詩語乃守溫以前所傳之歌訣』」〔魯國堯（2003：
335）〕。

[1]　潘重規、陳紹棠（1978：186）。按：潘先生早在〈韻學碎金〉一文
　　已發表相關的材料〔潘重規（1977：38–41）〕。

[2]　按：耀堃曾向陳紹棠先生求證，有關黑水城文獻和敦煌文獻的部份
　　確實由潘重規先生親自撰寫。又按：陳瑞青（1977–）〈黑水城文獻：
　　敦煌學向下延伸的承接點〉一文指出黑水城文獻研究的第二階段：
　　「國內黑水城文獻與敦煌文獻研究均處於低谷，兩者之間絕少發生
　　聯繫的階段」〔陳瑞青（2012：18）〕，因此潘先生在韻圖研究上結
　　合敦煌文獻和黑水城文獻，可以說當時無出其右。

[3]　按：一般稱為「等韻學」，此處依據〈盧宗邁切韻法述論〉的說法
　　〔魯國堯（2003：340）〕。

寧格勒，[1] 1973 年 8 月 10 日見到孟西科夫（現在多譯作「孟列夫」，Men'shikov, Lev Nikolaevich，1926–2005），從孟西科夫口中知道列寧格勒藏有黑水城文物的情況，[2] 8 月 13 日才看到黑水城文獻的漢文資料卡，[3] 第二天又讀到孟西科夫編寫黑水城資料長編，[4] 而真正可以抄錄有關資料只有 8 月 16、17 兩天，[5] 於是把《解釋歌義》從開始一直抄到「將入聲六十四字以攝入聲」為止。[6] 如果翻檢《解釋歌義》的抄本，就知道潘先生艱苦卓越的精神和努力。《解釋歌義》除了封面有 40 葉，潘先生差不多抄了 35 葉，以這樣短的時間抄寫了全書八份之七，可謂極為神速，當日潘先生奮筆疾抄的情況，現在想像起來也令人震懾。《列寧格勒十日記》說到潘先生一直抄到下午 6 時，已經過了下班時間才走出東方院，大約是因還差 5 葉未能竟功，因此潘先生說自己是「懷着惆悵的心情」，又用「我悽惘，我感慨，我驚奇」來描述回程的心境。[7] 這個心情，在今天這個很容易影印副本的時代實在難以想像，倍叫人油然生出對潘先生的敬意。

---

[1] 潘重規（1975：6）。
[2] 潘重規（1975：11、37–39）。
[3] 潘重規（1975：18–19）。
[4] 潘重規（1975：22）。
[5] 按：8 月 15 日似乎主要是在抄寫《紅樓夢》的資料，又，16 日和 17 日可用的時間只有大半天〔潘重規（1975：24、32）〕。又按：《解釋歌義》可能是在 17 日抄寫的。
[6] 潘重規（1977：39）。
[7] 潘重規（1975：32–33）。

　　《解釋歌義》的第一個真正著錄者應該是孟列夫，[1] 但潘先生才是第一個研究者，在《中國聲韻學》那裏提到：

> 　　又列寧格勒藏黑水城資料第二八二號《解釋歌義一本》，觀其所述，知智公《指玄論》之圖，所本「切韻」，平聲韻為五十九，並上去入聲共有二百七韻，智公為五代宋初人，其時代亦與守溫頗近。故皆用唐修「切韻」為作圖之本，是則韻圖之興，淵源甚遠，必出於宋代以前也。……故知宋人所傳韻圖，不獨《韻鏡》、《七音略》淵源甚古，即《四聲等子》諸作，亦遠有承傳也。[2]

潘先生注意到其中有好幾個地方提到所據之書有多少「韻」這個問題，在〈韻學碎金〉說得更詳細一點，說到「平聲五十九韻，并上去入聲共二百七韻」，以及「入韻八行，以入聲六十四字以攝入聲」這幾個數字。[3] 可以說潘先生目光獨到，點出《解釋歌義》最難以分辨的部份，〈韻學碎金〉試從敦煌韻書的韻數來探討這個問題。[4] 可惜的是潘先生當日未能抄錄全書，因此單從敦煌韻書還不能解決問題，[5] 這未嘗不是一樁憾事。不過，《中國

---

[1]　《黑城出土漢文遺書敍錄》，轉引自孫伯君《解釋歌義研究》〔孫伯君（2004：6–7）〕。

[2]　潘重規、陳紹棠（1978：186）。

[3]　潘重規（1977：39）。

[4]　潘重規（1977：39–40）。

[5]　按：「將入聲六十四字以攝入聲」的後面還有幾個數字，如「此言六十四字者，但是入聲括頭，尅實有形者三十五韻，四等重輕攝之為八行，共是六十四聲。不必一一有字」，以及「平聲十六智家收

聲韻學》提到與韻圖的關係，並提示與《四聲等子》遠有所承，給後來的研究指出了方向。[1] 耀堃參照潘先生的意思翻檢《四聲等子》，並按各圖「見母列位」抄出，[2] 並按《解釋歌義》輕唇韻的情況，分出東（三）和鍾兩韻，剛好符合《解釋歌義》之中所列的數字，寫成了本書第 5 篇〈《解釋歌義》所據的音韻材料及其相關問題〉。

　　本書第 5 篇初成之後，其中有兩個見母列位的問題不好解決，就是《四聲等子》止攝內二的「祐」和深攝內七的「站」，因為「祐」和「站」都不是見母字，只好存疑。[3] 當時只知道文淵閣本《四聲全形等子》作「祜」不作「祐」，[4] 沒有再加深究。後來在「2012 明清領域研究生論文發表會」，讀到蕭振豪〈《重編改正四聲全形等子》研究：兼論《四聲等子》的形成與譜系（一）〉，

[　] ──義曰：智公所撰《指玄論》之圖簡，頓然開豁往日迷滯之情。而又智家將平聲五十九韻皆以重輕四等列之一十六韻，以包括平聲，攝之上去二聲，真真者愜實，並準此理也〔聶鴻音、孫伯君（2006：172）〕，潘先生未能全部抄下來，出現偏差在所難免。

[1] 孟列夫著錄《解釋歌義》時，逐錄為「解釋歌義壹畚」，「壹畚」未作解釋，聶鴻音（1954–）〈黑水城抄本《解釋歌義》和早期等韻門法〉：「……書的現存部分未見撰者或抄寫者題款，僅在首葉題有書『解釋歌義一畚』，其中『畚』顯然當是『本』字」〔聶鴻音（1997：14）〕。按：潘先生早已釋為「本」字。

[2] 按：〈集韻聲類表述例〉特別指出敦煌《守溫韻學》殘卷的四等重輕例與《切韻指掌圖》吻合〔潘重規（1964：144）〕，正是以見母列位，不單是《切韻指掌圖》，《四聲等子》也是以見母列位。

[3] 本書第 5 篇的第 1.2 節。

[4] 影印《文淵閣四庫全書》本《四聲全形等子》，頁 846。

才知道「祐」和「站」是「祛」和「站」的誤寫，[1]「祛」和「站」都是自切字，[2] 即「祛」的讀音是「古衣切」，而「站」的讀音是「古立切」，於是見母列位的說法就可以確立，《解釋歌義》所說到的相關數字接近解決。轉了一個圈，仍然要回到《四聲等子》，可見潘先生的洞察透析。

3.《廣韻譜》

潘先生不單對《四聲等子》有湛深的研究，對《切韻指掌圖》也有精到的見解。黃侃在 1936 年編了《集韻聲類表》，[3] 由於全書沒有具體的說明，很多地方都難以明白，因此潘先生在 1964 年特意發表了〈集韻聲類表述例〉，[4] 張渭毅（1966–）〈《集韻》研究概說〉指出：「……要真正讀懂黃表，必須參閱潘著」。[5]

潘先生在撰寫〈集韻聲韻表述例〉之前已對《集韻》作了反覆的分析，陳紹棠先生提到潘先生在四川三台時已着手編輯

---

[1]　蕭振豪（2012：10）。按：該文後來改寫收在《華嚴字母新探》，並名為〈《重編改正四聲全形等子》初探──兼論《四聲等子》與《指玄論》的關係〉，請參閱該文的「三、」〔蕭振豪（2021：176）〕。

[2]　有關自切字的說法，參閱黃典誠《切韻綜合研究》〔黃典誠（1994：30–31）〕。

[3]　開明書店，1936 年上海版。按：沒有署名，只署「黃喬馨」這個名字的丙寅（1926）正月八日題記。

[4]　按：此論文曾刊登過兩次，第一次是 1964 年 9 月《新亞書院學術年刊》第 6 期，第二次是在 1993 年 5 月《中國海峽兩岸黃侃學術研討會論文集》（武昌：華中師範大學出版社）。又按：陳紹棠先生〈敬悼石禪師〉說「文革」以後，到潘先生寓所謄抄《集韻聲類表》〔香港中文大學新亞書院（2006：192）〕，可能是誤記。

[5]　張渭毅（1999：134）。

《經典釋文韻編》29 冊，這本書配合《集韻》的反切。[1] 直到編〈集韻聲類表述例〉之前，潘先生在香港刊印了《廣韻譜》，為撰寫再做一次準備。《廣韻譜》的題識說是「辛丑年二月十九日潘重規識於香港新亞書院」，[2] 辛丑年二月十九日即為公曆 1961 年 3 月 4 日，出版又當在這個日期之後。

　　無論如何，這是潘先生在 1960 年到新亞書院任教之後的第一本著作。[3] 此書流傳不廣，網絡上只有「旭堂港台得書錄之學術書錄」，[4] 和《敦煌學》的〈婺源潘石禪先生論著目錄〉，[5] 提過《廣韻譜》這本書，因此網絡上有人稱為甚為罕見，[6] 事實確實如是，包括香港八間大學圖書館聯合而成的「香港高校圖書聯網」都沒有收這本書，連新亞書院的圖書館也沒有。粗檢所得，

---

[1]　陳紹棠先生〈敬悼石禪師〉〔香港中文大學新亞書院（2006：192）〕。
　　　按：根據祖保泉（1921–2013）〈潘重規年表〉，潘先生是在 1939 年秋到三台，至 1943 年秋離開〔祖保泉（2007：354–355）〕。
[2]　《廣韻譜》的〈廣韻譜例〉（扉頁）。
[3]　按：此書封面上有高明（1909–1992）的題簽外，封面和封底沒有任何文字，看來似乎是新亞書院中文系出版，或者是潘先生自資出版。又原書似乎有附頁，我所據的本子，附頁已脫落。
[4]　見「旭堂港台得書錄之學術書錄」（網址：http://blog.sina.com.cn/s/blog_5cd413b70100l3i1.html）。
[5]　網址：www.nhu.edu.tw/~NHDH/pdf/dunhung/25/25–44.pdf。按：即《敦煌學》第二十五輯（頁 607）。
[6]　根據 2012 年 9 月 10 日 google 的檢索引擎，只有 google books 和上述兩個網站收有潘先生這本書（https://www.google.com.hk/search?source=ig&hl=zh-TW&rlz=1R2ADRA_enHK488&=&q=%E5%BB%A3%E9%9F%BB%E8%AD%9C&oq=%E5%BB%A3%E9%9F%BB%E8%AD%9C&gs_l=igoogle.3...1030.1030.0.1697.1.1.0.0.0.0.75.75.1.1.0...0.0...1ac.1j2.WDqkr0nZiqg）。

中土公藏的圖書館之中,只有臺北的國家圖書館收藏了這本書。[1]

　　《廣韻譜》不是一般的韻圖,根據該書的〈廣韻譜例〉說:

> 此譜據先師黃君〈廣韻聲勢及對轉表〉之說,使陰陽
> 入聲調相承,不獨可覘古今音變之迹,且引字調音,無等
> 韻家拘牽門法之弊,又可收「依切求音,即音知字」之效。[2]

黃侃〈廣韻聲勢及對轉表〉對此並沒有詳細說明,[3]　《廣韻譜》
可以說是另類的「述例」。不過《廣韻譜》又不是跟〈廣韻聲勢
及對轉表〉完全對照,在次序上不是依照〈廣韻聲勢及對轉表〉,
而是按《廣韻》的陽聲韻的次序,因此更接近黃侃的〈入聲分配
陰陽表〉。[4]　《廣韻譜》把〈廣韻聲勢及對轉表〉的「聲勢」和
「韻母」的部份取消,這個「聲勢」指「開合洪細」,不列「聲
勢」,就減少涉及「等韻門法」的問題;「韻母」是用影母字來表
示各韻的讀音,《廣韻譜》以影母放在最前,也起着「韻母」的
功能。

　　《廣韻譜》完全打破宋元以來把韻圖劃分為四等的方式,各

---

[1]　網址:
http://192.83.186.238/nclhyint/search_detail.jsp?pid=hyint/402935&use_id=2&genre=article。又,承許明德教授告知國外圖書館反而有 13
所藏有此書,其中包括 google 圖書館(網址:
http://www.worldcat.org/title/guang-yun-pu/oclc/21500330&referer=brief_results)

[2]　《廣韻譜》,扉頁。

[3]　黃侃(1964:280–289)。

[4]　黃侃(1985:377–384)。

個小韻只按陰聲、入聲和陽聲相承排列，並附以反切。另一方面，最高一欄列出黃侃的《廣韻》四十一聲類，又按推定的古今本音和變音的關係，以字型大小列出各個字母；最低一欄則列出黃侃的古音十九紐，這樣讀者就可以掌握《廣韻》各個小韻的音韻地位，同時了解古聲母和陰陽入對轉的關係。由於黃侃有古本音和今變音的理論，《廣韻譜》通過古今聲母的對比，反映出傳統韻圖部份分等的意義，諸如「照穿神審禪」與「知徹澄娘」同等，先後都是從舌頭音分化出來。如果參照《廣韻譜》的編排，就不難理解《集韻聲類表》以聲母為序，並且「入聲分承陰陽」的意義。[1] 《黃侃聲韻學未刊稿》收集了很多黃侃研究的原始材料，有以四十一聲類為圖的，有以古韻二十八部為圖並附聲紐的，而《集韻聲類表》以聲母為綱依《切韻指掌圖》列位，又入聲分承陰陽，比起那些原始材料，可以說更為清晰有序。而《廣韻譜》更歸拼古今聲紐和陰陽韻類，可以說比《集韻聲類表》來得更徹底，《廣韻譜》更見潘先生心意細密。[2]

　　《廣韻譜》後出，因此也吸收了新出的研究成果，如《集韻聲類表》編寫時還沒有太多人討論重紐，因此〈述例〉只按原有的內容加以陳述。《廣韻譜》雖然沒有重紐之名，但對重紐的小

---

[1]　潘重規（1964：138）。

[2]　林尹（1910–1983）《訓詁學概要》評論《集韻聲類表》：「……夫宋元人等韻圖表，自來無以聲類為綱者，有之則自先師此表始，……」〔林尹（1972：334）〕。按：《廣韻譜》綜合聲韻調而成，可以說更進一步。又按：《集韻聲類表》及《廣韻譜》似乎是取法戴震的《聲類表》，無論如何《集韻聲類表》的名稱與《聲類表》有點雷同。

韻大致區分開來，到了《中國聲韻學》還討論相關的問題。[1]

4.《切韻指掌圖》

歷來有不少學者對《切韻指掌圖》，提出不同的說法，[2] 因此《集韻聲類表》既然依據《切韻指掌圖》而編寫，就一定要先解決《集韻》和《切韻指掌圖》的關係。潘先生在〈述例〉中特別說明：

> ……蘄春師為《集韻》作表，等第開合，大體獨依《切韻指掌圖》，而不據其他宋元人韻圖者，良以《集韻》與《指掌圖》，相傳均出司馬溫公之手，二書實有表裡相依之關係。考《切韻指掌圖》，自宋以來，公私著錄，皆以為司馬溫公所撰。至清同治間，鄒特夫據孫覿《切韻類例》序，定為南宋楊中修所作。自時厥後，學者或從鄒說，或以為南宋以後人所偽托。然余嘗深考之，相傳舊說，實未可輕廢。

潘先生列出三個理由反駁鄒伯奇（字特夫，1819–1869）的說法，還據敦煌《守溫韻學》殘卷，指出其中四等重輕例的「高交嬌澆，觀關勸涓」幾乎與《切韻指掌圖》相同。[3] 潘先生所舉的例子，正是以見母列位，與《切韻指掌圖》，以至《四聲等子》、《解釋歌義》等都是同出一系。然而，有些學者對潘先生不以為然，所

---

[1] 潘重規、陳紹棠（1978：196–197）。
[2] 參閱〈宋本《切韻指掌圖》的檢例與《四聲等子》比較研究〉〔黃耀堃（2004：139–140）〕。
[3] 潘重規（1964：144）。

謂：「潘氏以為『《切韻指掌圖》和《集韻》二書實有表裏相依之關係』，並以此為根據論證《切韻指掌圖》的成書年代，則大可商榷」，並以為「《切韻指掌圖》則反映南宋後期的時音系統」，[1]從而否定潘先生的看法。

根據劉明〈宋刊《切韻指掌圖》底本考辨〉指出北京中華書局所印的《宋本切韻指掌圖》的底本：「⋯⋯此本翻刻嘉泰間婺州刻本，而婺州本又是翻刻南宋初紹興間刻本，屬於二次翻雕之本」，[2]既然是南宋初的刊本，怎可能是反映南宋後期的時音呢？當時潘先生寫〈集韻聲類表述例〉時這個宋本還未刊印出來，不過他根據傅增湘（1872–1950）《藏園群書題紀初集》推論，提出「是《指掌圖》不僅有南宋嘉泰、紹定諸本，殆更有北宋本，則《指掌圖》當出於楊氏《切韻類例》之前矣」。[3]現在雖仍然見不到北宋本，但潘先生這個看法，未嘗沒有道理。

現在試按潘先生的說法，翻查一下《宋本切韻指掌圖》（為省篇幅，本篇下文逕列頁碼，不再加注），發現全書的體式頗有特異的地方，首先全書的版式頗不一致，卷首〈切韻指掌圖叙〉（頁 1–2）以及〈協聲歸母四聲一音〉（說明部份。頁 6）、〈音和切〉（頁 7）、〈類隔切〉（頁 8）、〈辨獨韻與開合韻例〉（頁 13）、〈辨來日二字母切字例〉、（頁 13–14）〈辨匣喻二字母切字歌〉（頁

---

[1] 張渭毅（1999：134）。

[2] 劉明（2010：151）。按：北京中華書局於 1986 年出版《宋本切韻指掌圖》，底本為所謂「北京圖書館所藏的宋紹定刻本」（參閱「出版說明」。頁 2）。

[3] 潘重規（1964：146）。

14–15、〈雙聲疊韻例〉（頁 15–16）、〈類隔二十六字母〉（說明部份。頁 20）等，每頁 8 行，行 16 字；〈檢例上〉和〈檢例下〉（頁 3–4），每頁 6 行，行 16 字；〈辨五音例〉（頁 9）、〈辨字母清濁歌〉（頁 9）、〈辨字母次第例〉（頁 9–10）、〈辨分韻等第歌〉（頁 11）、〈辨內外轉例〉（頁 11–12）、〈辨廣通侷狹例〉（頁 12），每頁 10 行，行 17 字，以上是卷首的明顯差異。韻圖方面，由第一圖至第二十圖的前半（頁 27–104），大致上刀法版面都相同，每葉有刻工名字，特別是有聲無字的部份，都以「○」表示。到了第二十圖的後半開始（頁 105–112），刀法極不相同，只列有字的小韻，又沒有刻工的名字，到最後才出現「程景恩刊」四字（頁112），在二十圖列韻目的地方有挖改的痕迹，「夬怪」二字擠在右邊（頁 106）。

很明顯這個本子很由兩個或以上的「宋本」配成，然而這是配刻而成，還是配頁而成的呢？《宋本切韻指掌圖》的底本現藏在北京國家圖書館，難以目驗。

現在再看看卷首與韻圖的避諱字，傅增湘《藏園群書題記》已提到其中諱字：「宋諱惟弘、玄、朗、匡、恒、貞缺筆，而構、慎等皆不避，意據北宋原本翻雕者」，[1] 傅增湘這一段話，潘先生也有引用，[2] 如〈協聲歸母四聲一音〉中「揯」缺末筆（頁 5），避「真宗（趙恒，968－1022，997－1022 在位）」的諱，[3] 但在

[1]　　傅增湘（1989：59）。
[2]　　潘先生所據的是《藏園群書題記初集》〔潘重規（1964：145）〕。
[3]　　本篇關於宋諱的部份，是參考王彥坤（1950–）《歷代避諱字彙典》

〈二十圖總目〉（頁 26）和第十六圖那裏不缺筆（頁 87）；第八圖「玄」缺末筆（頁 58），第十三圖「朗」缺末二筆（頁 78），避「聖祖（趙玄朗）」；第十四圖「匡、恇、眶」缺末筆（頁 79），避「太祖（趙匡胤，927－976，960－976 在位）」的諱；第十五圖「泓、弘」等字缺末筆（頁 86），為避「宣祖（趙弘殷，899－956）」的諱，但在第九圖「殷」不避（頁 62）；第十六圖「貞」缺末筆（頁 87），避「仁宗（趙禎，1010－1063，1022－1063 在位）」的諱。另一方面「英宗（趙曙，1032－1067，1063－1067 在位）」以後都不避，如第三圖「署」不避「英宗」的諱，和「旭」不避「神宗（趙頊，1048－1085，1067－1085 在位）」的諱（頁 38）；第四圖「姞」不避「徽宗（趙佶，1082－1135，1100－1125 在位）」的諱（頁 39）。

　　從《宋本切韻指掌圖》的諱字來看，很難用以證明《切韻指掌圖》是司馬光所編寫，因為現在所見〈切韻指掌圖叙〉提到「治平四年」（頁 1），所以《切韻指掌圖》成書當在英宗治平四年（1067）前後。但從避諱來看，說明這本書可能出於北宋中前期。鄒伯奇認為〈切韻指掌圖叙〉與孫覿（1081–1169）〈切韻類例序〉雷同，疑為冒司馬光之名，[1] 潘先生對此頗不以為然。從避諱來看，孫覿生於神宗元豐六年，卒於孝宗（趙眘，1127－1194，1162－1189 在位）乾道五年，《宋本切韻指掌圖》連英宗也不避，因此跟孫覿也沒有直接關係，如果一定要說是偽托司馬光的話，

〔王彥坤（2009：459－460）〕。

[1]　《鄒徵君存稿》〔《續修四庫全書》第 1547 冊（頁 517）〕。

只能說書中韻圖的部份大約成於北宋早期，而後來書坊把一些材料拼在前後，而避諱也沒有一一細檢，以致有些沒有補加敬避，也有些忘記改回。

　　特別值得注意的是〈二十圖總目〉作「拖庚驚經」（頁 26），而第十六圖作「拖庚京經」（頁 87），一作「驚」，一作「京」。如果翻一下早期韻圖，這個差異似乎也說明《宋本切韻指掌圖》是由多個系統拼湊而成。《切韻指掌圖》的第十六圖「驚/京」列位是拼合庚（清）蒸三韻（頁 90），翻查《韻鏡》外轉第三十三開庚韻列「京」，[1] 內轉第四十二開蒸韻列「兢」；[2] 同樣，《七音略》外轉三十六庚韻列「京」，[3] 內轉四十二蒸韻列「兢」；[4]《四聲等子》曾攝內八（梗攝外八）列「兢」。[5] 這些早期韻圖多作「京」及「兢」，直到元代，《經史正音切韻指南》曾攝內六開口呼蒸韻列「兢」，梗攝外七開口呼清青韻才列「驚」。[6]

　　按《廣韻》下平聲十二庚韻「驚」和「京」屬同一小韻，「驚」為小韻首字，[7]《韻鏡》和《七音略》庚韻列「京」而不列「驚」，似乎為了避「翼祖（趙敬）」的諱，《廣韻》的「驚」字聲旁「敬」也缺末筆，現在《韻鏡》所列的「敬」字沒有缺筆，但韻目仍然

---

[1]　《等韻五種》本（頁 82）。
[2]　《等韻五種》本（頁 100）。
[3]　《等韻五種》本（頁 83）。
[4]　《等韻五種》本（頁 95）。
[5]　《等韻五種》本《四聲等子》（頁 47）。
[6]　劉鑑（1981：38、42）。
[7]　陳彭年（2008：186）。

缺末筆，可見《韻鏡》原來有敬避。[1] 不過《宋本切韻指掌圖》
那裏沒有避「敬」（頁 87），只是韻目改為映韻（頁 90），跟比《韻
鏡》更早的《廣韻》形態不同。因此該書的跋題作嘉泰癸亥（1203）
（頁 111），未嘗沒有道理，大約那個時候已不需要避翼祖諱。

　　然而，再仔細看看第十六圖的「京」字，旁邊加有點，似
乎是有特別的意思；加上〈二十圖總目〉作「驚」（「敬」這個聲
旁原來可能缺末筆），與韻圖不合，也跟其他早期的韻圖不合，
又反映了甚麼問題呢？其中有一個可能，就是避蔡京（1047–1126）
的諱，[2] 如果這推斷合理的話，那麼似乎在北宋的確有過這樣一
個韻圖。

5. 後記

　　2000 年寫成拙稿〈宋本《切韻指掌圖》的檢例與《四聲等
子》比較研究〉，[3] 進呈老師柳存仁（1917–2009）先生審正，柳
先生問及如何評論〈集韻聲類表述例〉，當時不敢正面回答。現
在潘先生和柳先生兩位墓木已拱，問難無從，謹以小文，以替俎

---

[1]　《韻鏡・序作》的題下注：「舊以翼祖諱敬，故為《韻鑑》，今遷祧
廟，復從本名」〔《等韻五種》本（頁 3）〕，而韻圖所列的韻目仍然
缺末筆〔《等韻五種》本（頁 83）〕。

[2]　有關避蔡京諱，請參閱王新華（1960 - ）《避諱研究》〔王新華（2007：
285）〕。

[3]　按：原題作〈論宋本切韻指掌圖的檢例與四聲等子〉發表在王力百
周年誕辰語言學國際研討會（北京大學中文系主辦，北京 2000 年），
後改題發表在《燕京學報》新第 13 期（北京大學燕京研究院，北
京 2002 年），並收入《黃耀堃語言學論文集》〔黃耀堃（2004：138 -
180）〕。

豆，乞臨之在上，質之在旁。

2012 中秋初稿

第 14 篇

讀劉毓崧〈唐元和寫本說文 木部箋異跋〉

提　要：本篇討論《唐本說文解字木部箋異》的劉毓崧
　　　　的跋語，發現他用避諱字「鎮、旦」來推定抄
　　　　本的年代，並不精確；又探討《唐本說文解字
　　　　木部箋異》摹刻的問題，並分析他的跋對莫友
　　　　芝的真實用意，從而看到莫友芝虛懷若谷的學
　　　　者風範。原文刊出之後得到沈培教授的指正，
　　　　現將相關的電郵和回應，一併附於本篇之後。

關鍵字：莫友芝、《說文解字》、「木部殘卷」、劉毓
　　　　崧、避諱

本篇撰寫得到蕭振豪、許明德兩位教授幫助，謹此致謝！
原文刊於《傳統中國研究集刊》第11期，上海：上海人
民出版社，2013年。頁311－319。

1. 引言

　　1862 年，也就是清代同治元年，所謂《說文解字》的「木部」古抄本（本篇下稱《木部殘卷》）重現於世，[1] 兩年後莫友芝（1811－1871）刊行了《唐本說文解字木部箋異》（本篇下稱《箋異》）。[2]《木部殘卷》和《箋異》的出現，可以說是清代「說文學」的頭等大事，因此《木部殘卷》重現之後，不少中日名流競相題跋；[3] 而《箋異》的後面，除了莫友芝自己的附識、題詩之外，還有楊峴（1819－1896）和張文虎（1808－1885）的校記（各一行），接着就是劉毓崧（1818－1867）、張文虎、莫彝孫（1842－1870）、方宗誠（1818－1888）的跋，[4] 除了莫彝孫是莫友芝的長子之外，其他人都是當時的學問大家。超過一百五十年，《木部殘卷》和《箋異》仍然引起不少學者的關注，吸引着研究者的目光。時賢對《木部殘卷》和《箋異》的論述很多，在這裏不一一引述，現在只談談最早的一篇題跋，[5] 探求一些為人

1　《箋異》莫友芝的附識：「同治改元初夏，舍弟祥芝自祁門來安慶，言黟縣宰張廉臣有唐人寫《說文解字》木部之半，……」〔《續修四庫全書》第 227 冊（頁 237）〕。按：可能在同治元年之前，已有人注意到《木部殘卷》，不過沒有著錄。

2　按：《箋異》的曾國藩（1811－1872）署檢題作同治二年十二月，而題辭則作同治三年八月。

3　杏雨書屋（1985：59－61）。

4　《續修四庫全書》第 227 冊（頁 251－256）。

5　按：劉毓崧的跋寫於「同治甲子中和節」〔《續修四庫全書》第 227 冊（頁 254）〕，即同治三年二月初二，而張文虎的跋寫於「同治三年春」〔《續修四庫全書》第 227 冊（頁 255）〕，時間大致相同，劉跋放在張跋之前。至於莫彝孫和方宗誠的跋都寫在夏季〔《續修四

忽略以至誤解的地方，從而看到莫友芝為人胸襟廣闊，可以容讓一篇似乎詆評他著作的文章放在跋語之首。

《箋異》所附的題跋之中，劉毓崧所寫的也許比較特別，這篇跋後來收在《求恕齋叢書》本中的《通義堂文集》卷四，題名為〈唐元和寫本說文木部箋異跋〉(本篇下稱〈元和箋異跋〉)，[1] 跟《箋異》的書名並不一致，不過〈元和箋異跋〉改動不多，只增多了一個字，[2] 和刪去最後一句題記：「同治甲子中和節，儀徵劉毓崧識」，[3] 沒有很大的不同。

劉毓崧在跋中並沒有直接對《箋異》加以評價，只有最後一句：「若夫《箋異》之疏通證明，語簡而義核，則留心小學者自能識之，不待縷陳矣」，因此與其說是《箋異》的跋，不如說是〈木部殘卷〉的跋。〈元和箋異跋〉一開始就是對莫友芝把〈木部殘卷〉「定為中唐人書」之說加以批評，所謂「其說謬矣」，表面是褒讚，接着就說「中唐」不夠準確，因此其實是貶斥，語氣來得非常重。不單是語氣重，而且整篇文章寫得很詭異，〈元和箋異跋〉似乎有值得重新分析的地方。

庫全書》第 227 冊（頁 256）〕，時間略遲。

[1] 《通義堂文集》卷四〔《續修四庫全書》第 1546 冊（頁 344）〕。按：本篇所引的〈元和箋異跋〉全據《通義堂集》本〔《續修四庫全書》第 1546 冊（頁 344-346）〕。

[2] 〈元和箋異跋〉：「萬歲登封時或不避『虎』字」下注：「仍係避太宗諱」（頁 345），「係」字為《箋異》本所無。

[3] 《續修四庫全書》第 227 冊（頁 254）。

2.中唐和元和

〈元和箋異跋〉一開始就批評莫友芝把殘卷定為中唐抄本不夠準確，而劉毓崧把殘卷定為「元和十五年穆宗登極之歲，尚在改元長慶之前」，即公元 820 年至 821 年初，但令人懷疑的是，莫友芝定為中唐，跟劉毓崧定為元和十五年（820），到底有甚麼重大的區別，以致他一開始就這樣不客氣批評莫友芝。

所謂「中唐」，並不是很嚴密的歷史分期，而且大致上是依據文學史來劃分──甚至可以說是以唐詩的詩風來劃分，即把唐代的文學史分出「中唐」來。最早見於楊士弘（元明間人）的《唐音》〔成書於元至正四年（1344）〕，虞集（1272–1348）為《唐音》所寫的序提到：「襄城楊伯謙好唐人詩，五言、七言、古詩、律詩、絕句，以盛唐、中唐、晚唐別之，凡幾卷謂之《唐音》」。[1] 楊士弘之前，嚴羽（1198－1241）《滄浪詩話》把唐詩分為：唐初體、盛唐體、大曆體、元和體、晚唐體等，[2] 尚未見「中唐」這個語詞。後來高棅（1350－1423）《唐詩品彙·總序》清楚提出「初盛中晚」四期的說法：「……略而言之，則有初唐、盛唐、中唐、晚唐之不同」，[3] 四期如何斷限，高棅以後有很多不同的說法，根據周勛初（1929－　）主編《唐詩大辭典》指出「……各

---

[1]　影印文淵閣《四庫全書》本《唐音》卷首頁 1a。

[2]　《滄浪詩話·詩體》：「以時而論，……唐初體（唐初體，唐初猶襲陳隋之體）、盛唐體（景雲以後，開元、天寶諸公之詩）、大曆體（大曆十才子之詩）、元和體（元白諸公）、晚唐體、……」〔嚴羽（1961：51－52）〕。

[3]　嘉靖十六年序刊本《唐詩品彙》卷首總序（頁 1A）。

家於時間上之斷限則頗不一致，今人大多以代宗大曆至敬宗寶曆
（766－826）為中唐」。[1] 因此莫友芝訂為中唐，跟訂為元和十
五年，都屬同一範圍內，不能說《箋異》有很大的問題，或者有
錯。

　　況且《箋異》之中，也沒有出現「中唐」二字連用，因此莫
友芝的說法指的是更大的範圍，劉毓崧先坐實莫友芝說是中唐是
沒錯的，然後說中唐不夠精密，似乎可以說是厚誣莫友芝，把自
己的說法強加到莫友芝身上，借莫友芝作為他的支點。曾國藩在
同治二年（1863）為《箋異》寫的署檢，已作《仿唐寫本說文解
字木部箋異》，[2] 也沒有提到「中唐」，沒有道理到了同治甲子劉
毓崧寫的跋，還說《箋異》定為中唐。當然《箋異》的原稿裏面
也許是用了「中唐」二字，莫友芝見到劉毓崧的跋之後改掉「中
唐」兩字才刊行也說不定，然而收入《通義堂集》時，〈元和箋
異跋〉仍保留這樣的說法，似乎是有點意氣。再退一步來說，《箋
異》最初就算用了「中唐寫本說文解字木部箋異」之類的名稱，
但刊行時已改了名字，劉毓崧也不應該用「唐元和寫本說文木部
箋異跋」這個名稱來編入他自己的文集，好像對《箋異》的作者
不尊重，根本不賣人家的賬。《箋異》之中既沒有用「中唐」二
字，也沒有採用「元和」這個說法，只錄了劉毓崧的跋，書名仍
用「（仿）唐寫本」這個名稱，可能是對劉毓崧強加於他身上的
說法一個回應。

---

[1]　　周勛初（2003：451）。
[2]　　《續修四庫全書》第 227 冊（頁 231）。

　　劉毓崧不單出於「《左傳》學」的世家，也秉承了唐史這個家學，劉毓崧跟他的父親劉文淇（1789－1854），與羅士琳（1789－1853）、陳立（1809－1869）合編《舊唐書校勘記》，其中〈音樂志〉、〈經籍志〉以及列傳八十九至一百三十二，由劉毓崧負責。[1]因此劉毓崧對唐史自應有明確的理解，但就「中唐」和「元和」這兩個名稱的爭議，卻令人感到困惑。

3.睿宗和玄宗的諱

　　先來看看劉毓崧強調是元和十五年寫本的理據：

> 　　此本書「旦」為「口」，易「基」為「鎡」，其時，睿宗、元宗俱未祧也。元宗祧於穆宗祔廟之時，睿宗祧於憲宗祔廟之時。憲宗以元和十五年五月庚申葬景陵。既葬即祔廟，既祔則祧廟不諱。此本「旦」字仍缺筆，則必書於是月以前矣。

劉毓崧舉這兩個字作證據，細考之下，根本不能成立。先來看看「易『基』為『鎡』」這一條，見於《木部殘卷》：「櫌，斫也，齊謂之鎡鎡」，[2]《箋異》已指出「鎡」字不見於《說文解字》：「鎡鎡，《爾雅釋文》引作『茲其』，《御覽》八百二十三引作『鎡基』。本書無『鎡』字」，[3]莫友芝言下之意，是認為《木部殘卷》

[1]　《舊唐書校勘記》目錄〔《續修四庫全書》第 283 冊（頁 496－498）〕。
[2]　《續修四庫全書》第 227 冊（頁 232）。
[3]　《續修四庫全書》第 227 冊（頁 240）。

作「鎡錤」不對，要把「錤」改為「其」或「基」。不過，梁光華（1955－）《唐寫本說文解字木部箋異注評》對《箋異》的說法提出異議，指出：

> 莫氏此注指《說文・金部》無「錤」篆，因而否定《唐本》「欘，齊謂之鎡錤」之「錤」字，意取陸氏《經典釋文》「茲箕」之說，這種觀點欠妥。

梁光華提出「欘」字為《說文》所無，而莫友芝仍「肯定《唐本》『楬欘』之訓」，因此這裏如果否定「錤」字，就會陷入自相矛盾之中。[1] 至於段玉裁《說文解字注》「欘」字的「說解」作「斫也，齊謂之茲箕」，注：「各本作『鎡錤』。今依《爾雅》正。其實『箕』尚誤，當作『其』耳」，[2] 從《說文解字注》來看，寫作「鎡錤」並不是《木部殘卷》特有的情況，不能作為證據。

劉毓崧的看法跟莫友芝不同，莫友芝只認為作「錤」不對，而劉毓崧則認為本作「基」，因避唐玄宗李隆基（685－762，712－756 在位）的諱，而改作「錤」。把劉毓崧的說法再加上《說文解字注》加以推論，就是宋代流通的《說文解字》的版本都沒有改回，即段玉裁所謂「各本作鎡錤」。段玉裁認為作「箕」和「其」也可以，但劉毓崧認為原來一定是「基」字，似乎只是為了坐實是避玄宗的諱。不過，無論是作「鎡錤」還是「茲箕」，甚至是「茲其」，都不能算避諱，因為充當「茲基」異形詞的「錤、箕、

---

[1]　梁光華（1998：60）。
[2]　段玉裁（1981：259）。

其」都是「基」的同音字，在《廣韻》之中同屬一個小韻，[1] 就是用玄宗的嫌名，[2] 同樣應該敬避。作為一個學識淵博的學者，竟忽略了避嫌名諱這一點，不是很奇怪的嗎？因此劉毓崧舉出「錤」作為考訂抄寫年代的證據，看來不是完全沒有深意，而是間接提醒了讀者，《木部殘卷》其實沒有避玄宗諱。[3]

再就避玄宗諱這一點來討論一下。在「槃」和「杼」兩篆之間，「大徐本」和「小徐本」有「櫚、機、縢」三篆，[4] 《木部殘卷》沒有了「櫚、機」兩篆；而「縢」也有不同，作「㭘」。[5] 而且「㭘」的說解，也跟「大徐本」、「小徐本」不一樣：

| 《木部殘卷》 | 㭘 | 槌之橫者也，關西謂之㭘。從木朕聲。 |
| 大徐本、小徐本 | 縢 | 機持經者，從木朕聲。 |

《箋異》認為「不得以㭘當縢」。[6] 《木部殘卷》沒有「機、櫚」二篆，「㭘」的說解也有沒有「機」，好像避了玄宗諱，不過「杼、複」二字的說解之中都出現「機」字，「杼」：「機持緯者也」；「複」：

---

[1]　陳彭年（2008：61）。

[2]　《歷代避諱字彙典》指出唐代避玄宗嫌名，其中包括「箕」〔王彥坤（2009：130）〕。

[3]　梁光華用了二十一例證，批評了莫友芝和劉毓崧，說明「鎡錤」這個寫法並沒有問題，也不是避諱的問題，而是「古代有的注疏家沒有注意到連綿字（詞）的這一特點，以致出現強作解人的不應有的失誤」〔梁光華（1998：62）〕，可以說是非常恰當的。

[4]　許慎（1963：122 - 123）；徐鍇（1987：116）

[5]　《續修四庫全書》第 227 冊（頁 233）。

[6]　《續修四庫全書》第 227 冊（頁 241）。

「機持繒者也」，[1] 按唐代避玄宗諱要避嫌名「機」字，[2] 因此
《木部殘卷》確實沒有避玄宗的諱。[3]

　　至於說「旦」字因避睿宗李旦（684－716，684－690 及 710－
712 在位）諱而缺筆，更是一個嚴重失誤，甚至可以說是誤上加
誤。首先是《箋異》的摹刻並不作「口」，上面的部份不像「曰」
也不像「口」，[4] 因此也不可能說是「旦」而上面的「日」字缺
了中間一筆，《箋異》的摹刻倒像「旦」字缺了最上面一橫。如
果再看看《木部殘卷》紙本的照片（圖一），發現是個爛字，上
面像「〜」，下面再加一橫，[5] 有點像個「二」字，無法看出是
由「旦」省缺而成。[6] 劉毓崧認作「旦」字的理由是：「『案』字

---

[1]　《續修四庫全書》第 227 冊（頁 233）。

[2]　王彥坤（2009：129）。

[3]　《篆隸萬象名義》的「機」缺末筆〔空海（1995：121）〕。按：空
海（KUUKAI，774－835）在貞元二十年（804）入唐，兩年後回
到日本，當年中土應避玄宗諱，後來編《篆隸萬象名義》時，忘記
改回。又按：《篆隸萬象名義》雖然跟《大廣益會玉篇》沒有直接
的關係，但對比起來，可以發現當時避玄宗諱的情況，《大廣益會
玉篇》卷十二木部：「縢，詩證切，機持經者。杼，持呂切，機持
緯者。榎，扶富切，機持繒者」〔《四部叢刊》本（頁 4B）〕，而《篆
隸萬象名義》卷冊一：「縢，詩證反，持經者。……杼，治旅反，
持緯也，長梭。榎，扶富反，持繒者也」〔空海（1995：121）〕，反
切大致相同，而注中全省「機」，似為避玄宗嫌名，空海或據避諱
省字之書而編成《篆隸萬象名義》，所以出現缺字。可見當時避玄
宗嫌名諱之密，「鐖」為嫌名不應不避，這也是常識之內。

[4]　《續修四庫全書》第 227 冊（頁 233）。

[5]　杏雨書屋（1985：5）。

[6]　《箋異》：「紐爛存左口字，口避睿宗諱省」〔《續修四庫全書》第 227
冊（頁 241）〕。

反切之下一字，所缺之上一字，當是『烏』字或『於』字」，這是從《廣韻》的反切來推論，看來也是非常合理。「案」屬翰韻，如唐五代韻書所謂「王一、王二、王三、S6176」各本的反切正作「烏旦」，[1] 劉毓崧作出這樣的分析，可以說是難能可貴，足證他的小學根柢深厚。

不過如果考慮到其他唐宋「《切韻》系韻書」的反切，「案」篆之下注音的爛字還有兩個可能，一是「旰」字，因為《唐韻》和《廣韻》裏「案」的反切是「烏旰切」；[2] 另一是「半」字，唐時韻書中用「半」作為「翰韻」的反切下字（開口一等），如「炭」字，韻書「王一、王三、S6176」的反切是「他半」，[3] 而《廣韻》作「他旦切」。[4] 從《木部殘卷》的紙本斷爛情況來看，作「半」字的可能性很高。劉毓崧沒有推想為「半」字的原因可能也有兩個，一是據《箋異》的摹刻，爛字不像「半」的筆勢；另一個原因是由於《廣韻》不同唐時韻書，把合口字從「翰韻」分出來，獨立成「換韻」，而「翰韻」只保留開口字，「半」是唇音合口字，而唇音字可以充當開口字和合口字的反切下字，在翰韻、換韻不分時，「半」自然可以充當「案」的反切下字，不過到了《廣韻》「半」歸入了換韻，因此一般校勘學家就不大注意這一點，只從翰韻找出合適的字，就忽略了換韻，因此就把「⌣」

---

[1]　上田正（1975：152）。
[2]　上田正（1975：152）；陳彭年（2008：401）。
[3]　上田正（1975：151）。
[4]　陳彭年（2008：400）。

視為一定是「旦」的缺筆，而忽略了「半」字的可能性。無論如何，是「旦」還是「半」也不重要，從現在的《木部殘卷》來看，沒有辦法證明是省缺了一筆，因為根本是個爛字。

因此，如果以「鎭、旦」兩字作為避睿宗、玄宗的證據，從而推斷《木部殘卷》抄寫年代似乎是一個錯誤，即所謂元和年間的證據全部落空。從「旦」的考訂來看，令人懷疑劉毓崧是否沒有看過《木部殘卷》原件，完全根據《箋異》來撰寫跋語，那麼所謂「旦」的省缺，都是摹刻《木部殘卷》錯誤做成，可以說是誤上加誤的了。不過就算他只看摹刻的「旦」字，也不可能說是缺了上面「日」中間一筆，似乎是故意把問題提出來。劉毓崧一方面表現出他對音韻小學的精湛，一方面卻表現出對避嫌名的無知，這不是太令人費解的嗎？

4.唐諱與宋諱

〈元和箋異跋〉提到唐代「太祖、高祖、太宗三廟不祧」，三廟即太祖李虎（？－551）、高祖李淵（566－635，618－626 在位）和太宗李世民（599－649，627－649 在位），在唐代必須避這三個祖宗的諱，不過《木部殘卷》竟沒有避太祖和太宗的諱。〈元和箋異跋〉說完了「鎭、旦」二字之後，立即就討論沒有避三廟諱的原因，劉毓崧開出的理據，大致有這幾點：唐代功令不算太嚴，況且不是進呈的抄本；三個祖宗離開較遠，因此可以不避；而且唐代的碑刻偶有不避的情況，因此《木部殘卷》也當如此。下表列出《木部殘卷》裏面不避唐諱的地方：

君主	《木部殘卷》	說明
太祖 李虎	梡，槃也。從木虍聲。[1] 柙，檻也。可以盛藏虎兕。[2]	「虍」的偏旁是「虎」。 「虎」字須避。
世祖 李昺（？－ 573）	柄，柯也。從木丙聲。[3]	「丙」是「昺」的嫌名。
太宗 李世民	葉，牒也；葉薄也。從木世聲。[4]	「世」旁和「世」字須避。
玄宗 李隆基	杼，機持緯者也。[5] 榽，機持繒者也。[6]	「機」是「基」的嫌名。

〈元和箋異跋〉指出世祖的廟已祧，「丙」字可以不避。劉毓崧開列的理由各點都合理，不過為甚麼《木部殘卷》竟然多次不避，而不是偶然一次？不避的諱，包括了由初唐到盛唐的君主，這似乎不太合理。因此劉毓崧羅列多條的理據，反叫人思考《木部殘卷》的情況是否太不合常理。

　　如果比勘《木部殘卷》相應的部份，不難發現「大徐本」也

1　《續修四庫全書》第 227 冊（頁 233）。
2　《續修四庫全書》第 227 冊（頁 236）。
3　《續修四庫全書》第 227 冊（頁 234）。
4　《續修四庫全書》第 227 冊（頁 236）。
5　《續修四庫全書》第 227 冊（頁 233）。
6　《續修四庫全書》第 227 冊（頁 233）。

有類似避唐諱的地方，就是「枼」從「丗」不從「世」，徐鉉還加上按語：「當从艸乃得聲」，[1] 而不採「小徐本」的說法。[2] 段玉裁從古音學來辨明徐鉉的錯誤，[3] 但為何徐鉉有此錯誤，就是因唐人避李世民的諱，往往把「世」字及相關的偏旁缺筆寫成「丗」的樣子。「大徐本」並不是有意避唐諱，只不過因時代久遠，忘記改回，於是習非成是。[4] 因此，可以說有時並不是避諱，而是沿用舊本而已。相襯起來，《木部殘卷》多次當諱而不諱，卻叫人有點懷疑。

　　當然「栝、柜、恒」三字避唐諱，似乎無可再議，不過〈元和箋異跋〉一開始就說莫友芝「據『栝』缺末筆避德宗嫌名，『柜、恒』缺末筆避穆宗諱，定為中唐人書」，並強調說「其說謬矣」。而〈元和箋異跋〉最後又說：

　　　　況「栝」字為應避之嫌名，雖亦在耳目之前，然究不若「虎、世」兩字熟在人口。如謂好事者所作贗本，豈有能知「栝」字當缺，轉不知「虎」字、「世」字當缺，而留

1　　許慎（1963：125）。

2　　按：「小徐本」作「枼」，不從「丗」，《說文解字繫傳》：「枼之言葉也，如木葉之薄也」〔徐鍇（1987：119）〕。

3　　《說文解字注》六篇上：「按鉉曰：當從艸乃得聲。此非也。《毛傳》曰：葉，世也。葉與世義俱相通。凡古侵覃與脂微，如立位、盍蓋、耴中、楫荔、訥內、爾爾、遝隶等，其形聲皆枝出，不得專疑此也」〔段玉裁（1981：269）〕。

4　　按：《廣韻》之中，「世」字和從「世」的字，因沿襲前代韻書，都寫作從「丗」，如「薛韻」的「緤緤泄渫媟齛潪彺」〔陳彭年（2008：496）〕。

此罅隙授人以攻擊之門？

連同上述的分析來看，這兩段分明是說《木部殘卷》有問題。首先說莫友芝推斷不確，抬出元和十五年之說來否定中唐之說，如果劉毓崧不是在玩弄文字遊戲，就是存心跟莫友芝過意不去嗎？接着全文以大部份的篇幅在討論不祧之諱，但在結束之前竟說「留此罅隙授人以攻擊之門」，分明就是要引起別人的注意這個「罅隙」，也就是說〈元和箋異跋〉以大部份的篇幅說當諱而不諱的情況，無疑是叫讀者留心這個異常的現象。莫友芝以「栝、恒」兩字作為證據，而〈元和箋異跋〉最後只說「栝」字，不知是故意還是無心把「恒」字漏了。

從照片來看，「栝」字的確是缺了最後一筆，無可異議。「栝」缺筆是避德宗李适（742－805，770－805 在位）的嫌名諱，《箋異》所謂：「『适』同偏旁，音嫌而避」。[1]「适」在《廣韻》之中有兩讀，均入末韻，一為見母（古活切），一為溪母（苦栝切）。[2]「栝」讀「古活切」，為「檜」的異體字，字義不同《說文》；《木部殘卷》所謂「一曰矢頭」的「栝」，[3]《廣韻》作「筈」：「前筈受弦處」。[4] 無論「栝」用本義或假借義，都要避德宗諱。然而，問題出現在「栝」篆（即「栝」）的反切「古活」，按《廣韻》

---

[1]　《續修四庫全書》第 227 冊（頁 243）。

[2]　陳彭年（2008：485－486）。

[3]　《續修四庫全書》第 227 冊（頁 234）。

[4]　陳彭年（2008：485－486）。

「活」字有兩讀：古活切、戶括切，[1] 第一個讀音與「适（遙）」相同，按理「活」字無論讀音如何也當敬避。如果細看《木部殘卷》紙本照片的話，「古活」的「活」也缺了末筆（圖二），正是避德宗諱，而「活」字的缺筆不是個爛字，[2]《箋異》的摹本不作缺筆，竟把「活」最後一筆補上。「活」字的缺筆的重要性不下於「栝」的缺末筆，為甚麼《箋異》提也不提，而且把「活」的缺筆也補上？套用劉毓崧的話來說，就是：如謂好事者所作贗本，豈有能知「栝」字當缺，轉不知「活」字當缺，而留此罅隙授人以攻擊之門？

無論如何，《箋異》有選擇性摹刻之嫌，劉毓崧竟在這裏用上「贗本」這個語詞，不是有點揶揄別人嗎？

劉毓崧到底有沒有看過《木部殘卷》的原件這個問題又再次浮現出來，他是否只據《箋異》來寫跋文呢？從跋文的內容來看，仍然是雖以分辨，劉毓崧說到「旦」字，是據《箋異》的說法；說到「鎮」就不按《箋異》的說法。就「栝」而言，劉毓崧又似乎看過原件，因而從「栝」而加批評。

現在來討論一下避「恒」字諱。這裏要補充一句，就是《木部殘卷》中楷體缺筆避諱，但篆體卻沒有缺筆。篆體不缺等於不避，「栝」和「恒」都如是。歷史上有多個帝皇名「恒」，[3] 避「恒」字諱，在唐朝是避穆宗李恒（795－824，821－824 在位）的諱，

---

[1] 陳彭年（2008：485－486）。
[2] 杏雨書屋（1985：6）。
[3] 王彥坤（2009：89－93）。

在宋代則是避真宗趙恒的諱。如果單就「恒」字而言，《木部殘卷》也有避宋諱的特徵，不過常見的宋諱如「敬」字卻沒有避，因此一般人不會考慮《木部殘卷》跟宋人有甚麼關係。

然而，宋代不避「敬」字也非絕無可能。宋代避「敬」字，是因宋王朝把趙敬尊為翼祖，因此一般要避「敬」字諱，不過在哲宗（趙煦 1077－1100，1085－1100 在位）朝到徽宗朝初年，曾經有一段時候不避「敬」字，周廣業（1730－1798）指出：「翼祖先祧於哲宗時，故元祐諸公著書不避『敬』字，至徽宗朝蔡京建立九廟，復還翼祖，以足九世之數，重頒廟諱」，[1] 即由哲宗把翼祖祔廟後，至「復還翼祖」為止，這一段時間不避「敬」字，脫脫（1315－1355）《宋史》卷一百七〈禮志〉九：「（崇寧）四年十二月，復翼祖、宣祖廟，行奉安禮」，[2] 因此宋徽宗在「崇寧甲申」，即崇寧三年（1104），賜給童貫（1054－1126）的瘦金書《千字文》，其中「曰嚴與敬」，不避「敬」字（圖三），到了宣和壬寅（四年，1122）寫的草書《千字文》，「敬」字缺筆（圖四）。[3] 不過是否就可以把《木部殘卷》定為哲宗朝至崇寧四年十二月之間的抄本呢？似乎也有困難，因為《木部殘卷》不避英宗趙曙的嫌名諱，如「柵，編豎木也」的「豎」，[4] 以「檢，書

---

[1]　周廣業（1999：1186）。
[2]　脫脫（1977：2577）。
[3]　按：「敬」的草書並不是缺末筆，而是把「攴（攵）」這個偏旁寫得不完整，正如《避諱研究》指出：「宋徽宗趙佶草書《千字文》卷，未避『敬』諱字」〔王新華（2007：282）〕。
[4]　《續修四庫全書》第 227 冊（頁 232）。

署也」的「署」，[1]「竪」和「署」都見於《附釋文互註禮部韻略》所附的「條式」，[2] 因此也不可能直接認定為宋抄本。

總的來說，《木部殘卷》既有不避唐諱的地方，也有不避宋諱的地方。不過，不避的宋諱都是嫌名諱，這一點不可不注意。

5.小結

上面說了一大堆，簡單來說，就是劉毓崧所舉的兩個用來確定抄寫年代的諱字不確，不能證實一定是元和十五年的抄本；二是論到避「栝」字諱，似乎反映出劉毓崧注意到《箋異》的處理失當；三是《木部殘卷》有不避唐諱的特點既然。不能證實是元和十五年的抄本，因此劉毓崧對莫友芝的批評是有強詞奪理之嫌，「栝」是唯一一個證明是唐抄本的諱字，《箋異》卻在摹刻時處理失當，劉毓崧就以不避「虎、世」來加以揶揄；多番不避唐諱，就令人聯想到不是唐抄本的可能。這些都是衝着莫友芝而來的。

一個學者在戰亂之中，得到一個古抄本，難以掩藏喜悅的心情，奮力寫成《箋異》，卻被劉毓崧曲筆批評，莫友芝不單不以為忤，反而把這篇跋放其他跋語之前，可見他胸襟之大。《箋異》刊行近一百五十年，多少批評和推許，都沒有影響莫友芝學者的地位，正因他在世時已是虛懷若谷，能夠容納不同意見，正是其不朽之處。

---

[1]　《續修四庫全書》第 227 冊（頁 234）。
[2]　《附釋文互註禮部韻略》「條式」（頁 25a）。

附圖

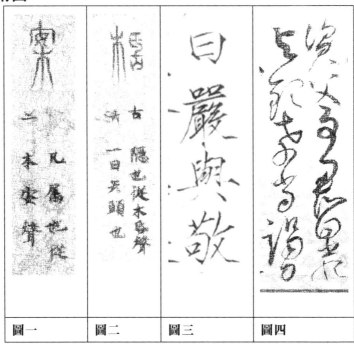

| 圖一 | 圖二 | 圖三 | 圖四 |

附：與沈培教授的電郵討論

拙稿在《傳統中國研究集刊》第 11 期刊出之後，香港中文大學中國語言文學系沈培教授兩度發電郵與耀塋，質疑拙稿，現謹將沈教授的電郵要點列出，並附耀塋所覆的電郵，供讀者參考。

沈教授 2014 年 3 月 5 日發電郵給耀塋，認為閱讀劉毓崧的跋語並不存在批評莫友芝的說法，相反是讚同莫友芝，更精確推定鈔本為元和年間。沈教授並認為拙稿疑問皆可解決，指出：「得不出莫氏『一早知道這個殘卷並不是唐鈔本』的結論」。翌日我回覆沈教授：

> 拜讀大函，既感激萬分，亦惴惴不可終日！竊意拙稿所論不清引啟先生疑竇，尚祈原諒！蓋《箋異》之中，並無「中唐」二字，是以劉氏所謂「其說譌矣」語帶諷刺，強加於莫氏之上，是以竊意語氣甚重。劉氏將自己之意強加於莫氏之上，而謂莫氏與自己之說相同，恐非莫氏之意。再退一步而言，如拙稿推論《箋異》或本有「中唐」二字，若然為何莫氏刪之，此亦證與與劉氏之說不合，既不取中唐之說，更不認同元和之論，姑以曾國藩之字為題，模糊其事，此為耀塋之意，未知尊意如何？

3 月 6 日沈教授再發電郵給我，指出莫友芝答謝曾國藩題辭的詩中有「中唐妙墨無雙經」一句（耀塋按：即《唐寫本說文解字木

409

部箋異・謝詩》），明指為中唐之物，加之一般學者都認為莫友芝
認定為中唐鈔本，而劉毓崧說元和之物，較莫友芝更細緻。不過
沈教授的電郵又說：「至於劉氏的結論是否正確，則另當別論」。
耀堃於 3 月 7 日再覆沈教授：

> 　　耀堃初讀《箋異》之時，發現「櫱」字之說解，「栝」
> 字缺末筆，而「栝」之小篆不缺，始覺有異，後許明德兄
> 從港大影得抄本(《新修恭仁山莊善本書影》)，耀堃逐一按
> 劉毓崧所論覆檢，方以為劉氏有意誤導讀者，並以莫友芝
> 所撰之《箋異》故意誤刻，與劉氏唱其「雙簧」。諷刺莫氏
> 或言之太過，恐劉氏與莫氏互為表裏為實。劉氏先言「其
> 說韙矣」，後則以「栝」字為說，所謂「豈有能知栝字當缺，
> 轉不知虎字世字當缺，而留此罅隙授以攻擊之門」云云，
> 豈非大張其門戶，以授人攻擊之柄者乎？是有諷刺之感。
> 至於謝詩，雖有注意，以內文無「中唐」二字，並無引述，
> 此耀堃所失，尚祈原諒！耀堃不學，徒令先生費心，再三
> 拜謝！

引用文獻

傳統文獻 [1]

《(附釋文互註) 禮部韻略》,《四部叢刊》本。

《四庫全書總目》,影印文淵閣《四庫全書》本。

《四聲等子》: A.香港中文大學圖書館藏《咫進齋叢書》光緒九
年（1883）初刻本；

　　　　　　B.《叢書集成》影印《咫進齋叢書》光緒十年（1884）
本；

　　　　　　C.香港中文大學圖書館藏《粵雅堂叢書》咸豐十
一年（1861）本；

　　　　　　D.影印文淵閣《四庫全書》本《四聲全形等子》；

　　　　　　E.日本國立公文書館藏《重編改正四聲全形等子》
本；

　　　　　　F.《等韻五種》本,臺北：藝文印書館,1981年
（二版）。

---

[1] 本書腳注中列引的傳統文獻,除特別說明外,凡單行或現代整理的
本子,如有出版年份及頁碼,均加標注；凡屬叢書中的本子,只注
叢書名稱及冊數、頁碼。

《宋本歷代地理指掌圖》，上海：上海古籍出版社（1989年）。

《無能勝大明心陁羅經》，《中華大藏經》第一輯第八集。臺北：修訂中華大藏經會。

Vicente Lusitano, 1558, *Introduttione facilissima, et novissima, di canto fermo, figurato, contraponto semplice, et in concerto.* Venice: Francesco Marcolini, Second edition.

丁度，1989，《宋刻集韻》，北京：中華書局。

丁福保，1988，《說文解字詁林》，北京：中華書局。

孔廣森，1983，《詩聲類》，北京：中華書局。

方中履，《切字釋疑》，《昭代叢書》丙集卷三十。

方以智，《通雅》，影印文淵閣《四庫全書》本。

王文郁，《新刊韻略》，《續修四庫全書》經部第250冊。

王應電，《聲韻會通》，《四庫全書存目叢書》經部第189冊。

司馬光，1981，《切韻指掌圖》（《等韻五種》本），板橋：藝文印書館。

司馬光，1986，《宋本切韻指掌圖》，北京：中華書局。

江永，《音學辨微》，《續修四庫全書》第253冊。

江永，1941，《四聲切韻表》（《國學基本叢書》本），長沙：商務印書館。

江永，1982，《古韻標準》，北京：中華書局。

江永，2013，《善餘堂文集》，臺北：中央研究院中國文哲研究所。

江有誥，《江氏音學十書》，《續修四庫全書》第248冊。

江有誥，1966，《江氏音學十書》（影印《音韻學叢書》本），臺

　　北：廣文書局。

牟應震，《毛詩古韻雜論》，《續修四庫全書》第 247 冊。

利瑪竇，1957，《明末羅馬字注音文章》，北京：文字改革出版社。

吳恕，《校刻傷寒圖歌活人指掌》，《四庫未收書目輯刊》第 4 輯
　　第 25 冊。

吳棫，1987，《宋本韻補》，北京：中華書局。

吳澄，《吳文正集》，影印文淵閣《四庫全書》本。

吳澄，《易纂言外翼》，影印文淵閣《四庫全書》本。

吳繼仕，《音聲紀元》，《四庫全書存目叢書》經部第 210 冊。

呂坤，《交泰韻》，《續修四庫全書》第 251 冊。

呂維祺，《音韻日月燈》，《四庫全書存目叢書》經部第 211 冊。

宋濂，《篇海類編》，《四庫全書存目叢書》經部第 188 冊。

李登，《書文音義便考私編》，《續修四庫全書》第 251 冊。

李鄴，《切韻考》，《續修四庫全書》第 258 冊。

沈括〔胡道靜（1913–2003）校證〕，1987，《夢溪筆談校證》，上
　　海：上海古籍出版社。

沈寵綏，《度曲須知》，《四庫全書存目叢書》集部第 426 冊。

周祖謨，1960，《廣韻校本》，北京：中華書局。

周廣業，1999，《經史避名彙考》，北京：北京圖書館出版社。

法橋宥朔，1658，《韻鏡開奩》，京都：籰屋堂日本萬治二年九月
　　本。

空海，1995，《篆隸萬象名義》，北京：中華書局。

邵雍，《皇極經世書》，影印文淵閣《四庫全書》本。

封演,《封氏聞見記》,《叢書集成》初編本。

段玉裁,《古文尚書撰異》,《續修四庫全書》本第 46 冊。

段玉裁,1983,《六書音韻表》,北京:中華書局。

段玉裁,1988,《說文解字注》,上海:上海古籍出版社。

段玉裁,《汲古閣說文訂》,《續修四庫全書》本第 204 冊。

段玉裁,2008,《經韻樓集》,上海:上海古籍出版社。

段玉裁,2015,《段玉裁全書》,南京:江蘇人民出版社。

胡廣,《性理大全書》,影印文淵閣《四庫全書》本。

唐順之,《稗編》,影印文淵閣《四庫全書》本。

夏炘,《古韻表廿二部集說》,《續修四庫全書》第 248 冊。

夏竦,1983,《古文四聲韻》(與《汗簡》合編),北京:中華書局。

徐孝,《合併字學集韻》,《四庫全書存目叢書》第 193 冊。

徐鍇,1981,《說文解字篆韻譜》(《天理圖書館善本叢書》漢籍之部第 6 卷),天理:天理大學出版部。

徐鍇,1987,《說文解字繫傳》,北京:中華書局。

晁公武〔孫猛(1944–)校證〕,1990,《郡齋讀書志校證》,上海:上海古籍出版社。

桑紹良,《文韻攷衷六聲會編》,《四庫全書存目叢書》第 216 冊。

真空,《新編篇韻貫珠集》,《四庫全書存目叢書》第 213 冊。

祝泌,《皇極經世解起數訣》,影印文淵閣《四庫全書》本。

祝泌,《觀物篇解》,影印文淵閣《四庫全書》本。

袁子讓,《五先堂字學元元》,《四庫全書存目叢書》經部第 210

冊。

袁子讓，《五先堂字學元元》，《續修四庫全書》第 255 冊。

高棅，《唐詩品彙》，嘉靖十六年序刊本。

張玉書（1642–1711），2002，《康熙字典》（《中華漢語工具書書
庫》冊 7），合肥：安徽教育出版社。

張自烈，2002，《正字通》（《中華漢語工具書書庫》冊 3），合肥：
安徽教育出版社。

張位，《問奇集》，《續修四庫全書》第 238 冊。

張麟之，1981，《韻鏡》（《等韻五種》本），板橋：藝文印書館。

章如愚，《群書考索》，影印文淵閣《四庫全書》本。

章黼，《重刊併音連聲韻學集成》，《四庫全書存目叢書》第 208
冊。

脫脫，1977，《宋史》，北京：中華書局。

莫友芝，《唐寫本說解字木部箋異》，《續修四庫全書》第 227 冊。

許慎，1963，《說文解字》，北京：中華書局。

陳元靚，《(新編纂圖增類群書類要)事林廣記》，《續修四庫全書》
第 1218 冊。

陳師道，《後山集》，《叢書集成續編》第 125 冊，臺北：新文豐
出版公司。

陳第，1988，《毛詩古音考》，北京：中華書局。

陳彭年〔余迺永（1949–）校註〕，2008，《(新校互註宋本)廣韻》，
上海：上海人民出版社。

陳彭年（重修），《大廣益會玉篇》，《四部叢刊》本，上海：商務

　　　印書館。

陳澧，2004，《切韻考》，廣州：廣東高等教育出版社。

傅恆，《西域同文志》，影印文淵閣《四庫全書》本。

曾朝節，《新刻易測》，《續修四庫全書》第 11 冊。

鄂爾泰，《八旗通志》，影印文淵閣《四庫全書》本。

黃公紹，1979，《古今韻會舉要》，臺北：大化書局。

楊士弘，《唐音》，影印文淵閣《四庫全書》本。

葉秉敬，《韻表》，《四庫全書存目叢書》經部第 210 冊。

鄒特夫，《鄒徵君存稿》，《續修四庫全書》第 1547 冊。

鄒漢勛，《五韻論》，《續修四庫全書》第 248 冊。

熊忠（舉要），1979，《古今韻會舉要》，臺北：大化書局。

劉毓崧，《通義堂文集》，《續修四庫全書》第 1546 冊。

劉鑑，《經史正音切韻指南》，京都大學「近衛文庫」藏明刊本。

劉鑑，1981，《經史正音切韻指南》（《等韻五種》本），板橋：藝
　　　文印書館。

潘咸，《音韻原流》，《四庫全書存目叢書》經部第 220 冊。

鄭樵，1981，《七音略》（《等韻五種》本），板橋：藝文印書館。

盧宗邁，《盧宗邁切韻法》，日本國立國會圖書館掃描本。

錢大昕，1997，《嘉定錢大昕全集》，南京：江蘇古籍出版社。

戴震，《聲韻考》：A.西湖樓刊本；
　　　　　　　　B.《經韻樓叢書》本；
　　　　　　　　C.世楷堂本（《昭代叢書》補編王集卷第九）；
　　　　　　　　D.微波榭本（《戴氏遺書》，乾隆己亥〔1780〕

小除夕前重刊本）；

E.《貸園叢書》本；

F.手稿本（中華再造善本），北京：國家圖書館出版社（2013 年）；

G.《戴震全書》本（1994，《戴震全書》第三冊，合肥：黃山書社）。

戴震，1980，《戴震集》，上海：上海古籍出版社。

戴震，1994，《戴震全書》第 3 冊，合肥：黃山書社。

戴震，1995，《戴震全書》第 6 冊，合肥：黃山書社。

戴震，2010，《戴氏文集》，《清代詩文集彙編》353 冊，上海：上海古籍出版社。

濮陽淶，《韻學大成》，《四庫全書存目叢書》經部第 208 冊。

韓孝彥、韓道昭，《(大明成化丁亥重刊)改併五音類聚四聲篇海》，《四庫全書存目叢書》第 187 冊。

韓道昭（甯忌浮校訂），1992，《(校訂)五音集韻》，北京：中華書局。

魏慶之，1959，《詩人玉屑》，上海：上海古籍出版社。

羅士琳（等），《舊唐書校勘記》，《續修四庫全書》第 283–284 冊。

藤原佐世，《日本國見在書目錄》，《叢書集成新編》本第 1 冊。

嚴羽〔郭紹虞（1893－1984）校釋〕，1961，《滄浪詩話校釋》，北京：人民文學出版社。

蘇軾，《歷代地理指掌圖》，《四庫全書存目叢書》第 166 冊。

顧炎武，1936，《韻補正》，《叢書集成》初編本，上海：商務印書館。

顧炎武，1982，《音學五書》，北京：中華書局。

龔自珍，1975，《龔自珍全集》，上海：上海人民出版社（新一版）。

現代文獻

丁邦新，2008，〈論《切韻》四等韻介音有無的問題〉，《中國語
　　言學論文集》，北京：中華書局，頁 89–99。

上田正，1975，《切韻諸本反切総覧》，京都：京都大學文學部中
　　文研究室均社。

于建松，2007，〈早期韻圖與三十六字母關係探析〉，《蘇州大學
　　學報（哲學社會科學版）》第 3 期，頁 85–87。

于建松，2011A，《現見切韻詩及相關問題》，《漢語的歷史探討——
　　慶祝楊耐思先生八十壽誕學術論文集》，北京：中華書局，
　　頁 189–193。

于建松，2011B，《現見切韻詩及相關問題》，《語言研究》2011
　　年第 4 期，頁 65–67。

大矢透，1978，《韻鏡考・隋唐音図》（《勉誠社文庫》42）。東京：
　　勉誠社。

小出敦，2003，〈『重編改正四聲全形等子』の音韻特徵〉，《京都
　　產業大學論集》人文科系列第 30 號，頁 65–84。

中前千里，1988，〈『古今韻會舉要』に引く『說文解字』につい
　　て〉，《漢語史の諸問題》，京都：京都大學人文科學研究所，
　　（直排）頁 1–25。

孔仲溫，1994，〈論《韻鏡》序例的「題下注」「歸納助紐字」及

其相關問題〉,《聲韻論叢》第 1 輯,臺北:臺灣學生書局,頁 321–342。

文映霞,2007,〈《通雅》引《說文》研究〉(港澳台《文淵閣四庫全書電子版》學術成果獎論文)。

方孝岳、羅偉豪,1988,《廣韻研究》,廣州:中山大學出版社。

木下鉄矢,2015,〈戴震の音學 ── その對象と認識 ──〉,《清代学術と言語学 ── 古音学の思想と系譜》,東京:勉誠出版,頁 81–101。

王力,1963,《漢語音韻》,北京:中華書局。

王力,1972,《漢語音韻學》,香港:中華書局。

王力,1980A,《漢語史稿》(修訂本),北京:中華書局。

王力,1980B,《音韻學初步》,香港:商務印書館。

王力,1980C,《詩經韻讀》,上海:上海古籍出版社。

王力,1981,《中國語言學史》,太原:山西人民出版社。

王力,1982,《同源字典》,北京:商務印書館。

王力,1985A,《漢語語音史》,北京:中國社會科學出版社。

王力,1985B,《王力文集》第 6 卷,濟南:山東教育出版社。

王力,1989,《王力文集》第 17 卷,濟南:山東教育出版社。

王力,1990A,〈中國語言學的繼承和發展〉,《王力文集》第 16 卷,濟南:山東教育出版社,頁 48–63。

王力,1990B,〈同源字典的性質及其意義〉,《王力文集》第 19 卷,濟南:山東教育出版社,頁 111–116。

王力,1991,〈南北朝詩人用韻考〉,《王力文集》第 18 卷,濟南:

山東教育出版社，頁 3–73

王力，1992，《清代古音學》，北京：中華書局。

王松木，2013，〈韻圖的修辭——從命名隱喻看韻圖的設計理念及其歷時變異〉，《師大學報》第 2 期，頁 135－170。

王彥坤，2009，《歷代避諱字彙典》，北京：中華書局。

王新華，2007，《避諱研究》，濟南：齊魯書社。

王碩荃，2002，《古今韵會舉要辨證》，石家莊市：河北教育出版社。

王曦，2008，〈咫進齋叢書《四聲等子》版本研究〉，《湖南社會科學》第 2 期，頁 207–209。

北京大學中國語言文學系，1958，《語言學研究與批判》第 1 輯，北京：高等教育出版社。

北京大學中國語言文學系，1960，《語言學研究與批判》第 2 輯，北京：高等教育出版社。

平田昌司，1979，〈「審音」と象數〉，《均社論叢》第 9 號。（日本）京都：京都大學文學部中文研究室，頁 34–60。

白滌州，1931，〈廣韻聲紐韻類之統計〉，《女師大學術季刊》第 2 卷 1 期，頁 1–28。

任銘善，1984，《漢語語音史要略》，開封：河南人民出版社。

辻本春彥，2008，《（附諸表索引）廣韻切韻譜》，京都：臨川書店。

余行達，1998，〈《說文段注》校釋群書索引〉，《說文段注研究》，成都：巴蜀書社，頁 125–289。

尾崎雄二郎，1980，《中國語音韻史の研究》，東京：創文社。

尾崎雄二郎，1981，〈漢字の音韻〉，《中國の漢字》，東京：中央公論社，頁 103–170。

李文，1997，〈論段玉裁的"古異平同入說"〉，《古漢語研究》第 2 期，頁 19–23。

李文，1998，〈〈答江晉三論韻〉與段玉裁的古韻十八部〉，《淮陰師範學院學報》第 2 期，頁 127–129。

李文，1998，〈段玉裁古音學的理論建樹〉，《鎮江師專學報（社會科學版）》第 2 期，頁 84–90。

李文，1999，〈審音派界定標準淺析〉，《鎮江師專學報（社會科學版）》第 2 期，頁 60–62。

李方桂，1980，《上古音研究》，北京：商務印書館。

李紅，2009，〈最古老的韻圖〉，《中華文化畫報》第 2 期，頁 70–73。

李軍，2010，〈切字捷要的編撰及其與韻法直圖的關係〉，《古漢語研究》第 2 期，頁 26–32。

李開，1998，《戴震語文學研究》，南京：江蘇古籍出版社。

李開，2008，《漢語古音學研究》，上海：上海人民出版社。

李新魁，1982，《韻鏡校証》，北京：中華書局。

李新魁，1983，《漢語等韻學》，北京·中華書局。

李新魁，1986，《漢語音韻學》，北京：北京出版社。

李榮，1956，《切韻音系》，北京：科學出版社。

李榮，1973，《切韻音系》，臺北：鼎文書局。

杏雨書屋，1985，《新修恭仁山莊善本書影》，大阪：武田科學振
　　興財團。

周有光，1964，《漢字改革概論》，北京：文字改革出版社。

周有光，1992，《中國語文縱橫談》，北京：人民教育出版社。

周有光，1997，《中國語文的時代演進》，北京：清華大學出版社。

周祖謨，1983，《唐五代韻書集存》，北京：中華書局。

周勛初，2003，《唐詩大辭典（修訂本）》，南京：鳳凰出版社。

金文京（編），2021，《漢字を使った文化はどう広がっていたの
　　か：東アジアの漢字漢文文化圈》，《東文化講座》第 2 卷，
　　東京都：株式会社文字通信。

林尹，1972，《訓詁學概要》，臺北：正中書局。

林序達，1982，《反切概說》，成都：四川人民出版社。

竺家寧，1973，〈四聲等子音系蠡測〉，《國文研究所集刊》第 17
　　期，頁 53–178。

邵榮芬，2008，《切韻研究》（校訂本），北京：中華書局。

邵榮芬，2009，〈釋《韻法直圖》〉，《邵榮芬語言學論文集》，北
　　京：商務印書館，頁 326–344。

香港中文大學新亞書院，2006，《誠明古道照顏色 ── 新亞書
　　院 55 周年紀念文集》，香港：香港中文大學新亞書院。

唐作藩，2001，〈《四聲等子》研究〉，《漢語史學習與研究》，北
　　京：商務印書館，頁 190–216。

唐作藩，2001，〈論清代古音學的審音派〉，《漢語史學習與研究》，
　　北京：商務印書館，頁 1–15。

孫玉文，1990，〈音有正變：音之斂侈必適中——讀段玉裁《六書音韻表》箚記之一〉，《湖北大學學報（哲學社會科學版）》第 5 期，頁 101–105。

孫伯君，2004，《黑水城出土等韻抄本《解釋歌義》研究》，蘭州：甘肅文化出版社。

徐從權，2019，《王力上古音學說研究》，新北：花木蘭文化事業有限公司。

徐復，1990，〈守溫字母與藏文字母之淵源〉，《徐復語言文字學叢稿》，南京：江蘇古籍出版社，頁 35–43。

浦山あゆみ，2004，〈『度曲須知』の三字切法に関する一考察〉，大谷大學文藝學會：《中國文學論叢》，頁 334–350。

祖保泉（1921–2013），2007，〈潘重規年表〉，《安徽師範大學學報（人文社會科學版）》第 35 卷第 3 期，頁 354–356。

耿振生，1992，《明清等韻學通論》，北京：語文出版社。

耿振生，2002，〈古音研究中的審音方法〉，《語言研究》第 2 期，頁 92–99。

耿振生，2004，《20 世紀漢語音韻學方法論》，北京：北京大學出版社。

高本漢（趙元任、李方桂、羅常培合譯），1940，《中國音韻學研究》，上海・商務印書館。

張九林，1996，〈試論古人對字音認識的四次飛躍〉，《淮北煤師院學報（社會科學版）》第 1 期，頁 114–119。

張世祿，1963，《中國音韻學史》，香港：泰興書局。

張民權，2002，《清代前期古音學研究》，北京：北京廣播學院出
　　版社。

張民權，2016，〈論萬光泰與王念孫音韻學的歷史傳播問題〉，《中
　　國音韻學國際高端學術論壇・會議論文和摘要集》，合肥：
　　安徽大學文學院，頁 832–845。

張渭毅，1999，〈《集韻》研究概說〉，《語言研究》1999 年第 2
　　期，頁 129–153。

張暢耕，1991，〈《龍龕手鏡》與遼朝官版大藏經〉，《中國歷史文
　　物》第 1 期，頁 101–108。

張衛東，2001，〈論《龍龕手鏡》音系及其性質〉，《語言學論叢》
　　第 23 輯，頁 177–196。

章太炎，2006，《國故論衡》，上海：上海古籍出版社。

曹述敬，1991，《音韻學辭典》，長沙：湖南出版社。

梁光華，1998，《唐寫本說文解字木部箋異注評》，貴陽：貴州人
　　民出版社。

許明德，2011，《從《韻鏡開奩》看中日明清等韻學研究》（香港
　　中文大學中文學部碩士論文）。

郭必之，2000，《《說文解字注》段玉裁（1735–1815）古音學運
　　用之研究》（香港大學文學院中文系博士學位論文）。

陳紹棠，1965，〈段玉裁先生著述繫年〉，《新亞書院學術年刊》
　　第 7 期，香港：新亞書院，頁 143–196。

陳復華、何九盈，1987，《古韻通曉》，北京：中國社會科學出版
　　社。

陳新雄，1983，《古音學發微》，臺北：文史哲出版社三版。

陳新雄，1995，〈怎樣才算是古音學上的審音派〉，《中國語文》第 5 期，頁 345–352。

陳新雄，2010，〈黃侃與曾運乾之古音學〉，《陳新雄語言學論學集》，北京：中華書局，頁 196–206。

陳瑞青，2012，〈黑水城文獻：敦煌學向下延伸的承接點〉，《敦煌研究》2012 年第 2 期，頁 5–19。

陳鴻森，1989，〈《段玉裁年譜》訂補〉，《中央研究院歷史語言研究所集刊》第 60 本第 3 分，頁 603–650。

傅定森，2004，〈「切腳、反腳」名義〉，《古漢語研究》第 1 期，頁 30–31。

傅增湘，1989，《藏園群書題記》，上海：上海古籍出版社。

喬秋穎，2009，《江有誥古音學研究》，合肥：黃山書社。

曾運乾，1996，《音韻學講義》，北京：中華書局。

甯忌浮，1997，《古今韻會舉要及相關韻書》，北京：中華書局。

甯忌浮，2009，《漢語韻書史》（明代卷）。上海：上海人民出版社。

甯忌浮，2010，〈《五音集韻》與等韻學〉，《甯忌浮文集》，長春：吉林人民出版社，頁 57–71。

童瑋（1917–1993），1997，《二十二種大藏經通檢》，北京：中華書局。

陽海清（1938–）等，2002，《文字音韻訓詁知見書目》，武漢市：湖北人民出版社。

馮春田，1995，《王力語言學詞典》，濟南：山東教育出版社。

馮蒸，1989，〈漢語音韻研究方法論〉，《語言教學與研究》第 3
　　期，頁 123–141。

黃侃，1936，《集韻聲類表》，上海：開明書店。

黃侃，1964，《黃侃論學雜著》，上海：中華書局。

黃侃，1985，《黃侃聲韻學未刊稿（上）》，武漢：武漢大學出版
　　社。

黃典誠，1994，《切韻綜合研究》，廈門：廈門大學出版社。

黃笑山，1997，〈《切韻》于母獨立試析〉，《古漢語研究》第 3 期，
　　頁 7–14。

黃焯（記錄），2006，《黃侃國學講義錄》，北京：中華書局。

黃耀堃，1994，《音韻學引論》，香港：商務印書館。

黃耀堃，2004，《黃耀堃語言學論文集》，南京：鳳凰出版社。

黃耀堃，2005，〈萬曆五年本《四聲等子》？〉，《南大語言學》
　　第 2 輯，北京：商務印書館，頁 143–144。

黃耀堃、丁國偉，2009，《《唐字音英語》與二十世紀初香港粵語
　　的語音》，香港：香港中文大學吳多泰中國語文研究中心。

楊軍，2007，《韻鏡校箋》，杭州：浙江大學出版社。

董同龢，1974，〈切韻指掌圖中幾個問題〉，《董同龢先生語言學
　　論文選集》，臺北：食貨出版社，頁 83–100。

董忠司，1988，《江永聲學評述》，臺北：文史哲出版社。

董忠司，1991，〈明代沈寵綏語音分析觀的幾項考察〉，《孔孟學
　　報》第 61 期，頁 183–216。

廖柏榕，2010，《孔繼涵及其《微波榭叢書》研究》（東吳大學中國文學系碩士論文）。

趙振鐸，2006，《集韻研究》，北京：語文出版社。

趙蔭棠，2011，《等韻源流》，北京：商務印書館。

齊冲天，1997，《聲韻語源字典》，重慶：重慶出版社。

劉明，2010，〈宋刊《切韻指掌圖》底本考辨〉，《中國典籍與文化》2010 年第 2 期，頁 151。

劉曉南，2007，《漢語音韻研究教程》，北京：北京大學出版社。

潘重規，1961，《廣韻譜》（缺出版資料）。

潘重規，1964，〈集韻聲類表述例〉，《新亞學術年刊》第 6 期，1964 年 9 月，頁 133–226。

潘重規，1970，《敦煌詩經卷子研究論文集》，香港：新亞研究所。

潘重規，1972，《瀛涯敦煌韻輯新書》，香港：新亞研究所。

潘重規，1973，《瀛涯敦煌韻輯別錄》，香港：新亞研究所。

潘重規，1975，《列寧格勒十日記》，臺北：學海出版社。

潘重規，1977，〈韻學碎金〉，《幼獅學誌》第 14 卷第 2 期，頁 38–41。

潘重規、陳紹棠，1978，《中國聲韻學》，臺北：東大圖書有限公司。

蔡孟珍，1999，《沈寵綏曲學探微》，臺北：五南圖書出版有限公司。

蔡夢麒，2006，《說文解字字音注釋研究》（華東師範大學漢語言文字學博士論文）。

蔡錦芳，2006，〈試論戴震一批文章初稿的學術價值〉，《戴震生平與作品考論》，桂林：廣西師範大學出版社，頁 272–281。

鄧曉玲，2008，《七音略和四聲等子的比較研究》（華中科技大學碩士學位論文）。

鄭阿財、朱鳳玉，2004，〈婺源潘石禪先生論著目錄〉所列（《敦煌學》第 25 輯，頁 607–623。

魯國堯，2003，《魯國堯語言學論文集》，南京：江蘇教育出版社。

蕭振豪，2010，〈「輕清重濁」重議：以詩律為中心〉，日本中國語學會《中國語學》260 號，頁 54–73。

蕭振豪，2012，〈《重編改正四聲全形等子》研究：兼論《四聲等子》的形成與譜系(一)〉（香港中文大學「2012 明清領域研究生論文發表會」論文）。

蕭振豪，2021，《華嚴字母新探：明清宗教、語言與政治》，香港：中華書局。

應裕康，1972，《清代韻圖之研究》，臺北：弘道文化事業有限公司。

聶鴻音，1997，〈黑水城抄本《解釋歌義》和早期等韻門法〉，《寧夏大學學報（社會科學版）》1997 年第 4 期，頁 14–17。

聶鴻音、孫伯君，2006，《黑水城出土音韻學文獻研究》，北京：文物出版社。

聶鴻音、孫伯君，2007，〈《解釋歌義》的作者玄髓〉，《書品》第 6 期，頁 73–74、94。

羅常培，2004，《羅常培語言學論文集》，北京：商務印書館。

嚴至誠，2006，《宋元語文雜叢所見等韻資料研究》（香港中文大學中國語言及文學課程哲學碩士論文）。

嚴至誠，2008，〈黑水城等韻抄本《解釋歌義》新探〉，《中國音韻學——中國音韻學研究會南京研討會論文集‧2006》，南京：南京大學出版社，頁 302–317。

嚴學宭，2008，《廣韻導讀》，北京：中國國際廣播出版社。

竇秀艷，2001，《中國雅學史》，濟南：齊魯書社。

本書各篇引用文獻簡稱：

第 1 篇：《廣韻》切語用字與音節結構

《廣韻》：《大宋重修廣韻》

第 2 篇：讀《盧宗邁切韻法》小記

《切韻法》：《盧宗邁切韻法》

〈述論〉：〈盧宗邁切韻法述論〉

《指掌圖》：《切韻指掌圖》

《事林廣記》：《新編纂圖增類群書類要事林廣記》

《指南》：《新編正誤足註玉篇廣韻指南》

《字母例》：《歸三十字母例》

第 3 篇：歸納助紐字與漢字注音的「三拼制」

《四庫全書》：影印文淵閣本《四庫全書》

「切韻法」：〈三十六字母切韻法〉

《指掌圖》：《切韻指掌圖》

〈比較研究〉：〈宋本《切韻指掌圖》的檢例與《四聲

等子》比較研究〉

第 4 篇：讀〈四聲等子序〉小記

《切韻指南》：《經史正音切韻指南》

「楊本」：《重編改正四聲全形等子》

「咫本」：《咫進齋叢書》本《四聲等子》

「文淵閣本」：影印文淵閣《四庫全書》本《四聲等子》

「粵雅堂本」：《粵雅堂叢書》本《四聲等子》

《指掌圖》：《切韻指掌圖》

〈比較研究〉：〈宋本《切韻指掌圖》的檢例與《四聲
等子》比較研究〉

第 5 篇：《解釋歌義》所據的音韻材料及其相關問題

《指掌圖》：《切韻指掌圖》

《切韻指南》：《經史正音切韻指南》

《韻會》：《古今韻會舉要》

第 6 篇：《說文》段注與《廣韻》──「段注」的今音學初探

「段注」：《說文解字注》

《韻會》：《古今韻會舉要》

第 7 篇：讀《六書音均表》札記──論段玉裁與韻圖之一

《音均表》：《六書音均表》

《指掌圖》：《切韻指掌圖》

第 8 篇：讀《古韻標準》札記──論段玉裁與韻圖之二

《音均表》：《六書音均表》

《切韻表》：《四聲切韻表》

「江永年譜」:〈《江慎修先生年譜》增補〉

第 9 篇:讀《聲韻考》札記——論段玉裁與韻圖之三

「札記一」:〈讀《六書音均表》札記〉(本書第 7 篇)

「札記二」:〈讀《古韻標準》札記〉(本書第 8 篇)

《音均表》:《六書音均表》

「說明」:《戴震全書》中《聲韻考》的「說明」

「西湖樓本」:段玉裁所刻的《聲韻考》

「世楷堂本」:《昭代叢書》中世楷堂本的《聲韻考》

「微波榭本」:《戴氏遺書》的《聲韻考》

「手稿本」:「中華再造善本」本《聲韻考》

「書後三文」:〈書廣韻目錄後一〉、〈書廣韻目錄後二〉、
〈書廣韻四江後〉

「書後二」:〈書廣韻目錄後二〉

「考定四聲表」:〈考定《廣韻》獨用同用四聲表〉

「書後一」:〈書廣韻目錄後一〉

《切韻指南》:《經史正音切韻指南》

「書四江後」:〈書廣韻四江後〉

「書玉篇後」:〈書玉篇卷末論反紐圖後〉

第 10 篇:讀段玉裁〈答江晉三論韻〉札記——論段玉裁與韻圖之四

《音均表》:《六書音均表》

「段信」:〈答江晉三論韻〉

「六月書」:嘉慶十七年六月江有誥的信

「十書」：《江氏音學十書》

「江信」：〈寄段茂堂先生原書〉

第 11 篇：讀王力〈古音説略〉札記──論段玉裁與韻圖之五

〈説略〉：〈古音説略〉

第 12 篇：王力古韻學與香港──讀《音韻學初步・古韻》
小記

《初步》：《音韻學初步》

《韻讀》：《詩經韻讀》

《學史》：《中國語言學史》

《語音史》：《漢語語音史》

《古音學》：《清代古音學》

〈述評〉：〈黃侃古音學述評〉

〈規律性〉：〈漢語語音的系統性及其發展的規律性〉

《字典》：《同源字典》

第 14 篇：讀劉毓崧〈唐元和寫本説文木部箋異跋〉

《木部殘卷》：《説文解字》「木部」古抄本

《箋異》：《唐本説文解字木部箋異》

〈元和箋異跋〉：〈唐元和寫本説文木部箋異跋〉

後記

　　《韻海鏡源——音韻文字論集》這本讀書心得，終於可以印行，對師友的督促、鼓勵和幫助，也算是有了個回報。

　　四十多年前上陳紹棠老師的訓詁學課，老師對清人「審音」、「考古」之說，言之其詳；往京都唸書時讀到平田昌司教授的大作，心內又掀起一泓漣漪；回到母校工作後，再去旁聽陳老師的課，加上系內對清人古韻學說也頗有爭議，於是段玉裁、戴震，以至《切韻指掌圖》、《四聲等子》等等，老是便旋腦際。

　　記下這些心得，也是個心路歷程。

　　從小就喜歡尋根究柢，但不喜歡看推理小說，家中放了一些家父年輕時很喜歡看的阿森羅蘋（Arsène Lupin）探案小說，幾乎碰也沒碰；不少中學同學和老師都是推理小說迷，而我只去看章回小說，總覺得推理小說只是編出來，世上哪有這樣湊巧，萬事哪能被人參透。不過面對師長、朋友的督促，以及同學在課上的問難，又叫我不得不反覆據理推斷。我經常跟朋友說自己寫〈磧砂藏隨函音義初探〉（收在《黃耀堃語言學論文集》）的故事，幾

433

個月翻看大藏經都沒有實質進展，有一天進了圖書館，風雨如晦，把我困在圖書館中，連中午吃飯也出不了去，正在這個時候，突然發現「磧砂藏」裏面竟然有《隨函錄》作者可洪的東西，印證了竺沙雅章教授的猜想，這個發現叫我驚訝「湊巧」的真實存在，是上天賜下的禮物。後來讀到《解釋歌義》那些如啞謎一般的數字，甚麼「有形者三十五韻」、「三十三輕韻」之類，茫無頭緒，於是拿着《咫進齋叢書》本的《四聲等子》逐一排比，結果只能套用拙稿的一句：如果真的都是湊巧的話，我也無話可說了。

七八年前開始寫有關段玉裁跟韻圖關係的報告，從段玉裁《六書音均表》開始，再而江永《古韻標準》、戴震《聲韻考》，其後又回歸到段玉裁的〈答江晉三論韻〉。每寫完一篇之後，老以為問題解決了，但準備另一篇時又找到上一篇的漏洞，於是忙加修改，正如本書裏面就有不少的地方要加上「補注」，上天好像正看着自己，不斷提供新線索，只要願意努力就會一一偵破。這四篇報告終於把清人「考古」、「審音」考個明白，也為戴震、段玉裁的「雙聲」、「疊韻」之說找到確切的含意。

寫完一篇報告之後，有時會閃出一個念頭，以為自己是推理小說中的「神探」，可以把萬事看透。然而，自己只不過是「偵探」團隊裏面一個掛名的探子，這個團隊的核心人物其實是老師、朋友、同工，記得魯國堯教授一得到《盧宗邁切韻法》的副本就告訴我，叫我好好閱讀；嚴至誠兄先把潘重規教授、陳紹棠老師對《解釋歌義》的論述加以詳細分析，讓我靠着他的研究再加探

究；蕭振豪兄在日本見到《重編改正四聲全形等子》，並毫不吝
嗇把自己的研究告訴我，啟發我細讀《四聲等子》的序，證明現
在流傳的《四聲等子》可能有偽托的成份；許明德兄不單提供了
很多資料，往往還是第一審閱者，指出紕漏謬誤，又不斷督促我；
周嘉俊兄把拙稿從頭到尾校閱一遍，還和幾個研究生一起聽我那
些未成熟的報告；拙稿初成，乞序於中國音韻研究會喬全生會長，
喬會長謙稱是「讀後」，其中虛美之處實不敢當，不過喬會長的
序讓拙編可以趨向完美，很多想說的話都被喬會長說了，他才是
真正看透的人；更有一班不願記名的朋友、同工，幫助我完成這
些「推理」的任務。他們都像一隊天軍天使，扶着我這個探子跌
跌撞撞走到未得之地，除了感恩，還是感恩！

　　書名用了顏真卿的《韻海鏡源》這個名稱，的確是譖妄之舉，
不過，自己無意以識力、書法，以至人格跟顏真卿相比。最初從
小川環樹教授那裏，知道《韻海鏡源》這本書，也知道這本龐大
的著作竟然在人間蕩然無存，讀到鄭樵《通志·校讎略·書有名
亡實不亡論》，又知道唐宋韻編很多都是從《韻海鏡源》而來。
於是忽發奇想，《韻海鏡源》也許化作千萬之身，隱寓函帙之中，
或可鉤沉窺見，可惜的是闇遠難尋，然而可喜的是讀了一些宋元
舊編，並可以記下一點心得。2019 年春天與顏真卿〈祭姪文稿〉
的真蹟相遇，忽有所悟，隨着夏焰秋淒，一時蘭土遭殘，璵瑚毀
棄，更感到顏真卿的震悼摧切，又是這麼真切，竟然可以也同哀
慟也同愁。十二月初，要給在十一月不能來上課的同學作特別補

課，說的是「音韻訓詁」課的總結，可惜一個學生也不能來，對
着空蕩蕩的教室，就把王力先生《同源字典》的古韻分部反覆細
讀，突然有觸電的感覺，發現先前所寫段玉裁古韻學說跟韻圖關
係的研究還是未能完結，於是就在 2020 年綠慘紅妖的春日動筆
寫〈古音說略〉古韻分部的報告。那時香港正在疫情禁閉之下，
對〈祭姪文稿〉所說的「孤城圍逼」更感同身受，因此又把王先
生的古韻學說與香港的關係另闢一篇。不敢說是顏真卿隔世的知
音，惟願拙作也算是千古的回報。

2022 年聖誕